我是音乐黑洞

（美） 郑立行 著

I am a black hole of music

天津出版传媒集团
百花文艺出版社

图书在版编目(CIP)数据

我是音乐黑洞 / (美)郑立行著. -- 天津 : 百花文艺出版社,2016.6(2020.6 重印)
ISBN 978-7-5306-7001-9

Ⅰ. ①我… Ⅱ. ①郑… Ⅲ. ①散文集-中国-当代
Ⅳ. ①I267

中国版本图书馆CIP数据核字(2016)第132800号

我是音乐黑洞
WOSHIYINYUEHEIDONG
(美)郑立行 著

出 版 人: 薛印胜
选题策划: 王 燕 **整体设计:** 郭亚红
责任编辑: 王 燕
出版发行: 百花文艺出版社
地址: 天津市和平区西康路 35 号 **邮编:** 300051
电话传真: +86-22-23332651(发行部)
+86-22-23332656(总编室)
+86-22-23332478(邮购部)
网址: http://www.baihuawenyi.com
印刷: 三河市金元印装有限公司
开本: 880×1230 毫米 1/32
字数: 300 千字
印张: 14
版次: 2016 年 7 月第 1 版
印次: 2020 年 6 月第 2 次印刷
定价: 40.00 元

如有印装质量问题,请与三河市金元印装有限公司联系调换
地址:河北省廊坊市三河市场庄镇杨庄村
电话:0316-3650243 邮编:065000

〈中小学推荐阅读书目〉

谨以本书纪念

我的音乐启蒙老师李昶

李昶是作者的好朋友，他热爱生活，热爱学习，热爱运动，热爱音乐。在一个危机四伏的环境中，我们关窗闭户，一起聆听古典音乐。在他的引导下，200 年前的经典旋律，如同荒漠甘泉浇灌着渴望的灵魂，又如春风化雨溶解了迷惘和惆怅。古典音乐伴随我们渡过了青春——我们人生中最困难的阶段。

李昶只有小学毕业程度，但他心中一直燃烧着求知的火焰。经过艰苦的自学，他终于跨进高等学府，成为 77 届大学生，即文革后的第一批学子。后来他有机会去德国佛莱堡念书，在德国他更是废寝忘食。德国教授每天晚上都看到他的宿舍的灯亮到深夜，非常感动地说，“从来没看到这么勤奋，这么爱念书的孩子。”

1988 年他在瑞士因意外去世，生命永远定格在 34 岁。

语言穷尽之处，音乐开始了。

—— 海涅

音乐家的话

莫扎特:使一个人高贵的是他的心灵。我可能不是伯爵,但我拥有的尊严也许比许多伯爵加在一起还多。

海顿:当我坐在那架破旧古钢琴旁边的时候,我对最幸福的国王也不羡慕。

门德尔松:在真正的音乐中,充满了一千种心灵的感受,比言词更好的多。

凡尚·丹第:自由是艺术家的真正财富和最宝贵的遗产,思想自由是任何人都无法从我们身上剥夺的自由,还有听从我们良知的差遣干我们工作的自由。

贝多芬:领悟音乐的人,能从一切世俗的烦恼中超脱出来。

泰勒曼:歌唱是万物音乐的基础。演奏乐器的人必须精通歌唱艺术。作曲家必须能够唱出他创作的一切。

圣·桑:音乐应该在没有帮助的情况下独具魅力,但在我们进行想象,并使其在某种特殊渠道中流动的情况下,它的效果会更好得多。因此,想象音乐吧。在这时候,我们心灵的所有功能都被带动起来参与同一目的的实现。

舒曼:当你演奏的时候,别管你的听众是谁,要永远觉得有一位大师在旁听。

李斯特：音乐可以称做是人类的万能语言，人类的感情用这种语言，能够向任何心灵说话，被一切人理解。

比才：作曲家在创作一个作品时是全力以赴的。他轮番地经历了相信、怀疑、热心、绝望、欣喜和痛苦。

柏辽兹：音乐是所有艺术形式中最富诗意、最有力量和最有活力的一种，她也应是最自由自在的一种。

拉赫玛尼诺夫：音乐是从心里流淌出来的，最后也要回到心灵中去。不论是爱情、痛苦、悲伤还是虔诚，都在音乐的自供状里。

马勒：在音乐中，最重要的并不在音符里。

巴赫：世界万物都是上帝恩赐的，音乐也是上帝赐予的圣物。因此音乐是与上帝对话、通往天堂之梯。所以音乐的全部意义在于对上帝的赞美、感恩。通过这种隐蔽的理性方式来感觉上帝的存在。

德彪西：我非常热爱音乐。正因为我热爱音乐，我试图让它脱离使它受到抑制的、贫乏的传统。音乐是热情洋溢的艺术，是室外的艺术，像自然那样无边无际，像风、像天空、像海洋。绝不能把音乐关在屋子里，成为学院派的艺术。

目 录

写在《我是音乐黑洞》出版之即 ········ 何平 001
读后有感 ································ 李西林 001
自序 ···································· 郑立行 001
前言 ···································· 001

古典音乐的魔力(一) ······················ 001
古典音乐的魔力(二) ······················ 008
古典音乐的魔力(三) ······················ 012
西方音乐史简图 ·························· 017
懂得生命懂得爱 ·························· 022
生死恋 ·································· 030
激情人生 ································ 038
翩翩起舞 ································ 047
夜色茫茫 ································ 063
风和日丽 ································ 078
青春之歌 ································ 092
忧伤的爱 ································ 099
燃烧的爱 ································ 109
永恒的爱 ································ 120
浪漫与幻想 ······························ 129
柔板情深 ································ 142
为情所困 ································ 153

伤心落泪 …………………………… 163
浪漫肖邦 …………………………… 172
凄美伤感 …………………………… 182
诱惑之美 …………………………… 197
命运漩涡 …………………………… 205
悲怆哀愁 …………………………… 216
妖魔鬼怪 …………………………… 229
抚平伤口 …………………………… 239
面对死亡 …………………………… 245
天国之路 …………………………… 254
揭开谜底 …………………………… 261
怀旧与冥思 ………………………… 277
忏悔、感恩、祈祷 ……………………… 288
匠还是师? ………………………… 298
钢琴美声大师肖邦 …………………… 302
探索莫扎特(1) ……………………… 319
探索莫扎特(2) ……………………… 326
探索莫扎特(3) ……………………… 334
女人的音乐 ………………………… 340
世界著名音乐厅 ……………………… 366
古典音乐广播电台 …………………… 378
提琴制作的艺术 ……………………… 385
街头音乐艺术 ……………………… 389
维也纳新年音乐会 …………………… 394
电影中的古典音乐 …………………… 398

索引 ………………………………… 409
感谢 ………………………………… 417

写在《我是音乐黑洞》出版之即

《我是音乐黑洞》即将出版了，很值得庆贺。这是一部从文化的角度来品味音乐的著作，作者以他对音乐的执着钟情，从独特的角度引领读者进入音乐大门，遨游音乐世界。我与作者素昧平生，那是 2015 年 11 月 8 日，我接到来自大洋彼岸的一封邮件，这是我的一位天津老乡，论述了他将出的书并寄来了全部书稿，也希望我能为他的书写个序。

郑立行先生在美国生活多年，但他在去美国以前的学习和生活经历与我有太多的相同之处：他在天津一中上中学，而我就读的小学天津市实验小学就在天津一中旁边，只是读中学时被分到了天津 90 中学，然我的妹妹及外甥都就读于天津一中；他是“文革”后第一届大学生（1977 级），我也同样；他下过乡，我也下过乡。或许共同的经历一下子拉近了我们的距离。无论从老乡的份上还是共同命运的份上，我都觉得应该仔细阅读他的这本书。我很钦佩郑立行先生的毅力，作为一个学有成就的物理学方面的资深工程师，他对音乐的热爱，使他的这部散文式的音乐欣赏著作终可呈现给读者。

全书结构的展开有着文学般的抒情笔触，作者是尝试将音乐以情感、情绪、情节为主轴进行分类，以提纲携领的方式向读者展示古典音乐的壮美历史画卷。全书涉及三百多首作品，从不同视点以历史事件的样式来审视作品，给人以大信息量、宽辐射面的阅读冲击。黄自先生对音乐欣赏有过“感官—感情—

理智”欣赏三阶段论，这一观点不管是否全面、合理，但它告诉我们的是，音乐欣赏不能孤立地欣赏个别作曲家的个别作品，而应从历史的长河中全面把握音乐作品的本真。

本书不乏一些学术性的见解，如作者认为肖邦的钢琴是钢琴美声的代表，并以现实的情况论述了以往的音乐，十分有新意。本书对乐曲的梳理，对专业学习者来讲也是一个十分清晰的学科曲目目录。大凡学习音乐的人可能都有一个相同的烦恼，即在浩如烟海的音乐作品中，如何才能找出那些对自己有价值的音乐，哪部分自己喜欢的音乐，郑立行先生的书似乎在帮助我们解决这个问题。书中的介绍该繁则繁，该简则简，看似随心所欲，实则恰到好处，有时多有妙笔生辉之感。如对肖邦《第12号练习曲》的解释："这首肖邦练习曲俗称'革命练习曲'，原因是肖邦在获悉故乡被俄国军队占领之后，百感交集连夜写成。当然对此说法也有质疑之声。不过的确，贯穿《第12号练习曲》全曲的是暴风骤雨般的激愤。"短短数笔，交代了《第12号练习曲》为何物？创作背景，观点不同的评论以及作者的观点。当然，对音乐作品的考证是音乐学家们关注的事，本书对类似事情的关注并非不注意学术上的严谨性，而是庞大的信息量已作为作者想表达的思想核心。的确，当我浏览全书后，给我的最大冲击便是那些感人肺腑的直接说及音乐的音乐故事。不信，我们可以看一看作者对勃拉姆斯《c小调钢琴四重奏》的介绍，我想，由此我们可能会永远记住勃拉姆斯的。

现实，音乐欣赏的书很多，论及的角度不同，写作的方式也不同，但就本书的音乐性、文学性、故事性结合方面来讲，我以为是上乘的，是值得人们去仔细品读的。我在想，是什么使理工科学者能用上好的文学修养来解读音乐作品，是他的成长环境？还是教育背景？

作者曾来信讲到：在“文革”和上山下乡期间，我是偶然在朋友那里听到古典音乐，然后大家一直“偷听”下去直至“文革”

结束。无独有偶，我也有如此的经历，我清晰地记得“文革”期间，我听贝多芬的全套9部交响曲，是在一天的时间里，在一个用棉被将门窗全部都挡得严严实实的小屋里听完的，那是几张33转的黑胶唱片。因为出借的人只答应借给我们一天，他可是冒着极大危险呀！

本书作者是1977级大学生，也就是“文革”后的第一届大学生，同样的经历，让我又一次感受到了“77级大学生”这个群体所特有的持久、毅力、坚韧和执着精神。上世纪80年代，是我们这代人认为是一个最好的蓬勃向上的时期，他们憧憬未来，一心要为“四个现代化”贡献出自己的一切，他们努力学习，勤奋工作，不计报酬，中华民族的优良品质前所未有地得到全面展现。或许这可以说是郑立行先生良好的教育环境吧。

此外，本书还增加一个世界著名音乐厅览胜的章节，可谓神来之笔，我看到了我们可爱的天津音乐厅，只可惜那是近年来重新翻建的，原来在天津小白楼起士林西餐厅对面的那个1922年就矗立的老音乐厅已成为历史的记忆了，实在很怀念它。

我祝愿这本书的出版，也衷心感谢我的同龄人、我的天津老乡为我们呈上的这份饕餮大餐。

何平

2016年5月31日

于广州大学城—珠海西区

何平，文学博士，二级教授，博士生导师。至今已发表学术著述300多万字，各类器乐、声乐、舞蹈、影视音乐作品百余件；主持国家级、省部级科研及教改项目11项。

读后有感

今年初在美洛杉矶访问期间的一个文艺人士聚会中，经朋友介绍认识了郑立行先生。在交谈中，他对音乐方面的知识、见解和深厚的文化底蕴，就知道这是一位钟情于文艺、热爱音乐、把音乐作为一生的爱好和追求的“音乐知音”。在回国之前，郑立行先生托人捎来一部他近期即将出版的名为《我是音乐黑洞》一书，并委托我为该书写点什么，我应诺回国拜读后写一点读后感想。

欧洲自 19 世纪以来，音乐欣赏的问题已发展到某种学术高度，它涉及到精神逻辑功能的审美，涉及艺术心理学、听觉生理学、接受美学、音乐解释学、音乐社会学等众多复杂的学术领域。《我是音乐黑洞》是一部集音乐欣赏、音乐作品欣赏指南性的文集。该书以欣赏西方古典音乐为龙头，由浅入深把音乐与人性、音乐与人爱、音乐与自然为线条贯穿起来。用流畅多彩的文笔，以讲故事为形式，叙述了一个个音乐作品动人而美丽的故事。它以音乐知识和历史情结相呼应，解读音乐作品的内涵和奥秘，引导人们如何去欣赏音乐之美，感受音乐之美，感悟音乐与自身心灵沟通的那种畅快和愉悦，从而认识体验音乐美之真谛。因而，该书具有知识性、引导性、欣赏方法等多种功能，作者有意回避那些繁杂的学术纷争，流畅而简洁的讲述了欣赏音乐的方法。

该书不拘于传统的结构形式，没有深奥难懂的专业技术的理论叙述，但他用讲音乐故事的形式使一个个音乐作品具象化，让读者去认识它、了解它、喜欢它。同时，还把作品音响引索目录介绍给大家，解决了读者看到了音乐故事就马上联想听音乐音响而无法寻找它们的难题。这些都体现了作者是位有心人，为广大音乐爱好者进一步学习音乐、了解音乐、欣赏音乐做了一件实事、好事、善事，这种独具匠心的安排使我为郑立行先生的智慧喝彩叫好。

最后我想说，感谢郑立行先生为广大音乐爱好者带来了一部别开生面、结构独特、简洁而内容丰富、多彩多姿的好书。愿广大读者欢迎它，喜爱它，读后有所收获、有所帮助、有所进步！

这就是拜读后的感想，权当为序。谢谢郑立行先生之委托。

李西林

2016 年 3 月于中国成都四川音乐学院

李西林，中国著名合唱指挥家，教育家，原四川音乐学院副院长，现正院级调研员，指挥专业教授，硕士生导师，日本指挥法研究所客座教授。

自序

“听懂那段古典音乐了吗？”，“理解的正确与否需要由专家来验证吗？”，“用非技术性语言描述音乐，如本书所做，是不是不够高端？”：这些问题涉及音乐聆听过程中的感受、感知、认知、直觉、鉴赏、体验、懂得、理解等等。不过这些精神心理上对音乐反应的定义其实并没有明晰的界定，还会牵扯出相当复杂晦涩的学术理论和国际著名学者间的争论。

下面作者引用新西兰奥克兰大学教授，曾任美国美学协会会长，国际杰出的哲学家史蒂芬·戴维斯(Stephen Davies)在《音乐的意义与表现》一书中的某些精彩论述，作为本书的自序，与广大音乐爱好者共勉。该著作由中央音乐学院于润洋、张前主编翻译(湖南文艺出版社，2007)。

关于音乐家、演奏者对所奏古典音乐的理解，看来只有依靠乐谱了。但仅作技术层面上的分析可能还有欠缺。当初作曲家作曲时，萦绕心头的未必是技术术语，而是他的乐思、急欲表现的情感和意念。莫扎特就是一个典型的例子。不论他令音乐阳光普照还是洒下阴影，“他的创作过程似乎在一种本能的层次上展开。他在众多自然呈现出来的想法中选择那些听起来正确或最好的。”“莫扎特在书信中有时候包括了他在音乐中做了什么和为什么要这样做的具体的描述，然而，这些评论并非都是技术化的。”正是这样一种自然而然的，带有即兴特质的创作过程，莫扎特的音乐听起来浑然天成，绝无人工斧凿之痕。

所以戴维斯说，“对一部作品的理解，体现在其对组成整体的各部分功能的描述上，而不是其对音乐术语的掌握中。”进一步他又说，“有证据显示表演者并不是没有能力谈论音乐。一位似乎对他所演奏的音乐作品了如指掌的表演者，却不能用某种方式将他对作品的理解描述出来——这种现象不免令人疑惑不解。我们可能会怀疑他并没有真正的按照自己的理解来演奏，或者只是盲目地模仿了其他人的表演。即使这个人成功演奏了一首贝多芬的作品，我也不会相信他演奏贝多芬的其他作品或其他作曲家创作的类似风格的作品时会同样成功。一般说来，我们认为如果一位音乐家演奏了一部他理解了的作品，他便可以演奏其他与之风格相似的作品(只要有足够的时间加以练习)。的确，我们可能有理由认为这是衡量一位音乐家或演奏家理解能力的标准。我认为，一个连自己演奏过的作品都无法描述出来的人，将会被视为一个只会炫耀技巧而不具备音乐鉴赏力的机器人。”

关于音乐爱好者对音乐的理解和描述，他说，“我相信那些没有受过正规音乐教育的人在理解音乐的能力上并不比那些受过专门训练的人差。也就是说，我认为，对音乐鉴赏的描述并不需要什么技术化的术语。

考虑如下情况：当欣赏者听到海顿的《第 98 交响曲》的末乐章时，人们会说“这里有一个出乎意料的上行音调，好像整个作品都被这个大跳提升了”，而很少会说“这里是一个没有准备的转调，从 D 大调到降 E 大调”。……听众可能这样描述斯特拉文斯基的《火鸟》：作品由一个神秘而又怪异的声音开始，犹如微风吹动了丝线或树枝。或者，他可以指出，作品由一个弦乐的和声性滑奏开始。

我认为，在上述每一个例子中，非技术性描述与技术性描述一样都是对音乐理解的揭示。这当然不意味着这两种描述是同质的(如“可见光”与“在 7000–9000 埃光谱带中的被反射光波”这两种描述的意义并不相同),因为他们所针对的现象虽然相同,但是一个注重效果,而另一个则主要涉及现象产生的直接原因。音乐理解的关键在于对音乐效果的辨别,尽管一个人可能在理解音乐的同时并不具备技术描述的词藻。一个人聆听并理解了海顿的转调,只不过是他听出了音乐的上行运动:一个人听出并理解了弦乐的滑奏,就意味着他听出了声音中那种怪诞的情调。虽然,经验可以通过不同方式进行描述,但这并不能体现音乐理解的类型或深度上的区别。一位不知和声为何物、不知其如何被弦乐器所演奏,亦或是不知作曲家是如何获得和声性滑奏效果的听众,并不会被拒之于斯特拉文斯基音乐的理解大门之外。作曲家和表演者之所以不能漠视这些技术因素,是因为他们关心的不仅仅是音乐产生的效果,更关心实现这些效果的手段。因此,也只有他们才需要关于这些技术因素的知识。但这并不意味着他们的音乐理解力要比那些可以鉴赏(以及描述)音乐效果却未接受过音乐理论与表演技巧训练的听众更好。

确实,人们可能有疑问:领悟音乐效果的非技术性解释有时候要多于理解音乐指涉的技术性描述。斯柯路顿(1983)就曾指出,在音乐的表现特征中,可知觉、非技术的描述具有基础位置。这是因为一个没有聆听经验的人,光凭大量的技术知识,是永远无法鉴赏作品的(表现性等方面的)效果的,一个无法辨认作品表情特征的人,无论他的解释中充满了多少技术术语,在我们看来,其对作品的理解都是十分有限的。同样,一个精通作品结构又有着熟练技巧的演奏者,并不一定会令人信服地驾驭作品,除非他能了解这部作品的情绪类型是愤怒而非悲伤。”

关于音乐理论与音乐理解之间的关系,学者间存在着对立的观点,戴维斯持中间立场,他说,“我不同意将作品分析与音乐理论、音乐爱好者的鉴赏三者完全割裂。……由于我相信一个没有音乐理论的人完全可以通过实践的刻苦磨练来提高自己的感官感受能力，同时，他可以用非技术性的语言来描述音乐的风格、细节和整个结构，因此我不认为音乐理论和分析的知识是音乐理解的基础。此外，我认为没有理由假定音乐理论家所注意到的每一种类型和层次的细节都有助于对作品本身的理解。许多细节不仅对音乐的音响效果毫无帮助，也是无法由听觉辨明的。

两位聆听者，其中一人具备丰富的理论和分析知识，另一人却对理论一无所知，我相信二者都可能平等并充分地欣赏音乐的各种复杂性与深刻性。

我赞同：对作曲理论和分析方法的熟悉并不是充分理解音乐的必要条件。但是，我并不认为这种知识与音乐理解无关。我只是认为可以用技术术语表达的音乐理解也完全能在那些不通晓音乐理论的人的亲历经验中获得。”

读者会注意到戴维斯经常用“理解”这个字眼，许多学者专家也喜欢用这个词。“理解”似乎涵盖比较广，除了感性外，主要偏重于理性上的解惑，有“深思熟虑”的特征。为了使问题简化，尤其避免给初学者造成困惑和误解。本书强调“感受”，因为感受才是欣赏音乐的基础要素。正如戴维斯所说，“完美的聆听，不亚于完美的演奏，需要自然而果断的反应；如果听众不得不思考自己听到了什么，他将失去方向。显然，音乐作为一种时间艺术，它不会给听众任何机会去理解正在发生的事情，因为随着时间一秒一秒地流逝，它将听众的注意力吸引到自己的所有细节上。”

实际上理解是完全可以靠耳朵听出来的，有经验积累的聆听者可以分辨出乐器的音响；不同的旋律以及它们的呈示、对比和再现；进程中的张力和松弛；不和谐音；乃至音乐的组织方式、秩序和惯例等等。再加上对作曲类型、作曲家、作曲背景、时代风格的了解，听众就可以“将音乐作为音乐来欣赏了。”

在这里还需要指出，听众理解了一部音乐作品，但未必喜欢它,甚至可能意识到该作品是不值得欣赏的。“听众被作品所吸引有赖于直觉和感受,而不仅仅是理性的思维。”作品能否感动人,是否富有启示性,倒是一个人的文化底蕴、文化修养会起到举足轻重的作用,不过,这是另外一个研究课题了。

郑立行

2016 年 4 月于美国洛杉矶

前言

艺术之美，栖息在心中，一辈子为美熏陶，为美感动，人就快乐，有品位，有气质，有境界，有自尊，有自信。

聆听古典音乐是为了享受美，体验人生，完善自己。

人在年轻求学之时，尽早感受一点艺术美其实比什么都重要。音乐之美，舞蹈之美，绘画之美，雕塑之美，坐落在心中，一辈子为美熏陶，为美感动，人就快乐，有品位，有气质，有境界，有自尊，有自信。

由于政治运动，作者在朝气蓬勃、青春年华中，长达10年没有文化学习的机会。然而幸运的是，作者却在暗地里接触到了古典音乐，就像迷航灯塔，荒漠甘泉。希望之火被点燃，从此作者对古典音乐怀有感激之情，不论走到哪里都与它相伴相随。几十年过去了，曾经的年轻人开始眷念的怀旧，当今的年轻人在光怪陆离的物质世界里徘徊，我们仍然需要那种穿越时空的永恒的人文精神，仍然需要古典音乐——西方艺术的这块瑰宝，向心中辐射出变腐朽为神奇的魔力，这就是作者写就此书时的冲动。

在这里作者呈献给读者的是分享音乐聆听乐趣的微散文集，它特别适合初学者阅读，因为作者紧紧抓住的是“音情乐感”这一音乐的实质。一般来说，中外书籍介绍古典音乐都是以音乐历史或者以作曲家为基线，列出一大堆不可不听的乐曲，弄得初学者云里雾里，摸不着头脑。而本书突破了传统的框架，以心灵感触为主轴，将音乐所表达的情感、情绪、情节归纳分类，和读者一起在音乐的海洋里扬起情感的风帆。

要强调的是，这种写作安排是一种全新的尝试，在国内外同类书籍中是唯一的。

如此编排，令读者可以随意阅读本书的任何章节而无需担心整体的连贯性。本书只涉及音乐欣赏的情感和美感的层面，而不分析作曲技术，也不碰触晦涩难懂的艺术理论，所以阅读本书是轻松的，饶有趣味的，相比风花雪月式的描绘，又多了几分深沉。对于极度需要音乐救赎的人，本书特有的分类及时伸出了援手。对那些有兴趣于音乐心理学或影视音画配乐的音乐爱好者，本书亦提供了方便。

第一部分包括前4章，聊聊音乐与作曲家、演奏者及听众三者之间的关系。消除读者对古典音乐高不可攀，恐惧陌生的心理，与古典音乐交个好朋友吧。

第二部分，从“懂得生命懂得爱”至“忏悔、感恩、祈祷”，像拉开一幕幕的歌剧场景，向读者介绍、推荐古典音乐曲目。在这里作者着重描述音乐表现的情感和心理状态，内容包括作者对该曲的浮想、感悟、评论，以及曲子的最新资料和有关作曲家尽可能真实的轶事。作者的描述都跟随音乐流程进行，始终未脱离音乐。但需要说明的是：这些描述不应看成是曲子的解说词，更不是音乐诠释的唯一答案。读者大可从聆听中获得“猜谜”般的疑惑和“解谜”的兴奋。

第三部分，从“匠还是师？”至“探索莫扎特(3)”，较详细的探讨肖邦和莫扎特。根据近些年的资料，作者提出肖邦是钢琴美声大师，并做了新颖的论述。在探索莫扎特的三篇文章中，对莫扎特奇迹发表了新的见解，同时对于想把后代培养成音乐神童的父母肯定有帮助。

第四部分，“女人的音乐”是笔者的独出心裁。相信读者可能数不出几个女作曲家的名字，而笔者认为从世界的另一半发出的声音，无论如何不应缺席。

第五部分，几篇杂文，其中“世界著名音乐厅”用图片向读者展示了人类文化的丰碑。“古典音乐广播电台”则像一个小字典，细数美洲和欧洲的古典音乐广播电台和广播网站，不论读者家住何方，都可聆听来自世界各地的古典音乐广播。这也给读者一个全球化视野。“街头音乐艺术”引发人思考。

本书所选的曲子来自许多作曲家和各种音乐体裁。一些多乐章的大曲子，笔者可能只讨论其中的一个乐章。本书所选的三百多首曲子，从17世纪巴洛克时期，18世纪古典主义时期至19世纪、20世纪初的浪漫主义时期都有涉猎，并且还介绍了少量的现代派音乐。对于每一首曲子，作者皆认真的查阅文献资料，将精华介绍给读者参考，所以本书可作为另类音乐小百科书，对爱好者和专业学生均有裨益。

那么我们为什么要听古典音乐不可呢？简明的答案就是：

享受美，体验人生，完善自己。

音乐是一个家园，一个世界，乃至一个宇宙，由作曲家的心灵创造。音乐带给听众的是美感的享受，情感的共鸣。就听众的聆听感受来说，只有差异，没有对错。最大的差异莫过于泪流满面和“无动于衷”。动容的震撼就表明音乐触动了你的心事，即使“无动于衷”，但只要觉得悦耳动听，就已经足够了，因为很多乐曲本来就是为了愉悦人的，只不过这种愉悦是高尚纯然的。

音乐使人从其复杂的情感表现中体验和感悟人生，音乐所具有的强大的精神拯救力量，不仅陶冶情操还能奇迹般地支持生命、重塑生命。

作者如是说，有些读者可能误以为古典音乐是在造就贵族，与平凡人无关。实际上，每个人在社会里都会遭受欺压、污辱、不公、伤害。那么最要紧的是随时清理掉内心的烦恼、委屈、愤恨和各种负面情绪，绝对不能让坏情绪累积到爆炸的临界点。那么能够帮到你的，让你阳光起来的就是古典音乐。

由于人耳的特点，在这个世界上没有“音盲”。任何人都能分辨出母亲的声音，亲朋好友的声音以及他们讲话时的情绪。那么怎么进入妙不可言的音乐世界呢？作者认为关键的一步就是要熟悉音乐的语言，即情感的音乐表现。音乐从文艺复兴开始就是要表现情感，所以通过情感这条纽带应是推开音乐世界大门的最佳途径之一，本书是促进听众与古典音乐交流的一个全新的尝试，也是将古典音乐通过“情感化”、“浪漫化”而达到“大众化”、“通俗化”的一个全新的尝试。

本书所选的曲子和涉及的作曲家都具有中、英文的对照，而且完全都可以在互联网上听到。互联网上找不到的，笔者不会介绍。因此作者不提供 CD 光盘。互联网为古典音乐固守和扩大阵地提供了绝佳的机会。

从沉醉于音乐，忘却尘世那几十分钟开始吧，像宇宙黑洞吞噬一切物质那样，“贪婪”地吸纳它们吧，在一定数量的听的积累之后，你就可以在音乐的海洋里乘风破浪了。

古典音乐的魔力(一)

节制的美,结构的均衡,音响的和谐造就了古典音乐无穷的魅力。

古典音乐是沟通灵魂与苍天、地藏,命运之神的桥梁。

任何文学和艺术都涉及两个方面:创作者和欣赏者。对于音乐来说,由于音乐的抽象性,不具有具体形象和概念。创作者和欣赏者的关系就更显得奇妙和难以驾驭。下面笔者分开三章来讨论音乐与作曲家、演奏师以及听众三者之间的关系。

在中国传统的风水理论中,有一个基本原理叫天人合一。就是强调人与自然必须和谐,顺乎自然,人才有好的运势。在音乐领域里,人们称赞动听的乐曲是天籁之音,"此曲只应天上有"等等。也是将声音与天联系起来。其实所谓天籁之音并没有那么神秘,它就是自然界原始的声音,风声、水声、雷声、雨声。它可重如山崩地裂,又可轻若雪落花开。我有一个邻居来自保加利亚,后院养了好多鸟,整天叽叽喳喳的,他告诉我保加利亚人都认为鸟的叫声会带来吉祥。许多美国人在门前都挂着风铃,放大了的悦耳的风铃声增添了居住环境的优雅。还有喷水池一定得发出潺潺流水的声音,要不然死水一潭,风水反而会变坏。可见人们对声音的敏感、呼应和敬畏。

但大自然的声音不是音乐,那么音乐是什么呢?音乐是人工制造的声音,并由人工编织好,形成有组织有次序的流动的音响序列。音乐是人类的"鬼斧神工"。

作曲家作曲,就像作家写诗写散文一样,把心中的感觉,心中听到的声音写成乐谱。作曲家写曲子是一个心灵激发的过程。作曲家写作时,他受到了外界怎样的刺激,得到了什么灵感,当时的心情如何,这些作曲家不说,谁也不知道。唯有他的音乐给出了线索,任由听众去猜。而且有时作曲家灵感一来,激情燃烧,他很可能处于一种不清醒的状态,潜意识的状态。有如肖邦所说,"到了另外一个世界"。一个灵感的火星可以点燃起燎原野火,连作曲家自己都无法控制燃烧的方向。

请注意,作曲家可以在痛苦时写出欢乐的音乐,反过来也一样。

音乐表达了作曲家的内心世界,抒发了他们的情感。贝多芬有这样一件逸事。他认识一个男爵夫人，是维也纳的第一流钢琴家，她能揣度出贝多芬作品中隐藏得很深的意图。1809 年这位男爵夫人唯一的孩子死了，她处于极度悲痛之中。贝多芬来了，对于贝多芬进门之后的情况，这位男爵夫人作过如下的回忆："他没有用言语来表示他的哀悼，他进门后，默默地向我致意，他什么也没说，他即刻坐到琴前，即兴地在琴上弹奏起来，久久不止。有谁能够用语言来描写这样的音乐？人们会以为是一群天使在天上合唱；天使们用歌声来庆祝我的孩子升入上界。贝多芬结束了演奏，他自己激动得说不出话来，默默地和我握手。就这样，他离开不见了。"在有关贝多芬的电影《不朽的恋人》中也编演这一幕，不过与事实有很大出入。电影中贝多芬用音乐致哀的曲子是《D 大调钢琴三重奏》(Piano trio in D major, Op.70, No.1, 2nd movement)。这首三重奏阴森森的，被称为"鬼魂"。而贝多芬真实所弹的即兴之作已经没有记载了。

门德尔松认为，音乐比语言更能传达语言难以描绘的微妙情感。在写给姐姐范尼的信中，有时他会写上一小段曲子，然后告诉范尼，这就是我此时此刻的心情。肖邦和柏辽兹也都曾说过，他们觉得用音乐表达自己的情感更容易一些。

综上所述，对于作曲家来说，他的所有的人生经验、思想、举动、素养，实际上都维系在他的音乐之中。优秀的音乐家，如同上苍派往人间的特使，就是要用音乐引领众生找到真善美的精神家园。所以真正好的作品是感情升华的作品，人心的境界亦在长期的聆听中潜移默化的得到升华。

了解作曲家的时代背景和个人经历，应该是进入音乐世界的一部分，此类书籍很多，在这里不再赘述。

作曲家发表他们的音乐作品时，可以不加注任何标题或注解，即为无标题音乐，又称纯音乐或绝对音乐。他们有时会附上文学性标题，目的是引导听众的想象力，或直接告诉听众他的写作动机，这就是标题音乐。例如柏辽兹的《幻想交响曲》，当时发给听众的节目单上印的是一篇微型小说般的解说词。

标题音乐在浪漫主义时期比较多，但在古典时期很少见。有一些标题是被后人或出版商为了推销强加上去的。既便标题音乐也不是仅仅为了描写一个具体的事物，这些音乐同时表现出作曲家对自然或事件的感情，否则音乐就失去了艺术活力，就会冰冷僵硬。

音乐家在创作时有许多音乐要素需考虑。这些要素包括：音区、力度、节奏、速度、旋律、和声、音色、织体、调式和调性、曲式等。因随处可查阅到他们的定义，本书不再作赘述。只是在这里提示初学者，其实某些音乐要素，例如音区、力度、节奏、速度、和声、音色，也出现在朗诵或吟诗中，读者作作对比，即可理解这些术语。

再说一点旋律与和声，旋律是古典音乐的灵魂。有时你会忘记一段音乐的名称，但是你会记得它的旋律。可能是发音的缘故，东方人对旋律非常敏感，而西方人对和声情有独钟。浪漫主义后期至20世纪初，许多流派都着力寻找新的甚至神秘的和声，以使乐曲音色丰富，达到朦胧、刺激等特殊效果，旋律反而不重要了。

音乐家还要选择音乐体裁。下面介绍一些常见的，尤其是本书多处引用的音乐体裁。就像文学中有小说、散文、寓言、古诗词等等，音乐也有多种多样的体裁。

交响曲(Symphony)。由古典时期的海顿奠基，一般为4个乐章。第一乐章为奏鸣曲式。几乎所有的乐器：弦乐、木管、铜管、打击乐器，都用上了。由于丰富的音色，宽阔的动态范围，强烈的戏剧性，使得交响曲波澜壮阔，气吞山河，给人全身心的震撼和感情冲动。

协奏曲(Concerto)。由单独一件乐器，例如钢琴、小提琴，大提琴或管乐，与管弦乐团合奏。其精彩之处在于独奏与乐队间的竞争，对抗及合作。协奏曲通常3个乐章，第一乐章为奏鸣曲式。

室内乐(Chambermusic)。由不同乐器,至少是两件,最多9件,共同重奏。请注意,重奏不同于合奏,重奏是每一件乐器都演奏自己的乐谱,发出自己的声部。所以重奏不仅需要高的演奏水平,更需要默契。最典型最重要的室内乐是弦乐四重奏,由两把小提琴,一把中提琴,一把大提琴组成。弦乐四重奏的音色是最清纯美丽的。室内乐因其编制小,所以常在室内演出,它精致亲切,像是与你交谈,与你心心相映。

独奏曲(Solo),单一乐器演奏,最通常是钢琴。钢琴有其天生的优势,自己可以给自己伴奏。其次就是小提琴,大提琴等独奏,不过很多时候会用钢琴伴奏,反倒是没有伴奏的弦乐或管乐独奏需注明"无伴奏"。

奏鸣曲(Sonata),通常有3-4个乐章,第一乐章为奏鸣曲式。总体结构与交响曲大致相同。钢琴奏鸣曲为钢琴独奏,弦乐奏鸣曲往往有钢琴与之配合。

小夜曲(Serenade),小夜曲有两种体裁,一是音乐会小夜曲,是专为晚间开的音乐会而作或是晚餐时的陪衬。另一种是情歌小夜曲,向心爱的人表达爱慕。一般来说,小夜曲轻快流畅,含情脉脉,但对于音乐会小夜曲就不完全如此。

夜曲(Nocturne),由英国作曲家约翰·费尔德(John Field)首创于19世纪初,形式自由,风格典雅,一般为作曲家在夜深人静时写下的内心独白。后经肖邦的拓展和创新,成为具有独特艺术性和强烈美感的音乐体裁。

组曲(Suite),由许多首曲子共同组合而成。在巴洛克时期,巴赫将不同风格的舞曲组织起来,创作了大小提琴组曲、管弦乐组曲等,至今仍是无法逾越的顶峰。后来组曲主要来自歌剧,芭蕾舞剧中的优美片断。

浪漫曲(Romance),19世纪出现的一种"特征小品",颇具抒情性。有一些大曲子的慢乐章亦被标注为浪漫曲。

当作曲家谱写音乐时，会遵从一定的框架结构，令精心组构排列的音符在时间上铺展开来，这种结构形式被称为曲式。尤其对于古典音乐来说，传统曲式保证了音乐结构的完整、均匀、对称、平衡和比例。显示了令人悸动的外在美感。读者应该知道，一旦作曲家不再墨守成规，那么曲子就偏离古典风格了。因为有许多书籍可以参考，笔者在下面只简单谈几种常见的曲式。

反复(Repetition)，将乐句、乐段或整个乐章加以重复，不仅是加强对音乐旋律的印象，而且产生了平衡对称的感觉。

二段曲式(Binary Form)，一首乐曲由两部分有机结合构成。这两部分往往形成对比，产生了对比性的美感。

三段式曲式(Trinary Form)，是由三段乐段组成，即 ABA 形式，第三段 A 是第一段 A 的再现。这是一种相当平衡、对称的结构，中间段 B 与 A 可有对比性，甚至形成一个高潮。

回旋曲式(Rondo)，就是一段主题旋律不断重复出现。不过在每次再现之前加入了一段新材料，被称为插部。主题旋律会呈示在曲首，重复次数可多次。回旋曲式令全曲活泼，常用在大作品的最后一个乐章。

变奏曲式(Variation Form)，以一个音乐主题为基础，其后不断以各种方式加以修饰、变化及发展。写变奏曲需高度的创作技巧。

奏鸣曲式(Sonata Form)，这是一种最常用的重要曲式，注意不要与奏鸣曲这种音乐体裁相混淆。它由三部分组成：呈示部、发展部、再现部。呈示部呈示主部主题与副部主题两套旋律，而且它们的调性有差异，形成对比。有时这两个主题的对比是很明显强烈的，可能一个粗暴一个温婉。一般呈示部会重复，以加深听众对主题的印象。发展部则通过改变调性，添枝加叶乃至形成插部等各种音乐手段将主题发展、深化。作曲家在这里尽情发挥、自由想象，使自己的音乐达到魔术般地效果。再现部将再现呈示部主题，但这时它们的调性获得统一，乐曲进入结束段落。奏鸣曲式除了用于第一乐章外，作曲家也可以安排最后一个乐章为奏鸣曲式。奏鸣曲式表现力广泛、丰富且深刻。

读者聆听古典音乐时，不必在乎上述的结构分析，笔者在这里做一些介绍，是因为讨论曲子时可能会涉及到这些音乐术语。其实对每个乐曲做这种分析并不会增加你对音乐的感受力，相反还可能影响曲子本身的新鲜感和神秘感。

在这里我们打个比方来说明。例如去参观一座古堡，如果给人的感觉非常美，赏心悦目，不虚此行，这就够了。最多就是再了解古堡的建筑年代，工程师是谁，属于什么风格，这些知识性的东西，而没有必要像建筑设计院的专业人员那样去剖析它内部的结构设计，以获得更多理性的材料。当“圈内”人员侃侃而谈建筑理论时，“圈外”者大可不必自愧不如，因为双方其实有一个至关重要的交集，就是古堡的感性美。在此处，懂与不懂的分水岭消失了。感受音乐的情和美也是如此。更何况音乐这门听觉艺术还涉及心理学知识，历史、文学修养等等，专业与爱好者重叠的空间大着呢。

音乐使你不再孤独，音乐使你心胸开阔，音乐使你快意人生。

古典音乐的魔力(二)

艺术离不开人的情感。艺术是人类关于光明、自由和宁静的力量的梦想（罗曼·罗兰语）。任何人，不论是专业、业余还是爱好者，都可以享有精彩的艺术性的人生。

文学、绘画都是直接与读者交流，而音乐与它们的最大不同就是作曲家要通过演奏家来和听众对话。那么演奏家是什么角色呢？是信息传递者。他们应将作曲家的原意忠实的传递给听众。从这个意义上来说，演奏者和影视演员一样，一定要完全变成剧中的那个角色，才能传达作曲家（剧作家）在创作时所要表现的情感。所以这个环节太关键了，因为如何正确和完整的诠释作曲家的原意，就全在乐师和乐队指挥的手上了。本来放在不同演奏者眼前的是同一份乐谱，而且弹出来的音符也是对的，但风格、情调却会有很大差别。这就是说，实际上音乐感动人之处并非音符本身，而在于将音符化为声音的过程，即演奏诠释。演奏者实际上可做有限度的自由发挥。有不少老作品，像巴赫的，乐谱上只有很少的记号可以指引演奏者，从而给了诠释更大的自由度。在这种意义上来说，演奏家在一定的约束下对作品进行了第二次创作。

优秀的演奏家不是学了作品就上台演出的，他们先要细心研读乐谱，探索作曲家的意图，让作品进入自己的生命，然后从灵魂中找到音乐的表现。这一切都需要时间。较难的曲子有的艺术家要花上几年的时间。例如邓泰山（Dang Thaison1980 年肖邦大赛第一名）回忆，在莫斯科念书时，一两周就可以练好的曲子，波哥雷里奇（Ivo Pogorelich，著名钢琴家）欲是千锤百炼，琢磨各式音色、技巧和句法。一个曲子非练个两三个月不可。

由于生活经历、文化素养或天生的共鸣，演奏者会对某些乐曲有强烈的直觉和感受。这使得演奏者能轻易找到表现的方式。除此以外，演奏者对于所奏音乐是有想象的，而且每个演奏者的想象都可能不同，并且永远无法证实自己的想象和作曲家的想象相同，演奏者将音乐与诗文、绘画、戏剧等其他艺术形式作连接，并加入自己的品味。另外，对一个作品的诠释也不是一成不变。比如，一位钢琴家在二十岁弹某曲时的速度可能和四十岁完全不同。表现音乐的确是一辈子的功课，快乐会来自这样一个追索的过程。

钢琴家齐默曼谈到他的演出经验时，还提到一个有意思的事情：音乐诠释会受到现场的气氛，不同的听众，不同的心情，不同的音乐厅和音响，不同的合作伙伴的影响。这种在音乐表现、演奏风貌上的差异并不是相隔几年，而是几乎在瞬间被决定下来。一上台就有了不同的想法，弹出不同的诠释。齐默曼认为这恰恰是艺术最美妙之外。

试想，如果演奏家演奏的毫无想象力，那怎么要求听众想象出什么呢。对于两三天就办一场演奏会的名星，听众可以感觉到他们是“呕心沥血”还是如莫扎特所厌恶的毫无激情的“机械发声”。

演奏家应该是音乐的仆人。伟大的作品永远比演奏家伟大。

另一方面，有些伟大的作品并不是一下子就被世人认可的，要靠有真知灼见、有名气又有勇气的演奏家去发掘和推广。例如门德尔松发扬光大巴赫的作品，彪罗重新处理和诠释柴可夫斯基的《第一钢琴协奏曲》，伯恩斯坦不遗余力的演奏、宣传马勒的作品，才使得那些几乎无人问津的乐曲震惊乐坛。而且正是所有演奏家一代又一代的努力，古典音乐仍然生机盎然。

从事音乐的人，需要一生对音乐都有无穷尽的热爱，永远对“美”充满好奇，惊喜和感动。在对这门艺术奇峰的攀登上，永不停歇。钢琴家齐默曼把钢琴演奏艺术分成三个层次。第一层是技术面，面对键盘的钢琴师。第二层则是让钢琴演奏表现想法的音乐家。从钢琴家到音乐家的进程中，人容易急躁，没有认真钻研作品，包括乐曲本身结构、调性、情感各方面的设计，思考作曲家笔墨间的提示，就急于表现自己的想法。而第三层则是艺术家。艺术家深入作曲家的内心世界，问着为何作曲家要这样写？我要如何和人们沟通？等等这些深层次的问题。从而演奏也是从自己的心灵出发。在与听众的沟通上，让听众感觉到乐曲伟大。让没有听过古典音乐的人在音乐会中不觉得无聊,让他们对这音乐信服,把音乐弹进他们心里,这才是真正的成功。

年轻人要想崭露头角,通过国家或者国际音乐比赛本是一个机会,天真无邪的说,那更是一个相互观摩,砥砺学习的机会。然而,在全球化商业化的今天,比赛成了利用音乐一夜成名的战场。一旦成名,经纪人,唱片公司就会找上门来。选手为了赢得比赛,一味讨好评审和听众,按评审的口味弹奏。甚至用夸张的演奏来吸引和惊醒评审。这种成名扭曲了自己,抹杀了个性,远离了艺术宗旨。而忠于原作的选手反倒是需要拿出壮士断腕的勇气来。当然这也不能全怪参赛者,例如拿 5 年一度的波兰肖邦国际钢琴大赛来说,究竟偏向于选出杰出的钢琴师,还是肖邦演奏家,这个引起评审之间无休止争论的问题,已成为公开的秘密。更不用说那些名目繁多的国际比赛之间的不良竞争,职业评审,评审的利益冲突及水准良莠不齐,都导致音乐的艺术品味和标准的降低。

当今有人批评,音乐教育越来越专门化,音乐已从其他生活领域孤立出来。美国如此,欧洲也好不到哪儿去。人心越来越空虚、浮躁。音乐学院培养的器乐家虽具有高度技巧,但欠缺挖掘、悟解和表达音乐本质的根本能力。

所以对于追求艺术真善美的青年学子,应摆脱两件危险的诱惑,一是贪图速成,不用功研究作品,听别人的演奏学诠释;二是追名逐利,尤其避免从小在心灵上就有功利的烙印。有一句话说的好,比赛算什么!比赛能和音乐比吗!

参考资料:

焦元溥:游艺黑白,世界钢琴家访谈录,2010。

古典音乐的魔力(三)

忘情的欣赏音乐就是欣赏自己，海阔天空的想象也是一种创作。

创建精神家园，汲取生命力，点燃自己的情感,发现自己的内心,令灵魂现形就全靠古典音乐的魔力了。

本章拟议论音乐与聆听者之间的关系，这个议题涉及到音乐的实质，其实从公元前就开始争论，从“艺术”的定义出发，公元前 400 年就有人说过，“音乐是被发明来欺骗和迷惑人心的”。这个说法切中要害。何以如此呢？有人认为音乐是抽象性的，没有携带任何信息，但是进入脑海后，刺激出某种情绪、情感。另外有人认为音乐具有情感质素，是一种心绪、情感，或意境的表现。这种“音乐表现”强烈的感染人和引爆人的情感震撼。但不论哪种机理，音乐冲击人的内心世界，而且触及之深，之微妙以及全程的动态过程，都不是语言文字可以表达清楚的。

很显然，音乐的效应是发生在音乐与人的精神层面的契合之中。

举个例子，悲怆哀愁是一种绝望的情绪，怎么体验呢，那就去听柴可夫斯基的《悲怆交响曲》吧，看看自己给自己送葬是何种滋味。什么是柔情似水呢，听一听《天鹅湖》第二幕中那悠扬的提琴演奏。把一个缠缠绵绵、难舍难分，表现的淋漓尽致。想知道哀痛忧伤有多难受，还是去听一听柴可夫斯基的《A 小调钢琴三重奏》，准让你郁闷难过的透不过气来，那是在纪念他的老师。所有这些情感通过音乐在人的内心深处得到宣泄和共鸣。可以说古典音乐表达了人的所有情感，所以聆听古典音乐绝不是高不可攀的事情。

换句话说，音乐是最为感性的艺术形式，音乐是要用心去感受的，而非理解。就像游泳和冲浪，心灵浸沉在声波的海洋里，浪涛从琴弦中涌出，一波未平，一波又起。你尽情去感受：让你的心融化，或者孤芳陶醉、温暖慰藉，或者希望憧憬、浮想连翩。

于是又有一个贴切的定义：音乐是充满美感及情绪表现等声音组合的艺术形式之一。

但为什么人对音乐的反应颇多差异呢？因为由聆听感动而

激发的联想往往和自身的生活经验、遭遇相关联。生活经验越多,越丰富,对音乐的感受就可能越深。当某段音乐带你回到了美丽的故乡,回想起了初恋的时光,逝去的亲人,让你思绪万千时,你甚至可能热泪盈眶,不能自已。认为只有音乐专业人士才懂音乐,才能享受伟大的曲子,其实是一个大误区。不识乐谱,不懂乐理,不会演奏乐器都不会妨碍你成为音乐的性情中人,因为与音乐的交流和共鸣是发生在每个人的心中。和音乐共鸣的境界就是天人合一的境界。夸张一点的说,在这个境界里,你不像在欣赏音乐,倒像在聆听自我的声音,寻找自己欣赏自己。

音乐又可以令大脑“胡思乱想”,尤其对于失去了文学依托的无标题音乐。有时不必刻意追梦,琴声不知不觉就将你引进一个可能清晰可能模糊的想象世界。所以不要为纯音乐的“深奥艰难,不知所云”吓到,更不必为自己的欣赏品味而难过。在你的大脑中,你觉得它是什么,它就是什么。你的想象不必和他人一致,也不必和作曲家一致,这正是音乐多义性的艺术魅力。况且随着环境心情的改变,年龄阅历的增长,你对同一段音乐也会有不尽相同的感触。

聆听音乐最令人摸不到头脑的是介乎悲喜之间的“心事重重”,“一言难尽”,尤其是内心深处的纠结、矛盾和挣扎,因为它们的表达变化多端,有些曲子又写得相当内敛含蓄,或者私人化。当然更不用说有些作曲家有意无意的将作品写的诡异、狡诈、模糊。所以许多曲子,并不是你第一遍就听到了什么,就如同读一本小说,大致的情节未必马上引起你的兴趣,或者读完了很快就忘记了。不要因为音乐一时没抓住你的感觉而马上放弃。

欣赏乐曲时,非常重要的是,要有意去觉察不同感情状态的迅速更迭,即气氛的瞬息万变。这时很可能调性、节奏、速度、和声等发生了转换。这种转换使乐曲如万花筒般多姿多彩。若曲子有两个或更多的旋律,应去感觉它们之间的对比性、冲突性。正是这种对比、冲突和转换给听众带来了强烈的戏剧性张力和感染力。这时曲子很可能正在刻画人类心理的活动和状态，而且你的被激发的情绪若与你的潜意识合拍时，你将不会止于个人的联想和想象，从储存着文化和修养的潜意识里可能会释放出对生活、生命、世界的某种顿悟，精神和美感获得升华。这时你对音乐的体验就进入了更深的一层。而这样的乐曲就会被认为具有充沛和深厚的内涵。

听众还可能面临这样一个问题，与音乐共鸣少，又缺乏想象力，那怎么提升欣赏品位呢？实际上，音乐多少会带给你一点情思，一点触动，让你觉得悦耳动听，这就是美感的启动（注意：不是音乐美学）。美感是外界之美在人心中的一种本能的映射，同时又有文化修养的因素。比如看日落，人人都会脱口而出，啊！真美。听意大利歌剧，不懂歌词，人们也会交口称赞，唱的真好。美感和情感是心灵里两个毗邻的窗口，可以相互传输、交织、融汇。旋律优美、音响和谐、气质高雅、情调浪漫、场面壮观，都会令人享受到浑然天成的艺术美感。而这时非专业人员也会在无意中体会到音乐技术层面的奥妙。

听众可以在任何心情下聆听古典音乐。但当你一人独处，关上门窗，断绝外界干扰，屏息静听，那种难以言喻的情感和美感在全神贯注的静默之中产生，你可能处在一种十分奇特的状态。你感觉你的身体与精神都漂浮着，与音乐浑然一体。你得到了空前的解脱。

更进一步，当某段音乐不仅是感动你，而且在你内心产生不可名状、不可遏制的激动，久久不止。这时候你借音乐发现了自己心灵世界的真相，隐藏在深处的灵魂终于现形了。

音乐爱好者往往有这样一个心理，觉得在音乐欣赏上不如专业人员。其实在聆听音乐的世界中没有权威。就是作曲家本人也不能非议听众的体验。况且业余爱好者有他的优势，当乐师在花大量时间拼命练习一支曲子的时候，音乐爱好者却可以细细品味大量的曲子，还可以比较世界著名艺术家的表演，所以业余爱好者对音乐的收获绝不比专业人员差，尤其处在高科技时代，各种传媒特别是互联网功不可没。

音乐还有一个神奇的特点，就是它的记忆性和存储功能。当你听到某段音乐时，恰逢一个事件撞进了你的生活，或那段音乐伴随你渡过了不寻常的岁月，那么那个事件和时光就存储在这段音乐里，永远不会被抹去。多少年之后，当你再听同样这段音乐时，不管你是否认同它，那段历史就会清晰如初的蹦出来，令你感慨，令你唏嘘，令你情不自禁。

从感性角度讲，人对音乐的感知是有生俱来的，太多的教条和理性反而压抑了感性细胞的激活。形象地说，音乐的 DNA 与人类的 DNA 是相合的。而且更有意思的是，听众的想象也是一种创作。主动参与和体验音乐的情怀和力量，既是体验人生，又可完善自己的情商和品德。

读一些文学名著、诗歌，多跑几趟画廊、博物馆，多游历山川大河，积累起丰厚的文化底蕴，你的音乐艺术修养肯定受益匪浅。

听几首好曲子吧，会感动你一辈子。

西方音乐史简图

欧洲古典音乐对世界艺术宝库的贡献举世无双，全球任何其他地区的音乐成就都无法与之比肩。

广义来说，20 世纪以前的音乐都可称为古典音乐（classical），但唯独 18 世纪的音乐又可将 classical 翻译为经典音乐，因为这个时期的音乐颇具世界性、永恒性。

年代	音乐潮流与风格	代表人物	女作曲家
公元前	古希腊罗马时期 曾经繁荣、辉煌 为西方音乐之源		
500–1450	中世纪时期 宗教圣咏、弥撒曲 记谱法 复调应用 后期市俗音乐发展	安普罗修斯 马肖	宾根
1450–1600	文艺复兴时期 复调发展、变革 器乐独立发展	德普瑞 塔利斯 伯德	威萨娜 卡苏拉娜
1600–1750	巴洛克时期 数字低音 发展乐曲体裁 歌剧 清唱剧 康塔塔 精致、细腻、雍荣华丽	蒙特威尔第 巴赫 亨德尔 威瓦尔迪 帕赫贝尔 泰勒曼 科雷列	卡西尼 斯特柔兹
1750–1827	古典风格时期 主调发展 形式上匀称和谐 追求客观完美、高雅 理性、节制个人情感 确立多乐章交响曲、 协奏曲、奏鸣曲、弦乐 四重奏 现代钢琴出现	海顿 博凯里尼 莫扎特 贝多芬	玛蒂涅丝 帕拉迪斯
1810–1900	浪漫主义时期 注重主观感情	舒伯特 肖邦	席曼诺夫斯卡 克拉拉·舒曼

年代	音乐潮流与风格	代表人物	女作曲家
	传奇、幻想、超自然 看轻形式、结构 派生出：民族乐派 印象主义	门德尔松 舒曼 李斯特 柏辽兹 德沃夏克 布鲁克纳 勃拉姆斯 圣桑 柴可夫斯基 拉赫玛尼诺夫 德彪西 瓦格纳 理查·施特劳斯 普契尼 马勒 西贝柳斯	范尼·门德尔松
20世纪	现代音乐时期 否定传统观念 强调音响、音色 数个不交集的流派： 表现主义、新古典主义、 新维也纳派、新民族乐 派、通俗音乐如爵士、 摇滚大行其道	斯特拉文斯基 勋伯格 巴托克	埃米·比奇 热尔梅娜·塔耶弗尔 塞西尔·夏米纳德

上面的简图告诉读者，音乐和其他艺术一样，其潮流和风格与社会现实、时代风貌紧密相关。无论是战乱、变革、和平、繁荣、享乐、颓废，都会映射在他们的作品中，这是一条线。另一条线是人类梦寐以求的人格和精神的解放，以及人们的理想和探索。

下面仅就音乐的情感层面简要的谈谈它的历史进程。音乐是从修道院、教堂中发展起来的。那时音乐不是为了娱乐，而是要产生对天主的赞美和敬畏。所以古典音乐从开始就打上了神圣、庄严、典雅的烙印。从另一个角度看，圣乐充满着平和的气氛及对未来的憧憬。经过中世纪、文艺复兴时期到了巴洛克时期(17 世纪)，音乐开始变化。人的情感进入音乐，但这时音乐家借用人的情感去描绘神话的世界。另一方面音乐进入了宫廷和贵族家中。这个时期的作曲家受雇于君主、王宫贵族，所写的曲子开始美化装饰生活，也透露出现实中的喜怒哀乐。音乐从神性走向人性。在古典风格时期(18 世纪)，音乐走向了中产阶级家庭、公共大厅乃至户外广场。莫扎特是第一个音乐自由职业者。他除了受人委约外，已开始了个人风格的自由创作。莫扎特的音乐在当时已很前卫了。古典风格时期创作强调理性和客观的美，音乐是愉悦人而不是刺激人，所以对于情感就必须约束和节制，作曲家讲求作品整体的秩序、协和与比例。其美感表现在曲式井然有序，且内涵各种心理情绪的感性变化。这个时期的音乐颇具普适的人性化，因而具有世界性、永恒性。音乐发展到浪漫主义时期(19 世纪)，个人化和民族性膨胀起来。由于许多音乐家可以通过收取乐谱版税等方法养活自己，音乐创作更为自由，注重抒发个人感情和内心世界活动，强调主观和感性，音乐极富人情味、民族风。这时的作品比较容易从作曲家的经历，发生的事件上寻获写作动机，况且有些作曲家还特别喜欢标题，直接告诉听众他在表现什么。这时音乐情感的表达多以“我”为中心。另外还需要强调，其实世俗音乐、平民音乐开始的比教堂音乐还早,而且也一直在民间发展,古典音乐作曲家亦不断的从世俗音乐中汲取营养和捕获素材。

20世纪后,世界经历战争、灾难、动荡、科技发展,迈向全球化。现代的年轻人喜欢与音乐有更激烈的互动来发泄、倒空情绪,而非仅仅聆听。音乐进入现代风格。音乐创作进一步自由,解放,传统美学观念遭到否定。古典音乐流派、主义繁多且势微,作曲家寻找稀奇古怪的音响、音色。再加之乐曲结构的不稳定,给人以惊奇、紧张、刺激。古典音乐由人性进入魔性。

又由于社会结构和资源的变化,古典音乐完全不敌通俗的流行音乐。

懂得生命懂得爱

电影《日瓦格医生》的主题曲太凄美绝伦了，凄的心碎，美的落泪。BBC说的好：《日瓦格医生》是那种每个人在他的一生中都需要感受一次的影片。

笔者以人心中最难以驾驭又最容易受伤的部分——爱情，开始本书。每个人受生命动力的鬼使神差，总会在一生中经历一次难忘的恋爱，哪怕是暗恋、单恋。这里笔者挑选几首令人动容的电影爱情主题曲，它们既跳动着故事的脉搏，又有独立的唯美。在音乐拨动心弦的同时又发人深思：爱情的背后，隐藏着一种惊天动地的强音源，那就是生命！让作者带你走进爱情与生命交织的音乐王国吧。

英意合拍的电影《罗密欧与朱丽叶 1968 年版》的主题曲《爱的主题》

(Love theme from Romeo and Julie 1968)

或称为《少年是什么》(What is a Youth)，后来该主题曲被重新填词，命名为《A Time for Us》。这个电影的情节家喻户晓，可以不看，但它的音乐必须听，因为这个主题曲太不同凡响了。该主题曲的器乐曲在电影上映后在欧洲和美国迅速传播开来，深受大众喜爱，连街头艺人都把它当作固定曲目。

电影中，从两人一见钟情到双双殉情，这个曲子贯穿始终。就是说从生到死，有这一首歌就足够了。听听那宣泄在琴弦上的渴望吧，从缠绵不尽的诉说爱情，到对天发誓的矢志不渝，你听，拥抱对方的冲动有多么强烈，日夜思念又是多么的痛苦。是什么令少男少女爱的死去活来呢？是生命原动力(荷尔蒙)，有生命就有爱情，生命产生了爱情。壮烈的令人心碎的是少男少女在燃起爱情的熊熊烈火之后，不惜将生命烧成灰烬。

电影《教父》的插曲之一《爱的主题》

(Godfather,1972,Love the me from Godfather)

实际上它比主题曲(Godfather Waltz)还出名。原曲为器乐曲，后来被人填词，叫做《柔声说爱》(Speak Softly Love)。这首曲子具有浓郁的意大利西西里特色，电影中用曼陀铃、手风琴等民间乐器与弦乐合奏，凸显了意大利风格。尤其是小号和手风琴演奏的主旋律，表现出那深沉的刻骨铭心的爱。当时年轻一代的教父为躲避追捕，回到意大利西西里，邂逅了一个天真纯洁的姑娘并娶她为妻。但好景不长，这个姑娘无辜的死于帮派残杀。这时你会感到曲子中竟还含着欲滴的眼泪。该曲情深的令人陶醉，点点悲情又令人伤感。

有一首爱情主题曲《The mesong from Somewhere in time》来自一个近似神话的离奇的爱。电影的名字叫《Somewhere in time，1980》（中文译为：时光倒流）。故事讲一个剧作家的奇遇。当他住进一个历史悠久的旅馆后，发现在这个旅馆内的历史陈列中有一张散发着古典美的女子照片，他痴情的凝视着，好面熟呀，他开始追查这个女子的来历。原来70年前她是这里当红的明星，而剧作家自己的名字竟赫然出现在70年前旅馆登记薄上。这太不可思议了！于是他想尽一切办法回到过去，寻找那前世的爱。结果阴差阳错，在湖边他终于与那女子相遇了。他们爱的缠缠绵绵，他们爱的义无反顾。但在梦幻的尽头，时空再次错乱，两人瞬间被撕裂开，无论如何再也无法相聚。剧作家伤心欲绝，思念过度，在旅馆的房间中不饮不食，他死了，或许只有死才能把他带回到那女子的身边。

曲子开始，竹笛和钢琴、小提琴把你带回了一个朦胧久远的年代，接着那指尖下的钢琴键，轻柔的托出一个似曾相识的姑娘，让你相见恨晚，难以自已。超越幻想，超越梦境，超越时间，找到了她，还有比这更神魂颠倒的吗！当曲子令人泛起泪光时，你不禁会怀疑俗成的时空观，真有时光隧道可以穿越吗？

电影《薰衣草女人》

(Ladies in lavender，2004)

给我们展现了有悖市俗观念的爱。故事讲一个年轻的波兰小提琴手遇到海难，侥幸被冲到英国海岸，被住在附近的两个英国老姐妹救了下来。在老太太家中养伤的日子里，其中一个从未结过婚的老太太情不自禁的爱上了这个年轻人。结果呢，年轻人跟着一个俄罗斯姑娘去伦敦追求新的生活，老姐妹又回到从前平静的日子，但她的心平静得下来吗？

主题音乐由小提琴家 Joshua Bell 演奏，多像是对青春的缅怀和留恋啊，它倾诉着回到爱的年代的渴慕，虽然爱来的太迟了，但内心仍然是真挚的，温暖的，激烈的，只是外表平静的多。年逾花甲的老太太单恋上了年轻小伙子，市俗看来有些荒唐。其实，不论生命原动力还剩多少，只要一息尚存，爱就会喷发出紫色的烟花，这就是本曲震撼心灵之处。

托尔斯泰的小说《安娜·卡列尼娜》自 1911 年以来已被拍摄了 14 部电影和 6 部电视，其故事情节不在这里赘述。电影配乐最动人的应属 2012 年版《安娜·卡列尼娜 2012》(Anna Karenina 2012)中的《安娜最后的火车》(Anna's last train)。全曲以轻快的圆舞曲开始，擦出爱情火花的安娜，充满了幸福感，心中的彩蝶在飞翔。但好景不长，舞步变得如铅块般沉重，她是用生命去爱，但现在失去了，生命就仅仅剩下躯壳，她呻吟着。她从悲伤到绝望，从心底发出生命最后的一声呐喊。

根据普希金的小说《叶普盖尼·奥涅金》拍摄的电影《奥涅金 1999》(Onegin 1999)的主题曲《Onegin's theme》较短，乍一听好像没什么就结束了。实际上安排的挺奥妙的。全曲第一部分有不到一分钟的钢琴，想象一下，一个空虚空想的男子傲慢的对待女子真诚的爱，几年之后再相遇时才发现自己是深爱对方的，但为时已晚。这时此人懊悔和自责的心情，不就如“孤苦零丁”的音符，摔碎了一地吗？第二部分，小提琴拉出急促的圆舞曲，似乎是在回忆往日的时光，但对比前一段钢琴，实在是着意造成一种嘲讽和告诫，不用生命去爱，就没有资格谈爱。

电影《蒂凡尼的早餐》主题曲《月亮河》
(Breakfast at Tiffany's, Moon River)

影星奥黛丽·赫本(Audrey Hepburn)于 1961 年主演过电影

《蒂凡尼的早餐》。电影的主题曲《月亮河》(Moon River)荣获第34届奥斯卡最佳电影歌曲奖。如今50年过去了,电影和歌曲的魅力丝毫不减。电影中女主角霍利原是农村穷孩子,抱着梦想闯荡纽约。每天清晨站在蒂凡尼珠宝店柜窗前,一边吃着快餐,一边用羡慕的眼光盯着店中的一切。这也是影片名字的由来。她有太多的虚荣心和不切实际的发财梦,结果反而迷失了生活的方向。她内心空虚、孤独、惆怅、落漠。她坐在窗前,抱着吉它,自弹自唱《月亮河》,成了令人难忘的经典镜头。这时她巧遇了与他同病相怜的,一个做着大作家梦的男士。男士开始了对霍利真心的追求,几经蹉跎,在倾盆大雨中,霍利顿悟了什么是真爱和幸福。

乐曲《月亮河》的旋律婉转悱恻,情深意长,它像是祝福相恋相依的人们地久天长,又像是劝诫尚在月亮河中沉浮的人们:靠岸吧,把握人生。全曲令人感伤、感慨、思绪万千。

电影《魂断蓝桥》主题曲《友谊地久天长》
(Waterloo Bridge,Auld Lang Syne)

电影的故事情节不在这里重复,因为它的主题曲每年除夕都会播放,歌唱日子会逝去,友谊却可长存。这首主题曲本取自一首古老的苏格兰民歌,但用在《魂断蓝桥》这样一个令人扼腕长叹的悲剧中,就成了百年经典中之经典。曲子之所以震撼人心,催人泪下,是因为电影中的女主角把爱情看得太纯洁了,不能有一丝一毫的玷污。她不惜用自己的生命去救赎自认为被玷污的灵魂,而留下友谊地久天长。

电影《爱情故事》主题曲
(Love Story Theme)

在中国那场动荡的政治运动中,对一代青年最大的杀伤之一就是要书没书,求学无门,制造了文化断层。可是文化这东西不是说摧毁就摧毁的。那时一个难以置信的奇迹就是手抄本的书在地下流行。勇敢的人硬是把几万字的书工工整整的抄在稿纸上，一个人接着一个人的抄，一本本的传给大家阅读。当时笔者一旦千方百计借到这样的手抄本，就如获至宝，挑灯夜读，爱不释手。当时笔者读到的一部手抄本是美国小说《爱情故事》，不知被谁翻译过来了。讲的是一个富家子弟大学生，不惜与父亲决裂，冲破家庭的束缚，与一个平民出身的女大学生生死相恋的故事。情节感人不说，令笔者大开眼界的是美国的大学和大学生活。十多年后，笔者真的有机会来美留学，看着图书馆里一辈子也读不完的书，想起当年艰难的手抄本，真所谓恍如隔世，欲哭无泪。在美国，笔者把《爱情故事》(*Love Story*)的英文原书读了一遍，还买了电影(Love Story，1970)录像带保存起来，不时还拿出来看看。其中一个主要原因是想重温电影中那首催人泪下的主题曲。这首主题曲(Love Story Theme)曾获奥斯卡最佳原创音乐金像奖。笔者尤其爱听钢琴版本，每一个和弦都敲击震撼着心头，让你心酸的无处躲藏。

如果你曾爱得那么深沉，你想从心里一遍又一遍地呼唤你所爱的人，那就让你的心潮和这首主题曲的波涛交汇成洪流吧。任它如钱塘江大潮从心中涌出，冲刷这个世界，让人们浸渍在爱的海洋里。

电影《日瓦格医生》的主题曲《拉娜之歌》
(Doctor Zhivago，Lara's Theme)

电影《日瓦格医生》的主题曲，通常称之为《拉娜之歌》(Lara's Theme)。这是一首以爱情为基石，又概括了俄国一代知识分子心路历程的曲子。电影中本无歌词，后来被人改编成歌曲《Somewhere My Love》。我是先听到曲子，后来才去看电影。乐曲太凄美绝伦了，让人透不过气来，"凄"的心碎，"美"的落泪。电影的情节场景令主题曲充满了血肉，看过电影之后久久不能释怀。

帕斯捷尔纳克从1946年开始创作长篇小说《日瓦格医生》，至1955年底完成。在长期等待仍无望在国内出版之后，帕斯捷尔纳克将书稿交由意大利出版商带至意大利出版，旋即成为畅销书。1958年被授予诺贝尔文学奖。但在苏联政府的政治压力下，帕斯捷尔纳克不得不声明拒绝领奖。其后仍受到迫害和围剿，一年半之后(1960年)，他在莫斯科郊外的寓所中抑郁辞世。当时苏联政府并未宣布消息，但仍有四千多人自发前去参加葬礼。27年之后苏联才为他恢复名誉。

1965年《日瓦格医生》(Doctor Zhivago)被好莱坞搬上大银幕并获得了5项奥斯卡金像奖，包括最佳原创音乐奖。《日瓦格医生》讲述的是一个有理想、有热情的俄国爱国知识分子，在第一次世界大战、十月革命和其后的俄国内战中的经历。在世界变得残忍无情时，贯穿苦难的是爱情。当祸从天降、无处藏身时，守护的是自己的心灵。这是一部俄国的史诗，也是中国的和全世界的。难怪BBC说:《日瓦格医生》是那种每个人在他的一生中都需要感受一次的影片。

《拉娜之歌》是电影史上最著名的配乐之一，而且一定要听电影版本。拍电影时，要找到会弹好俄罗斯三弦琴的人挺难，所以只得在本地找到十几个业余。但是在演奏中他们全心倾注了对家乡的深情，他们创造的原始的艺术冲击力，迄今无人可及。

《拉娜之歌》为类回旋曲式的结构，ABAB′A交替三次。A段在高歌生命，B段在诉说爱情。日瓦格医生与女子拉娜的爱情虽发生在婚外，但在那个兵慌马乱，颠沛流离的年代中，在无端杀戮，饥饿死亡的残酷现实下，两个相依为命的弱小心灵闪耀着爱情的火光，碰撞出生命的颤音。从曲子的字里行间，你可以听到那么多的无奈和痛楚，却又像充满着希望和憧憬。

《拉娜之歌》是唱给帕斯捷尔纳克听的，企盼他能从沉睡中醒一醒，再看一眼那挺拔的白杨树林、那西伯利亚的冰雪和那美丽的俄罗斯大地。

《拉娜之歌》之所以久久萦绕于心头而不去，笔者觉得是因为它揭示了人类的一个悲剧:一棵小草，当狂风来临时，不论小草如何顺从,也难免遭遇连根拔除的命运。

所以当你觉得往事不堪回首时,静静地听一听这首带有精神洗礼特质的曲子,或许你的沮丧情绪会有所缓解,因为心中流泪的人,绝不止你一个。

顺便将帕斯捷尔纳克的故事讲完。1989年瑞典科学院决定将诺贝尔奖的证书和纪念品交给帕斯捷尔纳克的儿子。本来是个大喜的日子,仪式却是在沉闷和压抑的气氛中拉开序幕。原来,巴赫的第二号D小调大提琴独奏曲中的《萨拉班德》(Bach, Cello Suiteno.2 in Dminor BWV1008 Sarabande) 被首先演奏。这根本就是大提琴代表帕斯捷尔纳克发言。音调悲怆,声响残缺。琴弦痛苦的振动着、伤痕累累,琴弓拖出长长的孤独和哀伤。特别是曲末高亢的一声,尤如重复帕斯捷尔纳克在弥留之际所说的那句话"认真地彻底死去",哀尽愁绝。

巴赫的曲子深不可测,这首《萨拉班德》的隐台词被认为是令人惶恐的宿命低语,或是在怨诉中对魔鬼的诅咒。在历史性时刻演奏这首曲子,意味太深长了。

有这两首悲歌陪伴,帕斯捷尔纳克先生可以安然入睡了。

生死恋

歌剧源于古希腊的悲剧，文艺复兴后得到发展，18至19世纪风靡欧洲。歌剧集声乐、器乐、舞蹈、戏剧之大成，为人类文明艺术的光辉结晶，也是各国文化发达的重要标志。

古典歌剧多以爱情悲剧为主，生离死别、爱恨情仇在人声发挥到极限时完成了最猛烈的碰撞。令听众承受了泰山压顶之重；感受了亘古不变之情；享受了沁人心脾之美。

下面推荐的曲子都选自古典歌剧中的序曲和咏叹调,主题是生死恋。由于互联网的发展,为人们聆听歌剧或其中一个片段提供了极大的方便。下面介绍的歌剧和唱段,都是经典中的经典,至今仍催人泪下。笔者建议听众不仅去听声乐,也听它们的器乐曲(注明 instrumental),以体会器乐曲的歌唱性,丰富的表现力和强大的感染力。你不用去找意大利歌词的翻译,只需想象那简单的剧情和聆听那动人心弦的旋律,去感受生死恋的永恒美和荡气回肠。

托尼采蒂《一滴美丽的眼泪,器乐曲》

(Donizetti,Una Furtiva Lagrima instrumental)

选自托尼采蒂的歌剧《爱情良药》(L'elisir D'amore)。一个憨厚腼腆的农民苦恋女主人。为了得到芳心,他不惜卖身投军,而用拿到的一点钱去买了骗人的爱情良药,以为喝了之后女主人就会爱上他,其实那是廉价的法国红酒。当女主人得知真相后,感动的流下了眼泪。这时喝得微醉的年轻人觉得心满意足,死而无憾了。

德里布《花之二重唱,器乐曲》

(Delibes,Flower Duet instrumental)

选自德里布的歌剧《拉克美》(Lakme)。拉克美是印度婆罗门教高僧的女儿,她风彩迷人,歌声动听。这首《花之二重唱》就是拉克美,一个清纯的少女,在与侍女采莲花时,为美丽的花朵所感动而高歌。不过在她邂逅一个英俊的英国军官并初尝爱情滋味之后,由于殖民者与被殖民者之间的矛盾,军人的职责与爱情之间的选择,这场从开始就注定不会有结局的恋情,以少女付出生命而落下帷幕。

德沃夏克《月亮颂,器乐曲》

(Dvorak,Song to the Moon instrumental)

选自德沃夏克的歌剧《水仙女卢莎卡》(Rusalka)。一个水中仙女爱上了王子,但短暂的相爱后,王子又倾心于另一位公主,这令水仙女痛苦万分。她独对皓月,倾吐心中的爱情。乐曲中有两段重复的优美的旋律:A 小段在赏月,将自己的感情寄托在这如诗如画的大自然中;B 小段为心灵的想往,她请求一个微不足道的心愿,让王子梦见她,告诉他有个人在等着他。该歌剧是爱情悲剧,最后水仙女与王子同沉湖底,但该歌曲并不是哭哭啼啼,而是抒发了一种缠绵深远的情怀。那种无法拥有,只得梦想的美好感情,总让人泪流满面。

普契尼《我亲爱的爸爸,器乐曲》

(Puccini,O mio Babbino caro instrumental)

选自普契尼的歌剧《强尼史基基》(Gianni Schicchi)中一段著名的咏叹调。演唱的是女儿向父亲苦苦哀求,希望父亲答应她与心上人的婚事,否则就要投河自尽。年轻人对爱情的奋不顾身跃然在音符的流淌之中,使得该咏叹调绝对具有无与伦比的感染力。

威尔第《歌剧茶花女序曲,器乐曲》

(Verdi,La Traviata Overture instrumental)

《茶花女》是威尔第著名的歌剧。故事讲的是在法国巴黎,一个绅士与一个上层交际花的爱情悲剧, 细节不在这里赘述。歌剧序曲就是要突出全剧的气氛,并暗示结局。听听这部短小的序曲就可以感受到死神的逼近,即使其中的圆舞曲也跳得阴暗沉重,没有光彩,没有生机。想象一下倒叙的写作方法,这部序曲又可看作是歌剧女主人公在弥留之际,恍恍惚惚的在捕捉昔日的风光,幻影最终随风而去。

茶花女歌剧第三幕中,薇奥列塔有一段感人至深的咏叹调《永别了,往日的美梦》(Addio del passato)。薇奥列塔知道自己马上就要病逝了,她痛苦和绝望,但内心仍深藏着爱情。咏叹调由双簧管引入,充满了悲泣,她在向人生告别。很快旋律变化为上行,她将炽热的爱情最后全部倾吐出来,然后面对死亡她平和超脱。全曲的旋律上下起伏,揭示了薇奥列塔内心情感在叹息下的层层波澜。

听完这首咏叹调,你再去听歌剧序曲,一个女人悲剧命运的一生被浓缩到那短短的哀婉的音乐中,一定会令你黯然神伤。

贝利尼《圣洁女神,器乐曲》
(Bellini,Casta Diva instrumental)

《圣洁女神》是贝利尼的歌剧《诺尔玛》(Norma)中的灵魂唱段。故事讲罗马帝国统治时期,许多被攻占的地区,人民憎恨罗马官员,不断起义反抗,并规定叛徒将被烧死。悲剧的是一个族群的女领袖却爱上了当地的罗马官,还秘密生下了孩子。当时起义在即,她发现罗马官已移情别恋,令仍深爱罗马官的她在情感上进退两难。皎月当空,她向圣洁的女神祈祷,请求赐给力量。最后她当众宣布她就是叛国者,坦然的与罗马官一起走向熊熊地烈火。读者还可以去听听这部歌剧的序曲(Norma Overture),在紧张的气氛里爱与悲同行。

普契尼《晴朗的一天,器乐曲》
(Puccini,Un Bel Di Vedremo instrumental)

选自普契尼的歌剧《蝴蝶夫人》(Madama Butterfly)。剧情为日本的蝴蝶夫人在美国丈夫回美国后,天天都幻想着在一个晴朗的早晨,她的丈夫乘军舰归来。那种虚无的久别重逢的幸福感,那种面对茫茫大海,望眼欲穿的迫切心情,催人泪下。

瓦格纳《爱之死,管弦乐曲》
(Wagner,Liebestod orchestral)

选自瓦格纳的歌剧《特里斯坦和伊索尔德》(Tristan und Isolde)第三幕。该剧源于西方一个家喻户晓的爱情悲剧。特里斯坦是国王的心腹,却偷偷的与国王的未婚妻,伊索尔德,爱的死去活来。被国王的卫士发现,特里斯坦与其决斗并身负重伤。当伊索尔德赶到时,特里斯坦已死去。伊索尔德怀抱着特里斯坦的尸体,唱起了这首著名的《爱之死》,然后气绝身亡。有不少乐队和名指挥都演奏过这首歌曲的管弦乐版。看剧情,似乎乐曲应表现的悲痛欲绝，实际不然。曲子大约7分半钟。一开始是暂短的悲伤，好像天要塌下来了。但很快就进入平静，她看着死者的容貌，进入了一种欣喜的爱的状态，一种极乐的悲哀之中。在中间一大段演奏之后，气氛又转变成一种升华和光辉的境界。尤其是结尾处，那非常独特的长长的渐强音，告诉听众，两个凝结在一起的灵魂投身海和云的怀抱，沉入甜蜜的芳香，终获超凡的自由。

普契尼《为艺术为爱情，器乐曲》和《今夜星光灿烂，器乐曲》
(Vissi d'arte, instrumental)和(E Lucevan Le Stelle, instrumental)

选自普契尼的歌剧《托斯卡》(Puccini, Tosca)。女歌手托斯卡与画家卡瓦拉多西为一对情侣，乱世之中卷入了残酷的斗争。在被杀害前，画家唱出的眷念生命与爱情的《今夜星光灿烂》，与托斯卡在被警察局长胁迫时唱出的善良、单纯的《为艺术为爱情》交相呼应。优美流畅的音乐将“爱情”二字深深的雕刻在悲剧的墓碑上。

普赛尔《当我长眠地下，器乐曲》
(Purcell, Dido's Lament When I laid down in earth instrumental)

选自普赛尔的歌剧《狄朵和埃涅阿斯》(Dido and Aeneas)第三幕。歌剧首演于1689年，故事讲一个落难的王子埃涅阿斯与女王狄朵相爱，但遭到女巫的破坏。埃涅阿斯被骗出国，狄朵误以为他背叛自己，心碎而自尽。狄朵临终前唱出的《当我长眠地下》是一首在西方歌剧史上著名的哀歌。它庄重而平静，却蕴藏着巨大的情感力量。全歌后半段重复“勿忘我”达6次，哀婉动人至极。

卡塔拉尼《我将远走高飞》
(Ebben! Ne andro lontana)

选自卡塔拉尼四幕歌剧《娃莉》(Alfredo Ctalani, La Wally)，1892年首演。其中第一幕中咏叹调《我将远走高飞》至今仍被人们喜爱，且用在电影配乐中。故事讲一个女子Wally爱上了一个父亲仇人的儿子 Hagenbach。Hagenbach 被人推入狭谷，她前去营救。Hagenbach 被救起苏醒后，找到了下山之路，不幸当他呼唤 Wally 的名字时，引发雪崩，Hagenbach 被白雪掩埋。站在断崖上的 Wally 跳崖自尽。第一幕中当 Wally 的父亲得知 Wally 爱上 Hagenbach，要女儿不是嫁给别人就是永远离开家。Wally 为爱情义无反顾，宁愿在雪原中远走高飞。她深情的向母亲告别，她可能永远不会再回来。这一唱段将这些复杂的感情，纯真的心灵表现的淋漓尽致。然后再去听该剧的前奏曲(La Wall prelude)，就更能想象到，雪峰之上那只雏鹰在翱翔，她向往着自由的爱情，肆虐的暴风雪吞噬了他们，可是她纵身悬崖的身影仍在山谷间盘旋，寻找着覆盖在白雪之下的心上人。

威尔第《告别大地》

(O terra addio)

歌剧《阿依达》(Verdi，Aida)首演于 1871 年，四幕歌剧，是歌剧大师威尔第的传世之作。先仔细听听歌剧的序曲(Aida overture)表达了什么吧。开始处，一种温柔的还带有几分纠结的感情在重压下破石而出，接踵而来的阳刚之气大有视死如归之势，然而厄运降临无法抗拒，怎奈爱情超越一切，生死不渝的爱情就如同悠长的音乐永世长存。

序曲已经告诉我们故事的人文内涵。剧情是，埃塞厄比亚公主阿依达被埃及军队俘虏为奴，爱上了埃及将军拉达梅斯，而拉达梅斯也倾心于阿依达。不过埃及王的女儿爱上了拉达梅斯，而且埃及王要把女儿嫁给拉达梅斯。后来阿依达的父亲战败被俘，阿依达内心的矛盾上升到极点，一边是爱情，一边是国仇家恨。后来拉达梅斯放走了阿依达父女，自己被判叛国罪。拉达梅斯宁死拒绝向埃及公主妥协，在被送入地下墓穴后，他发现阿依达早已悄悄潜入墓穴，决心与他同死。

全剧最后一个感人唱段为《告别大地》(O terra addio)，他们唱到："告别大地，告别眼泪，美梦在悲伤中远去，天堂已打开大门,我们的灵魂飞向永恒的光。”在那气贯长虹的歌声中诉说的生死恋,常令人扼腕长叹。

蓬基耶利《自杀》
(Suicidio)

蓬基耶利的《歌女乔康达》(Ponchielli,La Gioconda)1876 年公演。这部四幕歌剧使蓬基耶利在歌剧史上留下大名。

这也是一个爱情悲剧故事。乔康达是歌女,一个侦探对她怀有邪念,于是陷害其母。但被检察官妻子劳拉救助。人群中公爵恩佐认出了劳拉,他们是旧日情人。而乔康达曾受恩于恩佐,在暗恋着恩佐。恩佐欲与劳拉私奔,引起了乔康达愤怒和嫉妒,但当她发现劳拉是母亲的救命恩人时,决意帮助两人私奔。乔康达假意以献身为条件要侦探救出被捕的恩佐, 搭救二人后,乔康达决定以死殉情。她紧握毒药和匕首,唱出了咏叹调《自杀》(Suicidio)。这首咏叹调是乔康达殉情前的自白,她知道无法获得恩佐的爱,她认了,累了,要进入坟墓熟睡。所以这个唱段激昂的情绪一波接一波。再回头去听该剧的前奏曲(La Gioconda Preludio),可以感觉到前奏曲更完整的表现了乔康达内心活动,既有难以割舍的单恋,又有愤怒、嫉妒等感情在内心掀起的风暴,最后为爱,她坦然平静的走向归宿。

托尼采蒂《香烛已燃尽》
(Il dolce suono)和(Spargi d'amaro pianto)

选自《拉美莫尔的露琪亚》(Donizetti,Lucia di Lammermoor),三幕歌剧,1835 年首演,是意大利美声歌剧的代表作之一,也是世界各大歌剧院的常备节目之一。气氛庄严肃穆的前奏曲暗示着爱情悲剧的发生。在两个互为世仇的家族之间,露琪亚爱上了对立家族的继承人埃德加,而露琪亚的兄长施诡计逼迫露琪亚政治联姻。最后露琪亚精神崩溃,在新婚之夜她杀死了讨厌的丈夫,与埃德加双双殉情。该剧第三幕第二景是全剧的高潮,常称“疯狂场景”,这里有两大段咏叹调一定会让你感受到前所未有的听觉冲击:《Il dolce suono》和《Spargi d'amaro pianto》。第一段被译为《香烛已燃尽》,在露琪亚神经完全错乱之时,所念念不忘的仍是与埃德加的爱情。第二段唱到“让悲伤的泪水流淌吧,天堂对我是那么美丽。”用音乐来表达人的神经错乱并非易事（可能只此一戏），而女高音要把握住角色情绪更为困难,这一场景已成为众多女高音的竞技场。在夜深人静时聆听这一幕惊心动魄的歌唱,必然给你留下永远的印象,而且这声音似乎是从另外一个世界传来的。

一首曲子,只要它能“深陷”在你心中,给你难言的激动和美感,那它就是你生命的一部分了。人的一生能有几首好曲子相伴相随,绝对是很开心的事情。

激情人生

想想逝去的日子,是快乐宁静的时光多,还是痛苦焦虑的时光多?古典音乐可以帮你补足人生的缺憾,莫扎特的嬉游曲可以助你心灵年轻。

奥芬巴赫《地狱中的奥菲欧序曲》
(Offenbach, Orpheus in the underworld)

这是法国作曲家奥芬巴赫于 1858 年为歌剧《地狱中的奥菲欧》写的序曲。奥菲欧的故事来自希腊神话,不过在这里奥芬巴赫把它改编成轻歌喜剧,与原神话故事大相庭径。那部歌剧本身不太出名,倒是这首序曲为人们喜闻乐见,成为经常单独演出的作品。《地狱中的奥菲欧序曲》全长约 10 分钟,轻快的旋律,欢乐的气氛贯穿全曲。最后 2 分钟的康康舞才是听众最熟悉的重头戏,表现了众神酩酊大醉,尽兴狂欢的场面。

罗西尼歌剧《威廉·退尔序曲》
(Rossini, Overture William Tell)

创作于1829 年,是罗西尼的歌剧代表作。不过歌剧的序曲比歌剧本身更有名气,是音乐会上经常演出的节目之一。柏辽兹称该序曲为“具有 4 个部分的交响曲”,只是没有乐章之间隔。歌剧讲的是瑞士人民反抗异族压迫统治,争取独立自由的故事。序曲第一部分描写了阿尔卑斯山间平静的早晨,但风雨正在逼近。第二部分暴风雨降临,雷鸣电闪,然后渐渐消退。第三部分田园风光再现,一片平和宁静。这段小旋律经常被用在动画片中表现霞光黎明。第四部分被称为“瑞士战士进行曲”,虽然在歌剧中没有出现马匹和骑兵,可是媒体却经常把它用在赛马、英雄救美等飞驰场面。这一段喷射着光和热的快速旋律曾被 19 部电影引为插曲,肖斯塔克维奇的第 15 号交响曲第一乐章结尾处也援引了此段。

比柴《卡门序曲》
(Bizet, Carmen Ouverture)

1874 年法国作曲家比柴完成了他的歌剧《卡门》,讲的是平民百姓的故事,在初演时并未引起轰动。但随着时间的推移,它的艺术价值逐渐得到人们的认可,成为时至今日舞台上长盛不衰的剧目。《卡门》之中的许多唱段和音乐早已享有盛誉,脍炙人口。例如剧中著名的"斗牛士之歌"实在是激动人心,百听不厌,所以这里还要推荐给读者。《卡门序曲》选自剧中"斗牛士之歌",或者读者可以找《卡门第一组曲,斗牛士之歌》(Carmen suite No.1 Les Toreadors)来听。

比柴《卡门组曲,阿拉贡民间舞》
(Carmen suite No.1 Aragonaise)

选自比柴歌剧《卡门》,为西班牙东部的一种活泼的舞曲。

比柴《卡门组曲,波西米亚舞曲》
(Carmen suite No.2 Dance Boheme)

选自比柴歌剧《卡门》,这是吉卜赛风格的舞曲,表现吉卜赛女郎纵情歌舞的欢乐场面。

比柴《阿莱城姑娘第二组曲,法朗多尔舞曲》
(Bizet,L'Arlesienne Suites No.2,Farandole)

法朗多尔舞曲为法国南部的民间舞,历史久远,可追溯到古希腊。比柴以此舞曲为法国文豪的戏剧《阿莱城姑娘》配乐。比柴在世时选了4首曲子改编成管弦乐曲,作为《阿莱城姑娘第一组曲》。他去世后,他的朋友又选了4首,编成《阿莱城姑娘第二组曲》。该曲既具舞蹈又具进行曲特点,活泼明朗、紧张刺激。《阿莱城姑娘》的配乐为歌剧《卡门》奠定了基础。

帕格尼尼《威尼斯狂欢节》
(Paganini,Le Carnaval De Venise Op.10)

这是小提琴家帕格尼尼一生最负盛名的作品。曲子虽短,但他用了他全部技巧和变奏来栩栩如生的表现了威尼斯狂欢节上人们的欢天喜地和种种趣闻,达到了浪漫主义炫技演奏的艺术顶峰。狂欢节是意大利威尼斯的传统节日。节日期间,人们戴上了面具失去了身份、放纵了自己、恢复了原始和自由。帕格尼尼的《D大调第一小提琴协奏曲,第三乐章》(Paganini,D minor violin concerto No.1, 3rd movement)亦有异曲同工之妙。这个乐章音乐一出即给人精神抖擞,轻快诙谐的兴奋。小提琴技巧复杂而华丽，载歌载舞的冲动一直持续到乐章结束。

贝多芬《降 E 大调第五号钢琴协奏曲，第三乐章》

(Beethoven, Piano sonata No.5 in E flat minor Op.73, 3rd movement)

作品完成于1809年。如果有一首钢琴协奏曲会让你毫不犹豫的跳下舞池的话，那就是贝多芬的这首第五号钢琴协奏曲的第三乐章。

贝多芬《第 23号钢琴奏鸣曲，第三乐章》

(Beethoven, Piano sonata in F minor No.23, Op.57, 3rd movement)

作于1805 年，这就是被称为“热情”的贝多芬的钢琴奏鸣曲，不过标题“热情”是出版商加上去的，并未得到贝多芬的认可。该乐章旋律激昂热情，如火山冲天爆发，赤热岩浆一泻而下。很可能由于这个乐章，整部奏鸣曲才被人冠名为“热情”。其实该曲前两个乐章都是蛮压抑的，而这个乐章就忍无可忍，近乎疯狂了。贝多芬还有一首钢琴奏鸣曲《14 号钢琴奏鸣曲》(Piano sonata in C sharp minor Op.27 No.2)，作于 1801 年，被人冠名“月光”，其第三乐章也是情绪强烈而激动，如沸腾的滚水、拍岸的大浪，却未被冠名“激越”之类的标题。所以，读者千万不要为一些片面的标题所误导。

肖邦《第 12 号练习曲》

(Chopin, Op.10, No.12 (Etude in C minor No.12, Op.10)

这首肖邦的练习曲俗称“革命练习曲”，原因是肖邦在获悉故乡被俄国军队占领之后，百感交集连夜写成。当然对此说法也有质疑之声。不过的确，贯穿《第 12 号练习曲》全曲的是暴风骤雨般的激愤。

莫扎特《第25 号交响曲，第一乐章》

(Mozart, Symphony No.25 in G minor, Istmovement, K183)

创作于 1773 年 10 月。第一乐章具有狂飙风格，电影《莫扎特传》就是用这个紧张急促的音乐拉开序幕的。所以一听这段曲子就会令人想象到,一个风雪交加的夜晚,疾步如飞赶路的情景。该曲是莫扎特的第一部小调交响曲,也是莫扎特具有里程碑意义的杰出作品。作此曲时莫扎特才是一个17岁的青年,但已表现出他独特的气质。该曲在小调之下蕴藏着什么情感,为什么全曲显得有些忧郁,甚至有人认为是悲剧色彩。笔者觉得,作曲家面对荆棘丛生的人生道路,在表达一种内心的不安和“发愤”,所以全曲既显得深沉,又极为感性。

下面两首巴赫的曲子分别是急板和活泼板,听一听巴洛克时期纯洁的欢乐吧,它们都曾被电影引为配乐。

巴赫《勃兰登堡协奏曲第四号第三乐章》
(Bach,BWV 1049 3rd MVT presto)

巴赫《双小提琴协奏曲第一乐章》
(Bach,BWV 1043 1st MVT vivace)

格鲁克《地狱狗之舞》
(Gluck,Dance of Furies)

该曲选自格鲁克的著名歌剧奥菲欧和犹利狄斯(Orfeo ed Euridice),是地狱狗在狂舞,阻止奥菲欧进入地狱。该舞曲激动明快,且多次重复。

嬉游曲(Divertimento)

嬉游曲属于室内乐,乐队人数、乐器组合及乐章数目都十分自由,流行于18世纪,主要为社交、娱乐活动助兴。莫扎特是写嬉游曲的一流高手,他的嬉游曲颇似交响套曲的轻型版。这些曲子既反映了当时的社会生活,又展现了莫扎特的精神世界,虽然是嬉游,可是仍具有艺术价值和潜藏的思想内容。常听莫扎特的嬉游曲,真的会使你心灵年轻。

莫扎特《D大调嬉游曲》
(Mozart,Divertimento in D,K136)

作于1772年,莫扎特16岁。全曲三乐章为快——慢——快形式,流畅清新的旋律如泉水般涌出,冲刷着人们心中的阴影,尤其是第三乐章，把你带进欢乐王国，连国王都陪着你一起玩耍呢。这个乐章被认为是莫扎特最欢乐的乐曲之一。全曲具有很强的意大利风格，因为他刚刚访问过意大利且当时正在写一个意大利歌剧。与此同时，莫扎特还写了另外两首嬉游曲，它们是：

莫扎特《降B大调嬉游曲》

(Mozart, Divertimento in B flat major, K137)

第一乐章为慢乐章，有教堂中的庄严气氛；第二乐章回到活泼洒脱；第三乐章显得诙谐、滑稽。以上两个嬉游曲(K136, K137)都曾被用于电影配乐。

莫扎特《F大调嬉游曲》

(Mozart, Divertimento in F, K138)

该曲被认为是莫扎特当初为弦乐四重奏而写，全曲呈现意大利音乐典型的优雅和迷人。

4年后莫扎特的嬉游曲变得更长，更多变化。

莫扎特《F大调嬉游曲》

(Mozart, Divertimento in F, K247)

莫扎特《降B大调嬉游曲》

(Mozart, Divertimento in B flat major, K287)

分别创作于1776年和1777年，为萨尔斯堡的一个伯爵夫人而写。伯爵夫人爱好音乐，爱弹钢琴，莫扎特教她的两个女儿钢琴，伯爵一家都是莫扎特家庭的朋友。这两首曲子都是6个乐章，时间也长达30分钟。和以前的嬉游曲相比，曲子不仅活力十足，又洋溢着典雅柔美。以K287为例，莫扎特肯定对这个曲子非常满意，在萨尔斯堡首演后，他带着曲子去慕尼黑等地表演，莫扎特独奏小提琴，在他给家中的信中，他自豪的说，“听众全都睁大了眼睛，就好像我是全欧洲最棒的小提琴手。”该曲主题与变奏均来自德国民歌，柔板乐章充满了抒情和热望。有意思的是最后一个乐章，以颇像悲剧歌剧的宣叙调开始，但接下来却是一首德国民歌的曲调，原歌为“农夫的妻子丢了猫咪”。至结尾处，莫扎特又重复了乐章开头的伤心音乐，好像是在顽皮的告诉听众，农夫的妻子还在寻找她的猫咪。

这两首嬉游曲都曾被选用在电影配乐中。

在 1776 年莫扎特还创作了他的第一首钢琴三重奏，仍取名嬉游曲。

莫扎特《降B大调嬉游曲》

(Mozart, Divertimento in B flat major (piano triono.1), K254)

该曲三个乐章，仍保持了莫扎特音乐的轻灵、流畅、朴素、简洁的特点。全曲诗意盎然。

莫扎特《降E大调嬉游曲》

(Mozart, Divertimento in E flat major, K563)

作于 1788 年，6 个乐章。是为莫扎特的一个好朋友写的，这个朋友在莫扎特经济困难时经常伸出援手。这是莫扎特唯一的弦乐三重奏(小提琴、中提琴和大提琴)。这首曲子风格内敛、深沉，属完全纯正的室内乐作品。该曲三个提琴地位等同，使得中提琴的略带忧伤的音色得到充分发挥。该曲欣赏的是内在的旋律的美感和灵活多变。如果说以前阳光的嬉游曲为年轻的莫扎特青春朝气画了像，那么这首沉静的嬉游曲表现了一个遭受痛苦磨难的灵魂迸发出的无穷尽的爱。爱因斯坦称它为“莫扎特最高贵的作品之一”。

谐谑曲(Scherzo)

谐谑曲这种音乐体裁用来表现幽默、诙谐和开些玩笑。所以轻巧活跃，或有突发的强弱对比，或有戏剧性、舞蹈性。自贝多芬起，交响曲的第三乐章用谐谑曲代替了以前的小步舞曲。在这里介绍几首典型的谐谑曲，用音乐来幽默也是人生必不可少的。

贝多芬《第九交响曲第二乐章》

(Beethoven, Symphony No.9 in D minor Op.125, 2nd MVT scherzo)

完成于1824 年，全曲是贝多芬的代表作。和一般交响曲不同的是,它的第二乐章为谐谑曲,而不是第三乐章。贝多芬这么做,猜想是为了协调各乐章之间的对比。第三章为柔板,正与第四章的"欢乐颂"大合唱对照。而且第二章也有"欢乐颂"的影子,可与第四章遥相呼应。第二乐章有如战车般向前滚动,又有欢腾的景象,没有开多少玩笑。

肖邦《降B小调谐谑曲》

(Chopin,Scherzo in B flat minor Op.31)

创作于1837年,题献给他的一个女学生,是最著名的,最受钢琴家喜爱的谐谑曲之一。全曲由自问自答开始,然后轻声柔语的告诉你,他会讲一个美丽的故事给你听,快过来听吧。在中间部分,他的故事开始了,他说很久很久以前……几个不同的故事讲下来,你听得目瞪口呆。结尾处又是自问自答,要不要再听?你当然要,于是他激动起来,还有很多好听的呢,下一次吧。曲子结束了,你却不愿离去。肖邦构思太巧妙了,这真是一首充满戏剧性幻想的谐谑曲。

柏辽兹《玛伯女王谐谑曲》

(Berlioz,Queen Mab Scherzo from Romeo et Juliette Op.17)

创作和首演于1839年。该曲被称为戏剧交响曲,它既不是戏剧又不是传统的交响曲,而是将它们组合起来。这样的创新也只有鬼才柏辽兹想的出来。柏辽兹是打算借莎士比亚的故事用音乐表现一个崇高的爱情。全曲中有一段相当有名的《玛伯女王谐谑曲》,想象一位梦幻女王,派了爱情精灵们,尽力施展爱情魔法,令一对恋人坠入情海无法自拔。不过莎士比亚原著并无此段落。这一段谐谑曲与门德尔松的"仲夏夜之梦"中的谐谑曲有异曲同工之妙。

柴可夫斯基《华尔兹谐谑曲》

(Tchaikovsky,Valse-scherzo Op.34)

创作于1877年,为他的一个学生开音乐会而写。这是一首轻松活泼,又充满浪漫气息的小提琴曲。中段风度翩翩,还连接一段华彩乐章。全曲在华尔兹的旋转中不时开个玩笑。

德沃夏克《随想谐谑曲》

(Dvorak,Scherzo capriccioso Op.66)

创作于1883年。确实是一首幽默的随想曲,你听,音响时强时弱,时缓时急,在圆舞曲进行中夹进来了马戏团的音调,号角把你从波西米亚的早晨带到“核桃夹子”的梦境,由你随想吧。

德沃夏克《幽默小品集》

(Dvorak,Humoresques Op.101 No.7)

1894年德沃夏克在美国执教期间, 写了8首钢琴小曲子,其中第七首最有名气和家喻户晓。有人评论,这首可能是自贝多芬的《致爱丽丝》之后最负盛誉的钢琴小品。后来第七首被改编成各种器乐曲、歌曲、合唱,其主题被用于电视电影中。令人啼笑皆非的是,该曲被美国人幽默地连接到厕所文化上。早年在火车上上厕所的旅客都知道这首曲子。

翩翩起舞

活泼华丽的舞曲一定会摇醒心中的欢乐女神，
施特劳斯的圆舞曲：活在当下！
柴可夫斯基的芭蕾舞曲：童话世界！
德沃夏克的斯拉夫舞曲：触摸历史！
肖邦的波罗乃兹舞曲：富丽堂皇！
各位大师的小步舞曲：飘飘欲仙！

下面谈谈舞曲。当人们欢乐庆典之时(或者伤心难过),难免手舞足蹈,而音乐一定会来助兴。欧洲几乎每一个民族都有自己特色的舞蹈,从而民间舞曲成为了作曲家重要的创作素材之一,也为西方音乐奠定了坚实的基础。例如巴赫就很善于将民间舞曲融入自己的音乐,从而使音乐充满了浓浓的生活气息,表现了作者对人间的热爱和自己的愉悦。音乐家以舞曲为题材写作,主要分为两类,一类是为跳舞伴奏用的,包括舞台舞蹈;一类是在音乐厅上演奏,供人们欣赏。笔者在下面介绍一些常为作曲家青睐的几种舞曲和它们的代表作,它们大部分都是纯粹抒情的作品。

《华尔兹圆舞曲》(Waltz)

从1819年韦伯的《邀请圆舞曲》开始,圆舞曲不再仅仅伴舞,它成了音乐会上专供欣赏的一枝独秀,它还走进了交响曲、各种歌剧和芭蕾舞剧。19世纪中期,由施特劳斯家族推动达到顶峰。至1918年拉威尔的舞诗《圆舞曲》(La Valsa)之后,圆舞曲100年的辉煌全盛才成为历史。有人形象的比喻:圆舞曲是19世纪的“摇滚乐”。

韦伯《邀请圆舞曲》
(Weber,Invitation to the Dance Op.65)

创作于1819年。是第一个音乐会华尔兹作品,用钢琴演奏。该作品深深的影响了舒伯特、肖邦、李斯特等人日后的创作,尤其是令钢琴模仿说话。1841年柏辽兹将其改编为管弦乐曲,至今仍是音乐会上大受欢迎的节目。该舞曲中心部分由4首小圆舞曲组成,并不断发展、再现,形成炽热、轻盈、优雅、奔放的交织。很有意思的是该曲还有故事情节。该曲是韦伯献给他的妻子的,他对作品作了详细的解释。

一开始是男士搭讪,女子含糊推诿。但男子坚持,女子含羞同意交谈,进而十分投机。男士邀请,女子应允。于是一场如痴如醉的舞蹈开始了。读者绝对可从钢琴的左(男士)、右(女士)

手角色或是管弦乐中大提琴和管乐的你来我往分辨出男士和女子间的对话及场景。曲子最后以男士彬彬有礼的致谢和女子恭谦的回礼结束。

小施特劳斯《蓝色的多瑙河圆舞曲》
(John Strauss II,Blue Danube waltz Op.314)

奥地利作曲家施特劳斯创作的《蓝色的多瑙河圆舞曲》典雅、壮观、激动人心,是圆舞曲中一颗璀璨的珍珠。因此,对它的诞生过程亦引起人们极大的兴趣,且伴随着美丽的传说。其实它的历史是这样的。

1865年施特劳斯受维也纳男生合唱协会总监之托,为合唱写一首圆舞曲。施特劳斯当时虽夜以继日的创作圆舞曲,却从来没为合唱写过。这真是一个新题目,他一直未动笔。1866年夏,奥地利与普鲁士发生战争,奥地利战败。维也纳笼罩在悲观沉闷的气氛中,这样就更迫切需要一首振奋人心的歌来鼓舞大家。此时施特劳斯正好读到一首诗,于是灵感来了,创作了这首曲子的雏型,并以该诗最后一句"美丽的蓝色的多瑙河"作为该曲的题目。曲子交给那个总监之后,总监指定一个合唱团成员填歌词。歌词填的像打油诗,当时就引起全团强烈的不满。1867年2月一天该歌被首次演唱,不过是在皇家的大厅里,施特劳斯和他的民间乐队没有参加。当时现场观众反映平平,只要求"安可"一次,这对施特劳斯来说,就是失败。其原因很可能是那糟糕的歌词。事后施特劳斯说,"或许是歌曲还不那么深入人心吧。"不过维也纳的报纸却有不同的意见。他们用了"可爱、成功、辉煌"等等字眼来评价该歌曲。不过不管怎样,这首歌曲在维也纳掀起的涟漪,很快就平静了。

当年5月施特劳斯应邀去巴黎,凑世界博览会的热闹。那时他并不把这部歌曲放在心上。在一个晚餐庆会上,他指挥演奏他的新曲《费加罗波尔卡》,之后他心血来潮,决定演奏没有人声的《蓝色的多瑙河》华尔兹。这一下法国人震惊了,怎么曲子中还掺和着法兰西的浪漫！他们热烈的响应远超出想象，以至于威尔斯的亲王也来邀请施特劳斯前去伦敦献艺，施特劳斯在英国又获得了巨大的成功。当他返回维也纳时，“蓝色的多瑙河”已成为城市的象征。后来还誉为奥地利的第二国歌。不过那时整个舞曲尚未完成，一直到第二年施特劳斯增加了序奏和结尾，曲子才像现在这样。从那时起该曲不仅走红了世界，而且华尔兹从舞厅进入了正式的音乐厅。

值得回顾的是，1872 年 6 月他应邀到美国波士顿召开的世界和平年庆上，指挥该曲，当时盛况空前，管弦乐队 2 千人，合唱团 2 万人。现在一年一度的维也纳新年音乐会，此曲都是压轴之作，而且那些名指挥都会回身面向听众，祝福世界和平，场面十分感人。

该曲是音乐会型的华尔兹，所以在演奏节奏上弹性较大。该曲由序奏、5 个小圆舞曲及长的结尾组成。每个小圆舞曲又有两个主题：A 和 B，演奏中它们会重复。施特劳斯将它们巧妙的编织在一起，如果不是仔细听，整首曲子的确如天上之水奔腾而来，呼啸而去，它激起的欢乐的浪花永远荡漾在人们心中。如果更仔细一些，在小圆舞曲之间，主题之间有旋律的对比，调性的转换，情绪的起伏，音色的变化。你听到的不仅有多彩多姿的舞蹈，似乎还可感觉到朗诵、歌唱和田园风光。

下面以维也纳交响乐团的约 11 分钟的演奏为例，给出全曲时间顺序，以方便听众细细品尝这首名曲。

序奏用了 1 分半钟。其后的时间顺序为：

第一小圆舞曲，主题 A：1’32”；主题 B：2’15”

第二小圆舞曲，主题 A：2’47”；主题 B：3’20”

第三小圆舞曲，主题 A：3’55”；主题 B：4’28”

第四小圆舞曲，主题 A：5’08”；主题 B：5’53”

第五小圆舞曲，主题 A：6’36”；主题 B：7’12”

结尾自 8’41”开始，包括了前面大部分的主题，最后在狂欢的高潮中结束。

这首曲子的奇妙之处还在于：不论你什么时候听，都和初听一样，总会那么兴奋和激动。

施特劳斯家族创作了几百首华尔兹圆舞曲，其中许多首真的让听众心驰神往，如痴如醉，百听不厌。施特劳斯家族里，父亲老约翰·施特劳斯（John.Strauss Ⅰ），长子小约翰·施特劳斯（John.Strauss Ⅱ）和次子约瑟夫·施特劳斯（Josef.Strauss）都有精品华尔兹问世，下面推荐他们的几首传世佳作。

小施特劳斯《维也纳森林的故事》
(Tales from the Vienna Wood Op.325)

《艺术家的生活》
(Artists'Life Op.316)

《歌剧蝙蝠序曲》
(Die Fledermaus overture)

父亲老施特劳斯，《莱茵河罗蕾莱圆舞曲》
(John Strauss Ⅰ,Echoes of the Rhine Loreley Op.154)

“罗蕾莱”是民间传说中莱茵河的女妖，以其美貌诱惑过往的船夫。在该曲中，听众不会感觉到任何危险的信号，倒像两岸青山秀丽，峡谷纵情歌唱，鱼儿摇头摆尾，轻舟顺流而下。

约瑟夫·施特劳斯《奥地利村燕圆舞曲》
(Josef Strauss,Dorfschwalben aus Osterreich Op.164)

描写的是阿尔卑斯山乡村中一对相恋的青年，像燕子一样快活的比翼双飞。

维也纳每年的新年音乐会上基本上都是演奏斯特劳斯家族的圆舞曲，音乐之都以欣喜若狂的旋律和眼花缭乱的旋转来迎接新的一年。

小施特劳斯《叽叽喳喳波尔卡》
(J Strauss Ⅱ,Tritsch-Tratsch-Polka Op.214)

波尔卡舞曲起源于捷克的民间舞蹈，曾是流行于巴黎、维也纳的一种著名的社交舞曲，它活泼、热情、狂野、有时还带一点诙谐。这首《叽叽喳喳波尔卡》生动逼真、惟妙惟肖的描绘了妇女们快活的说笑声，全曲在幽默的气氛中结束。

约瑟夫·施特劳斯的《电闪雷鸣波尔卡》

(Josef Strauss，Blitz-Schnellpolka Op.106)

作品是为狂欢节而作的。

罗萨斯《波浪圆舞曲》

(Juventino Rosas，Sobre las Olas)

你知道能与施特劳斯的《蓝色的多瑙河圆舞曲》相媲美的圆舞曲是哪一首吗？是《乘风破浪圆舞曲》(Sobre las Olas)。你知道作曲家是谁吗？是一个叫胡文蒂诺·罗萨斯(Juventino Rosas)的墨西哥小伙子。他于1888年左右谱写了这首被誉为19世纪末征服世界的圆舞曲。

罗萨斯1868年出生在墨西哥一个小村落里，父亲是农民，曾在军乐队中弹竖琴。他教他的三个孩子乐器和歌唱，小罗萨斯学的是小提琴。一家人组成小乐队，颇受乡里欢迎。罗萨斯7岁时，父母亲为改善生活，带着全家步行四百多公里去墨西哥城。因为穷，他们只得住在危险的贫民窟里。小小年纪的他为了生活就开始了音乐活动，从教堂敲钟到街头卖艺，写曲子换一双鞋等等。12岁时罗萨斯在地方上有名的乐队找到了工作，没几年他就小有名气。那时欧洲的华尔兹已经跨越了大西洋，进入了墨西哥的上流社会。有时在舞厅或上流人物聚会的地方演奏小提琴的罗萨斯开始接触到华尔兹。在18岁时他的才艺已经达到了许多乐师穷其一生都未能达到的水平。他当过墨西哥最大的乐队的首席小提琴，在国家大剧院，墨西哥当红的歌唱家为总统献唱时，独奏伴奏的是他。他的才华引起了国家音乐学院一个董事的注意，推荐他进该学院学习。但由于经济困难，他16岁和20岁时在音乐学院只短期学习过两次，他的作曲技能主要靠自学。

他一生发表的曲子就有五十多首，主要涉及华尔兹、波尔卡、玛祖卡。有一首优美的华尔兹《卡门》(Carmen)是他献给墨西哥第一夫人的。另外不少动听的曲子与他的爱情生活有关。他的最著名、最成功的华尔兹就是《乘风破浪圆舞曲》了。

关于这首曲子的产生有许多版本。其一是，他那时疯狂的爱上了一个姑娘，为她而写。另一说是，一天他和朋友来到一个小溪边洗澡，边洗边哼哼，忽然他意识到这是新乐曲，赶快回到住处，取出笔纸，将这个不朽的旋律记录下来。最初他命名为“河畔”，后来又叫“泉水旁”。鉴于旋律更像一只船在波涛之上摇摆颠簸，经人建议，最后更改为《在波浪上》(Sobre las Olas)。他曾把这首曲子献给阿尔法罗夫人，表达对这个艺术赞助人的敬意并为她演奏，现场引发满堂喝彩。

该曲兼具有拉丁风味及维也纳风格，但为复合三部曲式。首尾两部分呈示第一圆舞曲，细分析也是小三段体结构。中间部分为第二圆舞曲，由三个小主题组成。全曲序奏似乎是泉滴在相互招呼，然后成群结队、你追我赶。溪流奔腾不息，时而舒展平缓载千帆竞发，时而浪花飞溅染五彩缤纷。全曲既有悠然自得的情趣、百折不挠的气势，又有碧波蓝天的唯美。听这首曲子，感觉清泉从心头流过，带来了爱情的甘醇，冲刷了生活的烦恼。所以笔者觉得，作曲家当时捕获如此美妙的创作灵感，一定是激情炽烈又逢流水潺潺。

该曲传到美国南方后，立刻进入了社会生活的每一个角落，也被爵士乐等当地流行音乐接纳。在古巴的街头巷尾都可听到人们的低声哼唱，乞丐拉着手风琴，声嘶力竭。1950 年美国的电影将此曲填词，一首《一年里最可爱的夜晚》的歌声唱遍北美。至今包括《007》电影在内的许多电影和电视都借用此曲。在欧洲人们对此曲爱不释手，却误以为是施特劳斯的杰作。

罗萨斯一生颇为传奇，虽有盛名，却又无法摆脱失去亲人，孤独、酒精和失恋的痛苦，尤其是债务缠身。墨西哥总统曾赠送他一架钢琴,他不得不卖了它还债。这首曲子他将版权卖给出版商仅得45个索比,而后出版商获利10万。

1894年他随一个意大利-墨西哥音乐公司去古巴演出,不幸在古巴病逝,年仅26岁。当地的学生音乐团体为他送葬,《乘风破浪圆舞曲》伴他走完最后一程。几天后,一个身着丧服,头戴面纱的女人乘船而来。她在他简陋的墓前献上了一大簇红玫瑰,像是祈祷,像是哭泣,徘徊良久方才离去,没有人知道她是谁。

在芭蕾舞剧和歌剧中的圆舞曲

德里布《葛蓓莉亚,间奏圆舞曲》
(Delibes,Coppelia Entr'acte et Valse)又称为(Coppelia Waltz)

创作于1870年,《葛蓓莉亚》被誉为“芭蕾舞剧中一颗无与伦比的明珠”,深深的影响了柴可夫斯基芭蕾舞剧的风格。

柴可夫斯基《花的圆舞曲》
(Tchaikovsky,Nutcracker Suite Op.71 Waltz of the flowers)

《西班牙舞曲》
(Swan Lake suite Op.20 Spanish dance)

《睡美人圆舞曲》
(Sleeping Beauty-Waltz)

后三首舞曲分别选自柴可夫斯基的芭蕾舞剧《核桃夹子》、《天鹅湖》和《睡美人》。这些曲子能唤醒你内心的欢乐之神,使你回想起一生中激动人心的场景。听到它们笔者就会回忆起刚到美国的第一个新年,从电视上看到纽约时代广场上人们的欢乐,当时作者的眼睛一下子湿润了,一种难言的悲喜交集涌上心头,成千上万的人一起随着新年的倒数计时而爆发出内心的欢呼,那种喜悦的情绪深深的感染和冲击了作者。

华尔兹也进入到歌剧中,为人们喜爱的有:

柴可夫斯基《奥涅金圆舞曲》
(Tchaikovsky,Onegin waltz from Eugene Onegin Op.24)

理查德·施特劳斯《玫瑰骑士圆舞曲》
(Richard Strauss,Waltz sequence No.1 from Der Rosekavalier)

蓬基耶利《时辰之舞》选自歌剧《歌女乔康达》
(Ponchielli,Dance of hours from La Gioconda)

华尔兹因为伴随着舞蹈表演而显得更为辉煌。

肖邦的钢琴圆舞曲

肖邦创作的钢琴圆舞曲主要有14首。这些圆舞曲不是为舞厅所作,而是用于艺术欣赏,在沙龙里弹奏。它们具有冥想特点和戏剧性。既朝气蓬勃,又气质优雅。在形式上、音乐深度和情感复杂性上,都达到了沙龙型华尔兹的高峰,无人可比,而且相当"女性化",正如舒曼所言,"如果肖邦是为舞蹈而写这些华尔兹的话,那来人一多半肯定是伯爵夫人。"下面简单介绍几首肖邦的圆舞曲。

肖邦圆舞曲中最受欢迎的当属《降E大调华丽大圆舞曲》(Valse Op.18 in E flat major),它由6个小曲子组成,除了喜悦快活的跳跃之外,还有吟诵和歌唱,后来还冒出薄雾般的感伤,让听者如醉如痴。和该曲类似的有《降A大调华丽圆舞曲》(Valse Op.34 No.1 A flat major)。

谈话(或部分)型:这是肖邦受韦伯《邀请舞》的影响并加以发展,例如:(Valse Op.42 A flat major)和(Valse Op.69 No.1 A flat major)。尤其是后者全曲都在怀旧或是诉说不开心的事情。这首曲子被后人称为"离别曲",因为肖邦将此曲赠送给一个波兰姑娘,但后来还是未能与她成婚。

忧郁型:(Valse Op.34 No.2 in A minor);(Valse Op.69 No.2 in B minor);(Valse Op.70 No.2 F minor)和(Valse Op.64

No.2 C sharp minor)。其中第一首表现了典型的斯拉夫人的忧愁。最后一首表现了思念的郁抑和在心底里消散不开的哀伤。钢琴家鲁宾斯坦非常喜欢这首曲子，当人们问他为何能将相同的华尔兹弹奏了 75 年时，他回答，“因为那是不一样的，我并没有按同一个方法弹它。”

幻想型：(Valse Op.70 No.3 D flat major) 和 (Valse B.56 E minor)。这两首都是学生肖邦在华沙时的作品。尤其第一首是他单恋音乐学院女高音的杰作，充满了对幸福的憧憬，还颇有歌唱性。

《塔兰泰拉舞曲》(Tarantella)

起源于意大利南部的民间舞，节奏强烈，热情奔放，甚至有些疯狂。由于这种舞蹈的独特风格，许多作曲家都以它为素材，或者单独成章，或者写进自己的大作品中。经典的钢琴作品有：

李斯特(Liszt，Tarantella Venezia e Napoli)

皮埃松卡(Pieczonka，Tarantella)

肖邦(Chopin，Tarantella in flat A major Op.43)

经典的小提琴作品有：

维尼亚夫斯基(Wieniavski，Scherzo-Tarantelle Op.16)

萨拉萨蒂(Sarasate，Introduction and Tarantella Op.43)

管弦乐作品有：

罗西尼(Rossini，Tarantella Napolitana from La Danza)

波佩尔(David Popper，Tarantella Op.33)

居伊(Cesar Cui，Tarantella in G minor Op.12)

《玛祖卡舞曲》(Mazurka)

玛祖卡原为波兰一种民间舞蹈，现已经在许多芭蕾舞舞剧中演变为节奏鲜明、豪迈萧洒、气质高贵的舞台表演形式，其音乐经过肖邦的独出心裁的创造，及其他音乐家的发展后，成为了古典音乐中的一种经典题材。在肖邦手下,玛祖卡既可表现风俗民情,欢乐舞蹈,又可抒发忧愁哀伤。肖邦的《玛祖卡,7-1 降 B 大调》(Chopin,Mazurka Op.7 No.1) 正是兴奋欢快的一支钢琴舞曲。另外具有强烈阳刚感染力的一首作品是《玛祖卡,17-1 降 B 大调》(Mazurka,Op.17 No.1),而肖邦的 51 首玛祖卡中最优美的一首是《玛祖卡, 作品 59-2 降 A 大调》(Mazurka,Op.59 No.2)。

在著名的芭蕾舞舞剧中人们亦可欣赏到精彩的玛祖卡舞,例如德里布的《葛蓓莉亚》第一幕中的《玛祖卡舞》(Coppelia,act Mazurka),呈现出"万民欢腾"的景象和热闹非凡的气氛。柴可夫斯基的《天鹅湖》第三幕中的《玛祖卡舞》(Swan lake,Act III Mazurka) 则在王子的选妃盛会上大显华彩豪放的异国风情。

《波罗乃兹》又称《波兰舞曲》(Polonaise)

起源于波兰民间,后为波兰贵族所用,成为庄重堂皇的波兰宫廷舞,并且风靡欧洲。与此同时波罗乃兹的器乐曲形式,尤其是钢琴独奏曲也发展起来,巴赫、莫扎特、贝多芬、韦伯、李斯特、舒伯特、肖邦等大作曲家都在这个题材上留下了辉煌的篇章。其中肖邦的作品最富浓厚的波兰气息,既华丽又雄壮。听一听不同作曲家的作品吧,可能会有一种自豪感油然而生。

肖邦《降 E 大调华丽大波罗乃兹》(Op.22)

肖邦《A 大调波罗乃兹》(Op.40 no.1)

肖邦《降 A 大调波罗乃兹》(Op.53)

韦伯《降E 大调大波罗乃兹》
(Weber,Grande Polonaise in E flat major Op.21)

韦伯《华丽的波罗乃兹》
(Weber,Polonaise brilliant Op.72)

贝多芬《波罗乃兹》
(Beethoven,Polonaise Op.59)

舒伯特《四手联弹波兰舞曲》

(Schubert,4 Polonaises for piano duet D599、6 Polonaises for piano duet D824)

维尼亚夫斯基《D 大调波罗乃兹》

(Wieniawski,Polonaise de concert Op.4)

维尼亚夫斯基《A 大调华丽波罗乃兹》

(Wieniawski,Polonaise brilliante Op.21)

波兰音乐家维尼亚夫斯基被称为“小提琴家中的肖邦”,这两首波兰舞曲分别创作在 1852 年及 1870 年，都是在肖邦去世之后。听听他作的波兰舞曲是否可与肖邦一争高下呢。

《匈牙利舞曲》(Hungarian Dance)

勃拉姆斯《匈牙利舞曲》

(Brahms,Hungarian dance No.5)

勃拉姆斯根据吉普赛音乐的旋律改编整理成了许多首匈牙利舞曲,发表了 21 首,其中第 5 号广为人知。全曲节奏自由,速度变化激烈,听者、舞者或可进入一种情绪激昂的狂热状态。不过他的《第 4 号匈牙利舞曲》情绪截然不同,忧郁的那么感人。

柏辽兹《匈牙利进行曲》

(Berlioz,Hungarian march from Damnation of Faust Op.24)

该曲来自于柏辽兹的歌剧“浮士德的天遣”,作于1846年。据说该曲选材自赞扬为匈牙利独立而战的一个君主(名叫：拉科奇)的歌曲。《匈牙利进行曲》显示了燃烧的激情和光荣的使命感。

李斯特《匈牙利狂想曲》

(Liszt,Hungarian rhapsody S244)

该“狂想曲”由 19 首独立的钢琴曲组成,其中数首被后人改编成交响乐。这些作品均以匈牙利人的民歌和民间舞为基础,不过吉卜赛人的音乐元素也不少。全曲充满乐观、快活、热烈、昂扬的曲子有第 6、9、11 和 15 首。第 9 首的标题是“佩斯城的狂欢节”；第15首又被称为“拉科奇进行曲”，与上面介绍的柏辽兹的曲子同出一辙。《匈牙利狂想曲》中的第2首是所有李斯特的狂想曲中最著名的。曲子是以缓慢庄严的旋律开始，表现的是凄凉哀痛的气氛，然后逐渐过渡到暴风雨般的狂热和欢腾。全曲的戏剧性无与伦比。

《斯拉夫舞曲》(Slavonic Dance)

德沃夏克《斯拉夫舞曲》
(Dvorak，Slavonic Dances Op.46、Op.72)

德沃夏克曾创作过16首斯拉夫舞曲，分两集出版，第一集作品号为Op.46，第二集为Op.72，每集8首。《斯拉夫舞曲》取材于斯拉夫民族的民歌和民间舞蹈，表现了斯拉夫民族的特有性格。不过，这些斯拉夫舞曲虽称舞曲，却不是用来跳舞的，如同玛祖卡、波罗乃兹、匈牙利舞曲等都是音乐厅音乐，是纯粹抒情的作品。《斯拉夫舞曲》第一集主要是捷克型的，以第8号G小调舞曲(Op.46 No.8 in G minor)最为激昂、热烈和欢快，焕发着波希米亚人的青春活力。第二集为泛斯拉夫风格，最受人喜爱的是第8号E小调舞曲（Op.72 No.2 in E minor)，情调忧郁、感伤，深具斯拉夫民族浓郁的气息。《斯拉夫舞曲》因其绚丽的色彩，特有的民族风格而享有盛誉。

《哈巴涅拉》(Habanera)

哈巴涅拉起源于非洲的民间舞，流行于古巴，又传至西班牙并获得发展。一提到《哈巴涅拉》，人们就会想到比柴的歌剧《卡门》，此外还有圣桑的《哈瓦那》，这两首曲子笔者会在本书其它章节中介绍。《哈巴涅拉》速度中等，具有歌唱般的曲调，能够表达复杂、丰富的感情，既可外向，亦可含蓄。下面两首推荐给读者欣赏。

萨拉萨蒂《西班牙舞第二首，哈巴涅拉》
(Sarasate，Habanera No.2 Op.21)及(Habanera No.2 Op.26)

夏布里耶《哈巴涅拉》
(Chabrier,Habanera piano or orchestra 1888)

《小步舞曲》(Minuet)

小步舞曲原为一种法国的乡村舞曲,17 世纪由民间传入宫廷,并很快风靡欧洲。小步舞曲轻盈、优雅,令人轻松飘逸。小步舞曲一开始用于舞蹈场所,后来在古典音乐时期由海顿发展为奏鸣曲和交响曲的第三乐章,从而成为了纯粹的音乐作品。不过从贝多芬开始,更为活泼的谐谑曲代替了小步舞曲构成交响曲的第三乐章。正因如此,古典音乐时期的大作品中的小步舞曲比比皆是。此外许多音乐家都专门写过小步舞曲作品,例如海顿写的一组 24 首小步舞曲(Haydn,Hob IX16);贝多芬的一组 6 首小步舞曲(WoO 10)以及莫扎持的许多首。莫扎特 6 岁时开始创作第一首乐曲就是 G 大调小步舞曲。

下面几首最为人们喜爱。

巴赫《G大调小步舞曲》
(Bach,Minuet in G BWV Anh 114)

博凯里尼《E大调小步舞曲》
(Boccherini,String Quintet No.5 3rd mvt in E major Op.11 G.275)

莫扎特《D大调小步舞曲》
(Mozart,Divertimento No.17 3rd mvt in D major PK.334)

贝多芬《G大调小步舞曲》
(Beethoven,Minuet No.2 in G major WoO 10)

《恰空舞曲》(又称夏康舞曲 Chaconne)

恰空舞可能起源于南美洲,1600 年左右流传至西班牙,是火辣辣的,带有挑逗性的舞蹈,双人跳或是女子单独跳。它迅速传到意大利后,其热烈性不改。不过到了法国后就渐渐失去了它的奔放,演变得讲礼貌和优雅。恰空舞的音乐形式在巴洛克时期尤其受欢迎。恰空舞曲的通奏低音部分在不断重复,并在主题旋律上进行变奏,且可加入变化的装饰音。这样乐曲虽然受低音声部限制，但在高音声部却或多或少给了作曲家对旋律自由发挥的空间，也是对作曲家作曲技巧及想象力的挑战。所以恰空舞曲至21世纪，例如2013年，仍然有人在创作。恰空舞曲早已不再为舞蹈伴奏，而成为极具征服力，可以表达各种情感的纯音乐。

下面介绍几首不同音乐风格时期的典型的恰空舞曲。

17世纪

帕克贝尔《F小调恰空舞曲》
(Pachelbel, Chaconne in F minor)

普赛尔《G小调恰空舞曲》
(Purcell, Chacony in G minor Z.730)

以上两首恰空舞曲均有宗教气息，表达了祈祷、敬意和平静心情。

18世纪

巴赫《D小调恰空舞曲》
(Bach, Chaconne from Partita No.2 in D minor BWV1004)

这是最负盛名的，也是演奏技巧很高的恰空舞曲。此曲令许多人着迷，对于此曲的诠释亦有不少。笔者觉得此曲除表达了作曲家的虔诚之外，还表达了一种乞求和渴望，乞求天主的帮助，渴望获得力量。

维塔利《G小调恰空舞曲》
(Vitali, Chaconne in G minor)

是除了巴赫之外，最受欢迎的恰空舞曲。全曲颇具歌唱性，更像浪漫时期的风格，似乎在讲一个恋爱故事，有热情有苦恼，生命流在这两座大山之间时喜时忧的穿行着。

20世纪

柯瑞里阿诺《红色小提琴恰空舞曲》
(Corigliano, Chaconne for violin and orchestra from Red Violin)

这首恰空舞曲是美国电影《红色小提琴》中的配曲。该电影获得1999年奥斯卡最佳原创配乐奖。它是最长的恰空舞曲之一(17多分钟),向你讲述一把红色小提琴的匪夷所思的传奇。

布里顿《C大调恰空舞曲》

(Britten,Chacony in C from 3rd mvt of String Quartet No.2 Op.36)

作曲家二战后(1946年)参观了欧洲战时的集中营和断壁残垣,心中痛苦的无法忍受而作此曲。

21世纪

潘德列茨基《纪念保禄二世恰空舞曲》

(Penderecki,Ciaccona in memoria Giovanni paolo I perarchi)

该曲出自作曲家的《波兰安魂曲》2005年修订版。该曲寄托了对教宗的哀思。

海登《恰空舞曲》

(Jennifer Higdon,Chaconni from 2nd mvt of violin concerto)

美国女作曲家海登创作于2008年，献给小提琴家希拉里哈恩(Hahn)。该曲由哈恩演奏,在2010年获得普利策音乐奖。该曲第二乐章标题“恰空舞曲”,颇似夜曲,充满着爱,极具抒情性。

夜色茫茫

门德尔松是音乐神童。除了贯穿他短暂一生的音乐创作之外,他还是指挥家和教育家。他创办了德国的第一所音乐学院——莱比锡音乐学院。他对复兴巴赫音乐,向世人推荐同代音乐家,皆功不可没。

只要婚礼进行曲响起来,人们就会想起门德尔松。

夜是那么神秘，永远没有真面目。夜饱含那么多情怀，永远深不可测。从黄昏开始，人的感情和思绪就倍加丰富而脆弱。黑夜的怪手将孤寂、恐惧、迷惘、伤感、绝望，当然还有放肆，如数的清点给凡人，更不用说抓起你的灵魂，抛向梦幻的万花筒中。

不眠之夜

门德尔松《仲夏夜之梦序曲》
(Mendelssohn, Midsummer Night Dream Overture Op.21)

创作于1826年，当时门德尔松17岁，还是一个学生。但是他的作曲天才已令世人瞠目，尤其是他将古典主义的严谨逻辑与浪漫主义的抒情幻想相结合，自成风格。该曲以莎士比亚的喜剧为蓝本，描写了夏夜中仙境精灵与人间情侣间的离奇故事。此曲公演后大获成功，柴可夫斯基曾评论此曲为美妙的作品，“新奇和充满的灵感与诗意都达到了惊人的地步”。

该曲为奏鸣曲式，有两个主题。在开始处将听众带进夜色茫茫的无尽森林之后，第一主题呈现了快速轻盈的跳动，就好像小精灵们追逐嬉戏，顽皮欢快。然后是连接部，像一出热烈喧闹的大舞会，表现仙王仙后的临场。紧接着副部主题先由小提琴唱出，再由乐队全奏。这时情绪一转，明显的感觉到甜美缠绵，又掺杂着一点忧郁。这两个主题会在接下来的发展部、再现部和结尾出现。结尾时主部主题连接部变得抒情柔软，慢慢地小精灵们也隐匿在仙境深处，仲夏夜之梦结束了。

该曲发表16年后，门德尔松为《仲夏夜之梦》全剧写了配乐(Midsummer Night Dream Op.61)，其序曲就采用上述作品。配乐中许多段音乐常被编为组曲演奏，最为著名的两首是《夜曲》(Nocturne)和《婚礼进行曲》(Wedding march)。顺便说一下关于婚礼进行曲，通常在婚礼的入场式使用瓦格纳歌剧《罗恩格林》中的《新娘合唱》曲(Bridal Chorus)，而退场时奏门德尔松的这首《婚礼进行曲》。

门德尔松《E 小调小提琴协奏曲》

(Mendelssohn,Concerto for violin and orchestra in E minor,Op.64)

德国作曲家门德尔松创作这首曲子一共用了 7 年时间(1838-1844,1845 年公演)。这首曲子充满了古典主义的均衡齐整和浪漫主义的诗情画意。为避免甜美的气氛被打断,它的三个乐章之间不中断的连续演奏。笔者把它当作一首长的夜曲来欣赏,尤其是前两个乐章。闭上眼睛,笔者似乎是在沿着河畔散步。夜幕降临,华灯齐放。但那黄黄的灯光既不是灯火通明,也不是幽幽暗暗。周围没有一点喧嚣,清风江上,偶有熠褶鳞光。那娇柔温婉的声音就是从夜的深处传来,心被夜和乐酿造的美酒陶醉了。其实,门德尔松写这首曲子时,前 6 年都觉得困难重重,第 7 年访问英国,终于灵感眷顾,一蹴而就。说不定门德尔松就是夜游泰晤士河捕获的灵感呢!

莫扎特《C 小调第 24 号钢琴协奏曲,第二乐章》

(Mozart,Piano concerto No.24 in C minor K491,2nd movement)

1786 年完成。爱情小夜曲风格, 钢琴与管乐轮唱, 重复 5 次。全曲柔顺,真挚自然,给人以超凡脱俗的清澈感。

贝多芬《降 E 大调第五钢琴协奏曲,第二乐章》

(Beethoven,Piano concerto No.5 in E Flat minor Op.73,2nd MVT)

完成于 1809 年。该乐曲被俗称为“皇帝钢琴协奏曲”。由于该曲第一乐章时间长(约 20 分钟),气势宏伟,所以被认为是钢琴协奏曲中的“皇帝”,与人间皇帝无关。该曲第二乐章平和安详,迷漫着宗教的肃穆庄严,启发静思幻想。如同夜曲,最适合在夜深人静时聆听。

帕赫贝尔《卡农》

(Pachelbel,Canon in D major)

德国作曲家帕赫贝尔作于 1680 年前后,正值巴洛克时期。

他的许多作品都丢失了，这首曲子直到1919年才被发现和出版。该曲是典型的巴洛克时期音乐，具有通奏低音，相同旋律的数个声部往复“轮唱”，缠绵至极。该曲一发表就为人们所深爱，至今仍不断在婚礼上演奏，并在相当多的电影，电视节目中被采用。该曲舒缓悠扬，温馨可爱，对缓解精神压力会有莫大的帮助。

萨蒂《裸体歌舞》

(Satie, Gymnopedie No.1)

法国作曲家萨蒂创作于1919年，标题《裸体歌舞》是作曲家起的，颇为怪异。但实际上曲子古朴舒缓，和色情根本沾不上边。曲子给人的感觉是神秘而温暖。如同在广袤的荒野上仰望深不可测的星空，又有那么一点惆怅和迷惘。

德彪西《月光曲》

(Debussy, Clair de lune)

这是最受欢迎的印象派乐曲之一，描绘幽幽月色给人的印象。全曲虽短，却是空幻悠远，有动有静，好一幅朦胧飘逸之夜。

法雅《西班牙花园之夜》

(Falla, Nights in Gardens of Spain)

完成于1915年。本来西班牙作曲家法雅以写夜曲组曲为初衷，后接受朋友的建议，改编为钢琴和管弦乐作品，并题名“为钢琴和乐队而写的交响印象”。该曲为法雅最优秀的音乐作品之一。该曲三乐章，小标题为：

1、海奈拉里菲花园(In the Generalife)

2、远处的舞蹈(Distant Dance)：

3、科尔多巴花园(In the Gardens of the Sierra de Córdoba)

法雅描写的是位于西班牙南方安达鲁西亚的三个古老的花园。夜晚微光闪烁，万籁俱寂。法雅却听到了音乐，时而亢奋，时而徐缓。黑夜将作曲家带回古代的西班牙，再现往日的豪华风光。

第一乐章，着重捕捉夜的朦胧气氛，又让人幻想到，那些音乐精灵正在黑暗中找寻自己的同伴。

第二乐章，从远处传来了通宵达旦的舞曲，而且涂满了阿拉伯风味的东方色彩。

第三乐章，好像是吉卜赛的大棚车到了，后边还有唱着天主教节日歌曲的游行队伍。

作曲家运用了西班牙的民俗音乐素材，创作手法上更接近印象主义特征，是一首十分独特和杰出的标题音乐。

巴赫《哥德堡变奏曲》
(J.S. Bach，Goldberg variations)

作于1742–1742年间。当时巴赫有一个学生叫哥德堡，天资很高。哥德堡服务于一个住在莱比锡的俄国使臣凯瑟林伯爵。伯爵患有失眠症，需要哥德堡为其演奏一些舒缓小曲以帮助他入睡。伯爵求助巴赫写曲，巴赫认为最好是用变奏曲的形式。于是一部旷世绝伦的杰作产生了。千万不要以为这仅是一部“催眠曲”，从规模、结构、写作技艺上它都堪称音乐史上最伟大的变奏曲。《哥德堡变奏曲》共32段，以一首庄重的萨拉班德舞曲为主题，中间发展出30段变奏，最后又平静和缓的回到主题。变奏“乔装打扮”了原主题，使得音乐模拟了飘忽不定、世事沉浮的人生，充满了戏剧性。下面简单描述一下各段的变奏情况。

第一变奏和第二变奏：轻松、欢乐的气氛；第三变奏：散发出田园气息；第四变奏至第八变奏：兴奋的舞蹈；第九变奏至第十一变奏：活泼、亲切、自然的抒情，有时又像自言自语；第十二变奏、第十三变奏：庄严、神秘，又像一个圣者在行走，众人仰视；第十四变奏：顽皮、谐谑；第十五变奏：有点儿激动，好像自己要脱颖而出；第十六变奏：雍容典雅；第十七变奏、第十八变奏：精神抖擞，步步高；第十九变奏、第二十变奏：心情如急速的流水、驰骋的行云；第二十一变奏：情绪不高、思潮起伏;第二十二变奏、第二十三变奏：新生般的愉快;第二十四变奏和第二十五变奏:安详宁静,似有祈祷之声;第二十六变奏、第二十七变奏、第二十八变奏和第二十九变奏：心潮澎湃;第三十变奏;风趣的民歌;最后一段回到主题,但比起始段更华彩绚丽。

这首变奏曲,容易让人听上瘾。

在结束本节之前，笔者还要介绍一部非常有意思的曲子，它向听众诉说在扣人心弦的,黑天鹅绒般的夜里,所发生的奇境漫游。

马勒《第七交响曲第二、三、四乐章》

(Mahler,Seventh Symphony 2、3、4 MVT63)

创作于1904–1905年。该曲有5个乐章,其中第二和第四乐章,作曲家标明是夜之曲。第三乐章虽称谐谑曲,实际上仍是夜之曲。这三个乐章总长四十多分钟,是该交响曲的精华。

第二乐章,以圆号开头,太阳落山,山谷渐暗,牛群回家。这时夜游也开始了。进行曲的节奏,五光十色的夜生活,模仿的探戈曲,仿佛走进了醉生梦死的乡镇小酒馆。

第三乐章,一鼓定音,误闯了“鬼域禁区”,管乐发出怪异刺耳的尖叫,低音提琴点燃了磷磷鬼火,号角招集众妖跳起了凶险恐怖的华尔兹,令人毛骨耸然。不知是在作噩梦还是神经错乱了。

第四乐章,被小提琴带进“仙女花园”,处处神奇。不可大声喧哗,所以尽量独奏,嗓门大的都停工,木管乐减半,就像室内乐代替了交响乐。而且让常在窗下弹奏小夜曲的曼陀林和吉它登堂,是向仙女示爱吗?

马勒为何写这个曲子,众说纷纭。有的说是他对人生的探索,有的说他当时正在山里渡假而获得了灵感,有的说是他对他的悲剧般的《第六交响曲》下的解毒剂。不管怎么样,马勒在奇幻之夜的抒情展示了人性的浪漫主义的光彩。

深情之夜

上面所介绍的都是具有夜曲气氛的曲子。谈到夜晚和音乐,人们自然会想到小夜曲(Serenade)和夜曲(Nocturne)。先谈小夜曲。正如第三章中讲过的,小夜曲有两种体裁,一是音乐会小夜曲,另一种是情歌小夜曲。“音乐会小夜曲”曲子比较长,会有多个乐章,可以借助夜色更充分的表达多种情感,例如下面莫扎特和多尼采蒂的杰作。不过到了浪漫时期,作曲家会借用“小夜曲”(Serenade)作为标题,创作交响曲、套曲等乐曲,来抒发较为含蓄内向的情感。这时它们已偏离开了“夜幕的笼罩”。例如下面推荐的埃尔加、德沃夏克、布鲁赫、格林卡和门德尔松的作品。

莫扎特《G 大调弦乐小夜曲》

(Mozart,Serenade No.13,K525)

最称典范的音乐会小夜曲当属这首莫扎特的《G 大调弦乐小夜曲》,作于 1787 年,是莫扎特后期的作品。全曲 4 个乐章。第一乐章快板,明亮活泼。第二乐章浪漫曲,温柔甜美。第三乐章小步舞曲,轻盈愉悦。第四乐章回旋曲,亮丽辉煌。全曲并不含什么思想内涵,但它的流畅优雅,自得其乐却将人们带入一个无忧无虑的世界。莫扎特一生共写过 13 首小夜曲, 只有这首是用弦乐演奏的。有兴趣的读者可聆听莫扎特的其他小夜曲作品。

多尼采蒂《单簧管吉他小夜曲》

(Donizetti,Serenade for clarinet and guitar)

夜深沉,单簧管与吉他一唱一和,好像星光在闪烁。

埃尔加《E 小调弦乐小夜曲》

(Elgar,Serenade for string in E minor Op.20)

创作于 1892 年,由 3 个小乐章组成。极富年轻人的幻想。

德沃夏克《E 大调弦乐小夜曲》
(Dvorak,Serenade for string in E major Op.22)

创作于 1875 年,由 5 个小乐章组成。第一乐章为歌唱的风格,第二乐章为慢华尔兹,第三乐章为幽默的神采飞扬,第四乐章为抒情之美,第五乐章为生气勃勃。全曲旋律优美,回荡着浓郁的捷克风情,令人印象深刻。

布鲁赫《A 小调小夜曲》
(Bruch,Violin serenade in A minor Op.75)

创作于 1900 年,4个乐章,很多篇幅都是小提琴独奏。有意思的是第三乐章的小标题是“夜曲”(Nocturne)。

格林卡《歌剧 Anna Bolena 主题降 E 大调小夜曲》
(Glinka,Serenade on Theme from Donizetti's opera Anna Bolena in E flat major)

创作于 1832 年。由钢琴、竖琴、中提琴、大提琴、低音提琴、号和大管演奏。

门德尔松《B 小调小夜曲和快板》
(Mendelssohn,Serenade and Allegro giocoso in B minor for piano and orchestra Op.43)

创作于1838 年。这一年是门德尔松好几个重要作品动笔的年头, 从这个作品中已经可以欣赏到他的音乐的平衡和优雅。它又好像是一首长长的浪漫的无言歌,从这时开始,音乐的浪漫风格拉开了帷幕。

哈特曼《A 大调小夜曲》
(Emil Hartmann,Serenade for clarinet,cello and piano in A major)

哈特曼是丹麦作曲家,不怎么出名。这首值得欣赏的《A 大调小夜曲》创作于 1878 年,三乐章,其中第二乐章标题为“浪漫”。全曲描述在秋日金黄色覆盖的村落里,恋爱中男女的心情。

下面列出几首短小的著名的小夜曲。

海顿《海顿小夜曲》

(Haydn,serenade for strings Op.3 No.5 in F major 2nd movement)

该曲以轻松的幻想抚慰人的心灵。不过该曲的作者可能不是海顿本人。

古诺《古诺小夜曲》

(Gounod,Serenade)

是根据雨果的诗而作,全曲轻歌曼舞,不论何种乐器演奏或歌唱,均令人心旷神怡。

格拉祖诺夫《西班牙小夜曲》

(Glazunov,Spanish serenade Op.20 No.1)

短短的乐曲却充分表现了西班牙人的能歌善舞。

再说另一种体裁夜曲(Nocturne),这种体裁不同于小夜曲,由英国作曲家约翰·费尔德(John Field)首创于19世纪初,他一共创作了18首清新优雅的夜曲,其中最动听的为第二首。

费尔德《C小调夜曲》

(John Field,Nocturne in C minor H25)

肖邦(Chopin)一生共创作了21首夜曲,首首经典,曲曲醉人。在这里笔者只得选出下面几首典型的推荐给大家。

《F大调夜曲》(Nocturne No.1 in F major,Op.15)

《降B小调夜曲》(Nocturne No.1 in B flat minor,Op.9)

《降D大调夜曲》(Nocturne No.2 in D flat major,Op.27)

《F小调夜曲》(Nocturne No.1 in F minor,Op.55)

《F大调夜曲》(Nocturne,Op.15 No.1)

出版于1832年。从该曲开始,肖邦的夜曲风格已从费尔德的影响中跳脱出来。该曲具有圆舞曲般的节奏,轻松优雅。就像在夜晚的沙滩上,海面闪耀着银色的月光,一对恋人跟随着浪拍翩翩起舞,二人的世界多么美好啊。与此类似的是肖邦《降A大调夜曲,No.2 Op.32》,该曲亦旋律优美,后来被改编成管弦乐用于芭蕾舞剧《林中仙子》(Les Sylphides) 中。

顺便提到一下,俄国作曲家格拉祖诺夫1893年曾将肖邦的数首著名的钢琴曲改编成管弦乐组曲,称为"Chopiniana (Op. 46)",并搬上芭蕾舞舞台,成为赏心悦目的芭蕾舞表演"Les Sylphides"。那一组组的芭蕾舞并没有故事情节,就是舞姿优美,在浮想联翩的音乐伴奏下,一次又一次的融化你的心。

《降B小调夜曲》(Op.9 No.1)

发表于1833年,属于肖邦早期作品。它的特点是右手弹奏的旋律感性动听不说,而且突然的升高和滑下,似乎在模拟咏叹调的花腔。左手弹的较轻且单调回旋,是在模拟乐队伴奏。听这首乐曲就如同听了一场小型意大利歌剧。该曲充满了迷人的气质。

《降D大调夜曲》(Op.27 No.2)

发表于1837年,肖邦的成熟期作品。它的特点是只有一个主题且采用回旋曲式,香甜的使人似乎闻到了夜来花香,所以被人戏称含有"毒素"。又由于用钢琴模仿意大利歌剧中的男、女高音,声音二重性使夜曲像是两个灵魂在夏日甜蜜的二重唱,窃窃私语和山盟海誓。这是肖邦"编导"的最精彩和最动人的意大利"歌剧"之一,也是肖邦少有的格调优雅且不带有忧愁情绪的夜曲之一。该曲曾被引用在电影《007》,俄国电影及电视剧中。

《F小调夜曲》(Nocturne,Op.55 No.1)

发表于1844年,属于肖邦后期的夜曲作品。该曲开始就营造了一种孤寂迷惘的气氛,在夜幕中不知何去何从。中间部分展开了激情,似乎克服了畏缩,有了勇气和希望。最后带着一些忧虑不安消失在不可知的茫茫夜色中。

舒伯特《降 E 大调柔板夜曲》

(Schubert, Adagio in E flat major D.897 Nottorno)

创作于1827年，作曲家去世前一年。全曲似有悲天悯人的味道。

福雷《降 D 大调第六号夜曲》

(Faure, Nocturne No.6 in D flat major Op.63)

作于1894年，是福雷最精致的钢琴作品之一。也被认为是完全摆脱肖邦影响的第一作。他不夸张，没有肖邦那么感情冲动，这一点尤其表现在夜曲的中段。福雷更注重对周边光影的注视和捕捉，将瞬间的美拍照下来。这首曲子给人的一种印象是，心情极好的夜晚，摇晃的湖面，鱼儿欢快的游来游去，忽而有水鸟掀起小小的波纹。

格林卡《降 E 大调夜曲》

(Glinka, Nocturne for piano or harp in flat E major)

格林卡被誉为“俄罗斯古典音乐之父”。该曲作于1928年，若听竖琴独奏，愈更凸显深夜中一颗孤独的心。

罗斯拉维兹《夜曲》

(Roslavets, Nocturne for violin and piano)

该夜曲有些另类。虽是小品，却颇为逼真的表达了卖花姑娘的心声，将酸甜苦辣随长长的叹息倾倒出来，越听越不是滋味。罗斯拉维兹是前苏联政府最不喜欢的音乐家，他的音乐被封杀。罗斯拉维兹于1913年还写过一首《夜曲五重奏》(Nocturne quintet)，由竖琴、双簧管、大提琴和两把小提琴组合演奏，属于现代派的风格。

比柴《卡门第二组曲：夜曲》

(Carmen suite No.2: Nocturne)

这首夜曲让人联想到一个喧嚣的白天过去了，终于万籁俱寂，夜是多么可贵呀！不过这首曲子源自卡门歌剧的第三幕的一首咏叹调：“我说我是什么都不怕”。可见夜幕里不知又会生出什么是非。

四重奏之夜

弦乐四重奏是室内乐中最重要、最经典的体裁,它由第一小提琴、第二小提琴、中提琴和大提琴组合而成。这四种弦乐器代表四个声部,具有音域均衡、宽广,音色调和及表现力丰富的特点。各声部彼此间如亲昵对话或高谈阔论,精致清晰的旋律营造出温暖、抒情、平和与雅典的气氛,所以弦乐四重奏也非常适合夜深人静时聆听。下面介绍几首相当著名的弦乐四重奏作品。

海顿《弦乐四重奏"云雀"》

(Haydn,String quartet"Lark"in D major Op.64 No.5)

海顿有弦乐四重奏之父的美称,一生中他创作了至少 68 首弦乐四重奏。这首曲子四个乐章,旋律轻盈、快活、明朗、优美,使人联想到蓝天中云雀的鸣啭和飞翔。当然,该曲的浑名"云雀"是后人根据这个想象加上去的。无论如何,能够陶醉在一种自由自在的喜悦之中,海顿写此曲的目的就达到了。

莫扎特一生共创作了 23 首弦乐四重奏,其中有 6 首,即从第 14 号到 19 号,是敬献给海顿的,被称为"海顿套曲"。第 21 号至 23 号是莫扎特最后的三首作品,被称为"普鲁士王套曲",在莫扎特去世后才发表。以上这些作品都是弦乐四重奏宝库中璀璨的珠宝。

莫扎特《第 14 号弦乐四重奏》

(Mozart,String quartet in G major No.14 K387)

创作于 1782 年,是向海顿表达敬意的 6 首弦乐四重奏中的第一首。有人送了一个别名"春天",可见全曲是多么温暖,心情愉悦舒畅。第三乐章如歌的行板更像营造了一种深层性感的气氛。第四乐章使用对位法,音乐自然而然的转向欢天喜地,使人联想起他的41号交响曲末乐章的主题。

莫扎特《第21号弦乐四重奏》

(Mozart,String quartet in Dmajor No.21 K575)

创作于1789年。俗称为“普鲁士四重奏”,又有浑名“紫罗兰”。据说当时莫扎特晋见了普鲁士国王,还拿了国王的佣金,回维也纳后谱写此曲。因普鲁士国王是业余的大提琴手,所以在此曲中大提琴演奏的份量显著增多。不过也有研究者考证,此说不实。莫扎特谱写此曲另有缘由,乃至关乎个人隐私,至今仍是个谜。的确,纵观全曲,似有一隐匿的心情,在四个人交谈时遮遮掩掩。难怪此曲又得昵称“紫罗兰”。

全曲4个乐章。第一乐章以轻柔的歌唱展开,旋律在波浪式的伴奏下漂浮上升,而得到的回应是有条不紊的下行。这两个元素的交织贯穿全乐章,使得4个人的交谈显得极其生动、充分和迷人。第二乐章仍然气氛温和。首先是合唱,有些低沉但壮观。然后是4个人的推心置腹,以及口齿流利的第一小提琴与不卑不亢的大提琴的对话。最后又回到合唱主题,但更加亲切柔和。第三乐章为阳光的小步舞曲,中部为咏叹调式的抒情歌唱。该乐章似乎有点像一出嘲讽的音乐剧。第四乐章回到第一乐章的主题,但速度快了,而且采用了回旋曲式,使得对话显得活泼、激烈。该曲与莫扎特的晚期作品一样,有一种高深莫测的美。

贝多芬《第7号F大调弦乐四重奏》

(Beethoven,String Quartetno.7 in F major Op.59)又称(Op.59 No.1,Razumovsky)

创作于1806年,属于贝多芬中期作品。当时贝多芬一口气作了3首弦乐四重奏赠送给俄国大使拉祖莫夫斯基(Razumovsky),这首是第一号。全曲4个乐章。第一乐章,以温馨、喜悦的大提琴开始,使人联想到清晨、田原和牧歌。在4个人聊的起劲儿的时候,不知为什么,就像一大朵乌云飘了过来,情绪骤然紧张起来。很快雨过天晴,又是阳光普照了。第二乐章,生动的诙谐曲。4个人相互说着笑话,叽叽喳喳的。可是嬉笑之中,除了幽默之外,也有吓人的故事,挺热闹的。第三乐章,非常伤感的慢板,悲剧气氛颇浓。乐章似从催眠曲开始,将人带入上下漂浮的境界,最后有找到家园的安慰。第四乐章与第三乐章不停顿的相连接,用俄罗斯民歌(也是俄国大使的请求)来缓解和逐散前面的暗淡画面。不过该乐章仍具双重性格,回到了现实的矛盾中,颇有启示性。如果想听时喜时忧的弦乐四重奏,可以仔细听听这首。

勃拉姆斯《降B大调第三号弦乐四重奏》

(Brahms,String quartet No.3 in B flat Op.67)

创作于1875年。勃拉姆斯一生仅发表了3首弦乐四重奏。前两首作于1873年:第一首C小调和第二首A小调(No.1 in C minor;No.2 in A minor Op.51)。那两首都是气氛庄严沉重、情绪紧崩,表现了典型的勃拉姆斯式的忧伤。建议读者先去听一听那两首,然后再来听这第三首。对比之下,这首显得放松不少,也明亮的多,颇像一首大浪漫曲,既有潜藏于心的热情,沉思的平静,又加夹着郁郁伤感。如果想听喜中有忧的曲子,那这首弦乐四重奏是一个选择。

德彪西《G小调弦乐四重奏》

(Debussy,String Quartet in G minor Op.10)

创作于1893年。该曲颇受弗朗克(Cesar Franck)的影响,采用了主题循环结构,即各乐章的主题是相同的,只是有变形。由于他的特有的“印象”作曲法,使得全曲充满着奇幻和东方的神秘,是能量、戏剧、想象与色彩的结合体。该曲首演后遭致非议,德彪西曾对小提琴家说,我会为你再写一首,我尝试让它更为高贵。后来德彪西并没有写第二首弦乐四重奏。在不知不觉中这首曲子为弦乐四重奏的新发展奠定了基石。因为从贝多芬至德彪西,许多音乐家都创作过弦乐四重奏的杰作,但他们都没有突破贝多芬的框架。1902年另一法国作曲家拉威尔写了《F大调弦乐四重奏》(Ravel,String Quartet in F major),全曲弥漫着法国的气质、各种情调和充满着独特的魅力。一个百花齐放的弦乐四重奏时代开始了。

莫扎特《G小调钢琴四重奏》
(Mozart,Piano quartet in G minor K478)

创作于1785年。莫扎特偏爱钢琴，他曾做了许多尝试,将钢琴与各种弦乐或管乐组合谱写多重奏。这首钢琴四重奏是钢琴与小提琴、中提琴、大提琴的组合,而且成为室内乐史上的开山之作。后来舒曼、贝多芬、勃拉姆斯、德沃夏克等音乐家才在钢琴四重奏上各有建树。该曲用G小调,这在莫扎特的作品中很少见，其他三个G小调作品是一个弦乐五重奏及第25号和40号交响曲。该曲3个乐章,总体给人的感觉是比较忧郁和沉思型。第一乐章从似乎毫不妥协的和弦开始,而且贯穿全乐章,颇与贝多芬的《命运交响曲》相仿。当乐曲进入发展部时,会让人感到越来越冷峻、阴沉,而且至结尾也未将乌云驱散。第二乐章,安静的、缓缓的抒情,陷入不是很乐观的沉思。第三乐章回旋曲浮现出孤寂的身影,自娱自乐的激情。整曲让人联想到一种复杂的心绪:一个人落在沧海孤岛上,既要决心生存下去,怀有激情。又无助,前景堪忧。

风和日丽

当你坐困愁城时，帮你从精神上振作起来的不是说教,而是从异国他乡飘荡过来的音乐,其中西班牙和意大利风情最受作曲家青睐。

听听拉罗的《西班牙交响曲》吧,明天的阳光更灿烂。

异域风情

格里格《皮尔金组曲清晨》

(Peer Gynt Suite No.1 Morning)

原创于1875年。格里格用一支长笛唤醒了沉睡的世界，撒哈拉沙漠的凉爽空气、露珠、微风拂面而来，朝阳徐徐升起，一切都变得生气勃勃，让一天从好心情开始吧。

莫扎特《A大调单簧管与弦乐五重奏》

(Mozart,Quintet for Clarinet and Strings,K581)

完成于1789年，是莫扎特唯一的一首单簧管五重奏而且可能是世上发表最早的作品。单簧管五重奏由单簧管、两把小提琴、一把中提琴和一把大提琴组成。在该曲中单簧管与弦乐配合，造就了一种幽深、沉静和温馨的境界。在笔者心里感受到的是我们这个蓝色星球的美，大自然的美。所有的高山、平原、河流、海洋、森林、沙漠都化成了音符，他们轻轻地抚摸着你的心，你的心紧紧的拥抱了它们。结果如莫扎特自己所言，既然人间如此美好，还是作人吧！

与这个作品类似的是莫扎特的《A大调单簧管协奏曲》(见本书《天国之路》一章)。莫扎特还写了《单簧管三重奏，trio for clarinet,viola,and piano》。

莫扎特《降E大调钢琴与管乐五重奏》

(Mozart,Piano and Wind Quintet in E flat major K452)

莫扎特运用了双簧管、单簧管、圆号、低音管和钢琴于1784年创作了这首五重奏。写完后两天即首演，并获得巨大成功。后来他在给父亲的信中兴奋地说，“我个人认为这是我有生以来最好的作品”。又说，“这一曲赢得的赞赏极为热烈，我最引以为荣的是在音乐会上听众绝无倦态”。

该曲运用了各有特色的乐器，好像是5个不同的角色，用钢琴调色，令主题在乐器间穿梭，一切都处理的那么和谐，浑然一体。这首曲子不是天籁之音,是“乡音”。悠扬的乐曲是从一个山清水秀的地方传来,不是喧嚣的城市,没有高楼大厦。那个地方满园春色,没有丑恶的争斗,只有纯净祥和。其实那方圣土离我们并不遥远。

贝多芬曾模仿这首作品写下了木管五重奏(Op.16),但其功力与莫扎特相比,尚有一段差距。

博凯里尼《G 大调大提琴协奏曲》和《降 B 大调大提琴协奏曲》
(Boccherini,Cello concerto No.7 in G major G.480,Cello concerto No.9 in B flat major G.482)

博凯里尼是与海顿、莫扎特同时代的,著名的意大利作曲家和大提琴家。仅大提琴作品就多于 50 首,交响曲有 36 首之多,可谓是高产作家。他的音乐影响到了莫扎特和海顿,风格上他与莫扎特很接近。有意思的是,莫扎特对大提琴兴趣不高,尽管莫扎特的各种器乐曲都是第一名的,但没有写过大提琴。所以在这里介绍两首博凯里尼的大提琴协奏曲, 作于 1760 年至 1770 年间,是目前仍是受欢迎的演出曲目。第一首令人心旷神怡,第二首充满浪漫气氛。并由此感受到古典主义时期大提琴的曲风。

拉罗《西班牙交响曲》
(Lalo,Symphonie Espagnole Op.21)

法国作曲家拉罗完成于 1873 年。一般认为,实际上这是一首小提琴协奏曲,作曲家自作的标题有些“名不符实”。全曲本有 5 个乐章,但大多数演奏家都省略掉第三乐章。该曲的确有浓厚的西班牙风格,自由潇洒,气氛热烈,情调迷人,色彩鲜艳。而且在洋洋自得的同时,又多了一份东方神秘感,这可能与历史上摩尔人的影响有关。笔者第一次听到拉罗的《西班牙交响曲》是在前途最为迷茫的时候。这首曲子之所以令人耳目一新,精神振奋,就在于它的异国风情让人心驰神往。当你坐困愁城时,帮你从精神上摆脱困境的不是说教,是音乐,而且是从异国他乡飘荡过来的。

西班牙的风情太迷人，它的音乐太销魂。以下几位大师在周游过西班牙之后，都情不自禁的写出了一首首充满遐想和热浪滚滚的曲子，而且都采取狂想曲或随想曲的曲式来描写心中神秘的国度。

李斯特《西班牙狂想曲》
(Liszt, Rhapsody espagnole S254)

创作于1863年，取材于福利亚舞曲和霍塔舞曲。该曲因其技巧和色彩，成为李斯特的代表作之一。

夏布里耶《西班牙狂想曲》
(Chabrier, Rhapsody espana for orchestra)

创作于1883年。夏布里耶访问西班牙时，非常悉心研究当地的音乐和舞蹈，所以从他的这首作品中，无疑可以感知到西班牙灿烂的阳光和奔放的激情。此曲亦是夏布里耶的代表作。

科萨科夫《西班牙随想曲》
(Rimsky-Korsakov, Capriccio espagnole Op.34)

创作于1887年。该曲由5首曲子组成，不间断连续演奏。它们是：晨歌；变奏；晨歌；情景与吉普赛歌及亚斯突里安舞和方当果舞。该曲被用于包括荣获奥斯卡金像奖的电影《断背山》在内的数个电影中。

拉威尔《西班牙狂想曲》
(Ravel, Rhapsody espagnol for orchestra)

创作于1907年。全曲分4个乐章并有4个标题：夜的前奏曲，马拉尼娜舞曲；哈巴涅拉舞曲和集市。全曲分4个乐章并有4个标题：夜的前奏曲；马拉尼娜舞曲；哈巴涅拉舞曲和集市。每一个乐章都由几个短小的舞曲组成，例如第三乐章就包括了三首哈巴涅拉舞曲。小舞曲之间，乐章之间在音色、节奏，强度和情绪上都有对比效果，让人感到变幻莫测。

西班牙本土作曲家也写过西班牙狂想曲，比较一下他们的区别吧。

阿尔伯尼兹《西班牙狂想曲》
(Albeniz,Rapsodia espanola)

创作于1887年。该曲原创为双钢琴作品,后来被改编为钢琴与管弦乐版本,其中以Halffter在1959年改编的最受欢迎。阿尔伯尼兹是优秀的西班牙钢琴家和作曲家,他的作品被认为最贴近西班牙本色。这部曲子包含了4个主题:来自4种西班牙风彩。

福雷《A大调小提琴奏鸣曲 Op.13》
(Faure,Violin sonata No.1 in A major Op.13)

作于1876年。全曲4个乐章,第一乐章,优美的旋律一个接着一个,洋溢着青春的朝气和活力。第二乐章如同夜曲,那么静谧,又有一点点法国式的忧伤。第三乐章轻松快活,顽皮诙谐。第四乐章再现灿烂,热情的旋律。全曲充满了生活气息,蕴含着浓郁的情感。原来,福雷与追求5年的姑娘正在热恋中。音乐告诉你,他的情书有多浪漫,两人月下窃窃私语,清风湖上泛舟,苹果园中追逐,希望五颜六色。

柴可夫斯基《D大调小提琴协奏曲》
(Tchaikovsky,Violin concerto in D major Op.35)

作于1878年。全曲洋溢着浓郁的俄罗斯民族风格。第一乐章的主题具有动人的歌唱性,被誉为飘荡着春天气息。第二乐章转为沉思般地抒情,抒发了作曲家对俄罗斯大地的深情。第三乐章选用俄国民间舞, 气氛热烈活泼。但值得注意的是,全曲,尤其是头两个乐章,都渗透着一种俄罗斯特有的忧郁和伤感。就好像春风中夹杂着寒流,让人不能引亢高歌。或许这就是俄罗斯民族与拉丁民族的不同之处。在乐曲中,作曲家抓住了俄罗斯民族的压抑和开朗,深沉和乐观的双重特质,鲜明的表现了俄罗斯民族旺盛的生命力。

柴可夫斯基《意大利随想曲》
(Tchaikovsky,Capriccio italien Op.45)

作品完成于1880年夏。在此之前柴可夫斯基曾在意大利逗留数月,收集了许多意大利民间音乐素材。用他自己的话说,就是有些是从民歌集里收集来的,有些是在马路上亲耳听到的。他的《意大利随想曲》就是要展现意大利风光、风彩和风情。从开头的意大利军号声到最后狂欢的塔兰泰拉舞曲,他写进了数个意大利民谣和歌曲旋律。全曲激情华丽,意大利人的欢快乐观深深地感染了听众。

门德尔松《第四交响曲,“意大利”第四乐章》
(Mendelssohn,Symphony No.4 in A major “Italian” 4th movement)

创作于 1831 年到 1833 年,门德尔松在意大利旅游期间。全曲 4 个乐章。第四乐章取材于古老的意大利舞曲“萨塔列拉”,表现了南欧民族热情豪放,能歌善舞。当时又正赶上罗马狂欢节,让门德尔松一下子抓住了这个国家的多彩多姿。

勃拉姆斯《D 大调小提琴协奏曲,第一乐章》
(Brahms,Violin concerto in D major Op.77)

完成于 1878 年。本曲是献给他的匈牙利好友,小提琴家约阿希姆(Joseph Joachim)的。他和约阿希姆有深厚的友谊,1853 年 5 月当勃拉姆斯尚是一位无名的青年作曲家时,国际知名的约阿希姆就乐于会见他。还给他写了推荐信,推荐他去向舒曼学习。由于舒曼的赞赏,勃拉姆斯才成为乐坛的新星,同时也才有了后来勃拉姆斯与克拉拉的动人恋情。勃拉姆斯创作该曲时,是在奥地利风景极美的维尔它湖畔,所以说不定从曲中你能嗅到奥地利的湖光山色呢。该曲第一乐章即有浓厚的田园牧歌风味和匈牙利乡土风情。朴素的旋律之中蕴藏着火热的激情,催人出去走一走,到世外桃源去散散步。该曲中的小提琴独奏似乎有一点贝多芬的影子。

维尼亚夫斯基《D 小调第二小提琴协奏曲》
(Wieniawski,Violin concerto No.2 in D minor Op.22)

完成于1862 年。全曲三个乐章,都是表现真挚的抒情性和小提琴的艺术美质。第一乐章充满诗意;第二章为浪漫曲,优美如歌;第三乐章跳起吉卜赛风格的舞蹈。全曲,尤其是第一乐章渗透着波兰艺术家特有的那种忧心和伤感。就像晴空万里总有几片乌云飘忽不定,弄得人的心情辗转反侧,上下不安。这种真情给人以生活的亲切感。

圣桑《B 小调第三小提琴协奏曲》

(Saint Seans,Violin concerto in B minor No.3 Op.61)

作于 1880 年,献给小提琴家萨拉萨蒂。全曲三个乐章,在散发优雅的法国抒情风味的同时,第二乐章的旋律有意大利印记,第三乐章闪现了吉卜赛舞蹈的影子。第一乐章的小提琴好像给你讲了几个故事,有的悲戚一点儿,有的欢乐一点儿。第二乐章则令人心旷神怡。最后乐章,小提琴一展歌喉,让人们欣赏了一幕有张有弛的“歌剧”。圣桑的这首曲子颇具生活性,福与祸,风起云涌与悠闲安详,温柔迷人与紧张激情都融汇在其中。

巴赫《勃兰登堡协奏曲》

(Bach,Brandenburg concertos No.1-6,BWV1046-1051)

完成于 1721 年,当时献给勃兰登堡的侯爵。全曲共 6 首,每首基本上有三个乐章,为快-慢-快的布局。是巴赫作品中的一个高峰,也是最负盛名的管弦乐作品之一。在这里我们不拟讨论该曲音乐创作上的独到之处,只是简单谈一下它的情绪特性。说简单谈是因为这种类型的纯音乐实在没有什么解释,它就是音乐。听这样的音乐你就把自己当成贵族,一个乐队专门为你演奏。当然就是为了你神清气爽,心情舒畅。这首曲子并不带有多少宗教色彩,如果说作曲家想表达什么,那就是他对生活的热爱,不论是苦一点儿还是甜一点儿。还有他对大自然的热爱,不论是春夏还是秋冬。听众只需在缓缓流过的音乐时光中享受美感,就足够了。

德沃夏克《第八交响曲第三乐章》

(Dvorak Symphony No.8 in G major Op.88 Movement 3)

捷克作曲家创作于 1889 年。该曲的第三乐章演奏的是斯拉夫舞曲，描写了斯拉夫历史的邈远，波希米亚草原的辽阔和斯拉夫人的哀伤与快乐，是所有斯拉夫舞曲中最优美，内涵最深刻的一首。

格里格《A小调钢琴协奏曲第三乐章》

(Grieg, Piano concerto in A minor Op.16, 3rd movement)

挪威作曲家格里格的唯一的钢琴协奏曲，作于1868年。全曲三个乐章，饱含挪威淳朴的民谣风格，充满了北欧大自然风光的清新秀丽及浓浓的"斯堪的纳维亚"情调。尤其是第三乐章，以挪威民族舞曲为基础，时而热情活泼，时而轻歌悠闲，北欧人的潇洒表现无遗。

鲍罗丁《在中亚细亚的草原上》

(Borodin, in the steppes of central Asia Symphonic poem)

创作于1880年，展现了大漠深处的风情，那么辽阔，那么遥远。骆驼队，马队从天际而来，又消失在莽原之上。夕阳西斜，炊烟升起，鞍马劳碌了一天，该休息了。

鲍罗丁《波罗维茨舞曲》

(Boroding, Polovtsian dance from Price Igor)

这首舞曲选自作曲家的歌剧《伊弋尔王子》，既有优美迷人的东方神韵，又表现出俄罗斯人哀愁的特质。该舞曲已成为音乐会上的独立节目，并多次录音，有人声伴唱的，也有器乐曲的。

科萨科夫《天方夜谭组曲第三乐章》

(Korsakov, Scheherazade 3rd movement Op.35)

作于1888年，取材于著名的阿拉伯民间故事"一千零一夜"。全曲充满了诗情画意，散发着东方神话故事的芳香。全套组曲由4个乐章组成，作者曾说明它们取材自故事集"一千零一夜"。第一乐章为"大海与辛巴达的船"，第二乐章为"卡伦德王子的故事"，第三乐章为"王子与公主"，第四乐章为"巴格达的节日，辛巴达的船撞上立有骑士铜像的峭壁"。不过再版乐谱时，科萨科夫将这些小标题删掉了。作曲家只是想点出他的构思,而不希望束缚听者的想象。第三乐章最为抒情,且刻画了具有浓郁的东方风味的热恋。其中第一主题颇似王子的深沉又温暖的情歌,第二主题表现了公主典雅又热情的舞姿。

科萨科夫在他的歌剧“沙德可”中有一首独唱歌曲《印度之歌》(Song of India)非常好听,从古调改编过来。在剧中一印度商人以此歌向海员介绍印度这个黄金国度。此曲被改编成器乐曲后,更显美妙神秘。

哈恰图良《马刀舞曲》

(Khachaturian,dance from Gayane ballet)

创作于1941年,为芭蕾舞剧《加雅涅》中的选曲。场景为剧中男主人公与女友重获爱情,村民们为他们欢呼,为他们祝福而群舞。该曲首、尾节奏强烈、活泼奔放,把你带到高加索的库尔特族人当中。中间部分的抒情舞曲取材自亚美尼亚的民歌。亚美尼亚是作曲家的故乡。

伊波里托夫–伊凡诺夫《高加索素描》

(Ippolitov–Ivanov,Caucasian Sketches No.1 Op.10)

作于1894年。作曲家长期生活在高加索地区,收集了许多民间音乐。这首曲子有4个乐章,像是4首歌,分别为:穿山越岭,村落,清真寺,萨达尔进行曲。尤其是最后一个乐章最著名,经常被单独演奏,亦为流行音乐音乐会上的一枝独秀。另外一首与此风情相仿的乐曲是《土耳其片断》(Turkish Fragments Op.62),也是作曲家的代表作。作于1931年。全曲4个乐章:商队,休息,夜晚,庆祝。音乐素材源于阿塞拜疆、土耳其、乌兹别克和哈萨克。这两首曲子载歌载舞,既有欢快又有沉静。不仅展现了中西亚的风情,更使人们联想到丝绸之路,虽然路途漫漫,但豪情满满。

吹散阴霾

小号声音嘹亮,在一种冲天的孤傲中,又展现出一种高亢的华丽。不论表达激昂的喜还是凄厉的悲，都是那么强烈鲜明，直接撞击人心。

首先，作者推荐柴可夫斯基的芭蕾舞剧《天鹅湖》中的一段著名的舞曲，它是以划破夜空的号声开始的。

《拿波利舞曲》

(Tchaikovsky, Swan Lake suite Op.20 Neapolitan dance)

作者不敢肯定那短暂的号声能否立刻融化听众的心。可你知道那号声是从哪里来的吗？那一定是一个美丽纯净的世外桃源，随你去想象它的山明水秀、鸟语花香、人心善良、玉洁冰清。你会问，对于这么一个2分钟的短曲，作者是不是小题大做了？不是。可能是你没有那个经历：当你的身体被无形的枷锁紧紧地禁锢无法动弹的时候，那么只有心可以飞。你有了飞出去的不可遏制的渴望和乞盼，你就一辈子也忘不了这段小号。

不仅在舞蹈中，就是在歌剧中，小号也可以独当一面。小号的作品不少，其中海顿的《小号协奏曲》最为精彩，它不仅是小号协奏曲节目单上的必备曲目，也是最受欢迎的协奏曲之一。

海顿《降E大调小号协奏曲》

(Haydn, trumpet concerto in E flat major)

创作于1796年，为他的好朋友，小号演奏家Weidinger而写。当时海顿已64岁，几乎处于退休状态，所以他有时间自由创作。全曲三个乐章，除小号独奏外，协奏的还有2支笛子，2支双簧管，2支巴松管，2把圆号，2把小号，定音鼓和弦乐队，几乎所有的管乐都用上了。

全曲3个乐章，快-慢-快结构。第一乐章从演奏第一个音符开始你就会喜欢上它，鼓乐齐鸣，如此地充满着四溢的青春活力。第二乐章呈现一个慢节奏的歌舞，让你的情绪缓和下来。第三乐章回旋曲是重头戏，两段著名的旋律穿梭交插，辉煌灿烂的号声将自信和豪放淋漓尽致的表现出来。如果全曲还不能一扫你心中的阴云雾霭，那就多听几遍吧！或者继续下面，听海顿的学生胡梅尔的作品。

胡梅尔《降 E 大调小号协奏曲》

(Hummel, Concerto in E flat major for trumpet and orchestra)

创作于 1803 年，该曲也是为小号演奏家 Weidinger 而作。前两个乐章精致典雅，还有一点儿幽默。第二乐章越听越像夜曲，真不愧是夜曲的创始人。第三乐章完全进入节日的庆典之中。有人认为胡梅尔的这首曲子可与上述海顿的作品相媲美。

利奥波尔德·莫扎特《D大调小号协奏曲》

(Leopold Mozart, Concerto in D major for trumpet and orchestra)

利奥波尔德·莫扎特是神童莫扎特的父亲，该曲创作于 1762 年，那时小莫扎特 6 岁。该曲可能是作曲家写给萨尔斯堡宫廷乐队的小号手的。全曲只有两个乐章(柔板、中庸的快板)。全曲很像一个人的内心独白，情绪较平稳。仔细听老莫扎特和你说什么吧。

在古典时期，法施创作于 1750 年的作品也值得欣赏。

法施《D 大调小号协奏曲》

(Fasch, Trumpet concerto in D major)

而巴洛克时期，小号作品呈现出不同的风格。请听下面泰勒曼的作品。

泰勒曼《D 大调小号协奏曲》

(Telemann, Trumpet concerto in D major)

创作于 1710 年至 1720 年之间。4 乐章，典型的巴洛克风格。用 8 个字来概括就是：气定神闲，宁静致远。

小号强大的穿透力一定能帮你从一团乱麻中突围。

圆号，又称法国号，是音色极为神奇的一种乐器。它既具有铜管乐器的嘹亮，又具有木管乐器的柔美。音色圆润、丰满。从高雅到哀愁都有丰富的表现力。并且能与其他乐器很好的融合。

圆号是莫扎特最喜爱的乐器之一,他创作了四首圆号协奏曲,可谓圆号协奏曲之冠。这些曲子都是为他的好朋友,法国号演奏家洛特格布而写的。

莫扎特《D 大调第一号圆号协奏曲》
(Mozart,Horn concerto in D No.1 K412)

创作于 1782 年,完成于 1791 年,仅两个乐章。第一乐章伊始马上给人的感觉就是流畅,像山间小溪,信马由缰地奔腾着。很快你又发现,你可以为那欢快的旋律填充歌词,就像牧童骑在牛背上放声高歌。第二乐章的回旋曲带有跳跃性,好像不时浪花溅起,一派草地牧场的气息。在这里莫扎特充分利用了圆号的音色优势。

莫扎特《降 E 大调第二号圆号协奏曲》
(Mozart,Horn concerto in E flat major No.2 K417)

创作于 1783 年。第一乐章开始似有回归山林的喜悦,载歌载舞。但随着与自然的对话,略显心情沉重,有一点儿忧郁。第二乐章感慨更多,含情脉脉,颇具歌唱性,像一首爱之至深的情歌。第三乐章恢复了乐观,情绪高昂,意气风发地进入密林深处。

莫扎特《降 E 大调第三号圆号协奏曲》
(Mozart,Horn concerto in E flat major No.3 K447)

创作于 1784 年至 1787 年。这个曲子在乐队配置上的特点是用了两支单簧管,从而使全曲温暖和煦、色彩斑斓。该曲被认为是最优秀的圆号协奏曲。

第一乐章轻捷、欢快、边行进边歌唱。太多的美景呀,目不暇接。典型的莫扎特风格。第二乐章标题为浪漫曲,舒缓、宁静、温馨、洋溢着朦胧之美。正如柴可夫斯基所说:“我深信,莫扎特的‘美’在音乐领域达到了所能达到的最高点。谁也没有像他那样令我痛哭……”第三乐章好像兴高采烈去狩猎,你追我赶。吹着法国号呼唤人们回归大自然的怀抱。

莫扎特《降 E 大调第四号圆号协奏曲》
(Mozart,Horn concerto in E flat major No.4 K495)

创作于 1786 年。第一乐章鲜明流畅,促使你把心情交给山野、森林,湖泊和蓝天。第二乐章浪漫曲诗意盎然,给人柔和甜美的安慰。第三乐章在翩翩起舞中表现出一种非凡的风度气质。

1782 年莫扎特还为洛特格布写了一首《降 E 大调圆号五重奏》(Mozart,Horn quintet in E flat major K407)。由于是室内乐,全曲更显柔美恬静,轻盈祥和。

莫扎特《降 B 大调第十号夜曲》
(Mozart,Serenade for 13 Winds in B-flat major,K361)

创作于1781 年。这首曲子用 13 件管乐乐器演奏 (4 把圆号),7 个乐章,长达五十多分钟。其中第三段柔板被认为是管乐作品中的精华。至于为什么莫扎特要写这首曲子,众说纷纭。有人考证说,1782 年在莫扎特的婚礼上, 请来的乐队在迎宾厅演奏了这首夜曲,还令莫扎特惊异不已。

管乐虽比不上小提琴的缠绵,大提琴的含蓄,但在莫扎特的最佳组合下,深沉的黑夜中,五颜六色的极光娉婷灿烂,就是小步舞曲也是温文尔雅,风度翩翩。

20 世纪之前圆号的曲子不下 250 首,20 世纪至今至少有 600 首之多,可见作曲家对这种乐器的喜爱,那下面再欣赏几首吧。

海顿《D 大调第二号圆号协奏曲》
(Haydn,Horn concerto in D No.2)

其风格与莫扎特的相近,也是圆号协奏曲中的精品。

罗塞蒂《D 小调圆号协奏曲》
(Antonio Rosetti,Horn concerto in D minor)

创作于 1786 年。罗塞蒂是波西米亚作曲家。用小调写圆号协奏曲可能只此一家,别有一番深邃的诗的韵味。

罗塞蒂《降E大调圆号协奏曲》
(Antonio Rosetti,Horn concerto in E flat major)

创作于1779年。据研究,他的圆号协奏曲对莫扎特的上述4首作品影响很深。他1776年创作的《安魂曲》在1791年12月悼念莫扎特的仪式上被演奏。

理查德·施特劳斯《降E大调第一号圆号协奏曲》
(RichardStrauss,Horn concerto No.1 in E flat major Op.11)

理查德·施特劳斯《降E大调第二号圆号协奏曲》
(RichardStrauss,Horn concerto No.2 in E flat major)

很有意思的是,施特劳斯创作第一首曲子的时候,才18岁。而写第二首曲子的时候已经是年近八十岁的老人了。

第一首曲子开始,英雄的号角被吹响,信心十足地走向生活;中间乐章文雅、高贵,行云流水,像是在唱法国歌剧咏叹调;第三段有点像进行曲,响应第一章的英雄气概。

施特劳斯的第二首圆号协奏曲是为了纪念他的父亲。他父亲Franz Strauss是著名的圆号演奏家,还创作过好几首圆号协奏曲。所以施特劳斯的第二首圆号协奏曲的气氛显得委婉、沉重。

卡尔·马苔斯《第二号圆号协奏曲》
(Karl Matys,Horn concerto No.2)

像叙事曲,很浪漫。

泰勒曼《降E大调圆号协奏曲》
(Telemann,Concerto for 2 horn,string and continuo in E flat major TWV54)

威瓦尔迪《F大调圆号协奏曲》
(Vivaldi,Horn concerto in F RV539)

典型的巴洛克风格,表达内心平和、快乐。

无所不能的圆号一定解救出陷于苦恼、迷茫和郁闷之中的人们。

青春之歌

以下几首曲子是作曲家在20岁左右，甚至是少年时代写的，他们虽已逝去，但岁月留声，他们的音容笑貌已融进他们的青春之歌中而永世长存。

莫扎特《A大调第五小提琴协奏曲》
(Mozart, Violin concerto No.5 in A major K219)

莫扎特在17岁至19岁时连续写了5部小提琴协奏曲。然后就没有再碰这个体裁了。不仅这部作品,实际上他的5部小提琴协奏曲都充满了诙谐和幽默。著名的学者评论年轻的莫扎特风格时说,它们具妙语连珠的喜剧的特殊气质。除此之外,该曲第一乐章还渗透着浓浓的诗意。柔板乐章(第二乐章)很像他后来写的歌剧《后宫诱拐》中的咏叹调,表现出矢志不渝的爱情。第三乐章是回旋曲式,正是这个乐章令该曲有一个别名:土耳其协奏曲。原因是这样的:回旋曲的主题是小步舞曲,典型的西方音乐,但在中间部分的插句变成了土耳其味儿的,而且自己作小循环,即成为回旋曲中的回旋曲。不过莫扎特在这首曲子中及其他曲子中的东方风格其实并不是真正的土耳其音乐。问题是,莫扎特音乐中的土耳其调儿是从哪儿来的呢?学者反复研究后认为,是取材于毗邻土耳其奥托曼王朝地区的匈牙利和吉普赛音乐。在这些地区,东方音乐已经影响过来。莫扎特7岁时曾走访这些地方,或者是在他周游西欧时遇到了从某个地方来的乐师。另一种可能性是海顿的影响,海顿在匈牙利待过且曾用非真实的土耳其元素来给自己的一些作品调味儿。在这里我们再一次看到,莫扎特像海绵吸水一样,将听到的声音珍藏在大脑中。

莫扎特《第五号钢琴协奏曲》
(Mozart, Piano concerto No.5 in D major K175)

莫扎特17岁时写作了这部第一首完全原创的钢琴协奏曲。他非常喜欢这首洋溢着青春朝气的,阳光灿烂的曲子,在去世那年他仍在弹奏。在这首曲子问世后三年,他的钢琴协奏曲进入了独具一格的成熟阶段。

莫扎特《第九钢琴协奏曲》
(Mozart, Piano concerto No.9 in E flat major K271)

这是莫扎特进入第21个年头时创作的。钢琴协奏曲是莫扎特的拿手好戏,从这首开始,莫扎特的钢琴协奏曲进入了成熟阶段。莫扎特20岁时,有一个法国的键盘演奏家访问萨尔斯堡,可能是一位动人的女士,她的演奏激发了莫扎特写这首钢琴协奏曲的灵感。很快他在次年1月份就完成了。莫扎特本人很看重这个作品,在1778年去曼海姆和巴黎时随身带着乐谱,并在巴黎与那女士再次相会。在维也纳他还曾演奏这个作品。这个协奏曲也是莫扎特公开出版的(1779年)第一个协奏曲。

这首钢琴协奏曲是莫扎特器乐曲创作中的一个高峰,标志着莫扎特的创作进入成熟期,因为莫扎特将大协奏曲与交响性的融合做到了尽善尽美,无人超越。该曲第一乐章,开始部分乐队与钢琴并驾齐驱,这是莫扎特的独创。然后音乐表现出壮志、信心,甚至有一点儿自负。第二乐章到来后,可能令人吃了一惊,怎么进了歌剧之中,气氛变得忧郁,心情变得寡欢,好像一个歌手在缓缓唱着不开心的事。最后乐章为回旋曲式。有意思的是活泼快速的主题夹带着缓慢典雅的小步舞曲,让你忘记了第二乐章的沉闷,忍不住笑起来。

该曲被许多音乐评论家高度评价。有人说,这是经典风格的第一部杰作。有人称它为世界奇观之一。爱因斯坦命名它为“莫扎特的英雄”。

肖邦《把手伸给我,美人》

(Chopin, Variation on La Ci darem La mano Op.2)

肖邦17岁时去听了莫扎特的歌剧《唐璜》,深受感动。他决心用管弦乐和钢琴来描写歌剧中人物的内心世界。他选了歌剧中男女主角的一段二重唱作变奏曲,创作了这段音乐。在他第一次去维也纳开音乐会时曾弹奏此曲,并获得成功。后来舒曼听到该曲后曾赞扬道,“脱帽致敬吧,在你们面前是一个天才!”

肖邦《A大调波兰民歌幻想曲》

(Chopin, Fantasia on Polish Airs in A major Op.13)

肖邦18岁时用波兰民歌元素创作此曲。从他年轻时的作品就可以看出,波兰特点的幻想是肖邦曲子的精髓。该曲四个部分,前两部分有梦幻有夜曲,后两部分转为热情、活泼。在离开华沙之前,肖邦曾多次公开演奏此曲,每场必赢得暴风雨般的掌声,华沙报刊掀起了狂热赞美的浪潮,其中《女性信使报》评论:“听众特别喜爱根据民间曲调创作的乐曲,因为肖邦先生懂得如何把我们质朴动听的民间音乐同他那精妙的构思和细腻的演奏融合在一起,他所演奏的每一个音符不仅美妙悦耳,而且动人心弦,并传到人们的灵魂深处。”

门德尔松《降 E 大调弦乐八重奏》

(Mendelssohn,Octet for string in E flat major Op.20)

这是门德尔松 16 岁的作品,转年他才写了著名的《仲夏夜之梦序曲》。他的弦乐八重奏采用两组弦乐四重奏的编制,利用四重奏之间的对话、对比和呼应,营造音色丰满的交响效果。该曲 4 个乐章,除了第二乐章在做春秋大梦以外,其余 3 个乐章都充满了青春少年的无穷无尽的活力。全曲既轻巧又柔和,既幻想又阳光。后来人的八重奏,超越这首的不多。

门德尔松《D 小调弦乐协奏曲》

(Mendelssohn,Concerto in D minor for violin and string orchestra)

这是门德尔松 13 岁的作品。这首曲子是送给他们家的好朋友,小提琴手 Rietz,他比门德尔松大 7 岁,经常参加门德尔松家庭音乐会的活动。这首曲子门德尔松生前并没有拿去发表。130 年后,1951 年被小提琴家梅纽因发现,于 1952 年首演。人们猜想,该曲曾被 Rietz 在门德尔松家中演奏过。该曲虽在模仿海顿,但已显示出门德尔松早期个人风格:精美、质朴、简洁。年仅 13 岁,就知道如何将诗意和幻想的美感传递给听众。跟着这首曲子做一次少年的奇幻漂流吧,你就知道为什么舒曼称门德尔松为“19 世纪的莫扎特,最卓越的音乐家”了。

舒伯特《降B 大调第五交响曲》

(Schubert,Symphony No.5 in B flat major D485)

舒伯特19岁时已写了5首交响曲了。不过乍一听这首交响曲，你可能以为是莫扎特的作品，这是因为舒伯特那时还没有完全脱离莫扎特、贝多芬的影响，那时他的器乐曲的确可以以假乱真。这首曲子虽是交响曲，但没有鼓和号参与，乐队编制小，实际上是为家庭音乐会而作的。全曲温文尔雅，又洋溢着青春的美的气息，时而还有一些庄严。

舒伯特《A大调小提琴奏鸣曲》

(Schubert, Violin sonata in A major D574)

创作于20岁。在19岁时他曾写了3首小提琴小奏鸣曲，这是第四首，也是他的最后一首小提琴奏鸣曲。相比前3首(D384, D385, D408)，这一首已显露出舒伯特的器乐曲创作上的独创风格。第一乐章似乎是小提琴在歌唱，钢琴在伴唱，然后互换角色。第三乐章为回旋曲，像是轮流的二重唱。第二、第四乐章为谐谑曲，欢快活泼。全曲充满了歌唱性，和声丰富，旋律优雅美妙，实在是不可多得的青春之歌。

胡安·阿里亚加《D大调交响曲》

(Arriaga, Symphony in D)

西班牙作曲家，早年即显示非凡的音乐天赋，被誉为西班牙的“莫扎特”，从11岁开始写歌剧、歌曲及器乐曲。不幸于20岁，在巴黎学音乐时病逝。他的重要的作品有这首《D大调交响曲》及3首弦乐四重奏。这首曲子颇似莫扎特第40号交响曲的意境和风格，令人“赏心悦目”，听这首曲子应该没人抱怨交响曲难懂。

马勒《A小调钢琴四重奏》

(Mahler, Piano quartet in A minor)

写作此曲及首演时马勒16岁，在维也纳音乐学院就读第一年。马勒曾先后写过几首室内乐，但都被他自己毁掉了，只有这首的第一乐章在1960年被马勒的遗孀找到，演奏时间大约11分钟。曲子再度问世后，很受许多乐队的欢迎，曾被电影引用,另外许多作曲家还试图修复全曲。

曲子第一部分十分抒情,似乎轻轻唱着"青春之歌"开始了人生,听得出来还有点踌躇满志。中间部分有些激动和不安。第三部分放慢了脚步,显得忧心忡忡,结尾处恢复了自信的情绪。该曲若演奏的快些或较慢,可能会得到不一样的诠释。

拉赫玛尼诺夫《幻想小品集第二首前奏曲》

(Rachmaninoff, Morceaux de fantaisie Op.3 No.2 prelude in C-sharp minor)

拉赫玛尼诺夫 19 岁时编写此曲, 题献给他的老师阿连斯基。那时他刚从莫斯科音乐学院毕业。实际上在学习期间,他已写出了好多首不错的音乐和歌剧,例如第一钢琴协奏曲、俄罗斯狂想曲等等。这个小品集包括 5 首小曲子,其中最著名的是第二段:《升 C 小调前奏曲》。该前奏曲自首演之后即深受人们喜爱,经常被拿出来单独演奏。英美的出版商给该曲起了各种各样的标题:莫斯科在燃烧,审判之日,莫斯科的华尔兹,及莫斯科的钟声等。该曲的主题也被誉为拉赫玛尼诺夫的"命运主题"。从这个感觉出发, 作者觉得该曲可视为不可知命运的前奏,曲中第一部分表现了对青春的赞颂及在未知命运前面些许的徘徊不定。中间部分转为步伐坚定有力,充满激情。最后部分进入幻想。在此曲之后,拉赫玛尼诺夫又陆陆续续写了 23 首前奏曲,挑战巴赫、肖邦等前辈。

德彪西《G 大调钢琴三重奏》

(Debussy, Piano trio in G L3)

德彪西 17 岁时写成此曲,但经历颇为传奇。当时德彪西作为私人钢琴师为梅克尔夫人(柴可夫斯基的赞助者)工作。梅克尔夫人曾写信给柴可夫斯基,称颂这首钢琴三重奏。但后来曲谱丢失了。直到一百年后(1982 年)才从德彪西的一个学生那里发现。该曲 4 个乐章。第一乐章轻松、浪漫,给人花样年华的印象。第二乐章较短,转换成小精灵们的诙谐的舞曲。第三乐章以些微忧郁的形式,向人们叙述一个动人的故事。第四乐章以喧嚣的曲调开始,接着音乐似乎是传统与现代风格的混合,还有那么一点印象派的影子,用不一样的乐思展现热情。

巴拉诺芙斯卡《少女的祈祷》

(Tekla Baranowska,Modlitwa dziewicy Op.4)

创作于1856年。关于波兰女作曲家巴拉诺芙斯卡的生平,世人知之甚少,一个原因可能是她的生命太过短暂,23岁便夭折了。她一生写作了大约35首钢琴小品,但只有一首举世皆知,这就是她18岁时写的《少女的祈祷》。听着这首曲子,你仿佛看到一个青春少女在五颜六色的百花园中,追逐着美丽的蝴蝶,又跳又蹦。她在树荫里,幻想着天边的白马王子和那神奇的童话世界。多么纯洁的心灵,多么纯真的年华,多么纯情的祈祷!

忧伤的爱

愤世嫉俗的舒伯特将幻想与梦境寄托在他的音乐中,正如他自己所说,“许多年来我一直歌唱,每当我歌唱爱情,我的心中便充满痛苦,而每当我歌唱痛苦,我的心中却充满爱情。爱情和痛苦就这样把我撕成了两半”。

《绿袖子》(Greensleeves)

是英国一首古老的情歌,大约有五百多年的历史。关于它的起源和作者维系着许多凄美的传说。其中流传最广的是说为英国王亨利八世所作。一个国王爱上了一个绿袖女子,且一生追求,每天都盼着恋人到来,但至死都未能盼到。一个国王也有他无可奈何的苦恋。原曲古朴悠扬,婉转缠绵,深受英国人喜爱。1912 年英国作曲家威廉姆斯(Ralph Vaughan Williams) 将其改编成管弦乐《绿袖子幻想曲》(Fantasia on Greensleeves),该曲旋律古典优雅,既有哀伤、叹息,中间部分又表现出一种悲壮的气质,表面风平浪静,内心翻江倒海。纵观全曲,又似有一种恳请、祈求的内涵。

1865 年,英国圣诗创作家狄克斯(William Chatterton Dix)在 Greensleeves 的曲调下填写了宗教歌词 "奇妙圣婴"("What Child is This"),于是它还演变成圣诞节时的赞美诗。

克莱斯勒《爱之忧伤》
(Fritz Kreisler,Liebesleid)

主要表达爱情受挫后心中的伤痛。全曲虽仅三分多钟,但有两个主题旋律。第一主题旋律优美清新,但渗透着悲悲切切。第二主题旋律甜蜜温存,似乎是对往日友情幸福的回忆。本曲将痴情、灰心、不舍、伤感都融合在琴声中,令人回味无穷。

托赛里《往日的爱情》

托赛里 (Enrico Toselli) 曾为一首诗谱写了脍炙人口的歌曲,此曲被改编成提琴曲和管弦乐曲,常被称为《托赛里小夜曲》(Serenata,Rimpianto)或《叹息小夜曲》。托赛里曾与一个公主有一段美好的姻缘,但几年后就离异了,作曲家十分痛苦。他写该曲被为是对那段爱情的悲叹。笔者推荐读者去听器乐曲,它有两段委婉动人的旋律。第一段从叹息开始,然后是对往日爱情的幸福的回忆,遗憾之中带有一点儿甜蜜。第二段倾诉自己心中那无法平复的忧郁和懊悔。此曲为耳熟能详的失恋者之歌。不过偶然之中，笔者读到了一篇中国知青的回忆，当年一群不自愿下放到农村的年轻人曾聚集在一起，低声缓慢的唱这首歌，从而促使笔者从知青情结再听一次。音乐的多义性使笔者感觉该曲的主旋律表现了青春的心愿和理想。第二主题(中间部分)仿佛回到现实，无奈和惆怅挥之不去。全曲将失望、失落与渴望、渴求纠结在一起，抛向天空。原来，音乐中的叹息也可以是如此的美！该曲歌词如下：

往日的爱情，已经永远消失，

幸福的回忆像梦一样留在我心里！

她的笑容和美丽的眼睛，带给我幸福并照亮我青春的生命。

但是幸福不长久，欢乐变成忧愁，

那甜蜜的爱情从此就永远离开我，

在我心里只留下痛苦，我独自悲伤叹息，

时光白白度过，心中悲伤地叹息。

啊，太阳的光芒，不再照亮我，

它不再照亮我的生命！我的生命！

柴可夫斯基《天鹅湖第二幕》
(Swan lake Act 2)

千万别以为听《天鹅湖》耳朵都听出了茧子。这一次只听第二幕，而且只听不观看芭蕾舞，让音乐直接进入你的心中。第二幕中有一大段提琴曲约五分钟，非常感人。亦可从天鹅湖组曲第二幕 13 号中找到 (Ballet suite，Swan Lake Op.20，Act2，No.13)。当你只聆听时，你会强烈的感觉，小提琴就是白天鹅的化身，她在轻轻地，难过的讲述自己的故事，然后又为王子的到来翩翩起舞。大提琴似乎就是王子，倾吐着自己深沉的爱慕。琴声含情脉脉，楚楚动人。合奏起来更凸显一对恋人缠缠绵绵，如胶似膝。

其实，芭蕾舞剧《天鹅湖》按柴可夫斯基的本意是悲剧，最后王子投湖随白天鹅而去。如果只听音乐，或许可以感觉到其中的悲剧暗示。

舒伯特《舒伯特小夜曲》

(Schubert, Schwanengesang D957)

这首脍炙人口的抒情小夜曲于 1828 年舒伯特逝世前数月才完成，逝世后被出版商发现和汇编出版，被命名为“天鹅之歌”。这首曲子是 14 首中的第 4 首，原作为声乐曲，根据诗人莱尔斯勃塔的诗所作，后被改编成器乐曲演奏。歌曲开始描绘了一个幽静的夜晚，然后是青年向他心仪的姑娘做深情的倾诉，且一个高潮接一个高潮，他痛苦的期待着回响，他的歌声在夜空中渐渐的飘向远方。全曲将人们带入一个唯美的意境。就连舒伯特当时自己弹完后，都曾热泪盈眶的说，“我不知道它是这么美”。

舒伯特《F 小调幻想曲》

(Schubert, Fantasy in F minor, Op.103, D940)

在舒伯特短暂的一生中，曾有过一次炽热的爱情。悲剧的是他必须自己压抑住自己，始终没有公开表露。舒伯特 21 岁时，曾被聘为一贵族伯爵的家庭音乐教师，负责教家中两个女孩子。其中小的叫卡洛琳娜(Karoline Esterhazy)，当时才 13 岁。此后 6 年里，每年夏天舒伯特都到伯爵那里待上四个多月。小城在匈牙利布达佩斯北边，离维也纳三百多里。慢慢地，舒伯特爱上了这个楚楚动人的纯洁少女，而卡洛琳娜似乎也蒙生爱意。不过，理智的舒伯特知道，一个家庭教师的地位比仆人高不到哪儿去，他自己的贫困也不会给卡洛琳娜带来幸福。再加上他的腼腆内向，所以从未直接表白。这样，女孩子也很难首先开口。有一天，她很遗憾的对舒伯特说，舒伯特还从未替她写过一首曲子。舒伯特回答,在我的心中,我一直把我所有的作品都奉献给你。在他离开伯爵家后,他一直忍受着感情的折磨。4年之后,就是他去世的那年(1828年)春天,他完成了这首献给他心中情人的《F小调幻想曲》。但为了不影响卡洛琳娜,生前他没有将此曲公诸于世。

该曲有4个不间断的乐章,长约17分钟。该曲亦可分成三部分聆听。第一部分由富有匈牙利风格的诗情画意展开,颇似在回忆乡间的彩蝶飞舞,鸟语花香。但第二主题进入后气氛变得焦虑不安。乐曲中间部分更如同谈论一个绝望的故事,情绪时高时低,时起时伏。这一部分被认为是将《冬之旅》的诗词转换成了纯乐器音乐。诗《冬之旅》由24首组成,为德国诗人缪勒所作,描写一个失恋的人孤独的踏上了寻求死亡的旅途。舒伯特在1827年将其谱写为声乐套曲(Winterreise,D911),《冬之旅》充满忧郁凄凉的气氛,是一套"令人颤栗的歌曲"(舒伯特语)。若只用其中一句歌词来概括《F小调幻想曲》的话,那就是:"心里的那根针将伴随我一生"。最后一部分将第一部分的两个主题编织在一起,怎么听都觉得作曲家坐立不安,心乱如麻,乐章在无限失落遗憾中结束。正所谓,爱的刻骨铭心,伤的痛不欲生。

《F小调幻想曲》是四手联弹钢琴曲中的经典之作。同时,舒伯特这样的曲子往往是写给沙龙的,在小环境下会产生巨大的吸引力。

勃拉姆斯《G大调弦乐六重奏》
(Brahms,String Sextet in G major No.2 Op.36)

完成于1865年,但起始于1855年。在这10年期间勃拉姆斯曾在Gottingen市邂逅一女子Agathe von Siebold并订下婚约,两人曾处于热恋中。第二年勃拉姆斯的《D小调钢琴协奏曲》首演,但惨遭连败。这对勃拉姆斯的刺激很大。把艺术看得比生命还重要的他,竟以一封短信解除了与该女子的婚姻。所以此曲完成时,该女子早就远走高飞了。不过人们发现,在第一乐章中音符中隐匿着 A-G-A-D-H-E(D 为 T) ,是该女子的名字。实际上勃拉姆斯并没有忘掉那个女子,更怀念两人渡过的难忘时光。他想用这首曲子寄托他的歉意,并获得精神解脱。勃拉姆斯是很内向的人,从这个曲子中,读者可以体会到他内心的柔情,矛盾,哀伤和渴望。勃拉姆斯曾将此曲改写成钢琴曲寄给克拉拉,知音的克拉拉一弹即明白。在回信中克拉拉说,希望将来在天堂里,有这样一首乐曲相伴。

肖邦《圆舞曲第 69 号》

(Chopin,Waltz in A flat major No.1 Op.69)

肖邦在 25 岁时认真的考虑了自己的婚姻大事, 并鼓足勇气跑到沃特金斯卡一家下塌的旅馆向他们的女儿玛丽(Maria Wodzinska)求婚。这家人是波兰贵族,肖邦打定主意要娶波兰女子为妻。当时肖邦得到的是口头承诺,并要求保守秘密,但这已使肖邦满怀期望。接下来他与玛丽的书信来往却是通过玛丽的母亲来传递的,信写得一本正经。在沃特金斯卡一家访问了肖邦家乡之后,风云突变,沃特金斯卡太太对婚姻一事只字不提了。肖邦的名声和天才弥补不了出身上的鸿沟。再往后沃特金斯卡太太除了利用肖邦为她办这办那以外,就是装聋作哑。在母亲的压力下, 玛丽写给肖邦的字条亦是平淡的不能再平淡。一年后,肖邦知道不能再欺骗自己了,从此中断了与沃特金斯卡一家人的联系。这件事严重伤害了肖邦的自尊心。倒不是姑娘变了心而是贵族父母歧视、拒绝这个女婿。怀着一颗破碎的心,肖邦赠送给姑娘一首圆舞曲,这就是第 69 号圆舞曲,肖邦去世后才公开发表,被人们称为“离别圆舞曲”。听听你就知道肖邦是多么的无可奈何,平静乐曲之下的心潮起伏。再来作一个对比,肖邦(21 岁)初到巴黎时曾收一个女学生名叫罗拉·霍斯佛德小姐(Laura Horsford)。他赠送给她一首圆舞曲,是肖邦最早发表的圆舞曲作品,后来被称为“华丽大圆舞曲”(Waltz E flat major Op.18)。这首曲子是所有他的圆舞曲中最华丽,最轻快,也是少数实际上可以在舞会上跳的。这首(18 号)仙境般地飘逸对比那首(69 号)形单影只的黯然,肖邦心境的天壤之别就再清楚不过了。

有一点请读者听众注意,全曲两个主题都具有很强的叙唱性,虽是圆舞曲,却是像在讲述他的郁闷和忧伤。

巴托克《第一号A 小调弦乐四重奏》
(Bartok,String Quartet No.1 in A minor Op.7)

完成于 1909 年,发表于 1911 年。该作品与他的《第一号小提琴协奏曲》(见“燃烧的爱”一章)是姐妹篇,其动机都是表达对女小提琴手 Stefi Geyer 的爱慕、追求及失恋的痛苦。写这首曲子时,巴托克显然已经彻底的被拒之爱情的门外了,所以他自己称第一乐章为“葬礼般的哀歌”。在这个乐章中,读者可从听到从心底里发出的凄厉的喊叫,失恋啊,真是叫天天不应,叫地地不灵。那大提琴或是在劝慰,或是在陈述经验。乐章结束时,情绪稍为稳定。该乐章经常拿来与贝多芬的第 14 号弦乐四重奏的第一乐章(见“凄美伤感”一章)作比较,可见其忧伤之深。

第二乐章情绪更趋缓和,似乎大提琴的劝解有点作用。第三乐章由大提琴主导,失恋者跳起了匈牙利民间舞,排忧解难吧。

请注意,巴托克的音乐已属于 20 世纪初的了。

莫扎特《第 15 号 D 小调弦乐四重奏》
(Mozart,String Quartet No.15 in D minor K421)

创作于 1783年,是奉献给海顿的 6 首弦乐四重奏中的第二首。该曲是用 D 小调写的,应该注意到,莫扎特其他 D 小调作品是第 20 号钢琴协奏曲(K466),安魂曲(K626)和歌剧唐璜中的命运元素。所以当读者听完此曲后,感到全曲都充满了阴暗的悲剧气氛,就一点儿都不奇怪了。全曲 4 个乐章。第一乐章中 4 个朋友互倾衷肠,一唱一和,但有鲜明的调性对比,凸显了紧张和不安。第二乐章表面上比第一乐章安静很多,可在表面之下却有哀愁和伤感的波涛在翻滚。第三乐章为小步舞曲，但步伐沉重，情绪消沉。第四乐章为主题变奏。虽有舞曲的节奏但跳的古怪，非但没有回到阳光下，反倒是独舞在忧郁和窒息的阴霾之中，最终发展为悲凉、无助的哀鸣。

莫扎特的这首曲子棒就棒在它把凄凉伤感表现的如此浪漫，如此的美。

有意思的是，1803 年一个音乐家在对该曲第一乐章作了分析之后，曾为旋律配上了一个悲剧故事的歌词。那个爱情故事讲一个古希腊王后(狄多)爱上了一个武士(埃涅阿斯)，但武士被女巫所骗离开王土，女王误以为武士背叛了自己而心碎自尽。此爱情悲剧在 1689 年被普赛尔谱写成歌剧，尤其是王后临终前的唱段《当我被埋葬》(参考《生死恋》一章)是音乐史上最著名的哀歌之一。当然我们没有证据说莫扎特的作品就是表现了那个故事，但是它们的气氛却是如此的接近。

那么读者也许会问，究竟发生了什么事，莫扎特要写这样的曲子，而且还敬献给海顿爸爸。笔者的答案是，莫扎特当时雄心勃勃在征服维也纳，他在向海顿显示他的实力：他可以发展出各种色彩和技巧的弦乐四重奏。该曲应是莫扎特人生入戏的一个最好例证。

莫扎特《G 小调弦乐五重奏》

(Mozart, String Quintet in G minor K516)

作于 1787 年。当你第一次听到这个曲子，毫无疑问你就会感到曲子气氛紧张，不安和焦灼，整体画面有些阴暗。似为受到某种刺激或伤害后情绪的宣泄。没错，这是莫扎特用 G 小调写的曲子，这里的莫扎特不是那个阳光乐天的莫扎特。莫扎特用 G 小调写的曲子仅几首，其中久盛不衰的作品是第 40 号交响曲，情绪与此相仿，笔者会在后面讨论。

这首曲子为什么会如此表现呢？通常人们又会翻开莫扎特的经历去寻找答案。当时莫扎特已经不再是维也纳的宠儿，市民，尤其是在财政上支持他的那些有钱人失去了对他的音乐的兴趣，因而他开始债台高筑。远在萨尔斯堡的父亲危在旦夕(这首曲子发表后两周，其父去世)。所有这些不幸，的确可以解释莫扎特创作此曲的动机。但如笔者在本书“探索莫扎特”的章节中所论述的观点，莫扎特之所以独一无二，就在于他的“人生入戏”的写作。既使与自己有关，也是一个“替身”在表演悲情。在该曲中的演员是失恋者，而且失去了亲人的爱，众人的爱，许许多多的爱。几年后在莫扎特的歌剧《魔笛》中就出现了一个失恋的剧情，公主帕米纳唱道，“爱的欢欣已经不再，幸福决不会回来。看，眼泪在流淌，只是为了你，我的亲爱。如果你失去爱的渴望，那我只有在坟墓中寻找安宁”。

这首弦乐五重奏分 4 个乐章。第一乐章中的两个主题都令人感到心慌意乱，焦虑不安，甚至有些走投无路的绝望。第二乐章虽称小步舞曲，但全然没有小步舞曲的优雅。反而是愤怒和眼泪，尤其是强的低音弦乐震动人心。第三乐章柔板，还特别运用了间断停顿，五个乐器不时哑然失声，加强了痛不欲生的悲伤气氛。第四乐章仍是柔板，且缓慢奏来，像歌剧中的独唱，诉说的当然是心中最难过的事情。不过奇妙的是，在乐章中间，曲锋一转，变成了颇显轻松的舞蹈，而且是回旋曲式。似乎推开了所有的烦恼忧愁，对世界还是拥抱以爱。

这首曲子几乎全曲都充满了难言的悲剧情怀，并不是如笔者上述的几个形容词就能概括了的，需细细品味。不论感受的是忧伤的爱还是爱的忧伤，该曲都是所有弦乐五重奏作品中精美绝伦的极品。

李斯特《浮士德交响曲第二乐章》

(Liszt，Faust symphony 2nd mvt Gretchen S108)

1857 年完成并首演。该曲是李斯特根据西方名著之一，歌德的长诗《浮士德》所谱写。全曲三个乐章，标题分别为：浮士德(Faust)、葛丽琛(Gretchen)、梅菲斯特(Mephistopheles)。第二乐章涉及的故事是一个悲剧。年老的浮士德不甘心一生平庸无奇，他要体验生活的真正意义，于是与魔鬼梅菲斯特用灵魂作交易，梅菲斯特将他返老还童。这样，潇洒的浮士德与平民美女葛丽琛一见钟情，坠入爱河。葛丽琛天真烂漫、纯洁善良，一心一意的爱着浮士德，而浮士德不满足于二人的小世界，不想沉溺于感官享乐，因而从未有结婚的念头。这致使怀孕的葛丽琛精神失常，溺死自己的婴儿，被判死刑。这个经历也令浮士德体验到了人类的悲哀和痛苦。

第二乐章约长 22 分钟，有些演奏听上去柔美、情深，表现了热恋中男女的种种场景，似乎都沉浸在幸福之中。另外一个诠释是，葛丽琛是浮士德的一面镜子，或者说这是一场假面舞会，浮士德戴着葛丽琛的面具。不过要弄清楚这个看法，恐怕要对浮士德作一番深入的研究。

笔者认为既然乐章的标题是“葛丽琛”，那么就从一个少女的角度和心理来感受音乐吧。如此，听众可能会细致的揣摩到作曲家对人物的刻划：从孤独寂寞的心境开始；进入美好幻想；继而心情开朗、歌唱；但又处于矛盾的激动之中；沉浸在浪漫的小夜曲中不久；即转变为一种凄凉、失望；最后掉入幻觉的渊潭。其实全乐章都被若隐若现的阴影笼罩着，并不那么轻松。笔者觉得这正是作曲家的意图，葛丽琛就是忧伤的爱的化身，她越是对爱情痴迷，浮士德的自责就愈重，内心煎熬愈深。笔者觉得里卡多·穆蒂(Riccardo Muti)对此乐章的指挥极为出色。

燃烧的爱

想听一首优美流畅,含情脉脉,浪漫迷人的舞曲吗,那就非莱哈尔的《风流寡妇圆舞曲》莫属了。

不过别忘了,埃尔加和鲍罗丁点燃的爱情烈火,还没熄灭呢!

贝多芬《升 F 大调奏鸣曲》

(Beethoven, Sonata No.24 in F sharp major Op.78)

贝多芬从 1800 年至 1810 年的十多年间（30 到 40 岁），他非常渴望找到一个终身伴侣。光赠送给心上人的乐曲就有好几首。1801 年开始他追求圭丽亚塔(Giulietta Guicciardi)，但未成功。在她嫁人后，贝多芬失望之余将一首《奏鸣曲》(Sonata Op.27, No.2) 赠给圭丽亚塔(Giulietta Giucciardi)，该曲后来被人称为"月光"。关于这首曲子流传着一些美丽的故事，但都是杜撰的。1804 年贝多芬迷上了约瑟芬·勃朗丝薇克(Josephine Brunsvik)，并将她作为歌剧《菲黛里奥》中女主角的形象。据传说，优美的贝多芬小提琴协奏曲(Violin concerto Op.61)的创作就深受这一段恋情的影响。1806 年左右贝多芬与约瑟芬的妹妹泰瑞丝·勃朗丝薇克(Therese Brunsvik)相恋，为她作了这首《升 F 大调奏鸣曲》。但他们未能成婚。泰瑞丝·勃朗丝薇克绘画很出色，曾将自己的一幅自画像赠送给贝多芬，并在背面写上"赠给稀世的天才，伟大的艺术家，善良的人，T.B"。在贝多芬逝世后的三十多年间，每逢贝多芬忌日，泰瑞丝·勃朗丝薇克都会遣养女去贝多芬墓前献上一束花圈，直至她本人去世。这首升 F 大调奏鸣曲无论结构与内容都在"月光"之上。1810 年贝多芬再陷与 18 岁的泰瑞丝·玛尔法梯(Therese Malfatti，注意，与前面的泰瑞丝·勃朗丝薇克不是一个人)的情网。最后仍然失败。在这期间贝多芬献上的曲子就是闻名的"致爱丽丝"(名字系当初印刷错误，应为泰瑞丝)。"月光"(第一乐章)与"致爱丽丝"之所以家喻户晓，主要是容易弹，这些姑娘都曾是贝多芬的钢琴学生。贝多芬去世后，在清理他的遗物时发现了一封未寄出的信，是写给一个未具名的女子，被贝多芬称为"永远的恋人"。这个人是谁，曾引出近二百年的争论，至今没有定论。因为那时和贝多芬接近的女子还有埃莫莉 (Amalie Sebald)、贝蒂娜(Bettina Brentano)和安托妮(Antonie Brentano)。最新的一个论点认为

“永远的恋人”是：安托妮·布伦塔诺(Antonie Brentano)。她是一个吉他好手,但当时已婚。贝多芬在1823年将他的《迪亚贝利变奏曲》(Diabelli Variations)奉献给她。关于《迪亚贝利变奏曲》有一些深奥(33个变奏),有许多探索的空间。有兴趣的读者可以听听看。

埃尔加《爱的礼赞》

(Elgar,Sald'Amour Op.12)

英国作曲家埃尔加于1888年写了这首短曲，是送给妻子的订婚礼物。原作为钢琴曲,后被改编成小提琴、大提琴、三重奏、五重奏等各种演奏版本。当年埃尔加的婚姻并不被看好,因为他的妻子比他大九岁,且宗教信仰及家庭背景差异悬殊。婚后三十年里两人携手努力。在妻子的支持下,埃尔加创立了自己的音乐风格,成为享有盛誉的管弦乐大师。在他的妻子去世后,埃尔加未能走出悲痛,终止了他的创作生涯。

埃尔加《抒情小夜曲》

(Elgar,Serenade Lyrique)

作于1899年,极具抒情性,与上边介绍的《爱的礼赞》相映成辉。

舒曼《第一交响曲春天》

(Robert Schumann Symphony No.1 in B flat major Op.38)

舒曼18岁时到莱比锡学习音乐,拜著名钢琴家威克为师。威克有一个女儿克拉拉当时9岁,也在向父亲学钢琴。等到克拉拉18岁时,已成为才貌出众,享誉欧洲的钢琴演奏家。舒曼还无甚名气,但他与克拉拉由友谊、爱慕发展到爱情。威克先生坚决反对他们之间的婚姻(威克有他的理由),不许他们见面来往,甚至要干掉舒曼。三年后威克仍没有改变自己的态度,舒曼向法院提出诉讼,11个月后舒曼胜诉，于克拉拉二十一周岁生日前夕,这一对恋人终于在莱比锡结婚,从而开始了如舒曼对克拉拉所说的“如诗如花的生活”。新婚不久在克拉拉的鼓励下，舒曼写了他的第一首交响曲《春天》，倾诉了他春暖花开的心情。《春天交响曲》是受了诗人阿道夫·贝特格的诗歌《春天—爱情之旋律》的启发。“春在山谷中回响”表现在第一乐章里。第二乐章是“晚星，爱之使者。”第三和四乐章出现了“快活的伙伴们”的歌舞喜娱及最后“再见，春天”“我是这样长久地离开了你”的春愁情调，春天总是会过去的，一个多愁善感的舒曼又多了那么一点担忧。

维尼亚夫斯基《传奇曲》

(Wieniawski，Legende Op.17)

维尼亚夫斯基是波兰音乐家，比肖邦年轻25岁。两人在巴黎的音乐沙龙里见过面。维尼亚夫斯基的创作只限于小提琴曲，他抒情天赋极高，开创了小提琴曲的波兰风格。《传奇曲》创作于1860年，该曲献给他的心上人伊沙贝拉(Isabella Hampton)，而且这首曲子挽救了他的婚姻。因为伊沙贝拉的父母不同意这门亲事，情急生智，维尼亚夫斯基写了这首曲子。女方父母听完之后深受感动并向这对年轻人祝福，他们于当年完婚。爱神这一箭算是射中了。

《传奇曲》这种曲目往往是取自民间传说的叙事曲，例如“魔林”、“女妖”等等。维尼亚夫斯基的创作灵感究竟来自哪个故事，无人知晓。不过，听听曲子我们就会领悟到。全曲分为三部分。开始仿佛散步于白雾缭绕的湖畔，他自诉着他的孤寂和渴望。忽然音乐转成兴奋的大调，原来他在薄雾中隐约看到一个美丽的姑娘乘船而来，他爱上了她，他的心在春风暖流中飘荡。可是雾霭又厚重了，白茫茫一片，他的眼前泪花晶莹，心中的歌也变得苦涩忧伤。最后以三声叹息结束乐曲。全曲温存柔美，谁听了都会动心的。

萨蒂《我要你》

(Erik Satie，Je te veux)

法国作曲家萨蒂为他的女友所作，萨蒂一见钟情，向女友求婚。该曲为圆舞曲形式，但具浓浓的法国风情。歌词写的很动人，表达萨蒂要与女友长厢厮守，祸福与共，爱到永远。该曲的钢琴版本一听就会联想到沉醉在热恋中的情人，越跳越相偎依，紧紧拥抱，令旁观者泛起泪光。

李斯特《爱之梦》
(Liszt, Liebestraum No.3)

如果要问古今中外音乐界中谁可拔得情场的头筹，那一定非李斯特莫属。关于他的风流韵事，在这里不再赘述。只是他的最后一段感情，与俄国公主卡洛琳的相爱尤其轰轰烈烈，且持续至李斯特去世。在认识卡洛琳公主前后(李斯特 36 岁)，李斯特创作了三首脍炙人口的钢琴曲《爱之梦》。其中第三首最为著名。这三首曲子起源于德国的抒情诗，第三首的主题是"尽力去爱吧，没有条件，不要失去。"听听多情的李斯特在这首曲子中怎么说吧。

巴托克《第一号小提琴协奏曲》
(Bartok, Violin concerto No.1)

创作于1907-1908 年，但发表和首演是在作曲家去世后的1959 年。这首曲子是巴托克献给一个年轻美丽的匈牙利小提琴手，Stefi Geyer。当时 20 几岁的作曲家热烈的追求她。但曲子交到 Stefi Geyer 手上时 Stefi Geyer 已经惋拒了这份感情，她将乐谱锁在抽屉里，一辈子都没有演奏，结果直到二人双双去世后，乐谱才公诸于世。这首曲子已具现代风格，两个乐章，像狂想曲。据推测，第一乐章似乎在描绘 Stefi Geyer，第二乐章表现自己。

有意思的是，当时追求 Stefi Geyer 还有另外一个音乐家，瑞士的帅克(Othmar Schoeck)。他于 1910-1911 年间写了一首《降 B 大调小提琴协奏曲》(Schoeck, Violin concerto in B flat major Op.21) 献给 Stefi Geyer。与巴托克一样，帅克被拒之门外。与巴托克的作法相同，失败后，帅克也赠送了小提琴协奏曲给梦中人。但不知为什么，Stefi Geyer 倒是多次公开演奏了帅克的曲子，1940 年还录了音。两个作曲家与 Stefi Geyer 的友谊保持了数十年。

巴托克在 1922 年时作过《第一号小提琴奏鸣曲》，是为他的一个匈牙利女学生，Jelly d'Aranyi，而写的。Jelly d'Aranyi 是著名小提琴家约阿希姆的孙侄女，后来成为优秀的小提琴手。人们认为巴托克对 d'Aranyi 的微妙感情也全写在这首带有吉卜赛风味的曲子中了。

柏辽兹《罗密欧与朱丽叶戏剧交响曲，爱情场景》

(Berlioz，Romeo and Juliette Op.17，Love scene)

完成于1839 年，为独唱、合唱、管弦乐所作的戏剧交响曲，也是柏辽兹的一个创新。该曲可分为 4 个部分，但它们紧密相连。第一部分悲剧序幕，第二部分舞会相遇，第三部分花园幽会，第四部分双双殉情。不论是莎士比亚的故事，还是舞蹈戏剧，优美情深得让人落泪的场景就是罗密欧与朱丽叶花园幽会了。他们的故事已经人人皆知，不在这里赘述。听听柏辽兹《罗密欧与朱丽叶戏剧交响曲》中的“爱情场景”吧，看他如何用音乐完美展现这一对少年男女的青春热恋。音乐一开始有一小段轻轻的合唱，描写舞会结束后年轻人散去了，又拱托出夜的静谧。然后就是缠绵无尽的思念，情网深陷的痴迷，难以抑制的激情和燎原烈火的炽热。音乐将爱情定格在青春，延伸到永远。

莱哈尔《风流寡妇圆舞曲》

(Lehar，Merry Widow Waltz)

该曲源于匈牙利作曲家莱哈尔所作的轻歌剧《风流寡妇》中的著名唱段。莱哈尔于 1905 年完成了轻歌剧《风流寡妇》的创作并于年底在维也纳首演。三幕轻歌剧《风流寡妇》的剧情为虚构，讲的是原来有过恋情的男女，分手后多年，又成眷属的喜剧故事。“风流”二字是中文翻译，容易引起联想，其实德文本意为快活。

本来歌剧脚本作者已找了一个作曲家谱曲,且已完成了大部分。但脚本作者觉得音乐的气氛不合适,决定另选一人再谱,这样莱哈尔才有机会欣然领命。他迅速开展工作,但在进入排练阶段时,莱哈尔遇到了难以解决的问题,剧院的两个经理都不喜欢他的音乐,并打算中止这个剧目。这时脚本作者请了律师去强制剧院经理履行合同,而且剧院的工作人员和演员对此歌剧充满热情和信心,都要求该剧继续下去。他们自愿参加排练,不要报酬。脚本作者自己找布景和演出服装。在预演的前一天,莱哈尔才同管弦乐队和演员一起排练并至深夜,预演也并非如意。尽管挫折多多,首演到底是成功的,狂热的观众一再要求谢幕。刚上演的三周内票房平平。可三周后形势突然转强,票房直线上升,场场爆满,直至数百场。在维也纳成功后,该歌剧迅速走红全世界, 例如在阿根廷的布宜诺斯艾利斯,《风流寡妇》在 5 个剧院以 5 种不同的语言同时上演。1907 年在伦敦首演时,引起轰动不说,还刮起了一阵“风流寡妇”的旋风。妇女们模仿剧中人物的装扮,戴起了“风流寡妇”高耸的帽子,风靡一时。在美国各大城市亦可见此情景。

《风流寡妇》问世时,轻歌剧的盛行时期已过并开始走下坡路,它的诞生为轻歌剧注入了新的生命,开启了维也纳华尔兹轻歌剧的新时代:有歌、有舞、有对话的轻松的喜剧。

在《风流寡妇》中的第一幕中,有一段著名的两人唱段《风流寡妇圆舞曲》,唱的是山盟海誓我爱你。如果你到过维也纳,你就知道这个唱段必在任何一个音乐会的节目单上。莱哈尔曾亲自将这个精彩唱段改编成管弦乐曲(Merrywidow waltz)。该管弦乐曲并不长,由序奏和 4 个小圆舞曲组成,有急有缓,又有重复。序奏为歌曲的旋律,也是精华篇章,演奏的稍慢一些,则更温柔、楚楚动人。全曲轻松、热情、浪漫、瑰丽,具有沁心迷人的艺术魅力,绝对是一曲难忘。笔者痴情于此曲,绝不在施特劳斯的《蓝色的多瑙河》之下。夸张的说,《风流寡妇圆舞曲》的第一行音符把全世界的情书都写进去了。

在《风流寡妇》中的第二幕中，还有一段著名的独唱《薇丽亚之歌》，唱的是猎人与森林女神薇丽亚的恋歌。建议读者去听该歌的器乐曲(Vilja Lied instrumental)，不受歌词影响，闭上眼睛去想象在森林中那“没有你，不能活的一对最亲爱的人”，为他们祝福吧。

该歌剧最初并无序曲，1940 年，他为维也纳交响乐队写了序曲并在他 70 岁生日时演奏。该序曲囊括了剧中精彩的唱段，听序曲亦可感受到那快乐无比的气氛，在心灵深处激荡出喜悦的回声。

鲍罗丁《D 大调第 2 号弦乐四重奏第三乐章》

(Borodin, Spring quartet No.2 in D major, 3rd movement)

创作于 1881 年。该曲为鲍罗丁最优秀的作品，是献给他的妻子的，追忆他们当年初识时那一段难以忘怀的幸福时光。尤其是第三乐章被称为“夜曲”，旋律极为优美，被后人引用与改编无数次。在第三乐章中大提琴扮演主角，几个回合拉下来，你的眼睛可能已经湿润了。鲍罗丁晚年时自己说，“如果说我的一生里，有真正充满感情且从我内心涌起欲念而作的曲子，那就是这首四重奏”。

勃拉姆斯《A 大调第 2 号小提琴奏鸣曲》

(Brahms, Violin sonata No.2 in A major Op.100)

作于1886 年夏，瑞士一个风光明媚的湖边。当时有好几个朋友、诗人陪伴，其中有一位年轻的德国女低音歌手赫米娜(Hermine Spies)。勃拉姆斯是被这个姑娘迷住了，后来是否发展出爱情故事就众说纷纭了。总之勃拉姆斯心情少有的大好，他说，“这个地方充满了各种旋律，一不小心就会掉进去”。

该曲的特点之一是钢琴与小提琴的分量相等，因为勃拉姆斯认为钢琴部分与小提琴是同等重要的。另一个特点是该曲引用了数首抒情歌曲的旋律，使得该曲轻松、愉快、甜蜜、含情脉脉。

下面以德国小提琴家穆特的演奏为例，对全曲三乐章作一简要说明。

第一乐章奏鸣曲式

呈示部

0:00　第一主题由钢琴开始，前三个音符选自瓦格纳的歌剧。后面愉快、文雅的类华尔兹则是非常巧妙的将歌曲“快来吧”发展扩大为主题。该歌曲的大意为，“为什么一天天等待，满园鲜花盛开等你来观赏”。在乐谱上勃拉姆斯作了“可爱地”表情记号，这是他的作品中相当罕见的。

1:15　小提琴奏出第二主题，极具歌唱性，改编自歌曲“旋律”，原歌词大意为，“把爱情比作想象的旋律和飘过来的花香”。在乐谱中亦有“温柔地”表情记号。

发展部

2:21　小提琴开始发展第一主题，在E，A，F，B，C，G调上转换。

3:37　变换到较平静，含有淡淡的伤感和内在热情的曲调，歌曲“快点来”的旋律时隐时现贯穿在发展部中，据说这才是全曲的精髓，因为专门研究勃拉姆斯的同行认为：“这是为期待一位心中女友的到来而写的”。

再现部

4:21　在没有预兆的情况下突然的转向A大调，开始再现部，先是第一主题。

5:04　然后是A大调第二主题，它已经有一段时间没有听到了。

结尾

6:04–7:52　仍在时高时低的歌唱，第一主题曾暂短出现，最后以愉快的心情结束。

第二乐章ABA’B’A”B”曲式

0:00　A段宁静徐缓的旋律，洋溢着青春多美好的抒情。

1:21　B 段为活泼的德国舞蹈型。

2:13　A'段类似 A 主题,有调性变换。

4:08　B'段将德国舞蹈变形为类骷髅舞形式,带有诙谐的气氛。

5:00　A"段是 A'段的缩写。

6:08-6:17　暂短快速的 B"段,也是结尾。

第三乐章回旋曲式

0:00　A 段；　1:00　B 段；　1:55　A 段；　2:45　C 段；　4:20　A 段　5:10　结束

这个乐章中又引用了两首抒情歌曲,旋律优美,似是对全曲的情感作一综述。

勃拉姆斯的一个女友曾形容"整首奏鸣曲就是一次爱抚",虽然勃拉姆斯没有公开注明这首曲子是献给谁的,但显然在他心中是为赫米娜而作。你感觉到了吗?

在那个阶段勃拉姆斯还写过一首《F 大调大提琴奏鸣曲》(Brahms,Cello sonata in F major Op.99)和《C 小调钢琴三重奏》(Brahms,Piano trio No.3 in C minor Op.101),有兴趣的读者可以找来听听。

勃拉姆斯《D 大调小提琴协奏曲第三乐章》

(Brahms,Violin concerto in D major movement 3 Op.77)

创作于1878 年,第一乐章已在前面介绍过了。勃拉姆斯的作品几乎都表现的内敛自省,可是在这里,勃拉姆斯竟然"按捺不住"了。不知道为什么勃拉姆斯情绪如此高涨,全乐章无休止的轻快活泼,充满着节奏能量,典型的吉普赛舞曲风格。随着热烈的旋律,你会觉得,一把把的玫瑰花正向你扑过来,围着你旋转,一支支的送给你,还有那诉说不尽的心里话。

格林卡《歌剧鲁斯兰与柳德米拉序曲》

(Glinka,Overture from Ruslan and Lyudmila)

该歌剧完成及首演于 1842 年。剧情为武士鲁斯兰不畏千难万险，从魔法师手中救出妻子柳德米拉的故事。这部歌剧的序曲写得尤为出色，经常出现在当今音乐会的节目单上或是安可曲。序曲的旋律轻快流畅，激情澎湃，表现了对爱情义无反顾的忠贞和踏平邪恶的大无畏气势。

约瑟夫·施特劳斯《燃烧的爱波尔卡–马祖卡》

(Josef Strauss, Brennende Liebe polka–mazurka Op.129)

约瑟夫是圆舞曲施特劳斯家族的次子，1862 年夏季受母亲之命匆忙去俄国替换在那里担任音乐总监的哥哥小约翰，据传小约翰病了。约瑟夫一到，小约翰立即回维也纳，并于 8 月结婚。秋季，小约翰又暗中终止了与俄方新的合同。被骗的感觉令为人厚道的约瑟夫愤愤不平。约瑟夫身体并不好，又不善于当公众人物，还要忍受与爱妻的分离，其心情可想而知。回到维也纳之后，他稍事休息，于当年 11 月组织了音乐会，演奏了他的新曲子。其中一首称为《最好的祝愿圆舞曲》(Best Wishes waltz Op.128)，全曲热情洋溢，目前仍是维也纳音乐会上常见的曲目。另一首就是《燃烧的爱》。该曲可分为两个主题，然后不断重复。第一主题表现出回忆与柔情，第二主题呈示内心的思念与痛苦。作曲家命名该曲为《燃烧的爱》，可见他对妻子爱之至深。

永恒的爱

勃拉姆斯的许多曲子都有自传性的成分，隐藏了非常个人化的表达，难怪听众一时摸不到头绪。德沃夏克、埃尔加等其他作曲家或多或少也是将难以破译的爱情密码存储在作品之中。

莫扎特《降 B 大调小提琴奏鸣曲》
(Mozart, Violin sonata No.32 in B flat major K454)

这首曲子是 1784 年 4 月莫扎特为一个当红的女小提琴手斯特利纳萨齐(Regina Strinasacchi)所作的。斯特利纳萨齐年轻美丽,曾在威尼斯向名师学小提琴,多年训练后,小提琴在她手里成了歌剧中的“歌唱家”。她到维也纳来与莫扎特合作演出,莫扎特自然拿出他“量体裁衣”的本事,写出了这首与众不同的小提琴奏鸣曲。当时因为太忙,莫扎特没有时间将脑海中谱写好的钢琴部分抄在纸上。演奏时只是把一张白纸放在眼前。坐在观众席上的奥皇发现一晚上莫扎特都没看琴谱, 甚觉奇怪。演出结束后,他向莫扎特索要琴谱,莫扎特只得交出白卷,还笑嘻嘻的说,“一个音符也没有错”。可见莫扎特当时的心情有多么好。

这首曲子的第一乐章给人的印象最为深刻, 开始是缓慢的,这在莫扎特的奏鸣曲中颇为特别。虽然慢,但蕴蓄着辉煌和热情。很快,气氛热烈起来,就像一台喜歌剧上演了,小提琴和钢琴在对歌。时而深情表露,时而温柔缠绵,时而一问一答,时而顽皮谐谑。激情如旋风旋转,甜蜜在每一瞬间。乐章结束了,可这人间大爱仍令我们流连忘返。

德沃夏克《B 小调大提琴协奏曲第二乐章》
(Dvorak, Cello concerto in B minor Op.104, Adagio ma non troppo)

大提琴协奏曲的作品并不多,只有海顿、舒曼、埃尔加、圣桑、拉罗、柴可夫斯基等少数作曲家写过。这首大提琴协奏曲是捷克作曲家德沃夏克 1895 年完成于美国。全曲分三个乐章,主要是表现作曲家对波西米亚故土的深切思念,所以曲中采用不少波西米亚的民谣风格。笔者在这里推荐第二乐章,是因为第二乐章中流露出那无限的温情与深深的感伤,其情之悲似乎超出了乡愁。原来这一乐章他融入了对他的初恋情人约瑟芬娜的怀念。有意思的是,德沃夏克的婚姻与海顿、莫扎特相同,都是娶了拒绝与他们成婚的女子的姐妹。这首乐曲当德沃夏克写到第二乐章时,妻妹约瑟芬娜病重和去世的消息先后传来。哀思之余,他在乐章中段加入了约瑟芬娜最为钟爱的一首曲子,由大提琴独奏,来倾诉自己绵绵的回忆和永恒的爱恋。听听这个乐章中的凄婉、深情和无法压抑的抽泣,就明白德沃夏克的作品何以堪称古今大提琴协奏曲中的杰作了。

贝多芬《F 大调浪漫曲,Op.50》

(Beethoven,Romance for violin and orchestra No.2 in F major, Op.50)

作于 1798 年(但在 1805 年发表)。没人知道为什么贝多芬要写这首《F 大调浪漫曲,Op.50》,而且贝多芬在 1802 年又写了一首《G 大调浪漫曲,Op.40》。另外在 1805 年贝多芬还有大作《D 大调小提琴协奏曲》。它们之间的联系是什么,谁也不清楚。笔者猜测还是与贝多芬的爱情生活有关。从 1795 年贝多芬向女歌手 Madalena Willmann 求婚,但遭拒绝开始,到 1800 前我们知道的贝多芬钟情的女子有 Babette Belderbusch,Eleonora von Breuning,Babette de Keglevics,Baroness Ertman,和 Erdody。其中贝多芬将他的《钢琴奏鸣曲 Op.7》赠送给 Babette de Keglevics。Erdody 后来她在她的公园里修建了一个殿堂来纪念贝多芬。贝多芬是不是在表白内心对爱情的渴望,去听听这首曲子吧。

贝多芬《降 B 大调第四交响曲第二乐章》

(Beethoven,Symphony No.4 in B flat major Op.60,2nd movement)

完成于 1806 年,正值贝多芬的创作高峰期,爱情也有了希望。全曲 4 个乐章,第二乐章,柔板。在青春的脚步下,爱情的脚步下,旋律洋溢着温柔、舒畅、光明和希望。正如音乐家柏辽兹所说,富于天使般的纯洁和不可抗拒的柔情蜜意。这个乐章与贝多芬“力量的化身”的形象不同,的确表现出他内心柔美的一面,乐章以依依不舍的情怀结束。这个乐章使我们回首纯真年华,又一次想到那追求过的难忘的女孩和难以抑制的青春萌动。

贝多芬《D 大调小提琴协奏曲》
(Beethoven,Violin concerto in D major Op.61)。

作于 1806 年。被誉为小提琴协奏曲之王。不过,该曲初演后就乏人问津,直到贝多芬去世了 17 年,门德尔松指挥,约阿希姆演奏了它,人们才真正认识了该曲的艺术价值。

该曲三个乐章。第一乐章的特别之处是以定音鼓的敲击开始的。这有点像贝多芬的《命运交响曲》的开头,在那里贝多芬发出了 4 下震惊世界的声音。当然在这里敲门的应该是爱神。开门之后,天使们(乐队)昂扬的走过来,唱着旋律醉人的歌。紧接着小提琴诉说自己爱的故事,就像歌剧中的宣叙调,天使们以优美的民谣伴奏。全乐章有说有唱,气氛安详和谐,境界清澈辽远。第二乐章,乐队营造了冥思遐想的意境,小提琴唱起柔情万般的小夜曲,不知心仪的人是否动心呢。第三乐章为回旋曲式,舞蹈的节奏使全曲充满活力和欢乐,其中镶嵌着小提琴委婉动人的诗篇。

勃拉姆斯《C 小调钢琴四重奏》
(Brahms,Piano Quartet in C minor No.3 Op.60)

在舒曼去世前三年,家中来了一个造访者,向舒曼求学。舒曼请他先弹一曲,他弹了自己的曲子,舒曼大为赞赏并请太太克拉拉也来听。此 20 岁的年轻人一见到克拉拉, 立刻倾心钟情,开始了 43 年的生死恋。这个年轻人就是勃拉姆斯。当时克拉拉已 34 岁,5 个孩子的母亲。一年后舒曼精神病发作住院治疗,勃拉姆斯一直帮助克拉拉料理家务和照顾孩子们,给了克拉拉真正的安慰。不过,勃拉姆斯与克拉拉之间都回避了私人感情,谈论的只是音乐。两年后,舒曼病逝。在为老师守灵送葬之后,勃拉姆斯选择了沉默的离去。后来,勃拉姆斯不是没有写过情书,而是写过几百封,但都没有寄出。勃拉姆斯顽强的克制住内心燃烧的火焰,含而不露。他们一直保持通信。在克拉拉 40

岁生日时，勃拉姆斯寄去了他的《A 大调第二号小夜曲》的第二、第三乐章（Brahms, Serenade No.2 in A major Op.16）。勃拉姆斯一生只写了两首小夜曲。克拉拉收到这份生日礼物后，在回信中说小夜曲美得“就像我正在看着一朵美丽的花朵中的根根花蕊。”克拉拉好像亦将感情掩藏在根根花蕊的下面。在克拉拉56 岁的时候，勃拉姆斯完成了创作二十年的《C 小调钢琴四重奏》，并献给克拉拉。听听这首曲子的情意绵绵吧。尤其是第一乐章刚开始，紧接在钢琴纯八度 C 之后，小提琴、中提琴和大提琴奏出从阴霾中下沉的第一主题时，那两个叹息式的和声，多像呼唤一个名字“克拉拉，克拉拉”。

勃拉姆斯是有情欲的人。他也爱恋女人。他钟情克拉拉，不仅仅由于克拉拉才貌气质出众，更重要的是知音。音乐是他的生命，精神交流使得克拉拉成了勃拉姆斯心中的女神，克拉拉是他生命的一部分。难怪勃拉姆斯说过，我最美好的旋律都来自克拉拉。

克拉拉 77 岁去世。去世前 13 天她还记得勃拉姆斯的生日，颤巍巍的写了几行祝福的话寄给勃拉姆斯。当勃拉姆斯接到克拉拉去世的电报后，情急之下竟坐上了相反方向的火车。结果赶到时，已错过克拉拉的葬礼。在克拉拉墓前，他敬献了 4 首乐曲（取名“4 首严肃的歌曲”），那是专为她的生日而做的。他孤独的站在冰冷的墓碑旁，拉了一首小提琴曲给她听，那是他的《G 大调小提琴奏鸣曲》（Brahms, Violin sonata in G major No.1, Op.78）。这首曲子基调悲伤，尤其是第二乐章可改编成葬礼进行曲。11 个月后，勃拉姆斯离开了这个没有克拉拉的世界，他终身未婚。

勃拉姆斯《四首庄严之歌》
(Brahms, Four serious songs Op.121)

1896 年3 月，克拉拉中风的消息传来，勃拉姆斯顿感克拉拉不久于人世，而自己也来日无多。已经封笔的他马上动手写了他的“天鹅之歌”,《四首庄严的歌》。5月初完成,5月底克拉拉去世。11个月后勃拉姆斯也走了。

这4首歌的歌词选自圣经,读者从互联网上可以听到低沉的歌唱,也可以欣赏大提琴或低音长号等纯器乐演奏,从而获得更多的联想。第一首歌可分为三部分,以叹息不止开始,他愤怒:一切都必须化归尘土,变为虚无。中间部分他置疑:有天堂、有地狱、有来世吗?第三部分对夺去他的真爱还是充满了愤懑,他不接受死亡和来世,他不能看不见他的真爱。在发泄了愤怒之后,第二首歌他表达了对她的悲伤,他感到,不论生与死,他都是痛苦的。一再困扰着他的是,生也孤独,死也孤独。最后他丧失了所有的希望。第三首歌,他承受了悲哀,正在寻找死亡和爱情的真相,她正在病痛之中,眼看着她的挣扎,他更痛苦万分。是时候了,应该像欢迎老朋友一样欢迎解脱痛苦的死亡。第四首歌是全曲的精华,真理被发现:他可能拥有一切,但失去了爱。没有爱,他什么都不是,没有爱,形同没有生命。“爱是最伟大的”是全曲最后一句歌词。

全曲寄托了勃拉姆斯很深的个人情感, 既是对世间说再见,又是勃拉姆斯最后的情书!

门德尔松《F小调第六号弦乐四重奏》
(Mendelssohn String Quartet No.6 in F minor Op.80)

这首曲子是门德尔松为纪念突然去世的姐姐范尼而作,被称为“范尼的安魂曲”。想象一下,若是你毫无准备的听到亲朋好友英年早逝的噩耗,你会怎样。你会吓了一跳,心都快蹦出来了。你不知所措,你无法平静,在你眼前会迅速出现这个人一生的许多特写镜头,他的言谈举止,他的音容笑貌。一切都那么近,然而一下子又变得那么遥远。这就是该曲第一乐章所表达的心绪。第二乐章,眼泪开始刷刷的向下流,这是心中的风雨交加,无法抑制的悲恸。第三乐章,音乐平缓下来,痛定思痛,与逝者对话,作最后道别。第四乐章,深一层的思考人生与死亡。想到逝者抱憾的未竟之事，作曲家为之叹息，再加之挥之不去的自责。这些都令音乐家无法安宁，使得音乐到最后仍然波涛汹涌，好像是撞击到岩石上才停止。

关于门德尔松和他姐姐范尼的故事，他为什么自责，读者可参考本书“女人的音乐”一章。

埃尔加《B 小调小提琴协奏曲》

(Elgar, Violin concerto in B minor Op.61)

完成于1910 年，属埃尔加晚期作品，而且是非常成功的一部。按埃尔加自己的话说，“这首曲子太棒了，深深的激情，可能有些过头，但我爱它，它充满了浪漫的感觉”。埃尔加将此曲赠给小提琴家克莱斯勒，不过在谱子上有西班牙语的题词，“在这里珍藏着一个灵魂”。埃尔加没有写出是谁的灵魂，只是点了五个点。后来埃尔加承认这是指一个女人。这一下引起了众人的猜谜。最有可能的是 Alice Stuart-Wortley，众所周知，她是埃尔加心中的缪思，经常点燃埃尔加的创作灵感。再有就是 Helen Weaver，曾于 1880 年与埃尔加短暂的订过婚。其次还有埃尔加的美国朋友，Julia Worthington。这些女人的名字都是 5 个字母。究竟这首曲子写了谁，隐藏着什么秘密，无人知晓。如果曲子非常私人化，没有人能猜到。埃尔加的传记作家认为，题词不是指仅仅一个人，隐藏在曲子的每一个乐章里的是不同的女人，有当时在世的，也有去世的，包括埃尔加的母亲。

第二乐章行板是埃尔加最为得意之作，他还希望将独奏小提琴的主题刻在他的墓碑上。该乐章以缓慢和长长的旋律开始，表现出淡淡的忧伤，似乎有悲秋的感觉。然后气氛转向深情和浪漫，一直到心潮澎湃，最后进入沉思、辽远。埃尔加说，“乐章结尾之处就是两个灵魂交汇和融化在一起了”。

马勒《D 大调第九交响曲第一乐章》

(Mahler, Symphony No.9 1st MVT)

作品完成于1909 年。这是一首相当引人瞩目的曲子。听上一二遍，也许还没弄明白作曲家想表达什么，但给你总体的感觉可能是场面壮观，跌宕起伏。时而激动饱满的呼喊，时而柔弱伤感的低语；有时深情渴望，有时气氛阴沉。在音乐界及马勒的好友都一致认为该曲是表现对死亡的思考，音乐家贝尔格(Alban Berg)说，“第一乐章是马勒最伟大的作品，它表达了对大地的异常的爱，渴望在死前平静地生活，并享受大自然的深邃。不过全乐章都一而再，再而三的预感，死亡不可避免的即将来临，尘世的一切理想都以它而告终”。著名指挥家伯恩斯坦评论说，“作曲家以 4 种方式说永别。第一乐章对同情心，热情——人类的爱说永别。第二乐章和第三乐章对生活说永别。首先是乡村生活，然后是郊外社会。最后一个乐章对生命本身说永别”。马勒的好朋友瓦尔特(Bruno Walter)认为，“这一乐章独一无二的发展成为离别情绪的一个凄恻动人而又高洁庄重的缩影，徘徊在离别的悲哀和对天国光辉的遐想之间”。瓦尔特在 1938 年指挥该曲首演。尽管指挥大师们对此交响曲有大体共识，但在实际指挥上仍使乐曲有不同的侧重。

笔者在听了几个版本的演奏之后，觉得作曲家还有一种悲怆愤懑的情绪渗透其中。马勒觉得自己一生“无家可归”，他的音乐不为维也纳接受。也许这更促使他无限依恋生命。马勒在他的第一乐章的乐谱上曾记有“啊，我消逝的青春，经历过的爱”。马勒还曾对他的交响曲有这样的预言，我的时代终将来临。

维拉兹克兹《深情的吻》

(Consuelo Velazquez，Besame Mucho)

拉丁情调的《深情的吻》(Besame Mucho)是一首集深情与伤感于一身的魅力四射的曲子，40 年前笔者听到它时，并不知道它有歌词，但是笔者感觉的到，此曲用情甚深。多年后笔者看到歌词，原来它向人们昭示：一个亲吻，就是留住了爱情，留住了青春和生命。永恒的主题竟然让这个歌曲一次做到了，这就是为什么它的演唱在全世界有一千多个版本,而几乎所有著名的歌手都唱过它。这首歌曲的作者是墨西哥姑娘 Consuelo Velazquez 于 1941 年创作。当时她到医院看望病重的友人,忽然感悟到人生短暂,也许在自己死亡之前还没有得到情人的吻。她写下了这首渴望被爱的歌,也献给了二战中不得不分离的情侣们。40 年后笔者听到它就如同初听时一样,还是被深深地感动着,震撼着。这首曲子可用各种乐器演奏,曾经有 100 名意大利小提琴手在威尼斯圣马可广场齐声演奏,场面震撼。不论用什么乐器演奏,它都是那么动人心弦!下面是它的歌词。

吻我,再多吻一些,如同今晚是最后一次。吻我,再多吻一些,我害怕我会失去你,再一次的失去你。我希望有你在我身边,从你的眼里看着我自己,看着你在我身边。想想,有可能明天我会在远方,离你很远的地方。吻我,再多吻一些,如同今晚是最后一次。

浪漫与幻想

浪漫主义音乐的核心特征之一就是幻想,这也正符合舒曼本人的热情与忧郁的两重天性。舒曼以他敏锐的眼光,向社会大力推荐肖邦、门德尔松、柏辽兹、李斯特和勃拉姆斯等众多青年音乐家,并对浪漫主义情感美学的推动起了重要作用。

浪漫乐章和浪漫曲开拓了随心所欲抒发情感的天地。拉赫玛尼诺夫的《交响舞诗》是最后的浪漫派的最后一个精彩作品。

海市蜃楼

下面的曲子都有海市蜃楼般地梦幻效果。有些曲子的体裁就是“幻想曲”。幻想曲起源于文艺复兴时代。这种曲式允许创作手法非常自由，极具即兴风格，从而方便作曲家赋予作品天马行空的想象力。幻想曲可以是单乐章，也可以是多乐章，可以采用歌剧旋律，亦可采用民歌旋律。

莫扎特《C 大调第 21 号钢琴协奏曲第二乐章》

(Mozart,Piano concerto No.21 in C major K467,2nd)

整曲气氛宁静安详，又幽深朦胧。好像天使把你推到宇宙空间，你的眼前不再有障碍界限，你的心真的比天地还辽阔深远。若人心都能够升华成宇宙中这样一个分子，那这个世界该多么美好。大概没有一首曲子能如莫扎特这样带来在宇宙中如梦似幻的美感。

莫扎特《C 小调幻想曲》

(Mozart,Fantasy in C minor K475)

创作于 1785 年。这首曲子创作得相当自由，它有 4 个主题，它的调性由 C 小调，经 B 大调，B 小调，D 大调，A 小调，D 小调，F 大调，降 B 大调，再回归至 C 小调。所以全曲显得随心所欲，飘忽不定。正是这种飘忽不定，给了听众打开作曲家错综复杂的内心世界的钥匙。是否表达死的象征，美好回忆，满腔激愤，极度挣扎，死的归宿？一边听一边和作曲家一起幻想吧。这首曲子内涵深刻，是幻想曲中的不朽之作。

莫扎特《D 小调幻想曲》

(Mozart,Fantasy in D minor K397)

创作于 1782 年，但该曲并未完成。最后几小节是由一个叫米勒的莫扎特的崇拜者所写。尽管如此，这个曲子在音乐会上仍大受欢迎。而且各位钢琴家亦有自己创作的结尾，例如日本的内田光子就有精彩的演出。虽节奏不同，全曲仍可分为三部分,它充满了歌剧情节:脉搏和心情的变化;惊慌的静止;激情的迸发。该曲中心部分为柔板,柔板还可分出两个主题:第一主题为哭泣和叹息,第二主题为命运和不安。至于这是一幕怎样的歌剧,就由听众去幻想了。

柴可夫斯基《降 B 小调第一钢琴协奏曲第二乐章》

(Tchaikovski,Piano concerto No.1 in B minor Op.23,2nd movement)

田园风味的琴声将你带入一个朴实的地方,潺潺的溪水旁,挺拔的白杨树林之后,牛羊脚印的前方,炊烟袅袅的下面。在梦乡中一定要造访这个地方。

李斯特《第一钢琴协奏曲》

(Liszt,Piano concerto No.1 in E flat S124)

李斯特从 1830 年创作此曲,1849 年完成,1853 年修改,至 1855 年才首演。李斯特的目的是写一首传世佳作,同时也想破旧立新、独具一格。结果,这首钢琴协奏曲只有一个乐章,但又可分为明显的四个部分,动机主题贯穿全曲。当人们问李斯特这个主题的涵义时,李斯特总是回答,“你们之中没有一个人能了解”。他在弹奏此曲时,嘴里咕咕嘟嘟的不知唱些什么。该曲又不像李斯特的其他作品标上标题,这样一来就给演奏者和聆听者相当大的想象空间。其实,该曲与他的交响诗风格颇相似,是一首幻想曲。笔者并不觉得动机主题表现的是英雄形象,也不是命运敲门,倒像是阴影。只要有光明就有阴影,日光、月光下都有阴影。光明与阴影形成戏剧性对比,又密切联系。全曲时而抒情,时而诙谐,时而起舞,音响丰富,极为生动。如果联想到莎士比亚的诗句:人生不过是个行走的影子。那这首曲子的哲理性还挺强呢。

舒伯特《C 大调幻想曲》

(Schubert,Fantasy for violin and piano in C D934)

完成于 1827 年,舒伯特去世前一年。该曲首演并未成功,主要是因为太长，不合维也纳人的口味，以及结构安排不依惯例。该曲实际可分为7个部分，第一部分相当于序曲，两个主题十分优美，且具有一点异国风味。第二部分的主题和变奏来自他所写过的一个艳丽的歌曲，随后三个部分都是变奏。第六部分回到序奏，并以此为桥梁过渡到喜气洋洋的最后部分。全曲灿烂、温暖、浪漫。

肖邦《A大调第7号前奏曲》

(Chopin, Prelude in A major No.7 Op.28)

曲子很短，才1分半钟，但极具幻想的空间。曲子经他人改编加长后，听起来会更过瘾。

圣桑《小提琴竖琴幻想曲》

(Saint-Saens, Fantaisie for violin and harp)

创作于1907年，是圣桑作品中相当迷人的一首曲子。小提琴吹出阵阵微风，竖琴拨动千层涟漪，一派传统的法国风情，再加上时时隐现的印象派光影，令此曲在华丽与浪漫中漂泊。圣桑还有一首《竖琴独奏幻想曲》(Fantaisie for harp in A minor Op.95)，喜欢竖琴的听众应该找来听听。

舒曼《降E大调钢琴五重奏》

(Schumann, Piano Quintet E flat major Op.44)

动笔于1842年9月，完成于10月。舒曼的钢琴五重奏是钢琴与弦乐四重奏的组合，是舒曼的首创，开启了室内乐的新体裁。不过，舒曼只写了这一首，其后写的人也不多，主要有勃拉姆斯、德沃夏克、弗朗克和肖斯塔克维奇。该曲公演后即受到广泛的认可和赞扬。舒曼的文学造诣非常深，该曲中又可发现文学元素在舒曼的音乐中燃烧。该曲既具室内乐的美又具交响曲的气势。但从另一方面来说，在沙龙或大音乐厅里都不适合演奏这样的作品，中等大小的地方才最合适。

下边让我们天南海北的聊聊有关该曲的轶事传闻，以加深读者对该曲的印象和了解。

该曲是献给舒曼的太太克拉拉·舒曼的。而且1842年是舒曼的“室内乐年”，这一年他创作了三首弦乐四重奏(Op.41)、一首钢琴四重奏(Op.47)、一首钢琴三重奏(Op.88)及这首创新的曲子。然而那一年却是舒曼相当不顺利的一年。年初他随太太克拉拉出访(见“女人的音乐”一章)，他就一直感到生活在克拉拉的阴影中。后来他实在不能忍受自尊心受到的伤害，半途折返莱比锡，终日暴饮，不能作曲，还计划将克拉拉带到美国去。与此同时，克拉拉的父亲到处吹风，说他们已分开了，更令舒曼烦恼不已。后来因他办的杂志被告诽谤，舒曼又遭几天的牢狱之灾。从4月到6月他开始研究莫扎特、海顿和贝多芬的弦乐四重奏。尤其花了大量时间在莫扎特和海顿身上。舒曼是钢琴出身，数年前他就想涉足室内乐。当时室内乐正在由沙龙走向公众，舒曼觉得若将钢琴与走红的弦乐四重奏结合，必将在准交响曲与更为精彩的室内乐之间左右逢源。

夏初，舒曼开始了他的一系列创作。幸运的是，这一年他的作品都获得了成功，奠定了他的浪漫主义音乐家的历史地位。对于这首钢琴五重奏，克拉拉的评价是：绝妙，精力充沛和精神饱满。

有人分析，该曲的创作受到舒伯特的《降E大调第二号钢琴三重奏》影响，因为都是用降E大调，第二乐章都是葬礼式的进行曲以及前面乐章的主题重现在最后乐章。另外莫扎特的影响也在所难免，因为莫扎特的几首钢琴协奏曲都可以当作钢琴五重奏来演奏。

该曲写好后，11月份举办了私人性质的试演会，由克拉拉弹奏钢琴。不过舒曼不满意克拉拉的表现，他甚至认为只有男人才可能理解他的这个作品。在12月初举办的家庭音乐会上，由门德尔松来弹奏钢琴，台面上的原因是克拉拉病了。但是不是克拉拉在闹情绪呢，因为克拉拉说过，在短时间里将其他4个艺术家凑在一起，有些强人所难了。这次舒曼家里的音乐会有一个重量级人物参加,那就是李斯特。他晚间9点才姗姗来迟。当最后一个音符落下后,他凑向舒曼,拍拍舒曼的肩膀,大声说,“不、不,亲爱的舒曼,这不是真东西,这只是小乐队指挥的音乐。”在晚餐后,李斯特还不依不饶,对门德尔松作负面的评论。舒曼当即勃然大怒,抓住李斯特的肩膀,喊着,“你怎么可以这样谈论我们尊敬的门德尔松!”然后离席而去。当时已誉满全欧的李斯特跟着也站起来,向克拉拉低头致歉,说,“引起这样一个不愉快的事件,我深表歉意。我觉得我到这里来是错了,请原谅我并允许我离开。”当时门德尔松可能弹的很糟糕,他是视谱弹奏的。后来李斯特对舒曼的钢琴五重奏一直持批评态度,认为那是莱比锡人的音乐。不过,会后门德尔松建议舒曼大幅修改某些乐章,舒曼欣然接受了。1843年的1月,该作品首次公演,克拉拉主奏钢琴,音乐会获得喝彩和好评。

让我们来欣赏一下这首舒曼最成功的室内乐作品。可以留心一下舒曼对钢琴的处理,有时与其他4个弦乐对抗,有时又齐声高歌。

第一乐章开始,第一主题就是由5个乐器通力合奏,很明朗,很阳光。第二主题由钢琴独奏开头,然后弦乐跟进,就像一首浪漫的迎宾曲。之后,精力愈加旺盛,仿佛进入了交响世界。

第二乐章,以葬礼进行曲般地沉重步伐开始,行进中被两个乐段打断。第一个插段由第一小提琴和大提琴主奏,既充满了疑惑又饱含渴望。第二个插段由弦乐伴奏钢琴,情绪紧张焦虑,坐立不安。乐章最后似乎是送葬的队伍走远了,周围才渐渐平静下来。

第三乐章为上下起伏的谐谑曲,颇似大江东流。然后也有两段插曲。第一段像是由舒曼的歌曲改编的器乐曲,宛如水中的浪花。第二段好像又一股更为凶猛的激流卷入。最后形成了涛天的大潮。

第四乐章,一个得意洋洋的新主题与第一乐章的主题相结合,以双赋格的形式滚动。你追我赶,就像跳起了狂欢的集体舞,欲罢不能。又一次显示了钢琴五重奏的准交响曲特点。

听舒曼的音乐,会体会到一种幻想的美,尤其是这首曲子将创新渗透到意味深长的旋律中。不仅是动听,还会感受到情感迸发的激烈。作曲家对生活的幻想富有诗意,感情的热烈有时接近狂躁,还有一点神经质的冲动令曲子的力量势不可挡。

在这一年里舒曼创作的《钢奏四重奏》(Piano quartet Op.47)和《钢奏三重奏》(Fantasiestucke Op.88)都是相当精彩的充满生活幻想的曲子,亦十分值得欣赏。

舒曼《C 大调幻想曲》
(Schumann,Fantasie in C major for violin and orchestra Op.131)

创作于 1853 年。当时著名的小提琴家约阿西姆给舒曼写了一封信,请舒曼作一首幻想曲,同时附寄了贝多芬的小提琴协奏曲的乐谱。很快舒曼就完成了大致的工作,并由约阿希姆最后定稿并首演(舒曼本人指挥乐队)。在这里必须提到,约阿希姆对于将贝多芬的小提琴协奏曲发扬光大,功不可没。另外舒曼在 1836 年曾写过一首《C 大调钢琴幻想曲》,作品编号为 17 号(Op.17)。当时李斯特倡议在贝多芬的故乡建立一座贝多芬纪念碑,于是舒曼写了“钢琴幻想曲”作为捐款。不过当时舒曼被强迫与克拉拉分开,心情极为糟糕,因而在曲子中发泄了个人的苦恼和哀叹,又极富深情。由于生病,舒曼又未能出席贝多芬纪念碑的揭幕典礼。所以 131 号《C 大调幻想曲》是舒曼借这个机会对贝多芬的再一次致敬。不过这时舒曼的精神状态已不那么稳定,舒曼幻想到了什么,我们只有去猜,不过更重要的是,借助漂浮的翅膀,我们幻想到了什么。

舒曼《A 小调钢琴协奏曲》
(Schumann,Piano concerto in A minor Op.54)

完成于 1845 年。全曲三个乐章,其实重头戏第一乐章在 1841 年就写完了,取名为《A 小调钢琴与管弦乐的幻想曲》。舒曼试图标新立异，将传统三乐章的钢琴协奏曲的架构改变为单乐章,但遭出版商拒绝。4 年后他增写了第二、三乐章,以《A 小调钢琴协奏曲》出版发表。虽然后两个乐章是拼贴上去的,但全曲呼应默契,颇具一气呵成的整体感。这是舒曼唯一的一首钢琴协奏曲,极具浪漫主义特色,跻身于“世界五大钢琴协奏曲”之一。

浪漫主义音乐的核心特征之一就是幻想。这也正符合舒曼本人的天性，从该曲中听众可以感受到舒曼音乐的独特风格，尤其是他的两种特质:带有神经质的热情与忧郁。第一乐章一会儿闷闷不乐、阴郁伤感,一会儿激动不安、雄心勃勃,就如同在未知深浅的水上行舟,忽而平隐,忽而颠簸,摇摇晃晃驶向那幻想的天边。

浪漫之乡

浪漫主义的音乐从 19 世纪发展,延续到 20 世纪初,经历了一个世纪,是西方音乐史上一个重要的时代。器乐浪漫曲最初出现在大型作品的慢乐章中，而后独立出来成为较短的作品。浪漫主义音乐的风格不像古典主义那样看重形式和结构的严谨,而是更注重感情和形象的表现。它可以强调主观,精神世界,迷恋于过去,中世纪传说,骑士风范,幻想未来,遥远、怪异和惊奇,探险可怖的夜,鬼魂、宗教、超自然、异国风情,以及表达对他人的感受。总之就是“自我”的抒情,把心里想到的痛痛快快的用音乐表现出来,浪漫主义的音乐更“大众化”。

以“浪漫”作题材,其实从莫扎特时代就开始了,随后许多大音乐家都有这方面的作品,下面笔者介绍一些著名的“浪漫”曲,但因其随性抒情,你很难知道作者的创作初衷和想法,最重要的还是令乐曲在心中激荡起涟漪和波涛。另外读者万万不可因其短一口气全部听完。最好是慢慢咀嚼,看哪首最贴近你的心情。

莫扎特《第 20 号钢琴协奏曲第二乐章》
(Mozart,Piano concerto No.20,2nd movement K466)

莫扎特本人给他的第 20 号钢琴协奏曲第二乐章加上副标题“浪漫”。可能是第一乐章情绪有些激动(见《悲怆哀愁》一章),借助这个慢乐章舒缓一下气氛,将一个沉思幻想的心情呈现给听众,所以特意注明“浪漫”。不过在这个慢乐章中莫扎特有一个创新,即中间乐段有情绪上的对比变化。第二乐章采用三段体曲式,第一段缓慢、亲切,尤其像轻轻的抒情歌唱,凸显了纯真、浪漫的气息。不过越听越觉得一种眷恋、忧伤的情绪夹在其中。果然在中段,静谧的气氛被破坏,心绪变得坐立不安,还颇为激动。最后一段心情又沉静下来。耐人寻味的是该曲第二乐章在电影《莫扎特传》中被用于结尾的配乐,伴随着音乐传来莫扎特的笑声,是天堂中的笑声,宣告一切都归于平静的另一个世界了。

此外,莫扎特的 13 号弦乐小夜曲(K525)的第二乐章也被他标注“浪漫”。

卡尔·施塔密兹《第 1 号大提琴协奏曲第二乐章》
(Carl Stamitz,Cello concerto No.1 2nd movement)

《第 2 号大提琴协奏曲第二乐章》
(Carl Stamitz,Cello concerto No.2 2nd movement)

施塔密兹是德国音乐家，其父为欧洲大名鼎鼎的曼海姆乐队的创始人。他作为优秀的小提琴手和作曲家,也在曼海姆乐队服务多年。当年莫扎特往返巴黎时曾在曼海姆逗留长达半年,曼海姆乐派令他眼界大开,收益良多。莫扎特还曾想在曼海姆乐队找寻职位,可惜未能成功。施塔密兹与莫扎特是同龄人,他的音乐很接近年轻的莫扎特和中期的海顿。以上两首他的大提琴协奏曲,其第二乐章都题材标题为“浪漫”,颇具表现力和抒情性。

肖邦《E 小调第一钢琴协奏曲第二乐章》
(Chopin,Piano concerto no.1 2nd movement op.11)

创作于 1830 年。肖邦一共只写过两个钢琴协奏曲,都是在离开波兰之前写的，其所表达的情感和写作风格是大致相同的。不过，这首协奏曲表现的更为欢快、温馨、更富诗意。第二乐章为浪漫曲，按肖邦自己的介绍，他是以浪漫、平静、略含忧郁的心情创作此曲。描述当一个人见到一个可爱的风景而内心引起美丽的回忆，例如在春天的明月良宵下的幻想曲。这个乐章亦颇具夜曲风格。

勃拉姆斯《F大调浪漫曲》

(Brahms, Romanze Op.118 No.5)

作品118号完成于1893年，包含6个钢琴小品，“浪漫曲”是第5组小品。全曲献给克拉拉·舒曼，比较勃拉姆斯之前的钢琴作品，更具内敛和自省。

埃尔加《巴松管浪漫曲》

(Elgar, Romance for bassoon and orchestra Op.62)

作于1910年，本曲后来还有大提琴版本。该曲中埃尔加将巴松管当成是诗人或歌手，而不是喜剧演员。

圣桑在1877年左右作了好几首《浪漫曲》，下面三首颇具代表性：

《浪漫曲 Op.36》

(Romance for cello and harp Op.36)

表现出极其深沉。

《浪漫曲 Op.48》

(Romance in C major Op.48 for violin and orchestra)

表现出深深的感恩和满足。

《浪漫曲 Op.51》

(Romance for bassoon and piano Op.51)

具有强烈的歌唱性，让人觉得情感终得抒发。

理查德·斯特劳斯《F大调浪漫曲》

(Richard Strauss, Romance for cello and orchestra in F major Op.75)

作于1883年，斯特劳斯正在念大学，年仅19岁。当时他正处在与一个姑娘(后来成为他的妻子)的热恋之中,同时对音乐狂热喜爱。生活正他面前展开一幅美好的画卷。

约翰·斯特劳斯II《Dolci PiantiG 大调浪漫曲 Op.283》

(Dolci Pianti Romance for cello and orchestra in G major Op.283)

约翰·斯特劳斯II 不仅是圆舞曲之王,其实他的管弦乐作品也是优美至极。这首曲子作于 1863 年,Dolci Pianti 的意思是甜蜜的眼泪,全曲充满着人类的爱,十分感人。

此外斯特劳斯 II 的另一首浪漫曲《D 小调浪漫曲 Op.243》(Johann Strauss,Romance for violocello,harp and orchestra Op. 243 No.1)作于 1860 年,充满着异国他乡幻想的情调。他还有第 2 号和第 3 号《G 小调浪漫曲 Op.255》,宗教气氛比较浓厚。

西贝柳斯《降 D 大调浪漫曲》以及《F 大调浪漫曲》

(Sibelius,Romance for piano Op.24 No.9)(Romance in F major Op.78 No.2)

第一首是钢琴独奏,情绪有较大的波动。第二首为室内乐,心情好的多,像是在森林中蜿蜒的小路上轻飘飘的行走。

福雷《A 小调浪漫曲》

(Faure,Romance Op.69)

作于 1894 年。这时福雷的作品已具有自己独特的“法国味”,色调冷,境界远,格调高雅。作这首曲时,他正与一女子(Bardac,后来为德彪西的妻子)坠入情网,二人渡过着美好的时光。在这里音乐是不是情深而不喜形于色呢。

福雷《降 B 大调浪漫曲》

(Faure,Romance Op.28)

作于1877 年。该曲心情大好,是不是这一年他与追求了 5 年的女子定了婚有关联呢。

布鲁克纳《第四交响曲第二乐章》

(Bruckner,Symphony No.4 in E-flat major WAB104)。

完成于 1874 年。作曲家后来添加了标题“浪漫”。第二乐章想象了一个超现实的巨大庙宇,有歌唱,有圣乐,还有小夜曲。气氛有些神秘和伤感,音响效果空旷浑厚,宏伟灿烂。

拉赫玛尼诺夫《交响舞诗》
(Rachmaninoff,Symphonic Dances Op.45)

1940 年完成,是拉赫玛尼诺夫最后一部作品。拉赫玛尼诺夫曾想与一舞蹈家合作编排芭蕾舞,但未能完成。该曲并未标明浪漫,但这是最后的浪漫派的最后一个作品,而且极具浪漫的想象,所以笔者在这章向读者介绍此曲。

全曲三个乐章。第一乐章,好像在密林之内,正在进行着庄严又狂热的宗教仪式,音乐充满着神秘感。然后就是美丽的花仙子的表演。这时偷偷入场的音乐家也加入了这个仪式。第二乐章,音乐家与花仙子激情的跳舞,圆舞曲唐突怪异,两人跳的如醉如痴。第三乐章,山神出现。音乐家试图将花仙子带出深山老林,山神震怒。一声轰响,音乐家被抛到九霄云外。

全曲表现了作曲家远离尘世烦恼,误闯一个未知天地的狂想。读者亦可跟随作曲家作各种天方夜谭式的梦游。

即兴曲(impromptus)

即兴曲是作曲家不预先把谱子写出来,临场即兴发挥创作的抒情曲子,所以具有幻想性和浪漫性。但把这样的曲子记录下来就不容易了。肖邦就遇到这样的问题,一旦弹起琴来,“口若悬河,滔滔不绝”,但事后写下来,可有点“举手艰难”。舒伯特也是写即兴曲的高手。下面推荐几首他们的作品。

舒伯特《即兴曲第一号 C 小调》
(Schubert,Impromptus No.1 C minor D899)

该曲可简单的划归为主题与变奏轮回,主旋律很像歌唱的进行曲,但情绪不仅不算激昂,反而有些阴暗,似乎预见了劫数,感觉什么地方不对劲儿。全曲即兴风味十分浓厚。同时期舒伯特写了 4 首即兴曲,还有《第二号降 E 大调》《第三号降 B 大调》及《第四号降 A 大调》都属于编号 D899,而且这 4 首都曾被电影引用。

舒伯特《即兴曲第三号降 B 大调》

(Schubert,impromptus No.3 B flat major D935)

该曲主旋律颇具歌唱性,然后有 5 个变奏,表现了相当大的感情起伏,有快活、有华丽、又有伤感。最后情绪归于平静。该曲及编号D935 中的《第二号降 A 大调》都曾被电影引用。

肖邦《即兴曲第四号升 C 小调》

(Chopin,impromptus No.4 C sharp minor Op.66)

该曲于肖邦去世后才被发表,是人气相当旺的一首曲子。该曲又被称为《幻想即兴曲》(Fantaisie Impromptu),是后人加上去的。仔细听全曲的情感表现,细腻而又丰富,中间部分的旋律如歌,曾被改编为流行歌曲《我永远追踪彩虹》。全曲幻想性极强,但要弹出肖邦的渴望,及在他心头挥之不去的那一小片乌云,并不容易。

肖邦《即兴曲第三号降 G 大调》

(impromptus No.3 G flat major Op.51)

也是被电影引用过的,感人的即兴曲。

柔板情深

时间匆匆中,放慢人生的脚步,才可观赏到更多的空间和拥有它们的美。在音符的流淌中,广板(largo)、柔板(adagio)乃至行板(andante),因其缓慢,使人细细品味到蕴涵的,极为丰富又细腻的美,而且柔板往往能更深刻的表现出作曲家的思想。

贵族伯爵的家庭音乐教师的工作,也从此与他心仪的伯爵的女儿人各一方。这首曲子很像他在倾诉衷肠,爱的火焰尚未熄灭,还在心里向她呼唤。该曲三个乐章,柔板与末乐章是连续的,可连起来听。

舒伯特《A 小调弦乐四重奏第二乐章》
(Schubert,String quartet No.13 in A minor D.804 MVT2 Andante)

创作于 1824 年。行板乐章的主题引用了话剧《罗沙蒙德》配乐的旋律,所以该曲又被称为《罗沙蒙德四重奏》。第二乐章以甜美的歌唱性旋律开始,唱到中间部分情绪似乎有所转变,心酸的阴影在扩大,在经过不安之后,情绪又有所恢复。舒伯特的这首曲子值得慢慢咀嚼。

舒伯特《C 小调奏鸣曲柔板乐章》
(Schubert,Sonata in C minor D958 2nd MVT Adagio)

完成于 1828 年,作曲家逝世前两个月。柔板乐章以 A-B-A-B-A 形式和半音下行写成,凸显作曲家忧伤的心情:遗憾、孤独、怀旧和认命。

门德尔松《C 小调钢琴四重奏柔板乐章》
(Mendelssohn,Piano Quartet No.1 in C minor Op.1,Adagio)

作于1822 年,那时门德尔松才十二岁,据传当时音乐家韦伯来门德尔松家做客,看见这个十二岁的孩子正在乐谱上一本正经写着。韦伯拿起来看了,觉得不仅十分像样还很有个性。韦伯看到的就是这首钢琴四重奏。不过门德尔松生前谨慎,并没有公开发表该作品。听听该曲,感受一下少年的美丽幻想吧。另外门德尔松在 12-14 岁期间还写过 13 首弦乐交响曲,这些作品被埋没了一百多年,直到 1950 年代才被发掘出来,其中和上面柔板中的情绪相左的一首柔板是:

门德尔松《D 大调第 8 号弦乐交响曲柔板乐章》
(Mendelssohn,String symphony No.8 in D major,Adagio)

在这个柔板中(第二乐章),气氛显得郁闷、压抑,这在门德尔松的作品中并不多见,不知道是不是在纪念莫扎特,因为这些弦乐交响曲还都是以模仿莫扎特、海顿为主。

门德尔松《降B大调弦乐五重奏第三乐章》

(Mendelssohn,String Quintet in B flat major Op.87,MVT3 Adagio)

创作于1845年,是门德尔松最后一个室内乐作品,发表在作曲家去世之后,因为他对最后一个乐章不甚满意。其实这首曲子当今仍很受欢乐。作曲家想要营造一个戏剧效果,并且稳重和谐。第二乐章为行板,优美的旋律具有歌谣风格。第三乐章就以沉重的步伐走入郁闷的异域,但仍不失沉稳和矜持,且充满着能量,所以难怪电影会用它作配乐。

舒曼《柔板和快板》

(Schumann,Adagio and Allegro Op.70)

创作于1849年。那时舒曼对法国号兴趣大增,因为正值法国号成了新的乐器,具有大的动态范围和可达白热化的音响。舒曼只花了几天时间即写就了为圆号和钢琴的《柔板和快板》。舒曼还特别指出,该曲可以用其他乐器演奏,尤其是大提琴或者小提琴。后来还有人改编成双簧管和中提琴,以及交响化而成为小型协奏曲。

该曲是舒曼室内乐中最受欢迎的一首,也最直接的表现了舒曼本人的特质:忧郁与激情。在该曲前半部,舒曼注明:内向的缓慢和连奏。当大提琴演奏时尤其可感到,一个孤独的幽灵在梦幻世界中喃喃自语。后半部舒曼注明:快速和火热。小提琴和中提琴更适合这段,当疾风野火此起彼伏之间,还可听到深沉而豪放的歌声。克拉拉演奏之后曾兴奋的说,"太精彩了,新颖又热情,这正是我喜欢的"。

勃拉姆斯《A小调单簧管三重奏第二乐章》

(Brahms,Trio for clarinet,cello and piano in A minor,Op.114, MVT2 Adagio)

创作于1891年。柔板乐章气氛有些低迷哀伤,单簧管与大提琴各诉衷肠，由于三种乐器配合的相当和谐完美，勃拉姆斯的一个朋友评论说，“这些乐器好像是在谈恋爱。”其实这个乐章乃至整个曲子挺适合失恋的人听，在你苦闷、心痛、孤寂的时候，勃拉姆斯拉了你一把。

勃拉姆斯《F大调第二号大提琴奏鸣曲》
（Brahms，Cello sonata No.2 in F Op.99，MVT2 Adagio）

创作于1886年。这个乐章中，醇厚的大提琴低吟着感伤和浪漫的心声，充分表现了勃拉姆斯特有的内敛的柔情。不过对聆听者来说，究竟感受忧郁多一些还是温柔多一些，完全取决于聆听者当时的心情了。

勃拉姆斯《降E大调圆号三重奏第三乐章》
（Brahms，Trio for violin，horn，piano in E flat major Op.40，MVT3 Adagio）

创作于1864年。这首曲子被认为是哀悼勃拉姆斯母亲的去世，尤其是柔板乐章，表达了对生命的无限眷恋和对亡母深挚的爱。在这里勃拉姆斯使用圆号与小提琴、钢琴作组合，制造了非常独特的音响效果。圆号的音色常令人联想到日出的光芒，草原的辽阔，内心的悲哀，长长的叹息。再加上小提琴、钢琴的三重唱，勃拉姆斯把他献给母亲的挽歌唱得安详、深沉。

勃拉姆斯《降B大调第二号钢琴协奏曲第三乐章》
（Brahms，Piano Concerto No.2 in B Flat Major Op.83 MVT3 Andante）

创作于1881年。该曲当年首演即大获成功。而且与众多协奏曲不同的是，它实践了勃拉姆斯对协奏曲的想法，即令独奏乐器与管弦乐处于对等地位。简单的说，拿掉钢琴，这首曲子就成了交响曲，所以该曲又被人称为“由钢琴主奏的交响曲”。该曲第三乐章的旋律颇具歌唱性，有如出入梦境和仙境，听着流水，乘着浮云，悠然自得。本曲为勃拉姆斯代表作品之一。

拉赫玛尼诺夫《C 小调第二钢琴协奏曲柔板乐章》

(Rachmaninoff,Piano concerto No.2 in C minor op.18 Adagio)

创作于 1901 年，是拉赫玛尼诺夫的招牌作品。柔板乐章(第二乐章)旋律舒缓、浪漫、带有沉思和幻想,将大病初愈后的内在的欣喜心情发挥的淋漓尽致。该曲为花样滑冰常选曲目之一,许多知名运动员都乐于使用它。中国运动员陈露在 1996 年世界花样滑冰锦标赛中在此曲的伴奏下,一举获得两个艺术分满分。

拉赫玛尼诺夫《第二交响曲第三乐章》

(Rachmaninoff,symphony No.2 Op.27 3rd MVT Adagio)

完成于 1907 年。柔板乐章将斯拉夫人的特质展现的淋漓尽致,如歌的旋律形同潺潺溪水蜿蜒曲折的流淌着,既有阴沉又有曙光,既有感伤又有温馨,表现了完整的美。抒情之深之美为拉赫玛尼诺夫作品之最。

贝多芬《第 5 号小提琴奏鸣曲柔板乐章》

(Beethoven,Violin concerto No.5 Op.24 2nd MVT Adagio)

创作于 1801 年。该曲因其洋溢着朝气蓬勃的青春气息,尤其是第一乐章优美流畅的旋律,被后人称为《春天奏鸣曲》,但不是贝多芬本人的命名。第二乐章为柔板,小提琴与钢琴一呼一应,温柔亲昵,若说该乐章是在抒发少女的情怀,那真是像极了。在 1801 年前后贝多芬曾创作了数首这样春色浪漫的曲子,谁说贝多芬的音乐缺乏“女性化”呢。

贝多芬《第九交响曲第三乐章》

(Beethoven,Symphony No.9 Op.125 3rd MVT Adagio)

完成于 1824 年。第三乐章为如歌的柔板。徐缓而华贵的旋律中,喷薄着崇高和无尽的爱。其阴柔之力足可与第四乐章欢乐颂的阳刚相比。所以柏辽兹对此乐章有“伟大的乐章”的评价。

德沃夏克《寂静的森林》

(Dvorak,Silent woods Op.68 Lento)

作曲家在 1891 年将他以前的一个钢琴作品改编成大提琴

与钢琴曲,1893 年又改写成大提琴与管弦乐，所以读者可以在网络上听到不同版本。作曲家以波希米亚森林为背景来赞美自然风光,虽然标题是寂静的森林,听众尽可想象挺拔的树木,萧瑟的风声,轻轻的落叶。但作曲家绝不仅是描绘,而是对波希米亚这块土地上的一草一木寄予了无限的深情,虽然森林寂静无声,然而它们已是作曲家生命的一部分了。

拉威尔《G 大调钢琴协奏曲柔板乐章》

(Ravel,Piano concerto in G M.83 2nd MVT Adagio)

完成于 1931 年。拉威尔 1928 年访问美国,对爵士乐充满兴趣，所以在本曲的第一和第三乐章都可捕捉到爵士乐的影子。不过第二乐章柔板却是大相径庭。由钢琴引入的第一主题和大约 3 分钟后笛子引入的第二主题都有华尔兹伴奏背景,且具有莫扎特式的祥和宁静,是不可多得的柔和之声。

格里格《A 小调钢琴协奏曲第二乐章》

(Grieg,Piano concerto in A minor Op.16 2nd MVT Adagio)

创作于 1868 年。柔板乐章将远在地球北端的风光一览无余,有北极光的奇异,林海雪原的静谧,夏季清风的脱俗,冬日斜阳的孤独,使你有一种去挪威看看的冲动。

马勒《第三交响曲第六乐章》

(Mahler,Symphony No.3 6th MVT)

完成于1896 年,为 6 乐章作品，6 个乐章都有副标题。第一乐章:夏天进行曲;第二乐章:草地上的鲜花告诉我什么;第三乐章:森林的动物告诉我什么;第四乐章:人类告诉我什么;第五乐章:天使告诉我什么;第六乐章:爱情告诉我什么。正如马勒所说,“交响曲应该像整个世界,它必须无所不包！”的确,他把自然、神话、哲学、宗教和爱的主题都融汇到这部交响曲中了,是典型的天人合一的音乐。其中最后一个乐章相当于缓板,长达二十多分钟,深情且神秘,作者认为值得多听几遍。它曾被用于诗朗诵,雅典奥运会开幕式的背景音乐,及芭蕾舞《爱情对我说》的蓝本。

那么在这个乐章中爱情对我说了什么呢？有没有获得情感升华的感动呢？答案其实在每个听众的手里。在这里作者只是根据马勒的只言片语提供一点参考。完成此曲后马勒曾说，"这是我最个人化与最丰富的作品"。马勒曾在给妻子的信中说，"愿我的生命赐福予你，让我们之间的尘世爱引领你升华、超越、最后到领悟神性的境界，并静静的向我们永恒不渝的爱致敬"。或许这就是马勒追求了一辈子的永生和超脱。

马勒《第四交响曲第三乐章》
(Mahler,Symphony No.4 3rd MVT)

完成于1901年，其中第三乐章被认为是马勒作品中最美的慢乐章，值得反复聆听。在该乐章中，作曲家将田园美景与梦境天国混合在一起，尤其那长长的旋律线总好像要摆脱尘世而钻进天堂的大门，启迪人冥思遐想。该乐章的确予人无尽之美。

罗德里戈《阿兰惠斯协奏曲柔板》
(Joaquin Rodrigo,Concierto de Aranjuez Adagio)

西班牙作曲家罗德里戈是盲人，3 岁失明，却有着异乎寻常的音乐才能。他是钢琴师，并不弹吉他，但对西班牙吉他情有独钟。尽管吉他的音色优美，但由于音量低，与弦乐合作难度较大，在这首曲子问世之前吉他协奏曲的作品很少。这首曲子被认为是吉他作品的里程碑。

该曲完成于 1939 年，1940 年首演即大获成功。尤其是柔板(第二乐章)已成为吉他作品的经典。这一乐章总体上表现了西班牙式的忧伤，但不时有一道道光芒闪现。

阿兰惠斯是西班牙一个小镇，1933 年作曲家的结婚蜜月在这里渡过。所以显然作曲家是对阿兰惠斯蜜月的一种回忆。按罗德里戈公开的说法，那是关于时间流逝的一种感觉，在充满着绿树、鸟啼、虫鸣的阿兰胡埃斯花园之中，随着黄昏沉落，时光流逝，心中涌起一种无法言喻的、怅然若失之感，忽而又置身于宁静、优雅与欢乐的氛围中。

不过，音乐的情感分析表明，事情并不那么简单。音乐中的感伤到了悲痛的地步，明明是有悲剧发生。有人认为那是西班牙内战的阴影。后来作曲家的妻子和女儿对此做了一些说明。他的妻子在传记中说，曲子同时表达了作曲家对幸福蜜月的追忆和对第一个孩子夭折的哀思。她说，那个时刻是"我们最悲伤的时刻。"她女儿说，1938年时，作曲家生活艰难，母亲在医院中难产，医院告之母子都有生命危险。作曲家独自回到寓所，创作柔板的开头部分。

罗德里戈的一个好朋友，吉他演奏家罗梅罗这样讲述柔板的内涵："音乐表现着罗德里戈复杂的心情。有时候音乐变得相当柔美，充满着爱，仿佛是对妻子，孩子的关心、思念。然后又变得充满了愤怒，责怪上帝为何夺走孩子的生命。同时却又很畏惧，似乎在请求上帝，不要带走自己的妻子。随着节奏逐渐减弱，音乐仿佛变成了一种无声的哭泣，罗德里戈内心在沉思。柔弱的音乐又像在寻求上帝的帮助。音乐渐强时，表达罗德里戈在向上帝倾诉，似乎上帝也对他讲话。在感情的爆发之后，是一种坦然的宁静。罗德里戈接受了上帝的安排。音乐充满了乡愁，很平静。弦乐器继续演奏，当吉他奏出上升和弦音节时，仿佛看到婴儿的灵魂升天。"

作者觉得罗梅罗对曲子的诠释相当贴切。在痛苦中追思幸福时光，在艺术上极易感人至深。这首曲子给了你最丰富、最难忘的体验。

维拉–罗伯斯《吉他协奏曲小行板》

(Heitor Villa-Lobos,Concerto for Guitar and Orchestraandantino)

维拉–罗伯斯是巴西最负盛名的古典音乐作曲家，其创作风格被称为巴西–巴赫。这首吉他协奏曲完成于1951年。全曲呈各种风格的集合，例如第一乐章有巴托克、巴赫、贝多芬和德彪西的影子。第二乐章小行板，有德彪西的朦胧、法国的民俗、最后是巴西的民间曲调。该乐章表现出淡淡的感伤。第三乐章在各种形式舞蹈的交集下,有一点儿狂想。

朱利亚尼《A 大调吉他协奏曲小行板》

(Mauro Giuliani,Guitar concerto No.1 in A andantino Op.30)

意大利作曲家朱利亚尼完成并首演于 1808 年。第二乐章小行板充满着西西里的丝丝忧郁,唱着动人的歌。

下面两首早期的吉他协奏曲的第二乐章优美、幻想,亦很值得欣赏。

海顿《D 大调吉他协奏曲》

(Haydn,Guitar concerto in D)

威瓦尔迪《D 大调吉他协奏曲》

(Vivaldi,Guitar concerto in D)

最后让我们以巴赫的四首柔板作为本章的压轴之作吧。

巴赫《G 小调大提琴奏鸣曲柔板乐章》

(Bach,BWV1029 Adagio)

巴赫《E 小调小提琴协奏曲柔板乐章》

(Bach,BWV1042 Adagio)

巴赫《D 小调双小提琴协奏曲广板乐章》

(Bach,BWV1043 Largo)

巴赫《F 小调大键琴协奏曲广板乐章》

(Bach,BWV1056 Largo)

听了这么多曲子,读者评论一下,谁是柔板大师?

为情所困

柏辽兹以《幻想交响曲》为标题，将个人绝望的爱恋而引发的各种幻觉写进交响曲中，是浪漫主义音乐最大胆的创新者之一。

为情所困，本无药可解，还是让音乐伴随着你慢慢走过人生中那失魂落魄、柔肠寸断的时刻吧。

道兰德《七颗泪水》

(Dowland, Lachrimae pavans)

道兰德是17世纪英国的作曲家、歌唱家、鲁特琴演奏家。上述器乐曲发表在1604年,表现的是忧郁伤感的爱。作品分为7段,每段都有小标题,它们是:过去的泪水(两段),叹息的泪水,悲伤的泪水,必流的泪水,爱情的泪水,真心的泪水,即由七支帕凡舞曲表达了七颗泪水。全曲约半个小时。另外他还创作了著名的歌曲《泪流不止》(Flow, my tears),部分歌词如下:

“流淌吧,我的泪水!
像泉水般,长流不止,
让我沉浸在哀伤之中。
在那夜间的黑鸟儿悲鸣的地方,
让我孤独绝望地活着”。

全曲如泣如诉,向所爱的人表达衷情,让人不禁潸然泪下。听听17世纪初人们是如何为情所困的吧!

布里顿《泪水》

(Benjamin Britten, Lachrymae for viola and piano Op.48, or Lachrymae for viola and strings Op.48A)

1950年,布里顿根据道兰德的一首哀伤的歌所写的器乐曲。再听一听20世纪的音乐家是如何响应三百多年前忧怨者的心声吧。

格里格《皮尔金组曲,索尔维格之歌》

(Peer Gynt–Suite No.2 Solveig's Song)

挪威作曲家格里格最著名的作品之一就是《皮尔金组曲》,是为挪威文豪易卜生的诗剧配的交响乐曲,谱于1975年。原曲有23个乐章,后来格里格将其中8个乐章抽出来,分成2组,成为4个乐章的组曲。组曲中最感人的当属“索尔维格之歌”。索尔维格是善良纯情的美丽姑娘。她的男友皮尔金却是一个不务正业,爱说谎又感情不专的人。当皮尔金离她而去时,索尔维格依然思念着他,痴痴地等着他归来。索尔维格唱的歌就是“索尔维格之歌”,其歌词是:

冬天早已过去,春天不再回来,夏天也将消逝,一年年的等待。但我始终深信,你一定能回来。我曾经答应过你,我要忠诚地等待你,等待着你回来。

假若你如今还活在人间,愿上帝保佑你。当你跪在上帝的面前,愿上帝祝福你。我要永远忠诚地等待你,等待你回来。你若已升天堂,就在天上相见。

除了歌曲版本外,还有交响曲版本。作曲家巧妙地将斯堪的纳维亚的民歌因素融入其中,曲调忧伤委婉,深受挪威人民的喜爱,将它誉为“挪威第二国歌”。

柏辽兹《幻想交响曲》

(Berlioz,Symphonie Fantastique)

伯辽兹在巴黎时,有一天去戏院欣赏莎士比亚的名剧,一眼看中了女主角演员,一位美丽的爱尔兰女子。此后,伯辽兹茶不思饭不想,每日都去找这个美人,并大写情书,对该女子的追求到了疯狂的地步。当时伯辽兹已与巴黎音乐学院的教授闹翻而退了学。谁看得上这样一个无所事是的人呢。当然女子对他是冷若冰霜。后来该剧团离开巴黎去伦敦演出,伯辽兹像丢了魂似的整天在巴黎彷徨游荡,脑子里充满了幻想。经过一段时间的煎熬,他清醒了一些,又回到巴黎音乐学院学习。由于如此强烈的感受,后来他用音乐将在他失魂落魄的日子里脑海中出现的幻觉表现出来,这就是上面所说的曲子。其中第一乐章表现了示爱受挫后那种生不如死的痛楚。第二乐章是幻想与女子跳起了轻快的华尔兹舞,这在交响乐曲中是第一次。其他几个乐章就幻想的更为离奇了，我们将在本书“鬼故事”一章中介绍。该曲将交响乐带进了一个新的境界。

舒伯特《E 小调“凋零的花”变奏曲》

(Schubert, Variations on “Trockne Blumen” in E minor D802)

1823 年艺术歌曲大师舒伯特根据德国诗人缪勒的同名长诗，选出 20 首谱写成声乐套曲，这就是著名的《美丽的磨坊少女》。歌曲唱的是一个朝气蓬勃的磨坊青年工人，情窦初开。单相思的，深深的爱上了磨坊主人的女儿。怎奈护花有主，爱情的挫折使年轻人陷入极度的悲观和苦闷之中。最后他跳入清澈的溪流中，到水底寻找归宿。该歌曲集前 13 首表达了青年的真情和爱恋。第 14 首由于情敌的出现而心碎。从第 15 首到第 20 首就全都是哀伤和悲戚。该歌曲集完成后两个月，舒伯特用其中第 18 首歌“凋零的花”(Trockne Blumen)作主题，创作了长笛与钢琴的变奏曲。但作者更喜欢改编过的小提琴与钢琴的变奏曲，觉得更具感染力。听听为情所困的年轻人的心声吧，是不是缪勒诗中所写的那样：

凋零的花
她带来无数鲜花，都安放在我的坟墓上，
她似乎也理解我的悲伤，让泪水不断地流下脸庞，
为什么她的花儿都凋谢？为什么她的花都消亡？
啊泪水不能使爱情复生，就像这凋零的枯枝一样，
当春天来临，寒冬过去，凋零的花儿会重新开放，
我坟上的花儿都将开放，她给我的花儿也会开放。
当她行步在那山岗上，她心中一定会这样想，
鲜花都重新开放，开放！
五月已来临，残冬已隐藏，当她行步在那山岗上，
她心中一定会这样想，鲜花都重新开放，开放！

帕格尼尼《D大调第一小提琴协奏曲第一乐章》

(Paganini,D minor violin concerto No.1,1st movement)

意大利小提琴家帕格尼尼创作于1811年。帕格尼尼是以小提琴的无与伦比的演奏技巧而闻名于世。这首曲子充满了意大利民间浪漫的音乐风格,旋律优美,形式简单。尤其是第一乐章中的主旋律,让人有一曲难忘的特点。笔者觉得更有意思之处是,这个主旋律你听它像什么就越像什么。你觉得那是浪漫小夜曲,你欣赏的是情深意长,你觉得那是无尽的思念,肯定有苦有甜,如果你感觉那是生离死别,那恰好是电影“魔弓”(Magic Bow)中的插曲。这是1946年的一个电影,讲帕格尼尼的故事。当帕格尼尼的女友被迫离开帕格尼尼去下嫁他人时,帕格尼尼心如刀割,只得将全部悲情寄托在小提琴身上为女友送别。这段插曲改编了上述主旋律, 曲名叫 “Romance on a theme of Paganini”。电影中幕后演奏者是小提琴大师梅纽因。

勃拉姆斯《第一号弦乐六重奏降B大调第二乐章》

(Brahms,String sextet No.1 in B flat major Op.18,2nd movement)

创作于1859年, 勃拉姆斯想用弦乐六重奏的形式赶超贝多芬,并建立自己在音乐界的地位。不过,由于他与李斯特阵营在艺术观点上的不同,在很长一段时间里,他受到打压,至1868年他的《德意志安魂曲》问世后,他才声名大噪。当时的大潮流仍是浪漫主义,而勃拉姆斯更倾向纯音乐的写作,追求继承古典主义的传统,所以他被称为新古典主义的杰出代表。在写作《第一号弦乐六重奏》时,他的感情生活正处在一个进退两难的境地。1858年他与一个女子坠入情网并迅速订婚,但又怕“戴上脚镣”而草草收场。1859年他在汉堡指导一女子合唱团,又衷情于一女歌手。但他只要从事音乐,他就绝不会忘记克拉拉。勃拉姆斯被困于爱情和事业之中,抉择艰难。1860年10月该作品首演,勃拉姆斯将其第二乐章作为生日礼物赠送给克拉拉。勃拉姆斯的作品内省、节制,不是一下子就明白他在说什么。去听听吧，如果你是克拉拉，你会有什么领悟。

勃拉姆斯《G大调第一小提琴奏鸣曲第一乐章和第三乐章》

(Brahms, Violin sonata No.1 in G major Op.78 3rd mvt)

完成于他的小提琴协奏曲之后，1879年首演。全曲有个昵称“雨之歌奏鸣曲”，那是因为第一乐章和第三乐章主题都伴有滴滴答答之声，其节奏灵感来自于他自己的艺术歌曲《雨之歌》(Regenlied) 和《回声》(Nachklang)。将歌曲的动机、主题与旋律的乐句发展出单独乐章是勃拉姆斯的创新。上述两首歌，勃拉姆斯曾在1873年将它们寄给克拉拉作为生日献礼。5年后勃拉姆斯利用其旋律写成此曲，借细雨唤回童年的梦，寄托雨中情深的思念。勃拉姆斯将该曲寄给克拉拉，克拉拉在回信中说，“整首奏鸣曲旋律优美与温暖，所有动机曲式处理技巧都已出神入化，从第一个音符至最后一个音符都牢牢抓住人的心灵精神。其中有许多听起来如天籁声音，低音声部持续长音也不失有幸福感。就好像如波浪般上下起伏，令人感到忧郁与渴望的感觉”。显然这首曲子是克拉拉最喜欢，最陶醉的作品之一。

关于第二乐章哀悼式的气氛，笔者会在“永恒的爱”一章中论及。虽然没有明说，实际上这首曲子是勃拉姆斯为克拉拉创作的，并且用勃拉姆斯自己的方式表达了对克拉拉最小的儿子的哀念(1874年去世，仅24岁)。这首曲子与勃拉姆斯许多其他曲子一样，隐藏了非常个人化的表达。所以勃拉姆斯的好友认为无法想象在音乐厅演奏这首作品，“听到这首作品所引发内心深处的感觉太细致、真实与温暖，个人内心的感受实在不适宜于公共场合演奏”。

贝尔格《抒情组曲》

(Berg, Lyric suite)

作于1925至1926年间，是用勋伯格创立的十二体系写的，属于现代派音乐。全曲分6个短的乐章，究竟它们要表达什么，自然无人知晓，因为是太私人化的作品。自1977年，秘密才被揭开。原来贝尔格与有夫之妇汉娜有了婚外情,但又发誓与自己的妻子永远相爱,并为隐瞒实情所苦,只有通过音乐公告于世。1977年一个音乐学者找到了当年贝尔格送给汉娜的乐谱,在那上面贝尔格作了详细的注释。于是真相大白于天下。这6个乐章都是在讲他的爱情故事。

第一乐章,呈现出轨前快活的生活。

第二乐章,描绘了他在公园里邂逅了带着两个孩子的汉娜,全身震动,灵魂出窍。

第三乐章,两人眉目传神,一见钟情。

第四乐章,由亲吻发展到热烈的爱,在这个乐章中贝尔格引用了另外一个作曲家写的"抒情交响曲",其题目为"你是我的"。

第五乐章,心情急转直下,备受煎熬的是良心的不安,还是恶毒的流言?

第六乐章,绝望的快要崩溃了,从内心深处传来哭泣声。

听众可以感受到,现代音乐在表现痛心和悲恸上还是有一手的。

勒克《练习交响曲哈姆雷特与奥菲利亚》

(Lekeu,Deuxieme Etude Symphonique Hamlet,Deuxieme Etude Symphonique Ophelie)

创作于1890年,作曲家是比利时人勒克(Guillaume Lekeu)。这首曲子分两个部分,取材自众所周知的莎士比亚的故事。他在自述中说,"在哈姆雷特的灵魂里存在着相互冲突的情感,无疑这是艺术家求之不得的题材。在第一部分我试图将哈姆雷特复杂的带着绝望的人性传递到音乐中。而第二部分将处理奥菲利亚的纯洁的爱,闪光的真挚,和天使般地善良。不过结尾颇为困难,因为得不到哈姆雷特的安慰,奥菲利亚表现出绝望的哀伤。"本来勒克计划了第三部分,为葬礼进行曲,但他没有完成。

笔者认为该曲刻画哈姆雷特恰到好处。哈姆雷特在深入思索中,内心备受折磨与煎熬。在音乐中听众可以感知哈姆雷特高贵的心态,以及遇到现实世界的丑恶之后,那种精神世界中的彷徨矛盾,犹豫不决。最后走向悲壮的结局。这是一个具有无比丰富性的艺术形象,用音乐表达的恰如其分,的确很不容易。奥菲利亚部分一开始即表现了阳光下含苞待放的花朵,但没多久乌云密布,天空阴暗。花儿唱起了忧伤的、乞盼的歌。后来完全变成了绝望的悲鸣,一声接一声,直至结束。

肖邦《波兰舞幻想曲》
(Chopin,Polonaise-Fantaisie in A-flat major Op.61)

作于1845-1846年,正值肖邦与情人乔治·桑分手的时候,也正是肖邦最苦恼的时候。他不仅感情受挫,就连生活自理都有问题,更何况疾病缠身。所以此曲中处处可见他的惊慌失措,焦躁不安。那起起伏伏,零零落落的弹声更凸显几近崩溃的神经。他的幻想破灭,有的是失望、痛苦。此时此刻他的心情与他写同样题材《降E大调华丽的大波兰舞曲Op.22》时自不可同日而语,就连《C小调波兰舞曲,Op.40,No.2》也难得相比,那首《C小调波兰舞曲》虽极为忧郁,但还没有自乱阵脚。

肖邦《F小调第二钢琴协奏曲》
(Chopin,piano concerto No.2 in F minor Op.21)

于1829至1830年间肖邦作过的一首很感人的单恋曲。当时肖邦20岁,还是华沙音乐学院的学生。在一次音乐会上,肖邦遇到了一个叫格拉德科芙斯卡(Constantia Gladkowska)的美丽姑娘,她在华沙音乐学院学声乐。他悄悄的爱上了她。但从1929年春至1930年春的整整一年里,青涩内向的肖邦一直远远的窥望着她,却不知如何向姑娘表达爱意。柔肠寸断的单相思使得肖邦倾全部感情投入到这首乐曲的创作之中。正如他给友人的信中所说,“写这首舒缓的协奏曲时,我的心绪始终和她在一起”。这首曲子于1830年3月公演并获得了成功,有的报纸甚至说，上帝把莫扎特赐予德国人，这次英明地把肖邦赐给了波兰。格拉德科芙斯卡也参加了那场演奏会，并向他祝贺成功。肖邦当场忍不住热泪盈眶，可是肖邦始终没有告诉她，这首曲子是为她而作的。

当一个女孩突然闯进一个男孩的心房时，男孩会不会被吓到，如果是暗恋，单相思，男孩的心里又有怎样的挣扎。让我们听听肖邦的表白吧。

第一乐章。音乐以抨然心动之声开始，展开了奇异的旋律。男孩的心里有了她的身影，挥之不去。就像黑夜中看到了灯塔，干渴中发现了涌泉。一只神差鬼使的手推动着他的心，让他欢呼，让他歌唱，让他写出两个字"爱慕"。安静下来，他把那点点滴滴的，前所未有的感觉汇聚成小溪，汇聚成河流，让那甜美的水滋润着心田。忽然，他再也抑制不住内心的翻江倒海，一尊女神在心中已经长大。他心境起伏不安，他不知道如何开口，只有缠绵的思念，和自言自语。

第二乐章。音乐一开始就给人一种遥远感，紧张感。昏暗的月色，江面上烟波浩渺。他的心也沉入江底。天渐渐的有些晴朗，对岸的轮廓唤起了男孩无限的憧憬和幻想。但江面下暗潮汹涌，是水怪还是食人鱼，男孩胆怯了，不敢越雷池一步。他在心里呼唤着对岸，揭开你的真面目吧，我会越过这道鸿沟。男孩就静静的等着，等着，夜幕又降临了。这个乐章，肖邦写的太精彩，太传神了。

第三乐章为波兰玛祖卡风格的回旋曲式。男孩每天都可以看到心仪的姑娘，已觉得心满意足，心情开朗，翩然起舞，甚至活泼顽皮了。远方的号角更鼓起了他的勇气，生活是多么美好，充满希望呀！

在肖邦离开华沙前，他和格拉德科芙斯卡仍然沉默寡言。少女在他的纪念册上写下两段诗句，来表达自己的心情：

转折的关头已经来临
命运之路你必须前行
但纵使你走遍天涯海角
回波兰你也能找到爱与友情。
为保持住你的桂冠长青
你告别了朋友和家庭
陌生人也许会对你更加尊敬
但谁也比不上家乡人爱你的一片真心。

肖邦《G 小调钢琴三重奏》
(Piano trio in G minor Op.8)

完成于 1829 年初，肖邦时年 19 岁。这是肖邦唯一的一首三重奏曲,其风格不同于后续的作品。全曲 4 个乐章。第一乐章既有贝多芬的精神又有巴赫的回声。小提琴与大提琴的对话,既亲切又恍惚。第二乐章有些朦胧,有地方舞蹈的风味和少许幽默。第三乐章柔板,充满幻想的诗意,不乏柔美和甜蜜。第四乐章渗透了活泼的乌克兰哥萨克舞的情调。全曲具有戏剧性,虽热情但随处可见某种忧郁和心事重重。舒曼对此曲有很高的评价,称赞此曲:贵气十足,其热情甚于任何一首为诗谱的歌。这可能有舒曼与肖邦气质相仿的原因吧。肖邦是在王子 Radziwill 的小城堡里写作此曲的。Radziwill 会作曲,是歌手、大提琴手和艺术赞助者。肖邦自 1826 年就与 Radziwill 的全家相识。肖邦指点 Radziwill 的小女儿 Wanda 钢琴,Radziwill 的大女儿曾给肖邦画像,保留至今。肖邦的一些朋友和传记作家曾隐隐约约的议论,肖邦恋上了 Wanda。作者认为这不是空穴来风,肖邦在暗恋比他小三岁的 Wanda,极可能是肖邦的初恋。听听曲子表达的青涩的情感,就会感觉到,表面上这首曲子是赠送给 Radziwill,实际上是为 Wanda 而作。

伤心落泪

西贝柳斯是浪漫主义时期民族乐派的代表人物之一。他的音乐大都是以芬兰的历史、古老传说、民间神话、民族史诗等为内容和背景而创作的,且渗透着天寒地冻环境下特有的忧郁情怀。天鹅对他有深刻的触动,他说,“天鹅总是萦绕在我的脑海中,它们使生命壮美辉煌。”

柴可夫斯基《A 小调钢琴三重奏》
(Tchaikovsky,Piano trio in A minor,Op.50)

创作于1881年底至1882年初,作者赋予标题"纪念一个伟大的艺术家"。这个艺术家就是俄国音乐界的前辈,柴可夫斯基的恩师和朋友,尼古来·鲁宾斯坦,于1881年去世。该曲将凄楚悲哀借着条条委婉庄重的旋律全部倾泻出来,发自肺腑感人肺腑。全曲虽两个乐章,但长达50分钟,连作曲家本人也觉得冗长了一些。第二乐章开始,钢琴通过民谣曲引导出对过去的回忆,紧接其后的12段变奏,据说也是缅怀逝者的生活片断。实际上,第一乐章已经将情感的精华表现的淋漓尽致了。若一口气将全曲听下来,你也不会觉得困倦。自这首曲子大获成功之后,用三重奏寄托哀思在俄罗斯乐坛成了惯例。1893年柴可夫斯基逝世后,晚辈拉赫玛尼诺夫马上写了一首《D 小调第二号悲歌三重奏》(Rachmaninov,Elegiaque Piano trio in D minor,No.2 Op.9),同样标题"纪念一个伟大的艺术家",成为柴可夫斯基三重奏的姐妹篇。拉赫玛尼诺夫的作品模仿了柴可夫斯基的写法,不过他安排了3个大乐章,总长约45分钟。全曲忧伤至极,音乐流动如葬礼般步伐沉重, 还不时被突然爆发的悲痛打断。以上两首钢琴三重奏亦是这种类型音乐中的佼佼者。

顺便再提一下,拉赫玛尼诺夫曾于1892年写过一首《G 小调第一号悲歌钢琴三重奏》(Elegiaque piano Trio No.1 in G minor),那时他还是音乐学院的学生。该曲只有一个乐章,充满着哀伤激愤的气氛。至于拉赫玛尼诺夫写此曲子的动机,并不清楚,可能与作曲家的特质有关。

柴可夫斯基《第三号弦乐四重奏》
(Tchaikovsky,String Quartet No.3 Op.30)

创作于1876年,为了纪念他的去世的好朋友,演奏过他的前两首弦乐四重奏的小提琴手劳勃。既然是悼念,心情自然是沉重的。不过全曲除了第三乐章的哭泣、送葬和安魂之外,都是充满了深情的怀念，最后乐章的回旋曲为亡友的一生喝彩。

奥芬巴赫《大提琴曲》

(Jacques Offenbach, Harmonies du soir, for cello Op.68)

这首大提琴曲本是奥芬巴赫作于1852年并赠给法国作家兼诗人 Arsene Houssaye，极具悲剧色彩。在1980年代被音乐家 Werner Thomas 找出来演奏并赠与女大提手杜普蕾。为表达对她的敬意，该曲被称为“杰奎琳的眼泪”。这一来引起了许多混乱，误以为是杜普蕾为自己的不幸而挑这首与自己几乎同名的曲子来演奏。实际上这首曲子是否被杜普蕾本人拉奏过，并无确凿证据，可以肯定的是没有录音。

西贝柳斯《图奥涅拉的天鹅》

(Jean Sibelius, The Swan of Tuonela)

芬兰著名作曲家西贝柳斯1895年写作的交响诗。全曲分成4个部分，来自4个芬兰的传说。这4个传说实际上是源于一个芬兰复杂而冗长的神话故事。在这里我们不拟多谈。只是简单的介绍一下该曲的剧情，西贝柳斯也是着重用音乐表现情感，而不是描写故事细节。第一部分标题是《莱明凯宁与少女》，讲的是勇士莱明凯宁来到了最北端的一个岛，与少女相遇并坠入爱河。第二部分标题是《莱明凯宁在图奥涅拉》。少女之母开出条件，要莱明凯宁打死并带回图奥涅拉的天鹅，才可与她的女儿成婚。图奥涅拉是冥府内的小岛，为地狱之河包围，归黑暗之神管辖。已有无数求婚者丧生该处。这是一个无法完成的任务，但莱明凯宁毅然前往。就在莱明凯宁弯弓搭箭之时，天鹅发出了悲伤和勾魂的歌声，使得勇士感动不已，他无法下手。就在此刻黑暗之神放出毒蛇，将莱明凯宁咬死，他的尸首被撕碎并投入河中。如果读者聆听这段音乐，可以感受到上述的剧情。

第三部分是笔者推荐的段落《图奥涅拉的天鹅》。其实这一段并不关天鹅太多事，讲的是勇士的母亲。她等儿子不归，心急如焚。她走遍了南方和北方的森林、湖泊，她问遍了鸟儿、白熊、花鹿和鱼，她问明月和星星，但都没有答案。最后她跪求夕阳，才知儿子已遭不幸。勇士的母亲赶到现场，将河中的碎尸断骨捞起，重新装成人形。可不管她唱什么强大的魔曲，她的儿子也未起死回生。冷漠的众神对她的祈祷，哀求和恸哭置之不理。笔者选择这段音乐是因为音乐表现了一个母亲对儿子的永远的牵挂和无尽的爱。

第四部分《莱明凯宁复活》是讲一个小蜜蜂答应帮助母亲。小蜜蜂从造物天堂里取来蜂蜜，放入莱明凯宁口中，勇士终于复活了。

格里格《皮尔金组曲，奥塞之死》
(Peer Gynt-Suite No.1 Ase's Death)

格里格的《皮尔金组曲》中的另一佳作就是"奥塞之死"。奥塞是皮尔金的母亲，日夜思念流浪在外的儿子而病重，皮尔金赶回家中时奥塞已奄奄一息。她看着儿子满足的死去，皮尔金泣不成声。哀乐响起，送葬的人们从茅屋中踱出，渐渐走远，音乐随之平静，新的十字架在乌云下树起。该曲为送葬音乐的杰作。

埃尔加《E小调大提琴协奏曲》
(Elgar, Cello concerto in E-monor, Op.85)

埃尔加创作这个作品时(1919年)，有感于第一次世界大战给人类带来的灾难和创伤，以及老朋友的相继去世。所以作品充满着苍凉和悲哀。大提琴手杜普蕾17岁时第一次登台演奏它，赢得了全场的眼泪和欢呼，被乐评家描述为"珍贵易逝的美之绝唱"。的确，她对这首忧郁的曲子作出的最完美的演绎，至今无人超越，因为从未有人能像她那样从如此深沉的旋律中，找到那些埋藏心底的复杂感受。杜普蕾曾表示过，这部作品太深沉，有着无尽的悲哀，"它好像是凝结的泪珠"，心被撕成了碎片。

西贝柳斯《悲伤圆舞曲》
(Sibelius, Valse Triste)

这是西贝柳斯为戏剧《库奥莱玛》所写的一段配乐。至今该戏剧已很少演出，但《悲伤圆舞曲》却闻名于世。该曲的故事背景是，一个病重的妇人，在弥留之际看到房间里来了那么多舞者，一时兴起与他们共舞，并陷入对往事甜蜜的回忆。舞到兴头上，突然传来敲门声。大门敞开，化作她已故丈夫的死神伫立在门口。全曲凄美悲伤。

勒克《弦乐柔板》

(Lekeu, Adagio for String Trio and String Orchestra)

创作于1891年。当作曲家听到他的老师弗兰克在车祸后去世的消息后，深感震惊和悲痛，写成此曲悼念恩师，副标题为“一朵纪念的苍白的花”。曲中含有一些非同寻常的弦乐写作手法。

塞谬尔·巴伯《柔板的弦乐》

(Samuel Barber, Adagio for Strings 或者 2nd movement of string quartet Op.11)

该曲完成于1938年，此后被多次用于国难之时。例如罗斯福总统、肯尼迪总统、爱因斯坦逝世时的广播、电视和葬礼上。也被许多电影直接采用，例如1968年获奥斯卡最佳影片奖的《Platoon》(描写美军士兵在越南战场上的伤亡)。

雷斯庇基《罗马的松树》

(Respighi, The Pines of Rome)

意大利作曲家雷斯庇基作于1924年，是一首交响诗。其中第二段(约5分钟)描写在松树旁发现了古墓入口。这是教徒的集体坟墓。二世纪时罗马皇帝追杀基督徒，发现基督徒躲在地窖里，往往就地杀害并掩埋。曲子中有一段动人的小号，是来自古老的格雷果圣歌中的“圣哉经”，庄严的歌颂了殉道者。

贝尔格《小提琴协奏曲：纪念一个天使》

(Berg, Violin concerto “To the memory of an angel”)

创作于1935年，其风格已是现代派了。该曲有感于一个18岁少女的死亡而作。少女是大音乐家马勒的遗孀再婚后的孩子，因病逝世。此曲分两部分，第一部分(第一乐章和第二乐章）是在回忆花季少女的音容笑貌，欢谑优雅。但音乐给人的感觉是女孩从黑暗中走过来，而且一直有阴影伴随，结束前重重叹息。第二部分（第三乐章和第四乐章）一开始即进入惶恐不祥的气氛，处处惊慌失措。果然灾难来了，有如狂风暴雨，花残叶败。女孩在挣扎，在呼救。当一阵阵令人心惊肉跳的肆虐过去之后，一下子平静了许多。女孩已被带走，去了一个遥远的地方，人们向天主的祈祷，祝愿她在那里快乐(作曲家引用了巴赫的教堂合唱)。此曲可能需要多听几遍，才会体会到作曲家的用心。据说此曲的内容比笔者上述的心得要多。

另外，不幸的是作曲家从未欣赏到自己的作品，他于1935年底离开了人间。该曲的首演成了贝尔格本人的安魂曲。

肖斯塔克维奇《E小钢第二号钢琴三重奏》
(Shostakovich, Piano trio No.2 in E minor Op.67)

完成于1944年并于年底首演。本曲为悼念作曲家的年仅42岁亡故的好友而写，也是追思在战争中，尤其是在列宁格勒保卫战中丧生的同胞。全曲4个乐章，第三乐章为缓板，音乐缓慢沉重地奏出葬礼般的哀歌，悲伤的无以复加。过渡到第四乐章后，引用犹太曲调展开死亡之舞。有乐评认为，这是被机枪处决前的，被强制跳的犹太舞蹈。对于犹太曲调，肖斯塔克维奇本人有个评论，“那种听似愉快的曲子是建立在悲切的吟唱之上的。为什么歌声愉快呢？因为心里伤痛”。正是犹太音乐的这种混合性，吸引了作曲家，也正符合作曲家的作曲特质：悲惨与快活，美景与绝望，假面具与真面孔，混合掺杂在一起。而在这个曲子中，作曲家内心的痛苦表现的尤为强烈。

为了悼念离世者，有一类曲子的标题就是“悼念曲”或称“挽歌”、“悲歌”。根据民族传统及作曲家的个人风格，悼念曲未必就显得那么悲痛，有的着眼于赞扬亡者的一生，也有一些作曲家为发泄心中的积郁，而“借题发挥”。请听听下面几首颇有代表性的挽歌吧。

维厄当《F 小调挽歌》
(Henri Vieuxtemps,Elegie in F minor for viola and piano Op.30)

比利时作曲家维厄当完成于 1854 年。维厄当谱写了好几首精彩的中提琴曲子,挽歌是其中的一首。维厄当的名言就是要乐器“唱歌,唱歌”!听听中提琴唱的挽歌吧。

圣桑《第一号悼念曲》和《第二号悼念曲》
(Saint-Seans,Elegie for violin and piano No.1 Op.143)(No.2 Op.160)

这是圣桑晚年所作的两首悼念曲,虽都渗透出满地哀伤,却绝不失优雅,或许这就是法兰西的格调。

福雷《悲歌》
(Faure,Elegie for cello and piano (1883),orchestrated(1890) Op.24)

作于 1883 年。似乎大提琴在给你讲述他的痛苦感伤的故事,尽管中间钢琴轻声劝慰,大提琴还是伤心不已。作品不失福雷特有的简洁精致,含蓄节制。

埃尔加《悲歌》
(Elgar,Elegy for string)

1909 年埃尔加的一个在出版界工作的好朋友去世了,才 49 岁。埃尔加为悼念他写了此短曲,表现了心中难以忍受的疼痛。

布鲁赫《悼念曲》
(Bruch,In memoriam,Adagio for violin and orchestra Op.65)

作于 1893 年,表现出深深的思念,回忆起死者的一生,亦为死者未曾虚度感到欣慰。

柴可夫斯基《悼念曲C 大调弦乐小夜曲第三乐章》
(Tchaikovsky,Serenade for string 3rd mvt Elegie in C major op.48)

完成于 1881 年。在那两年里柴可夫斯基谱写了三首著名的曲子:《意大利随想曲》《1812 序曲》和这首《C 大调弦乐小夜曲》。柴可夫斯基自己说“《C 大调弦乐小夜曲》是我最好的作品之一。它发自内心，源于内部的涌动，可以预期作品具有高的艺术价值”。该乐曲有 4 个乐章，但实际上是弦乐的组曲形式，所以 4 个乐章彼此独立。一般对柴可夫斯基的作品感兴趣的读者都可能听过此曲。《悼念曲》是其中的第三乐章，经常拿出来单独演奏。《悼念曲》给人们展现了一幅俄罗斯景色：冰天雪地的冬日，黑暗的森林，凛冽的寒风，绝望的道路。曲中非常浓郁的俄罗斯气息，带给你独特的俄罗斯式的悼念。

斯特拉文斯基《中提琴挽歌》

(Stravinski, Elegie for solo viola)

悼念他的拉小提琴的朋友，当时正值二战鏖战期间，此曲也是为战争死难者唱的挽歌。聆听该曲，可以想象出战场上秋风萧瑟，尸横遍野的情景，中提琴呜呜咽咽，泣不成声。

格拉祖诺夫《G 小调挽歌》

(Glazunov, Elegie in G minor for viola and piano)

完成于 1893 年，是为了纪念俄国音乐家前辈鲁宾斯坦和柴可夫斯基。该曲表达了难过的告别，但并无那么悲痛和哀伤。

阿连斯基《第一号钢琴三重奏，第三乐章：悼念》

(Arensky, Piano Trio No.1 Op.32, 3th movement Elgia)

俄国浪漫派作曲家和钢琴家阿连斯基为纪念他的彼得堡音乐学院的大提琴老师 Davidov 和自己拉大提琴的父亲，于 1894 年谱写了这首感人的《第一号钢琴三重奏》，其中第三乐章题名：悼念。在阿连斯基去世后（1906 年），他以前的老师柯萨柯夫认为阿连斯基很快就会被世人忘却，因为他的音乐太接近柯萨柯夫，尤其是柴可夫斯基。可是实际上，阿连斯基的音乐越来越为人们所熟悉。他的这首钢琴三重奏已成为节目单上常见的曲目，并至少有 33 个录音版本，而柯萨柯夫的钢琴三重奏仅有 4 个版本。的确，阿连斯基的音乐深受柴可夫斯基的影响，而他的这首钢琴三重奏被认为是以门德尔松的《第一号钢琴三重奏》(Mendelssohn,Piano trio No.1 in D minor Op.49)为蓝本的，不过却显示了阿连斯基的抒情天分和技巧。

在天主教礼拜仪式中有一首歌咏,叫作“圣母悼歌”(Stabat Mater)。它是原创于13世纪的赞美诗,后经许多作曲家配曲成为圣歌。该歌咏描述了圣母玛利亚在7天哀悼日内心的痛苦，追思和对儿子的爱。该歌咏蕴藏着强烈的情感,母爱的伟大远远越过了宗教的界线,以惊人力量震动着每一个凡人的心。

创作早而且目前仍在演唱的“圣母悼歌”为帕勒斯特瑞纳在16世纪所作(Palestrina,Stabat Mater)。

为“圣母悼歌”配乐最为动人的当推乔万尼·佩尔弋莱西在1736年所创作的《圣母哀悼曲》(Giovanni Pergolesi,Stabat Mater)。重病在身的他,于去世前两天才完成此曲。佩尔戈莱西也是一个音乐天才,可惜只有26年的生命。

德沃夏克于1876年创作此曲(Dvorak,Stabat Mater Op.58)是因为当时他的女儿不幸夭折。在延误了一段时间后,第二年他重新拿起笔时,他的两个孩子又相继身亡。可以想见德沃夏克谱写此曲是什么样的心情。

席曼诺夫斯基于1925年谱曲 (Szymanowski,Stabat Mater Op.53),一是受朋友委托,追悼其亡妻;二是自己的侄女早逝,极需安慰悲伤中的姐姐。席曼诺夫斯基的配乐与众不同之处在于他采用了波兰的旋律和风格,表现了民族乐派的特色。不过,将波兰元素与礼拜仪式“圣母悼歌”相结合,倒是独此一家。

浪漫肖邦

乔治·桑说，总有一天，肖邦的音乐会被改编成管弦乐曲，那时全世界就会意识到他的天才同任何被他承袭的大师一样广阔、全面和精深，并且从性格来讲比巴赫更精致、比贝多芬更有力、比威伯更有戏剧性。

一连串音符的流动形成音乐。融入情感，才成为艺术，情感赋予了乐曲特定的内涵，尽管这个内涵可能是个难以破解的谜。“猜这个谜”恰恰就是古典音乐的魅力所在。

在这里笔者选择几首肖邦的各种体裁的钢琴曲，根据曲子的创作背景，曲子表达的情绪和气氛，随着音乐的推进，勾画出一幅幅画面和意境，以微型散文的形式加以描述，供聆听者参考。会弹钢琴的人可以尝试用笔者的诠释去演奏，从中领会作曲家本人的原意，达到忠实于原曲的目的。虽然参与者的演奏技巧可能不是第一流的，但在表现或聆听的过程中你的心与作曲家逐渐相通了。

肖邦是19世纪浪漫时期著名的音乐家，被誉为钢琴诗人，抒情大师。不过，那个时期“浪漫”一词的定义与现在的观念有所不同。简单的说，那时的“浪漫”追求的是个性的自由解放，情感的大胆外释，豪放的骑士精神等等。而现在则着眼于烛光晚餐，雨中送伞一类的情调。

要再一次提到，每个人对一段乐曲的理解可能不尽相同。用语言来讲解音乐肯定笨嘴拙舌。当你在音乐的海洋中扬起情感的风帆时，任何美丽的文字都将黯然失色。

1.“啊，我的祖国！”

随着琴声飘荡，飞舞着的天使擎起巨大的画笔，不紧不慢的在空中涂抹着斑斓绚丽的色彩。春风满面的鲜红，浓密欲滴的墨绿，闪烁千里的金黄，隐约忧郁的淡蓝，深不可测的暗紫。噢，那是一座彩虹的天桥呀，把我的心和家乡连接在一起。我多么想踏上这条七彩路，今天就赶回家中。

忽然风起云涌，彩虹扭曲、断裂，彩虹七零八落。我心乱如麻。

这时天边又传来悠扬的歌声，那是我心里唱的歌。风儿载着我的深情和思念,吹向我的祖国。

以上是肖邦的《E大调练习曲》(Chopin, Etude Op.10, No.3)所描绘的意境。该曲于1831–1832年创作,1833年公开发表,那时肖邦已经离开华沙初到巴黎。多年后肖邦的学生顾特曼(Adolph Gutmann)在弹奏它时,肖邦曾情不自禁的喊道:“啊,这是我的祖国!”该曲前半段旋律极为优美。据传,连肖邦都认为比这首更美的主题,他是再也写不出来了。采用该旋律所改编成的抒情歌曲,受人喜爱,广为传唱。该曲被后人称为“离别曲”。实际上肖邦可从来没有给该曲冠以任何文学性的标题去引导听众。笔者认为该曲不仅是抒发对祖国深沉热爱的诗篇,而且为肖邦作品中极富色彩和层次的佳作之一。

尽管该曲是练习曲,带有一点伤感。但纵观全曲意境,仍不宜作为悲伤型而弹奏的过于缓慢和沉重。

2.葬礼中的葬礼

深秋落日,凄风苦雨,众僧侣抬着无声无息的同伴,缓慢的向那薄雾萦绕的坟场走去。时高时低的挽歌从天边传来。修道院中充满了忧伤的眼泪。深深的长廊,无言的讲述着死者的一生,无可奈何的为生命的脆弱与短暂叹息,一切在瞬间化为虚无。

长廊尽头,憔悴的烛光时隐时现。刹那间,他在烛光背后看到了自己的身影。心房立刻被沮丧和绝望切成了碎片,发出痛苦的呻吟。不过,在最后三声沉重的叹息之后,他安详的接受了死亡。烛光熄灭了,永生在夜色里延续。

这首短曲是肖邦著名的《E小调前奏曲第4号》(Chopin, Prelude Op.28, No.4)。此曲阴郁悲伤,令人窒息,但又寄寓着深邃的生命情怀,是肖邦多愁善感的极致表现。当时肖邦住在修道院的旧址中,敏感于寺院内的阴森恐怖,常生幻觉。随即有了这首怀念生命,如泣如诉的哀歌。根据肖邦的遗愿,在他的葬礼上,演奏了这首曲子以及莫扎特的安魂曲,来人泣不成声。音乐评论家卡拉索夫说:“这是一枚真正的宝石,仅此一件作品(指前奏曲)就足以令肖邦流芳百世。”

3.劫后余生(第1部分)

当小羊羔撞到大灰狼的手里,绝无悬念。当一个逃亡的波兰犹太钢琴师与全副武装的德国军官在废墟中不期而遇,命运将是如何呢?电影“钢琴师”演绎了这扣人心弦的一幕。

当德国军官要钢琴师弹一首钢琴曲的时候,钢琴师思索了片刻,这可能是他与生命告别的绝唱。随即,他的手在琴键上飞舞起来。他选择了本国钢琴家肖邦的《第1号叙事曲》(Chopin, Ballade Op.23, No.1)。肖邦曾亲口对舒曼说过,他的叙事曲是受波兰爱国诗人密茨凯维兹的史诗启发而作。原诗的故事是讲一个立陶宛青年为抗击日耳曼武士团入侵,告别爱妻,诈降投敌,致使敌人屡战屡败,民贫国弱。最后谋事不密,以身殉国(有点像岳飞传中王佐断臂的故事)。不过,肖邦的叙事曲并没有再现原诗的故事内容,而是通过全曲的精神气质来赞叹英雄的光辉。一曲难忘,深受感动的德国军官决意搭救犹太钢琴师。是音乐激励了生存,是音乐启迪了人性。

该曲可作为纯音乐来欣赏,旋律动听,柔中有刚。不过若视为史诗,笔者倒有一种强烈的感觉:将全曲敬献给抗战中穿梭飞行于驼峰航线上的中美勇士们——那些永远在珠峰下游荡的孤魂,那些在冰雪中长眠的年轻人,是最合适不过的了。

根据钢琴家鲁宾斯坦的演奏,全曲长约9分钟。从展开一幅喜马拉雅山的神秘辽阔的画卷开始:千里雪山,原始森林,深涧湍流,渺无人烟。音乐忽然(1:30)进入了动荡不安,心急如焚(2:00):中国被困,命悬一线。这一线就是连通中美的驼峰航线。音乐缓和下来(3:00),飞行员们集聚在青藏高原的两侧,面对天险,倾诉着青春的畅想。飞机马达的吼声(4:40)翻开了世界航空史上最悲壮的一页。冰峰、云海、浓雾、暴雨、骤雪、乱流、狂飙、敌机,还有飞行员的舍生忘死,百折不挠。音乐中激昂的高潮一波又一波!飞机一架又一架的坠毁,像逝去的风,无影无踪。音乐随之平静 (7:15)。山河在呜咽,天地在悲恸。接着音乐又进入了一个旋风似的高潮:激情如燎原烈火,悲切如滚滚洪流 (7:55),低沉的垂首送葬之后(8:55),音乐在还我山河的斩钉截铁中结束。全曲荡气回肠。

4.劫后余生(第 2 部分)

《钢琴师》这部电影获 2002 年奥斯卡金像奖,是根据真人真事拍摄的。电影中的钢琴师用了原型真名史匹尔曼(Wilandyslaw Szpilman),真实的德国军官叫 Wilm Hosenfeld,战争中他帮助过不止一个波兰人和犹太人,1945 年 1 月被苏军俘虏。战后,史匹尔曼和其他劫后余生的人曾向波兰政府呼吁,请求苏联释放 Wilm Hosenfeld, 但这反而激怒了俄方,1952 年 8 月 Wilm Hosenfeld 被虐待至死于苏联战俘营中。

史匹尔曼是职业钢琴家。曾在 1931 年受邀去柏林作研究。1933 年纳粹掌权后回到华沙,他很快就成了知名的演奏家和作曲家。1935 年 4 月加入波兰电台。战后回到电台,从事作曲和演奏。他于 1945 年写了回忆录,1950 年他写了书《城市的死亡》,但由于当时的政治气候和涉及犹太人政策等复杂因素,出版遭到阻挠和修改,他的书很快就销声匿迹了。1998 年他的儿子重新以德文出版了父亲的书。而后英文版的书名就是《钢琴师》,书中还摘选了德国军官 Wilm Hosenfeld 的日记 (1942-1944 年)。该书被译成三十多种语言。史匹尔曼于 2000 年在华沙辞世,享年 88 岁,可惜他没能看到这部电影。然而在这部电影的巨大影响下,2007 年波兰总统追授 Wilm Hosenfeld 最高荣誉,2009 年以色列追认他为国际正义人士。2011 年波兰政府将两人在华沙相遇的那栋建筑物镶嵌上匾牌,供人参观纪念。

在战争岁月中，有一首曲子传奇的贯穿着史匹尔曼所渡过的 6 年，那就是肖邦的《第 20 号升 C 小调夜曲》(Chopin, Nocturne No.20 in C-sharp minor)。

1939 年 9 月纳粹德国入侵波兰,空袭华沙。当时史匹尔曼正在电台演奏它,凶恶的炸弹炸碎了这首乐曲,也炸碎了波兰人一切美好的梦想。1944 年 11 月当史匹尔曼东躲西藏，在饥饿、严寒与死亡线上挣扎时，不巧又撞到了德国军官 Wilm Hosenfeld 手中。当 Hosenfeld 得知史匹尔曼是钢琴师时,他要史匹尔曼弹一首,什么都行。当时史匹尔曼弹的就是肖邦的第 20 号小夜曲,并不是电影中演的叙事曲。战争结束后,1945 年他恢复了在波兰电台的工作,他向公众广播的第一首曲子还是肖邦的这首夜曲。一首曲子经过 6 年才连接上,可是他的家人再也听不到了。

肖邦的《第20号夜曲》是肖邦所作的21首夜曲中最优美的一首。作于1830年,是肖邦献给他大姐的。该曲有时被称为“回忆”。那时肖邦尚未背井离乡,在华沙正忙着他的第二钢琴协奏曲。后来人们发现，该夜曲中间部分的主题与第二钢琴协奏曲的主题很相像。《第二钢琴协奏曲》是内向的肖邦满腔热情的献给他暗恋的姑娘的。让我们来听听肖邦在这首夜曲中倾诉了什么。

夜幕低垂,风平浪静。一颗星星熠熠生辉。它用光芒传送着对家庭亲情的回忆,诉说着乡愁和自己的成功。当谈到他心仪的姑娘时,因为羞涩内向,他轻声细语,唯恐被夜游神听见。单相思的初恋太痛苦,太折磨。只有心潮澎湃,将星光化作喷泉,珠滴晶莹剔透,小溪一泻而下,带着一点甜甜的希望,流入梦乡。

在那月光如洗，满目疮痍的废墟里，一首弥漫着怀念、沉思、眷恋和伤感气氛的夜曲，救赎了灵魂，点燃了人性的光辉，音乐的奇迹源远流长。

5.有雨滴吗？

当一缕夕阳再也挤不进棕榈树林的时候，黑暗扑天盖地而来。起初心情还有些温暖飘然，这一下子就掉进了冰水，周身寒彻。四下太黑了，黑的那么深，黑的那么厚，没边没沿。睁大眼睛，处处绽放着硕大无比，奇形怪状的花朵，随时会把人吞噬掉。黑暗已不再是颜色，是一只怪兽压在胸口上，让人窒息。可又不敢大口喘气，唯恐妖魔附体，带走一息尚存的灵魂。脚下开始下沉，坠向无底深渊。死一般的寂静中，却可以听到一种奇怪的"当、当"声音。当残阳弥留之际，这种声音已蠢蠢欲动，令人不安。现在愈来愈响，是自己急促的心跳还是敲钟？来不及分辨。猛然间，许多修道士的亡灵爬过来，这里曾是修道院，是他们一生的家。更令人诧异的是，他的情人从远方向他走来，浑身湿淋淋的。这一晚上他都在焦急万分的等着她。他怦然心惊，"当、当"声震耳欲聋。他终于又看到她了。渐渐的，黑暗退去，细碎的光影眨着眼睛，一切柔和平静下来。

上述这一切奇遇都被肖邦自己谱写在钢琴曲中，后来被编为《前奏曲 15 号》(Prelude，Op.28，No.15)。当时肖邦和情人乔治-桑住在地中海的一个小岛上。房子是原修道院改装的旅馆，阴森潮湿。一天乔治·桑出去采购，遇上暴雨，在汪洋泥泞中走了半夜才回到家。一进门就发现肖邦神志不清，一动不动的坐着，双手还摆在琴键上。乔治·桑提醒他可能是雨水声把他带入梦幻，但肖邦说他什么也没听见。令肖邦愤怒的是将他的作品诠释为模拟自然，可后人仍牵强的将这首曲子冠以"雨滴"的标题。实际上，笔者觉得那当当声更像是心中响起的教堂的钟声。

本来这首钢琴曲弥漫着淡淡忧伤和浓浓的恐慌和紧张，如果将它弹奏成雨滴的愉悦和活泼,小心肖邦把你的琴谱扔到天花板上去。

6.思乡曲

一到月上东墙，最容易触动游子神经的莫过于举头望明月,低头思故乡了。思乡是人的天性,故乡永远坐落在心中那无可替代的角落里。

中国音乐家马思聪在1937年，当日寇的铁蹄践踏中华山河时,谱写了一首著名的小提琴曲:《思乡曲》。那催人泪下的琴声将人们带到黄土高坡的烟尘流沙，呻吟哀鸣的断壁残垣,秋风萧瑟中的枯草茅房。低首垂目,也绕不开惨淡破碎的黄土色,令人心酸,心痛。

肖邦在他的许多钢琴作品中,多多少少都带有乡思乡愁的情绪。其中两首夜曲《Nocturne,Op.15,No.2和Op.37,No.1》表现得最为强烈。肖邦后半生住在巴黎。由于俄国使馆从中作梗,肖邦不得将去巴黎的申请改为“经由巴黎去伦敦”,而且还是通过朋友在法国取得了过境签证。去世前,他曾十分感叹的说,在这里我是一个过客。

肖邦在20岁时就曾写道,“死在遥远的异乡是多么可怕呵。当你临终前所看到的不是自己的亲人,而是毫无同情心的医生或仆人,你会感到多么凄惨呵”。离别家乡的痛苦使他将行期一推再推。

后来,肖邦把愁绪和渴求变成优美的旋律,以寄托他的悲情。让我们来欣赏夜曲《Nocturne Op.37,No.1》吧。

闭上眼睛,倾听那家乡飘过来的动人的旋律,像是吟诵着如歌的诗,又像是清唱着如诗的歌。

“家乡还是那么绿吗？”“真是一个翡翠的世界。”

“门前的玫瑰盛开了吗？”“如火在燃烧。”

“大树下玩耍的孩童呢？”“咯咯的笑着呐。”

“清凉的河水呢？”“呜呜咽咽的在寻找着你。”

他放心不下。他跪在天主的脚下，乞求上苍保佑。唱诗班响起了庄严的颂歌，为家乡人祈福。他点亮了蜡烛，娓娓诉说着自己的心愿，还有从主的爱中得到的慰藉。天使带着他心中滚滚的波澜渐行渐远了，他还在翘首遥望着夜空。

整个曲子笼罩着沉重和忧愁的气氛。钢琴家弹奏这个曲子的速度大为不同，傅聪用了5分钟。鲁宾斯坦用了6分24秒。还有弹了10分钟的。速度不同是由于诠释的差异。肖邦的学生顾特曼(Adolph Gutmann)认为，肖邦在这首乐曲中忘记加上渐快速度记号。你要不要试一试你对音乐的见解和表现呢？

7.戏剧般地C小调夜曲

肖邦的《C小调夜曲》(Chopin，Nocturne Op.48 No.1)发表于1842年，属于肖邦成熟期的作品，是肖邦夜曲中最高贵和华丽的一首。该曲以夜曲风格开始，缓慢沉重的步调表达了压抑在内心的巨大的忧伤，进入中间部分后似乎是在努力使自己平静，但无济于事。受伤的灵魂反而一下子激动不安，以音乐宏大堂皇的气势来倾诉心中的波澜，然后以开头处那间段的呻吟结尾，似乎在蕴蓄着下一次感情宣泄，给听众留下遐想。该曲具有丰富和变换的和声色彩，且低音浑厚，伴奏旋律与主旋律编织在一起，再加上鲜明反差的情绪变化，使该曲呈现强烈的戏剧性效果。正因如此，也有人认为该曲具有李斯特的交响诗特色。比较几个大师的演奏，笔者觉得傅聪先生对此曲作了最好的诠释。

与该曲很相似的是肖邦1836年创作的《升C小调夜曲》(Chopin，nocturne in C sharp minor，No.1 Op.27)。不过，在《升

C 小调夜曲》中并没有流露出那么深刻的悲哀，第一部分和最后部分倒是充满了宁静的梦幻般的气氛。精彩的中间部分让人有些毛骨悚然，是因为左手伴奏的起伏和不和谐音，造成悬疑或悲剧的想象。因而有人认为颇似贝多芬的风格。从全曲的情绪起伏来看，笔者觉得比拟成大海的落潮与涨潮，倒是蛮贴切的。读者亦可花些时间去品味肖邦这首夜曲独特的魅力。

凄美伤感

萨拉萨蒂的《流浪者之歌》演绎了荡气回肠的伤感和纵横交错的心绪。其实人生沧桑,不是身体在流浪就是精神在漂泊。能有曲子中的顽强和乐观就好了。

莫扎特《E 小调小提琴奏鸣曲》

(Mozart, Violin sonata in E minor, K304)

该曲作于巴黎,1778 年的夏秋之季。这一年 7 月莫扎特的母亲在巴黎病逝,9 月份莫扎特黯然返回萨尔斯堡(见“探索莫扎特”)。该曲连同这一年所作的其他 5 首奏鸣曲赠送给一个巴黎贵妇人 Maria Elisabeth。该曲被认为是莫扎特作品中最为忧伤的一首。本曲仅两个乐章。第一乐章,质朴单纯,感情充沛。仿佛莫扎特要唤醒熟睡的母亲,又在母亲身旁倾诉自己的心事,讲讲母亲离去后的事。第二乐章,开头和结尾处都令人感到苦涩和难过,但中间部分就将听众带进一个轻歌曼舞的优雅境地,好像是祝母亲在天堂快乐。聆听这首曲子读者可以领略到,莫扎特不是将自己的眼泪呈现给听众,而是利用天性的美催促听众在心里流泪。

想到莫扎特的母亲为了帮助儿子找到称心如意的工作,千里迢迢跋涉到巴黎,结果竟客死他乡。笔者不禁回忆起,当年中国知青回城时,多少母亲为了子女获得一份顶替的工作,自己情愿退休退职。母性是多么伟大呀!有类似生活经验的人听莫扎特的这首曲子,或许更能够体会出莫扎特当时内心的悲楚。莫扎特用 E 小调写器乐曲,这是唯一的一首。在那个时间里莫扎特还写了一首《A 小调钢琴奏鸣曲 K310》(Piano sonata in A minor, K310)。这首曲子同样会让你感受到含泪微笑是怎样一种心境和意志。没有一定人生阅历,理解和弹奏这类曲子难免失真。

莫扎特《降 E 大调交响协奏曲》

(Mozart, Sinfonia Concertante in E flat major K364)

创作于 1779 年,和上面介绍的曲子一样,也是莫扎特精神上最为艰难的时刻。该曲三个乐章,由小提琴、中提琴和管弦乐演奏。对于中提琴调性的安排,莫扎特亦有独具匠心之处,令中提琴与小提琴处于同等地位。第一乐章虽显平静、乐观,但小提琴与中提琴之间的对话,却不时透露出消极低沉的情绪。全乐章似有一股激情在涌动。第二乐章是全曲的精华。墓地的空气弥漫着,人人都闻得到。该乐章是迄今为止小提琴与管弦乐同类作品中的佼佼者。听到这个乐章,好比人们看到了一条美丽蜿蜒的溪流,但若伸手试水,就冰寒彻骨了。

在这里笔者多加一点评论。莫扎特所处的时期是古典时期,音乐讲究平衡和节制。尤其对于莫扎特的创作理念来说,音乐绝不能刺耳,也不能将艺术作为向上帝报怨的工具。所以莫扎特在写这种悲愤的乐章时, 虽然可能有来自现实的动机,但不是像浪漫时期那样倾泻个人情绪,正如笔者在“探索莫扎特”章节中所说的,他是“人生入戏”。他将某一个戏剧中的角色,尽管很像自己,加以装饰打扮,推给听众欣赏。如此产生的古典时期的音乐美感的确具有它的深刻和永恒。

该曲第三乐章以回旋曲式,舞蹈般的旋律回到第一乐章的愉悦。

该曲至今魅力不减,仍有许许多多的狂热的“粉丝”。的的确确,与莫扎特自己那个时期的其他作品相比,这首曲子如同高耸入云的山峰。从 1968 年至 1988 年,至少有三部电影引用了此曲,2002 年,其第二乐章为一电影的主题曲。此外一些现代作曲家怀着极大的兴趣,各取所需,改编过此曲。

莫扎特《A 小调第三号钢琴回旋曲》
(Mozart,Rondon in A minor K511)

完成于1787 年 3 月。这首曲子似乎被罩在阴影之中,渗透着忧郁凄凉。这使我们想起莫扎特的另一首 A 小调钢琴曲《A 小调钢琴奏鸣曲 K310》,是在他母亲去世后写作的(见上面)。创作这首回旋曲的动机,我们并不清楚,但那时莫扎特很可能又被“死亡”这样一个话题所围绕。当年 1 月底,他的一个好友去世,然后父亲病重,家中没有亲人伴随,莫扎特一直处在痛苦的内疚当中。他写信给父亲时已谈论到死亡(见“探索莫扎特

3”一章)。但该作品仍是宁静内敛的。全曲的两个插句用的是大调,凸显了心潮起伏,将伤感融合在柔情之中。

贝多芬《第 14 钢琴奏鸣曲第一乐章》

(Beethoven,Piano concerto in C sharp minor Op.27 No.2,1st movement)

作于 1801 年,发表于 1802 年。该曲有个别名,叫“月光奏鸣曲”。但这并非贝多芬的本意。在贝多芬去世 5 年之后(1832 年),一个德国乐评家雷尔施塔布(Ludwig Rellstab)大发议论,说第一乐章像是描写一只船漂在月光闪耀的瑞士琉森湖上。于是“月光奏鸣曲”就被叫响了。其实贝多芬本人只注明,本曲是“幻想曲式的奏鸣曲”,再没有别的了。而且贝多芬并不认为这是一首了不得的曲子,他对学生说,“我绝对写过更好的东西”。由这首曲子引出美丽的幻想,其中一个原因是贝多芬将此曲献给他的学生圭丽亚塔(Giulietta Guicciardi)。不过此曲是在贝多芬追求她失败后赠送的。圭丽亚塔曾说,本来贝多芬要送给她的是另外一首曲子。后来贝多芬将那首曲子赠送他人了,所以才送给她这首。

对于该曲第一乐章持有与“月光”完全相反看法的大有人在。一批乐评家认为“月光”完全是误导听众,第一乐章具有葬礼进行曲的特征。柏辽兹也认为是悲哀的,是人类语言无法描述的诗篇。贝多芬的学生车尔尼(Carl Czerny)称,该乐章为夜景, 悲恸的鬼一样的声音从远处传来。乐评家费舍尔(Fischer)发现,在贝多芬的手稿中有对莫扎特歌剧《唐·乔望尼》的音符备注,那是乔望尼杀人之后用的升 C 小调。贝多芬的奏鸣曲第一乐章与其很相像。这就是说,第一乐章不是写意浪漫的月光之夜,而是神圣的葬礼圣歌。

若想到第三乐章中情感的令人惊诧的激烈迸发,似乎的确与月光恬静的气氛联系不上,要表达的是难言的惆怅,倒是顺理成章。

对该曲第一乐章的解读至今没有共识。在这里我们又看到一个典型的例子，乐曲的感受与听众的年龄、经历、敏感度、乃至聆听时的心情都大有关系。

贝多芬《升C小调第14弦乐四重奏》

(Beethoven, String Quartet No.14 in C sharp-minor Op.131)

完成于1826年。这首弦乐四重奏很特殊，包括7个不停顿的乐章，且具有6种调性。贝多芬认为这是他自己写得最好的一首弦乐四重奏。舒伯特听完之后感慨地说，“有了这篇，还有什么留下来给我们写的呢”。舒曼则称，“此曲壮观的无法用语言表达，似乎已达到了人类艺术与想象力的边界”。这首曲子将在“揭开迷底”一章中再作发挥。其中第一乐章阴郁沉闷，华格纳认为，“该乐章表达了音乐能够表达的最令人忧伤的情感”。

舒伯特《降E大调第二钢琴三重奏第二乐章》

(Schubert, Piano Trio No.2 in E-flat major D929 2nd MVT)

创作于1827年底，1828年春公开演出，舒伯特生前仅有少数作品对公众亮相，这部钢琴三重奏又是他去世前在奥地利之外出版的唯一作品。

该作品的第二乐章，标名“流畅的行板”，是舒伯特晚期精品中的精华。它的主题被许多电影和电视引用。舒曼对该曲感同身受，赞誉有加，他说，舒伯特的三重奏问世，就好像在天空中悬挂着愤怒的彗星。舒曼的评论，其实蛮贴切的。彗星给人间与宇宙奇观，然而自己在燃烧殆尽。

第二乐章以葬礼进行曲开始，或想象在恸哭中展开了孤独的人生流浪。不过很快由和缓的钢琴引入的第二主题化解了哀伤的寒风，运行转变为温柔而平稳，在小提琴高倍发音之后，气氛越来越亲切，越来越热烈。中段音乐以忧郁的歌唱展开，突然心情一沉，转为愤懑，愤世疾俗。接下来又变成步伐坚定，意气风发，直至喷出耀眼的光和热。结束段回到有节制的，告别的悲剧气氛。

在这个9分钟的令人心醉的优美和精致乐章里，值得细细品味的是，在舒伯特出神入化的转调下，蕴藏着丰富的情绪与感性胶着：激情、惆怅、甚至愤怒，从而极具艺术性。从另一个角度说，舒伯特把痛苦留给自己，把美呈现给人间。

舒伯特《C大调弦乐五重奏》

(Schubert, String Quintet in C major D956 Op.posth.163)

1828年秋，舒伯特去世前两个月。当时他已经病的很厉害了。正是出于对死亡的预感，对生命的希望，他倾注了全部感情来写自己的"天鹅之歌"。该曲是所有室内乐中最伟大的作品之一。

全曲4个乐章，长达五十多分钟。第一乐章的第一主题为心情挣扎的旋律。2分钟后开始的第二主题，像受到吉祥如意祝福般的温馨，被认为是舒伯特所写的旋律中最凄美的。小提琴家桑德斯(Joseph Saunders) 要求将这个主题刻在他的墓碑上。

第二乐章为三段体式，前三分之一段表现出那样的安详、平静，从心底里的快乐、幸福。大钢琴家鲁宾斯坦(Arthur Rubindteinstein)在电视中说，他最喜欢的音乐就是舒伯特的这一段。他希望当他在弥留之际，他的妻子可以弹这段音乐给他听，让他快乐的升入天国。后来在他的葬礼上，的确演奏了这个乐章。这段主题音乐很可能来源于瑞典名歌"太阳正在西沉"。但在该乐章中段则倾泄出完全不同的情绪，仿佛山洪冲进平湖，辛酸的眼泪在漩涡中打转，接下来气氛压抑、黯淡，就像烛光在黑暗中跳动，时明时亮。最后一段并不是第一段的简单重复，好像作曲家要将前面的情绪结合在一起，最后由一缕青烟带走了一切。

第三乐章谐谑曲也是三段体式。头、尾两段快速、激动，颇具交响曲效果。中间部分一下子变得怪异的缓慢，就像一个孤独无助的人在恐怖的黑暗中摸索。有人觉得这是舒伯特的安魂曲。

末乐章是匈牙利风格的舞曲，但总有一种不祥的感觉，显然,舒伯特是用舞曲来寄托他对生命的眷恋。

全曲在舒伯特独特的,发自心灵深处的抒情中,渗透着怀才不遇的烦恼,穷困潦倒的辛酸,对艺术的幻想和对生命的眷恋。静下心来欣赏室内乐作品中这块永恒的瑰宝吧。

舒伯特《降 B 大调钢琴奏鸣曲》

(Schubert,Piano Sonata in B flat D960)

创作于 1828 年 9 月,是他一生中最后一首器乐曲。舒伯特原本打算献给莫扎特的学生胡梅尔(Hummel),但出版的前一年胡梅尔去世了,出版商(1838 年)就把它献给了对推广舒伯特作品作做出特殊贡献的舒曼。该曲是继贝多芬之后最完美的奏鸣曲,也是舒伯特钢琴曲之冠。

这部长达近五十分钟的作品,需要听众凝神静听,用心体会。因为那可能是在生命尽头的深沉的挽歌,可能是向往天国的辉煌的圣歌,可能是告别人间的伤感的绝唱,或者是满怀理想和愿望的青春之歌,因为那时舒伯特才 30 岁出头呀。

按舒曼的评论, 该曲简直就像源源不绝的泉水, 歌唱一般优美的旋律一刻也不曾停止, 即使偶尔因为激情而中断, 不过转眼之间又回到那股清新甘泉的滋味。

圣桑《引子与回旋随想曲》

(Saint,Introduction and Rondo Capriccioso Op.28)

创作于 1863 年,为小提琴大师萨拉萨蒂所写。曲子分为引子与回旋曲两个部分。引子具有西班牙舞曲风韵(哈巴涅拉曲型),歌唱出内心的苍凉忧郁。回旋曲部分由三首风格不同的舞曲构成。悠扬、热烈、谐谑交织在一起,悲凉与奔放的情绪重叠在一块儿,直接按动内心深处的多个触点。

萨拉萨蒂《流浪者之歌》又称为(吉卜赛之歌,Gypsy Airs)

(Sarasate,Zigeunerweisen Op.20)

西班牙小提琴家萨拉萨蒂不仅是技艺超群的演奏家,也是优秀的作曲家。1878 年完成此不朽的乐曲。这首曲子看起来是描写吉卜赛人颠沛流离的命运和乐观，随遇而安的性格，更深一层是它表现出荡气回肠的伤感，引起所有遭到命运捉弄的人的共鸣。全曲一个乐章，但可分为 4 个部分。第一部分，以一声悲切的呐喊开始了漂泊的人生。第二部分和第三部分，小提琴越拉越慢，委婉凄美。又仿佛小提琴摩擦在人心最疼痛的部分，歌声如泣如诉，娓娓道来。吉卜赛人内心受到的最大伤害就是被歧视。音乐在这里最深情的表达出被歧视，被剥夺尊严的人们的伤痛。第四部分，曲子变得粗犷豪放，象征着吉卜赛人的热烈不羁的性格。实际上饱经风霜的流浪者，都有这么一段顽强不息的心路历程。这就是这首曲子震撼心灵的原因。

德沃夏克《F 小调浪漫曲，Op.11》
(Dvorak，Romance in F minor，Op.11)

改编自他的第五首弦乐四重奏(Op.9，写于 1873 年)的慢乐章。怀旧是主题思想，虽有华尔兹的伴奏，但步履沉重，好像布拉格的天空是灰蒙蒙的，被愁云惨雾笼罩。这种凄怆感在管弦乐队表演时极为突出，例如听听小泽征尔的指挥。但若仅是小提琴与钢琴演奏，就可能呈现出另一番气象。请听众自己去体验吧。

勒克《C 小调钢琴三重奏》

创作于1890 年，作曲家是比利时人勒克(Guillaume Lekeu)。勒克似乎没多大名气，因为他 24 岁时就因伤寒而病逝了(1870-1894)，大概是寿命最短的音乐家。可是他从 15 岁开始谱曲到生命结束，已有 30 个作品问世，其中不乏优秀的作品。他是法国大师弗朗克(Cesar Franck)的才华罕见的学生。弗朗克去世后，师从丹·第(Vincent d'Indy)。他的音乐里似乎总有一种忧愁的气氛，这是不是和他的性格有关，又决定了他的命运呢。从笔者手头的资料，还一时难下结论。

关于他的这首钢琴三重奏，他自己写过一段说明，详细解释在第一乐章他要表达什么意思。他说，“在第一乐章沉重的开始之后，进入了痛苦、阴暗，而忧郁的幻想一下子切断了希望的光线。悲伤、忧郁与战斗的激情、胜利的纪念混合在一起，在根的痛苦与哭泣中挣扎。”然后在接下去的3个乐章中，这种痛楚的气氛并未减轻多少，虽然有些地方露出微光，有些地方表现出乐观。最后乐章似乎在模仿贝多芬晚期作品，结尾似出现送葬的步伐。

另外一个勒克生前完成的大作品是《G大调小提琴奏鸣曲》。

《G大调小提琴奏鸣曲》

(Lekeu, Sonata for violin and piano in G major)

创作于1892年。虽是大调，但气氛不容太乐观。

拉赫玛尼诺夫《D小调浪漫曲》

(Rachmaninoff, Romance for violin and piano in D minor No.1 Op.6)

1893年写的这首浪漫曲，以阵阵的悲叹开始，然后面对苍天莽原诉说自己的痛苦与不幸，在乐曲结束前发出的天问般地长啸，尖锐凄厉、撕心裂肺。小提琴家柯岗对此曲有十分精彩的表演。

这首《浪漫曲》带给人们的是西伯利亚的逼人寒气。不仅是“冷”，该曲的感染力，还来自在它的“流亡”特质。听着这首曲子，让人们不禁想起了俄国画家列维坦 (Levitan, Isaak Iliich)在1892年所作的，被称之为“弗拉基米尔卡之路”的画。荒原之上，阴云之下，遗弃的路标，无主的墓碑，一条通向茫茫的远方，布满苦难和眼泪的道路。长路默无语，心中凄婉歌，或许这就是作曲家对人生无常抒发的感叹吧。

柴可夫斯基《B小调忧郁小夜曲》

(Tchaikovsky, Serenade melancolique in B minor Op.26)

作于1875年。该曲虽称忧郁小夜曲，但听起来是两种情绪的纠结。一是沮丧不安，不知如何是好，一是还有期待，还有信心。或许这正是当时柴可夫斯基复杂心情的写照。1784年他的大作《第一钢琴协奏曲》完成后,原想献给大师鲁宾斯坦,没想到却被鲁宾斯坦大泼冷水,你想他的心情好的了吗。

勃拉姆斯《第四交响曲第一乐章》

(Brahms,Symphony No.4 in E minor 1st mvt)

完成于1885年。该交响曲是以伤感忧患为基调的,尤其是第一乐章,音乐一开始就是第一主题,两句话就给你一幅悲秋的景色,几乎所有的听众都有同感。也可以从中体会出人近暮年的那种孤寂忧伤的情绪。接下来呈示了两个副部主题,它们音色浑厚饱满,又活泼、又有气势,表现出青春涌动、朝气蓬勃,显然作曲家在回忆和留恋青春年华。在乐章发展部,作曲家还以柔和的旋律告诉听众,年轻时的理想多么美好。不过回到现实,哎,人还是别老的好。结尾告诉你,悲剧还是会发生的。

该曲第四乐章更是悲情的大集合,被视为全曲的高潮。而且从音乐上讲, 作曲家采用了巴洛克时代的固定低音以及32次变奏,是勃拉姆斯辉煌的杰作之一。

西贝柳斯《D小调小提琴协奏曲》

(Sibelius,Violin concerto in D minor Op.47)

1903年完成。全曲三个乐章都是处于阴暗哀怨的气氛中,连第三乐章狂野的舞曲也显得粗重笨拙。西贝柳斯创作这样一个凄婉伤感的曲子的动机,无人知晓。按他的创作理念,音乐应该是绝对的,可实际上他的不少曲子都与民间故事有关。这首曲子应与风景及传奇无关,是他内心的情感抒发。或许是在北欧寒风凛烈,冰雪连天中困守孤岛,引发的伤感吧。

莫扎特《C大调长笛与竖琴协奏曲》

(Mozart,Concerto for flute,harp,and orchestra in C major,K299)

这首有些特殊的曲子是莫扎特1778年4月创作的,那时他刚到巴黎,结识了一个长笛吹得极好的公爵。公爵女儿的竖琴弹得相当精彩,而且还跟莫扎特学作曲。公爵的女儿要举行婚礼,莫扎特应邀为他们父女在庆典上演奏而作此曲。当时竖琴尚在发展阶段,还不是管弦乐队的乐器。将竖琴与长笛结合是非同寻常的,也是莫扎特唯一的竖琴作品。

全曲分 3 个乐章,总体给人的感觉是柔和温暖。曲中多处长笛独奏,仿佛是父亲在回忆女孩子的成长,又是在不断的叮嘱女儿。竖琴与长笛的合奏表现了父女间亲切的对话,女儿对老父亲的关心和安慰。尤其在第二乐章,长笛大段悠长的独奏,流露出淡淡的忧伤,难以言状的怅然若失。在谈论离别的话题的时候,我们往往只想到亲朋好友的挥手告别,情人的哭天抹泪,却很少注意到嫁女儿时父亲的感慨。女儿大了总要嫁人的,要离开自己的家庭。把女儿视为掌上明珠的父亲,此时此刻的心情绝对是五味杂陈,表面平静,内心翻腾。没有嫁女经历的人恐怕很难体会到莫扎特这首曲子的良苦用心。

格林卡《夜曲分离》

(Glinka,Nocturne Seperation in F minor)

1839 年,格林卡被认为是俄国的第一个作曲家,俄国古典音乐之父,对后来的俄国作曲家产生了重大的影响。他曾师从夜曲作曲家费尔德(John Feld)。格林卡的这首夜曲是他送别他的姐姐离开圣彼得堡时有感而作。该曲原为钢琴独奏,但改编为大提琴曲后则更显离别的伤感。

肖邦《E 小调夜曲》

(Chopin,Nocturne in E minor Op.72 No.1)

作于 1827 年,肖邦 17 岁,是肖邦第一首夜曲,但发表在肖邦去世后。根据曲子表现出的黯然神伤,猜测是写在他的小妹妹艾米丽 4 月份死于肺结核之后。曲子中高高低低的声音,很像意大利歌剧中的二重唱,哼着一首充满纪念激情的曲调。全曲颇具张力,显示了年轻的肖邦创作上相当成熟的一面。由此也有人置疑,这是否是肖邦写的最后一首夜曲。该曲曾被用于电影的插曲及主题曲。

柴可夫斯基《感伤圆舞曲》

(Tchaikovsky,Valse sentimental for piano in F minor Op.51 No.6)

柴可夫斯基在1882年写了6首钢琴小品,其中第六首最受欢迎,还被改编成管弦乐曲,及大提琴、小提琴等独奏或与钢琴合奏。柴可夫斯基以他的交响曲、歌剧和芭蕾舞剧闻名于世,他的钢琴曲反而被忽视。实际上,他的钢琴曲也很精彩。这首钢琴小品题献给Emma Genton。当时柴可夫斯基住在他的姐姐家里。Emma Genton是姐姐家的家庭女教师。柴可夫斯基写这首曲子的动机挺有意思。他住在那儿,天天早上散散步,呼吸树林的新鲜空气和欣赏自然风光。可是这位家庭女教师却给柴可夫斯基带来了烦恼，她总是向柴可夫斯基诉说一些忧伤的事情，弄得柴可夫斯基不胜其烦，因为柴可夫斯基本人就是忧郁型的,到姐姐那儿去小住,就是要调整心情。在柴可夫斯基离开那里后,他又觉得以前对Emma的那种不友善的感觉,实在于心有愧。于是动笔写了这首短曲并赠送给Emma。后来Emma还真收到了。

这首曲子是三段曲式。前后两段具有强烈的怀旧的心情,中间段趋于平稳,但仍显孤独忧伤。全曲就好像在一个薄雪飘浮的天气里,为挚友送行。看他渐行渐远了,雪花与泪珠模糊了视线,心情异样的起伏不定,再遥祝他一路平安,前程美好吧。有人认为这首曲子虽短,却是柴可夫斯基一生情感的写照。若听提琴版本,则更为动情动听。

格里格《忧郁圆舞曲》

(Grieg,Melancholy waltz Op.68 No.6)

格里格也写过好几首表达忧郁的曲子,上面一首是他的圆舞曲,写作动机不清楚,可能就是心血来潮。

拉威尔《高雅而感伤的圆舞曲》

(Ravel,Vales nobles et sentimentales)

创作于1911年。这首钢琴曲独特新颖。有意思的是,作曲家当时并未发表作品，而是拿到一个匿名作者的音乐会上首演。这样的音乐会只演奏作品,不公布作曲家姓名。目的是鼓励批评,观众只根据自己听到的去评判,而不受作者名气的干扰。结果在音乐会上一片嘘声和猫叫,坐在观众席上的拉威尔看到他的许多粉丝也在嘲笑他音乐中的不和谐及音符错乱。音乐会后的评比,拉威尔的这个作品当然名落孙山。而“投他的票的人,大都知道这是他的作品”,拉威尔后来这样回忆道。可见他的作品多么前卫。

1912 年拉威尔发表了该曲的管弦乐版本，为芭蕾舞剧用。他命名曲子为《阿狄拉伊多:花的语言》并写了剧情简介。那些熟悉威尔第歌剧《茶花女》的人还以为又是一出相似的戏剧呢。拉威尔的故事发生在 1820 年，一个多情女子与两个追求者之间的感情纠纷。

这首曲子由 7 部分圆舞曲及结尾组成,芭蕾舞剧情简述如下。

1)在女子阿狄拉伊多家中,舞会正在举行。

2)多愁善感的青年罗列旦闷闷不乐的出场,向阿狄拉伊多献花。

3)两人用花瓣来试探对方诚意。

4)两人翩翩起舞,这时百万富豪公爵来到。

5)公爵向阿狄拉伊多献上一大簇鲜花,还有镶着钻石的项链,给她戴上。

6)阿狄拉伊多拒绝了罗列旦的热情,他绝望了。

7)公爵请求与阿狄拉伊多跳最后一支华尔兹,但遭拒绝。她反而请站在一边难受万分的罗列旦跳舞。

8)舞会结束,众人散去,公爵无奈地悻悻而归。而罗列旦又转回,跪在地上,欲举枪自尽。阿狄拉伊多微笑着扔过去红玫瑰,倒入罗列旦的怀中。

拉威尔的这首曲子已是 20 世纪的风格了，在拉威尔的这首曲子和 1919 年他的《圆舞曲》(La valse)之后，辉煌了 100 年的圆舞曲时代划上了句号。

瓦尔德退费尔《苦痛圆舞曲》
(Waldeteufel, Valse Dolores Op.170)

创作于 1880 年。本曲根据俄罗斯诗“亲爱的，你听到我了吗”所作。这首曲子虽不如作曲家的传世之作《溜冰圆舞曲》那么有名气，但作为表达伤心的圆舞曲，很值得欣赏。

哈恰图良《假面舞会圆舞曲》
(Khachaturian, Masquerade waltz)

作于 1943 年。哈恰图良 1940 年为俄国诗人莱蒙托夫的诗剧《假面舞会》配乐。然后从中选出 5 首编成组曲。这首圆舞曲是最常演奏的一首。该曲的首尾两部分具有俄国高加索地区的音乐风格，均有两条旋律线对比与融合，短小的中间部分回到德奥情调。全曲虽显贵族沙龙舞会的热闹非凡，却难掩心中的纷乱与不安。那眼花缭乱的旋转给人以紧张和压迫感。诗剧《假面舞会》是一个杀妻悲剧。所以多听几遍之后，就会有一种沉重、不祥的感觉。似乎指挥圆舞曲的不是别人正是死神。欺骗、赌博、调情、猜疑、嫉妒、自傲、谣传、报复和无辜都戴上了假面具，它们疯狂的旋转着，谁也不认识谁。谁和谁相遇，都没什么好事。

肖斯塔克维奇《第 2 号圆舞曲》
(Shostakovich, Waltz No.2)

创作于 1938 年。那时肖斯塔克维奇对爵士乐兴趣正浓，并创作了两组爵士乐组曲。这首曲子被认为是选自他的《爵士乐组曲第二号》(Jazz Suite No.2)。一个苏联作曲家为何作爵士乐呢？事情还有些曲折。上个世纪 20 年代正是爵士乐，这个现代音乐的一个重要流派正在西方乐坛风靡的时候，当然这股风也刮到了苏联。当时苏联是非常讲意识形态的国家，一般对西方文化采取排斥态度。但对爵士乐还一时拿不准,它是资产阶级的还是无产阶级的。因此放任了一段时期，从1925年至1929年,爵士乐在苏联火热了一段。然后被叫停。1932年后。政治空气温和了一些,爵士乐被解禁。在这个期间,肖斯塔克维奇创作了上面所说的两套组曲。至1948年苏联政府对文化音乐领域进行整肃,1949年爵士乐被明令禁止。到了60年代再次松绑,但摇滚乐已开始大行其道了。

在苏联,爵士乐的作品聊聊无几,肖氏的作品可说是凤毛麟角。不过就是肖氏的这首圆舞曲其实与西方正宗的爵士乐亦沾不上什么边。该曲为三段曲式,第一主题以厚重的步伐开始,好像是熊妈妈带领着小熊们在白桦林中翩翩起舞和娱乐嬉闹。中间部分切换成歌唱的旋律,似乎在高歌自由。末段又回到带有一点儿沉思的舞蹈之中。全曲虽短,但那温暖优美和渗透其中的冲击心头的悲情,那俄罗斯爵士乐风味所散发出的诱人的魅力绝非一般的华尔兹可匹敌。

诱惑之美

德彪西是印象派音乐风格的代表人物，他的音乐在音色、和声与调性上别具一格。基于流动瞬间的理念,用他的音乐捕捉短暂的景象或情绪,用来表现一个雾气朦胧、飘忽不定的梦幻世界是最合适不过的了。

柴可夫斯基(黑天鹅舞)

《Swan lake Ballet,Act 3. Pas de Deux Black swan》

在《天鹅湖》第三幕后半部,有一段黑天鹅与王子的双人舞。演的是黑天鹅在神秘兮兮的音乐下用她妖艳无比的舞姿迷惑住了痴情天鹅的王子。为之倾倒的王子这时早已黑白难辨了。比较第二幕中间部分白天鹅与王子之舞,听众可以感觉到乐曲上有着明与暗,晴与阴的区别。读者可以在《天鹅湖》第三幕中欣赏到的这一段,然后闭上眼睛,去听去遐想那妖姬。读者若用上面的英文标题去搜索,就会看到该舞蹈选段,或乐队单独的演奏。全曲约长6分钟,可谓极尽诱惑之美。

比柴《卡门第一组曲,塞吉迪拉舞》和《卡门第二组曲,哈巴涅拉舞》

(Bizet,Carmen suite No.1 Seguidilla)(Bizet,Carmen suite No.2 Habanera)

"塞吉迪拉舞"在歌剧《卡门》中是吉普赛女郎卡门引诱军人班长的一段圆舞曲节奏的曲子, 旋律迷人又带有几分野性。媚感十足的"哈巴涅拉舞"在剧中伴随着一段卡门唱的咏叹调"爱情像一只自由的小鸟",塑造了卡门热情奔放,魅力四射的形象。

需要说明,卡门组曲是比柴从他的歌剧《卡门》中选出12段音乐,分成两组,即是《卡门组曲Ⅰ》和《卡门组曲Ⅱ》。不少作曲家根据《卡门》中的音乐改编成各种体裁或各种乐器的曲子,其中著名的是瓦克斯曼和萨拉萨蒂分别创作的《卡门幻想曲》。听上去与比柴原作相差无几,但不要与《卡门》或《卡门组曲》混为一谈。

格里格《皮尔金组曲,安妮塔之舞》和《皮尔金组曲,阿拉伯舞》

(Grieg,Peer Gynt suite No.1,Anitra's Dance)(Peer Gynt suite No. 2,Arabian Dance)

在北非发了财的皮尔金过着奢华的生活。他请来艳丽的阿拉伯女子为他翩翩起舞,上述两个舞跳过之后,他已神魂颠倒,连自己的马匹与钱袋被盗都浑然不觉。

理查德·斯特劳斯《七重纱舞》

(Dance of seven evils)

这是理查德·斯特劳斯1905年的歌剧《沙乐美》(Salome)中一段令人血脉贲张的舞蹈。该剧因故事情节上的骇人听闻而遭争议。“七重纱之舞”是东方的一种舞蹈,起源于巴比伦神话中伊什塔尔下到地狱的故事。在巴比伦诸神中,伊什塔尔的地位至为尊贵,是月亮的女儿,美艳到令妖魔为之倾倒。她为了追寻死去的情人下到地狱里。她从上天下到地狱时,每降下一重天、进一重门,便脱去一层纱衣。《七重纱舞》便是模仿伊什塔尔从上天体降到地狱时那样,一次次地脱去纱衣。

德彪西《勾魂曲》

(Debussy,Nocturne 3,Sirenes)

海妖是希腊神话中危险而狡猾的半人半鸟的怪物。她善长用悠然奇妙的歌声引诱经过的海员将航船撞向礁岩而毁灭。这种歌声被称为“勾魂曲”。传说奥德休为了想听到“勾魂曲”,命所有的船员将耳朵用蜂蜡堵住, 又将自己紧紧的绑在桅杆上。当奥德休听到那动听动情的歌声时,欲火焚身,一再命令船员松绑,但水手们把他越绑越紧,一直到远离那勾魂的歌声。后来各种传说越来越多,海妖也演化成迷人的美女,甚至殃及美人鱼的声誉。

德彪西的《勾魂曲》是他的夜曲(Trois Nocturnes,L91)中的第三首,完成于1899年12月。德彪西讲,他是要勾画出大海和它的永不停息的节奏,在被月光刷成银色的波涛之上,即时即刻听到那神秘的勾魂歌声。

瓦尔德退费尔《海妖圆舞曲》

(Waldctcufcl,Les Sirenes waltz Op.154)

法国作曲家瓦尔德退费尔于1878年写了一首《海妖圆舞曲》《Waldteufel,Les Sirenes valse Op.154》,曲子生动有趣,海妖被描绘成一个个活泼可爱的水精灵，这样的海妖谁都想见一见呢。

音乐从“勾魂曲”开始，一声声呼唤从神秘的海底世界传出，水手们身不由己的寻找着声音的来路。“啊，看到了”，远处，水精灵们在愉快的戏水，波浪翻腾着，一圈一圈的追逐着远方。“她们朝我们游过来了”，水手们兴奋的喊叫着，可是一个华丽的急转弯，她们又背道而驰了。最精彩的是，她们不时的跃出水面，像银燕，在空中展翅飞翔，然后自由俯冲，在身后拖出一个个硕大的花簇。可在这良辰美景里，水手们似乎感觉到，水精灵们有那么一点点孤独幽怨。海浪摇晃着船身，水手们已情不自持，赶快改变航向，共享那鱼水之欢吧。就这样，作曲家把想象到的每一个传奇瞬间都抓进他的音符里了。

全曲由序奏、舞曲和结尾组成。舞曲部分有3个圆舞曲及它们的主、副旋律。全曲自然流畅，充满着法兰西独特的优雅浪漫。后来有人赞誉瓦尔德退费尔为法国的施特劳斯。

法雅《火祭之舞》

(Falla, Ritual Fire Dance)

法雅是西班牙作曲家，该曲完成于1915年，是他的芭蕾舞剧《魔法师的爱情》(El amor brujo) 中的第8部分。故事讲一个美丽的吉卜赛女郎爱上了一个男子，却被前夫的亡灵所纠缠阻挠。吉卜赛女郎只得求助于女魔法师。因前夫生前好色，女魔法师跳起具有魔力的火祭之舞以引诱前夫鬼魂，从而使有情人相聚相恋。全曲虽短，但西班牙人的粗犷狂野借助熊熊的火焰表现无遗。

圣桑《哈瓦那》

(Saint-Saens, Havanaise in E major Op.83)

哈巴涅拉舞起源于古巴，19世纪流行于西班牙，曲调徐缓，又带缠绵之情。1885年冬圣桑出外旅游，在旅馆里圣桑看着壁炉内跳跃飞迸的火花，灵感陡升，创作了这首曲子。该曲极富魅惑性，使人联想到西班牙女郎的优美舞姿，撩拨着观者的心。而且该曲还充满着一种渴望，渴望什么呢，读者去听听(海菲兹的演奏)吧！

席曼诺夫斯基《夜曲与塔兰泰拉》
(Szymanowski, Nocturne and Tarantella Op.28)

波兰作曲家席曼诺夫斯基于1915年春和夏分别写了夜曲和塔兰泰拉舞曲。夜曲同时带有西班牙(哈巴涅拉)和阿拉伯情调，而塔兰泰拉是典型的意大利拿波里的民间舞蹈。作曲家将两段作品结合在一起，不仅使整体作品具有德彪西印象主义的特征，而且在内容上使人有了诡异的联想：诱惑性的呻吟之声从沙漠尽头传来，忽然篝火和少女魔术般的出现在眼前，舞蹈时快时慢，激情积累之后，变得热烈奔放，“美酒，女人和歌曲”的享乐之神将全曲推向高潮。

拉威尔《波莱罗》(Ravel, Bolero)

这是一首舞曲，拉威尔为一个俄国芭蕾舞蹈家所作，完成于1928年。这首舞曲非常特殊，引起过很大争议。它的主题和答句重复9次，既不展开也不变奏，保持节奏和速度不变，只是不断的更换和加入乐器，色彩在不断的变化着，音乐的力度逐渐加强。它的第一主题具有浓郁的西班牙风格，答句又多了阿拉伯风格。初听这首曲子马上就会联想到远在地平线的那支骆驼队，迈着整齐的步伐，越走越近，到达眼前时，惊天动地，霞光万丈。

按拉威尔的创作本意，该曲是表现一个少女从轻盈缓慢的翩翩起舞开始，越跳越热烈奔放，在场的观众亦躁热骚动，手舞足蹈。最后在舞兴高潮中嘎然而止。而且拉威尔认为舞蹈不是在西班牙的小酒馆里，而应是在一个露天的大舞台上。至于该曲是否充满性暗示而让人想入非非，本书就不作进一步讨论了。不过该曲诱人蛊惑的神奇是不可否认的。

该曲被许多电影和电视节目所采用。至于被用在什么场面和镜头之中,读者自己留意吧。在 1984 年冬季奥运会上,一对英国选手选用此曲并一举摘取双人滑桂冠。他们的家乡的一个广场被英国国家滑冰中心命名为“波莱罗”广场以表彰他们的成功。

贝多芬《第九号小提琴奏鸣曲》

(Beethoven,Sonata for violin and piano No.9 Op.47)

贝多芬在 1803 年 5 月基本上完成了《第九号小提琴奏鸣曲》的创作,随即匆忙首演。那一阵子贝多芬正处于他人生的危机时刻。1802 年由于耳疾等因素,他非常想结婚成家。当确诊耳聋不治,将永远失去听力后,他陷于绝望,于当年 10 月给两个弟弟写了遗嘱。但他很快又从致命的打击中坚强起来,自称要“扼住命运的咽喉”。除了这个作品外,1802 年他完成了“第二交响曲”,1803 年正在创作“第三交响曲”(后人称之为“英雄交响曲”)。

该奏鸣曲是贝多芬 10 个小提琴奏鸣曲中的巅峰之作,3 个乐章, 不寻常的近四十分钟的长度。该曲还有一个响当当的别名:“克罗采奏鸣曲”, 这是因为贝多芬将该曲赠送给当时最棒的法国小提琴家克罗采(Rodolphe Kreutzer)。不过克罗采并不领情,从未公开演奏过它。克罗采认为该曲粗暴、费解,难以演奏。后来该曲证明了它的艺术价值: 热情洋溢,意境深远。另外该曲小提琴与钢琴的分量均衡, 正如贝多芬自己加上的副标题:“为钢琴及小提琴而作,具有协奏曲风格的奏鸣曲”。

这部曲子在文学界曾引起轩然大波,因为它与情欲和杀机挂上了勾。听听演奏吧,第一乐章从头至尾,不论是小提琴与钢琴的对唱还是合唱,都充满了激情,给人的印象似乎是粗暴。可这种激情表现的是在荷尔蒙的怂恿下, 一种无法抑制的冲动, 一种急切难耐的欲望,和一种前所未有的忐忑不安。第二乐章, 进入了柔情蜜意,卿卿我我。第三乐章,使用了意大利塔兰泰拉舞的快速节奏,风风火火,天旋地转。这不能不说是典型的情欲三部曲。中国文学家傅雷亦用“肉搏,短兵相接”的字眼来评论第一乐章和第三乐章。当然,音乐的抽象性,可令其诠释迥然相异。如果不是听德国女小提琴家穆勒的演奏,而是听其他人的稍缓稍轻的拉出第一乐章,那效果会截然不同。

回溯历史,俄国大文豪托尔斯泰80年后听到该曲深受震撼,于1889年写了短篇小说,取名《克罗采奏鸣曲》。据说小说出版后,文评和音乐人均置疑托尔斯泰何以听出曲中性的煽情。其实,这并不难解释,因为托尔斯泰很可能听到了相当“粗暴”的演奏。不过有点儿不可思议的是,托尔斯泰竟从乐曲中意识到底线已被突破,并最终酿成杀身之祸。看看托尔斯泰讲的故事吧。

话说一个地产经纪人与一个女钢琴家结婚后,发现两人没有共同语言,婚后4天就开始吵架。后来又发现妻子对客户常献殷勤,男方开始嫉妒且猜疑妻子有外遇。两人的关系愈发恶劣,妻子甚至试图自杀。妻子后来认识了一个小提琴手,在一次家庭聚会上,妻子与小提琴手演奏了这首《克罗采奏鸣曲》,合作的太默契了。这一来不要紧,音乐大大的刺激了丈夫敏感的神经,一种难以承受的挤压感令他喘不过气来,潜藏于心的杀机蠢蠢欲动。两天后经纪人外出,当得知小提琴手又来家中访问时,倾刻怒火中烧,急急奔回家中,举刀乱砍。结果妻子当场毙命。在审理此案时,法官竟判经纪人无罪,理由是行凶时经纪人心智不清,好像都是音乐惹的祸。

以文学为素材创作音乐,没什么稀奇。但由音乐写成文学著作却太少见了。

法国画家Prinet于1901年根据托尔斯泰的小说,作了题为“克罗采奏鸣曲”的油画,直接将“克罗采奏鸣曲”精彩的转换成视觉冲击。

不过,故事还没有完。1923年,雅那切克(Leos Janacek),一个自德沃夏克之后最富有独创性的捷克作曲家,又从托尔斯泰的小说获得启发，谱写了《第一号弦乐四重奏》(Janacek，String quartet No.1)，再称“克罗采奏鸣曲”。按照雅那切克本人的说法，“我想象一个可怜的女人，简直就像俄国作家托尔斯泰在他的《克罗采奏鸣曲》所描述的那样，精神备受折磨，四处狂奔”。雅那切克是同情婚外恋的。他自己在步入老年之时，仍用情于已婚的少妇。于1928年他写了《第二号弦乐四重奏》，是他婚外恋的全盘表白，被称为“亲密家书”。

史可里亚宾《第四号交响曲》
(Scriabin，Symphony No.4 Op.54)

作于1905-1908年间，该曲又称为“狂喜之诗”(Le poeme de I’extase)，全曲单一乐章。按照作曲家本人说法，全曲分为三部分：精神处于爱的狂荡之中、幻觉的梦、艺术的荣耀。其实作曲家就是想通过对男欢女爱高潮的描写，用20世纪的“怪声怪调”显示宇宙的神秘是如何进入艺术家的身体，并引导听众从音乐中捕获缥缈的“精神影像”。

命运漩涡

“音乐应该使每个人的心灵都迸发出精神的火花。”贝多芬的这句话是他的交响曲的最好注解。贝多芬音乐中的英雄气质使人越听越觉得人伟大。与此相反，聆听巴赫敬畏上苍的心声，越听越觉得人渺小。

贝多芬《第 5 号交响曲》

(Beethoven,Symphony No.5 Op.67)

于 1804 年开始酝酿构思,至 1808 年完成,间隔 5 年。这期间是贝多芬的创作旺盛期,在这期间他的重要作品有:《第三交响曲》《菲岱里奥》《钢琴奏鸣曲热情》三首《拉祖莫夫斯基弦乐四重奏》《小提琴协奏曲》《第四钢琴协奏曲》《第四交响曲》以及《C 大调弥撒》。最终,《第五交响曲》与《第六交响曲》一同问世,并同场首演。

尽管断断续续地在创作,又拖了 5 年,但这部作品却像是一气呵成的。而且这部作品被称为"命运交响曲",但这不是贝多芬加上的标题。它起因于对全曲开头的那 4 个音符的解释,即著名的:短-短-短-长。在贝多芬去世后多年,他的秘书兼学生辛德勒回忆,贝多芬曾对他说:你没听到命运在敲门吗? 从此,乐曲开头的动机音符被认为象征着"命运的敲门声"。不过,另一个似乎更可信的说法是,贝多芬在维也纳公园或树林中散步时听到黄鹂的叫声或是啄木鸟啄木的声音, 从而灵感大发。也有对上述两者都持反对意见的。可能由于人们偏爱戏剧性的标题,"命运交响曲"就被叫顺嘴了,同时全曲也就理所当然的以"命运、斗争"的哲理来诠释。

笔者曾著文谈论这首交响曲,那时年轻,又在逆境中,曲中任何一处消沉低落的声音都会引起笔者的敏感和共鸣。笔者曾这样写道,"第 5 交响曲是以命运在敲门开始的,不幸的人被困在一座行将坍塌的大厦里,随时都会血肉横飞、粉身碎骨。即使孤独一人,彷徨无助,内心充满了恐惧和挣扎,但又发出了不甘毁灭的呐喊。"进入第二乐章后,惊魂稍定,信心渐渐占了上风,甚至有点雄赳赳气昂昂了。意志与鬼魅的纠缠在第三乐章末到第四乐章初达到高潮,那是由声音从极弱爆发到最强表现出来的,没有人不会感受到那穿越黑暗奔向光明的强大冲击力。每听到这里,在我眼前就会出现这样的画面:在涅槃浴火的痛苦和挣扎之后,一个重生的美丽金凤凰终于横空出世,一飞冲天了。

可是多年之后，再听这首交响曲就有不那么相同的感觉了。这首交响曲好像不是在表达人与命运的斗争。那是表达什么呢？还是让笔者从那 4 个动机音符作一简单讨论吧。

4 音符节奏型并不是贝多芬的首创,海顿和莫扎特都用过。尤其是莫扎特,在他的《C 小调第 25 钢琴协奏曲》中应用的淋漓尽致。莫扎特那 4 个音符形成的旋律在《第 25 钢琴协奏曲》第一乐章中出现过不下 8 次(乐队和钢琴)。在莫扎特的《第 41 号交响曲》的第四乐章中,类似的简单节奏型,或称为固定音型,也反复出现。莫扎特在《第 25 钢琴协奏曲》中以喜悦的心情,少有的表现了一种非凡的气概和成就感,如同一部辉煌的史诗。《第 41 号交响曲》被称为“朱庇特”交响曲,正是因为该曲的气势磅礴,规模宏大。

回到贝多芬的《第 5 号交响曲》第一乐章,那个 4 音符节奏反复了至少 4 次。鉴于莫扎特对贝多芬的影响,说贝多芬借鉴了这种写作方法,不能说没有道理。

再一个有意思的事情是，若演奏贝多芬 4 动机音符时,不那么激烈,而是斯文一点儿,慢一点儿,你觉得它还像敲门声吗？笔者做此设想,是由于实际中指挥家对于开头几小节的处理存在许多争议。

几十年后再听《第 5 号交响曲》,那移山填海的气势,横扫千军如卷席的壮观,仍令笔者振奋和激动。如果只论音乐,而不做哲理延伸,那么就会有这种感觉,全曲中与贝多芬对立的阴暗面(命运)太弱了,即使在第三乐章中现身的恐吓恫吓,也实在不是他的对手。况且第三乐章的主题与莫扎特《第 40 号交响曲》第四乐章的主题非常相似,表现了手舞足蹈的热闹场面。全曲中阴风鬼火似乎不是阳刚气势的斗争对象，倒像是一种拱托,正是这种戏剧性的强弱对比,极大的增强了贝多芬特有的将音乐潜变为“力量化身”的艺术效果和震撼力。

如果说莫扎特用4个音符推开了凯旋的大门，让庆典欢腾雀跃，那么贝多芬就是推开了光明的大门，释出万丈霞光。贝多芬那4个短–短–短–长是一个自救的灵魂闪亮登场的前奏曲。

回答前面的问题：《第5号交响曲》传达了什么情感？那就是，全曲表现了一种超群的自豪感，所向无敌的自信和忘情的自我陶醉。这就是该曲深植人心，久盛不衰的根本原因。

舒伯特《第8号交响曲》
(Schubert, Symphony No.8)

创作于1822年。该交响曲又被称为“未完成的交响曲”，因为只有两个乐章。不过，共识是：两个乐章已配合的天衣无缝，内容已经完整无缺，再加入任何乐章均显画蛇添足。该曲抒情的旋律，奇妙的和声，厚重的色彩，浓浓的诗意使得该曲成为具有浪漫时期风格的第一首交响曲。因为该曲高的知名度，对于该曲的评论和心得也多的不得了。基于对作曲家和他的诸多作品的探究，笔者对该曲的直觉和感受与诸位老师有所不同。笔者认为这也是一首“命运交响曲”，与上面所谈的贝多芬的《第5号交响曲》一样，也是要在神秘的命运面前，塑造一个灵魂。但不同点是它具有些许的悲剧色彩，因为该曲表现的是一个清高孤傲的灵魂，而不是一颗雄狮的心。下面再多加一点说明。

第一乐章为奏鸣曲式。音乐一开始相当阴沉，甚至有些恐怖，被人形容为“好像是来自地底世界的声音”。这正是命运的漩涡在无情的打转。不同于命运前来叩门，一个灵魂本来就被“规定”在轨道中。在第一乐章中，这个可怕的声音以及后来出现的一个尖锐严厉的合奏，一次又一次的闯进来，宣誓着王者的权威。第一乐章的第一主题表现了愤愤不平的悲叹，而第二主题则表现了笑傲江湖的洒脱。尤其是第二主题，那柔美的旋律与强悍的“命运漩涡”形成了鲜明的戏剧性对比。然后这两个主题分别发展为拍案而起的呐喊与生不逢时的惆怅。最后，尽管“命运”不依不饶，第二主题仍回到泰然处之的心态。

第二乐章,尽管仍有阴影,但命运的压迫并没有那么沉重了。歌唱般的旋律增添了气氛的宁静和安详,木管乐的独奏显示出自拉自唱的轻松心情。如果能够陶醉于这个乐章中,听众或许会感到乐曲中渗透出一种“只有香如故”式的孤芳自赏,尤其是结尾。至此作曲家已经将他的故事讲完,很难再写下去了。

全曲并没有表现与命运抗争,也没有穿越黑暗冲向光明。有的是“歌曲之王”特有的情怀和浪漫。让我们来欣赏该乐曲的断臂之美吧。

莫扎特《第 24 号钢琴协奏曲第一乐章》

(Mozart,Piano concerto No.24 in C minor K491 1st movement)

作于 1786 年。该曲被认为是莫扎特钢琴协奏曲的顶峰作品。由于运用了最多的木管乐器,使得齐奏时呈现出前所未有的力量与丰富的音色,有力的支持了主题思想。该曲表达出的深深的激情和内涵,使许多音乐评论家认为,该曲才是浪漫派音乐的先驱。

全曲呈悲剧性,尤其是第一乐章,笔者觉得莫扎特是在演一出精彩的戏。乐队开始营造了冷酷无情,恐惧不安的环境。又有一种发号施令的威严,似乎生灵万物都得顺从。但令人惊讶的是,钢琴的进入却带来了柔美端庄,清纯无邪,丝毫不为外界所动。如果将乐队想象成充满各种诱惑的浊水泥潭,那钢琴就如同一枝婷婷玉立的白莲花,超然清高,一尘不染。而且钢琴显得很机智乖巧,乐队再抓狂也没用。全曲似乎是作曲家超然物外的心境的写照。

柴可夫斯基《罗密欧与朱丽叶幻想序曲》

(Tchaikovski,Romeo and Juliet Fantasy Overture)

作于 1869 年,1870 年首演,当时他才 29 岁。后来该曲经过 10 年两次修改方才定稿。他还曾试图写出整部歌剧,但没有成功,所以只留下序曲。该曲为柴可夫斯基作品中相当精彩的一部。读者大概已经知道罗密欧与朱丽叶的悲剧故事,所以在听此曲时会按故事情节去猜。笔者建议读者暂时不去联系罗密欧与朱丽叶而只是聆听,看看你有什么体会。根据伦敦交响乐团约 20 分钟的演奏,笔者将乐曲结构记录如下,方便读者聆听。

序奏	0:01–5:30
呈示部第一主题群	5:30–7:40
呈示部第二主题群	7:40–9:50
结束句	9:50–11:00
发展部	11:00–13:00
再现部第一主题群	13:00–14:20
再现部第二主题群	14:20–17:20
尾声	17:20–20:00

序奏部分凝重缓慢,好像把我们带入远古异方,一个人心安详虔诚的地方。序奏气氛庄严肃穆,但色调偏暗,流露出忧伤,有不祥的预兆。

第一主题群由不安紧张发展到野火丛生,狂暴无情,凶险的令人胆战心惊。表现了人心中的恶魔在翻天。

第二主题群温柔甜蜜, 是从人心中善良王国飘扬出来的。美的让人心醉窒息。

发展部中,善与恶相互胶着冲突,人性在扭曲。

再现部中,善与恶的交锋进入白热化,当“真善美”的波浪一浪高过一浪时,却被“假丑恶”粗暴地破坏镇压下去。

尾声,虽然善良王国留下来的只有玫瑰花香,但那圣咏歌调仍然赞美人性的美,向人祝福和祈祷。只是结尾的鼓乐齐鸣颇耐人寻味,是不是暗示着恶势力卷土重来了呢。

如果沿着罗密欧与朱丽叶剧情理解,序奏代表着劳伦斯神父,第一主题明显是两大家族间的仇恨和血雨腥风。第二主题当然是罗密欧与朱丽叶间难割难舍的爱情。在这首序曲中,柴可夫斯基并没有像叙事曲那样描绘剧情,而是选择了三个不朽的形象,用音乐将它们编织在一起,于是才会有笔者上面的脱离剧情的想象。

拉赫玛尼诺夫《C小调第二钢琴协奏曲第一乐章》

(Rachmaninoff,Piano concerto No.2 in C minor Op.18,1st movement)

1899年开始创作,完成于1901年。在这期间他接受了心理医师的治疗。原因是他的第一交响曲演出失败,他的精神遭到重创,从此萎靡不振,浑浑噩噩,精神长期处于崩溃状态。他的家人只得请来著名的心理医师为他治疗。心理医师采用心理暗示法,日复一日的对处于半睡眠状态的拉赫玛尼诺夫不停的重复几句话,“你将开始写作协奏曲……你将工作的非常顺利……这将是一首完美的作品”。数月之后,奇迹发生了。拉赫玛尼诺夫摆脱了精神危机,脑际充满了乐思和灵感。为了抓住这些珍贵的创作闪念,他是先写《第二钢琴协奏曲》的第三乐章,然后是第二乐章,在这两个乐章的演出获得成功后,才接着完成第一乐章。

第一乐章以从弱到强的几个庄严的钢琴和弦开始,预示着非凡事件的发生。果然,听众感觉到一条色调阴暗的,承载着痛苦、郁闷和悲怆的凝重的河流缓缓而来。在这一旋律的压抑下,让人有些喘不过气来。不过接下来颇具戏剧性的是,由钢琴主奏的第二主题是歌唱性的,表现出临危不乱,气定神闲。尽管不断的被那阴郁的气氛冲击,但它就像江心的巨岩,既具岿然不动的镇定又有劈波斩浪的激情。两组旋律的交叉混合,塑造了丰富的艺术形象,绝望,重重危机与刚毅,从容不迫。在乐章结束前,一大段舒缓优美的抒情从琴键中流淌,暗示着作曲家自信与乐观。这正是心理医师给予拉赫玛尼诺夫的良方。拉赫玛尼诺夫为感谢医师,将该曲献给他。实际上,该乐章乃至全曲都是抗衡忧郁症,解救精神危机的心理过程的描写。

柴可夫斯基《F小调第四交响曲第一乐章》

(Tchaikovski,Symphony No.4 in F minor Op.36)

完成并首演于1878年。这首曲子是柴可夫斯基接受梅克夫人经济资助之后创作的第一部大作，他将它献给梅克夫人，并在信中详细说明此曲内容及创作倾向，明确以“命运”为主题。所以这里不用去猜，径直借用柴可夫斯基自己的创作理念来诠释《第四交响曲》的第一乐章，因为这一乐章与“命运”相关甚密。

第一乐章以圆号和小号吹响序奏，第一主题阴森可怖，且贯穿整个乐章。这个序奏在第一乐章中出现多次，被认为代表“命运”，据信是从贝多芬《第5号交响曲》中获得的启发。正如柴可夫斯基在给梅克夫人的信中所说，“这就是命运。命运的力量要妨碍想达成目的而趋向幸福的冲动……，就像达摩克利斯之剑一般悬挂在头顶上……天堂是不存在的……所有的生命都将被卷入深渊”。

在长达5分钟的昏天黑地的肆虐之后，单簧管、长笛吹出神秘怪诞的音调，第二主题开始了。一种虚幻且温暖的感觉油然而生。紧接着令人飘飘然的舞曲旋转起来，一切好像进入了世外桃源。正如柴可夫斯基所解释的，“暗淡的，失望的感情愈来愈剧烈，愈来愈残酷。回避现实而沉入幻梦不是更好些吗？”

然后命运主题与幻想主题纠缠，冲突与搏斗。每当人们迷醉在一点点甜梦中时，命运的号角就会骤然鸣响，又如柴可夫斯基所说，这不是幸福“这是梦幻，命运又从梦境中把人们唤醒”。尾声部命运的力量遮天蔽日，狂飙般地席卷大地，无人可挡。

简而言之，柴可夫斯基说，“第一主题表达得不到安慰的绝望感，第二主题是脱离现实的幻想”。与贝多芬的《第5号交响曲》相对比，这里命运的力量太蛮横强大了，如果你不打算碰的头破血流的话，柴可夫斯基给你想了这个办法。

柴可夫斯基《E小调第五交响曲第一乐章》
(Tchaikovski, Symphony No.5 in F minor Op.64)

作于1888年，与他的第四交响曲相距11年。在这期间他在慢慢的搜集新交响曲的材料，亦从未停止思索“命运”这个主题。1888 年 4 月他在一个简短的笔记中写下了对该曲第一乐章的想法。

“在命运面前完全放弃，或者难以置信的构思听天由命。1.低声嘟哝着怀疑、悲伤和抱怨。2.充当拥抱命运的角色”。

果然，第一乐章开始就呈现了凝重阴暗的旋律，且具有葬礼的气氛。然后主题一转，场景活泼热络，但有亦步亦趋的味道。悠扬的民歌曲调之后，人们似乎来到天鹅湖畔载歌载舞，不过命运的紧箍咒时隐时现，夹杂在欢乐之中，令欢乐也蒙上阴影。这时用“与狼共舞”来形容是最合适了。乐章结束前，天空又变得乌云密布似乎在提醒人们谁是主宰。笔者觉得，在和命运碰撞时，柴可夫斯基给读者的第二个锦囊妙计就是随遇而安吧。

肖斯塔科维奇《D 小调第五交响曲第一乐章》
(Shostakovich，Symphony No.5 in D minor 1st mvt Op.47)

创作于 1937 年。当时苏联国内风声鹤唳，到处都在大清洗。肖斯塔科维奇已被批判，再走错一步就可能被枪决。这个作品就是在这样的政治气候下诞生的。该曲的创作理念为“设定一个人的种种体验”，结构为纯音乐，且被认为具有“贝多芬精神”，还被比拟为“命运交响曲”。不过当时这个交响曲通过了审查，的确是个奇迹。至于为什么，众说纷纭不在此讨论。

该曲第一乐章完全是悲剧气氛，基本上阴森、紧张，就好像走进了冰冷、恐怖的虎穴狼窝，提心吊胆不知道什么会发生。这章音乐你可以认为描绘了压迫与受害，你也可以认为是命运与英雄之争。1945 年罗斯福总统去世时，美国曾播放该曲第一乐章致哀。很明显，该曲被诠释为后者。在这里作者从狼与羊的联想，对该乐章作一简单介绍。

曲子一开始即阴沉和森严，马上令人感觉到大祸临头。然后紧张气氛不断加剧，长长的苦难开始了。更不幸的是出现了送葬的队伍,悲壮哀伤,仰天长啸。当愤懑、痛苦尚未发泄完时,张牙舞爪的狼群出现了,又跳又嚎,尤其是那奇怪的、滑稽的进行曲步伐,绝对是作曲家的刻意讽刺。羔羊待宰,送葬之后从远处飘来神秘的、沉重的、颤抖的歌,带着质问,带着冤屈,带着孤傲。

由于作曲家所处的时代,他一生都在等待枪决。他既要对"一个时代对一颗灵魂的痛苦的挤压"表示愤慨,又要保护自己免受灭顶之灾,他必须将音乐写的更为隐性。1937 年该交响曲在列宁格勒首演时,获得长达半个多小时的掌声,许多人当场落泪。列宁格勒人的音乐鉴赏水平是相当高的,他们听懂了音乐中正义与邪恶的内涵。

应注意到,肖斯塔科维奇的交响曲已经属于 20 世纪的风格了。

李斯特《前奏曲》

(Liszt,Les Preludes S97)

完成并首演于 1854 年,是李斯特创作的 13 首交响诗中的第三首,最有名气。在乐谱中标明的是,依据法国诗人拉马丁的诗《诗的冥想》而作。这首诗的中心议题为:人生是死亡的前奏曲。不过李斯特的这首交响诗表现的并没有那么悲观,相反,听众可以感觉到人生的光彩,青春的气息。在全曲 4 个部分中,只是第二部分出现了暴风雨,冲击人生。但生活很快又恢复了平静,更加生机盎然。第四部分,情绪逐步变得激昂,生命的光辉将命运的阴影一扫而空。

听过这首曲子,听众对命运如雷阵雨之短或许有一种不够过瘾的感觉。让我们简单的回顾一下这首曲子的创作过程。1848 年李斯特根据另一个诗人奥特兰的诗《四元素(水、火、风、大地)》写了一首歌曲和序曲。后来他想把序曲发展成一篇独立的交响诗。几年后,他读到了拉马丁的那首诗,他觉得似曾相识,于是修订了序曲并取名为《前奏曲》。这就是说,曲子的实际内容是风水四元素,是对宇宙奇观或自然风光的赞叹。利用音乐的抽象本质,李斯特在这里玩了一个小花招。也正是音乐这个特性,当代电影总能找到古典音乐当配乐。

威尔第《歌剧命运之力序曲》

(Verdi,Overture to La Forza del Destino)

该歌剧首演于1863年,是轰动一时的悲剧。故事发生在西班牙。男青年阿尔瓦罗与侯爵之女莱奥诺拉秘密相爱且私奔,但在私奔中误伤侯爵性命。莱奥诺拉的哥哥唐卡罗决意复仇,天涯海角,阿尔瓦罗竟救过唐卡罗一命。尽管阿尔瓦罗隐姓埋名进了修道院,但唐卡罗仍四处查访,与阿尔瓦罗决斗。决斗中唐卡罗受了重伤,莱奥诺拉前来探望,不料唐卡罗仍未原谅她,用尽最后力气刺伤妹妹,兄妹双亡。莱奥诺拉接受了命运的安排,临终前说,“哥哥用我的血复仇了。”

歌剧序曲是以命运的横冲直撞开始的,全曲浓缩了歌剧中的精彩唱段,深刻的表现了人物和场景。全曲强烈的戏剧冲突,使人觉得命运之力终究无法抗拒。

悲怆哀愁

柴可夫斯基《悲怆》的音乐，从无底深渊吹响了毁灭的号角，还夹带着地狱的鼾声。他的音乐最大的特点之一是惊心动魄的悲剧性，既发自作曲家的内心又反映了俄罗斯民族的性格。

有热情就会有悲怆，有梦想就会有哀愁，这是作者聆听以下的音乐篇章悟出的道理。

贝多芬《第8号C小调钢琴奏鸣曲(悲怆)》

(Beethoven, Piano sonata No.8 Op.13 in C minor)

完成在1799年，贝多芬29岁时。这首钢琴奏鸣曲又被称为《悲怆奏鸣曲》。该曲达到了贝多芬早期钢琴奏鸣曲的顶峰。标题“悲怆”是贝多芬自己加上去的，这种情况并不多见。之所以标题悲怆很可能是贝多芬的耳聋病已经在折磨他。音乐家对此是非常敏感的。两年后他确知此病无法治愈时曾写了第一份遗书，或者是年轻逞强的贝多芬正值青春期的烦恼和躁动。不过，还有一种可能的理由，笔者将在稍后讲述。

贝多芬的《悲怆》分三个乐章，按钢琴家齐默尔曼的演奏，全曲长21分钟。

第一乐章从一个和声开始，在缓板中，惊雷般地重板和断奏接二连三，跟随着的是心情的激动。第一次短暂的缓和(1:40)之后，琴键快速跳跃，激愤的旋律像旋风一样展开着，然后(3:30)进入平稳和缓慢的流动。在引入第二主题后(4:20)音乐更显平静，给人一种挣扎感，但再次经过一个快和慢起伏(7:44)，驱逐恐惧，压制噩运占了上风，在一个长时间的昂扬的旋律之后，音乐再度平静(9:45)，沉思片刻，音乐在坚定的信念中结束。本乐章中疾风暴雨与风平浪静交叉多次，显示出作曲家是何等的心潮澎湃！

第二乐章长5分钟。以如歌似的慢板开始，缓缓的抒情，似乎在回忆童年或是故友。阴影在几个音符中晃动(1:10)后，渡过短暂的不安。进入第二主题(2:45)，舞蹈的旋律闪耀着，但不久脚步有些凌乱(3:30)，之后的歌唱(4:40)也显得心事重重，直至本乐章结束。

第三乐章为回旋曲式，内心深处的烦恼已被抛向脑后。全曲如漫天飞舞的精灵，欢快活泼，意气风发，不时还想开开玩笑，对未来充满憧憬和乐观。毕竟是年轻人啊。

在介绍完贝多芬的《悲怆》之后，笔者要提及莫扎特的《钢琴奏鸣曲第 14 号》(Piano sonata in C minor, No.14, K457)。该曲莫扎特创作于 1784 年(28 岁)，1785 年底与另一首 C 小调幻想曲(Fantasy in C minor, K475)一起出版。莫扎特的第 14 钢琴奏鸣曲也是三个乐章，引人瞩目的是它与贝多芬的《悲怆》非常相像，尤其是第二乐章的主题。莫扎特的《钢琴奏鸣曲第 14 号》表现出火一样的热情，但他带给听众的不是热带风暴，而是春风里红花漫地的原野，一望无际。如此热烈的激情命中注定会成为贝多芬欣赏和模仿的典范。一般认为，在贝多芬的《英雄交响曲》(1804 年)之后，贝多芬才从莫扎特的影响下走出来，创立了自己的风格。《英雄交响曲》是站立在《悲怆》的漩涡之上，把自己置于作品的中心，令世人一窥他的灵魂。

贝多芬曾向莫扎特当面学习和请教，尽管时间短暂，按中国传统就是"一日为师，终身为父"了。德国人也有类似的观念。因此，15 年之后贝多芬创作此曲时，毫无疑问应该想到莫扎特，为自己的曲子取名"悲怆"，推想是为了纪念莫扎特。想到莫扎特英年早逝，又想到自己，悲怆之情油然而生。

柴可夫斯基《B 小调第六号交响曲(悲怆)》
(Tchaikovsky, Symphony No.6 Op.74 in B minor)

柴可夫斯基(Tchaikovsky)于 1893 年秋完成了他自认为是一生中最成功的交响曲：《第六交响曲悲怆》，该曲于同年 10 月 28 日首演，9 天后柴可夫斯基辞世。最初作曲家选择了"热情"作为标题，但出版时由于法文翻译(Pathetique)，变成了《悲怆》，和贝多芬的钢琴奏鸣曲《悲怆》同名，并沿用至今。

其实悲怆与热情之间并没有多么深刻的鸿沟，历经沧桑之后，追溯往事，可能不胜唏嘘、不堪回首，也可能情怀满满、无怨无悔，心潮澎湃起伏将这两种情绪连接在一起了。

柴可夫斯基的《第六号交响曲》分四个乐章，演奏全长约 50

分钟(参考小泽征尔或葛齐夫的指挥)。

第一乐章一开始气氛就是阴沉不安,如黑云压城,没有光亮。叹息、呻吟和惶惑不安,不知所措交织在一起。说身处阴曹地府也不为过。没想到第二主题(5:0)引入了那么柔美的旋律,虽是在苦恼和重压之下,但荡漾着希望。况且(6:28)割草机下尚存生命的嫩芽,深谷漆黑萤火虫闪闪烁烁。当再奏起(8:0)第二主题时,柔美之中加强了流泪的呼唤,然后声音越来越弱。突然(10:45) 海啸爆发了。地动山摇,倒海翻江。可是(12:50)竟还有一叶孤舟在飘摇,死不放弃,与天抗争,不惜用生命谱写慷慨激昂(铜管齐鸣 13:50)。较量的结果还是归于毁灭(15:35)。阴风吹过(短促的低沉声音 16:0),主题旋律变成了哀愁的挽歌,凄楚的诉说着个人的向往和渴求。黑管(18:21)的吹奏更凸显悲凉的心境。之后(19:36)号角和低音提琴的拨弦,象征着葬礼的脚步和难舍难分的告别。这个乐章讲述的内容实在太丰富了。

第二乐章以圆舞曲展开,虽然步伐并不轻松。但优美而深沉,因为理想不会被没收,理想的美不会被埋葬。当第二主题展开时(23:32),陷入悠长的抽泣,哀怨的自问:快乐在哪里,幸福在哪里。恐惧为何如影随形?尽管迷雾重重,仍念念不忘自己的理想(回到第一主题 25:27)。而后尽量抚平激动的心绪,进入思索,至结束。

第三乐章采用了泰兰特拉的快节奏。似乎是他在回忆:他登上了人生列车,一站又一站,飞速行驶着,承载着快乐,也承载着烦恼。一往无前。

第四乐章又回到悲怆这个主题,阴暗、沉痛、撕心裂肺、死神在召唤(40:29)。转入第二主题(40:49)却是死神欢迎曲,徒增悲伤的气氛,以至放声痛哭(43:20)。死亡是悲剧,也是归宿(46:0)。心情难以平复的激动,站在自己的坟墓前告别人间觉得无边的凄凉(号角齐鸣 47:0),再忧伤也要走完这一程,他拥抱了死神(49:0),慢慢地在死神的怀抱中睡去。

柴可夫斯基的第六号交响曲与一般交响曲的不同在于结尾。它不是以一个华彩壮丽的乐章作结束。恰好相反,是一悲到底,感人至深,也令人沉思。

莫扎特《D 小调第 20 号钢琴协奏曲第一乐章》

(Mozart, Piano concerto No.20 in D minor, 1st MVT K466)

完成于 1785 年2 月 10 日。在此之前两年,他都没有涉足交响曲的创作了。这首协奏曲以宏大的规模和气势,迷人的戏剧性堪比交响曲,且开创了他的钢琴协奏曲新里程。

《第 20 号钢琴协奏曲》的第一乐章被称为"莫扎特的悲怆"。下面作者以内田光子(Mitsuko Uchida)的指挥演奏为例,对第一乐章作重点介绍。

第一乐章,乐队以局促紧张的旋律拉开序幕,营造起一片阴暗的气氛,反映出内心沉重不安,心乱如麻。这是第一主题。1'10"后进入第二主题,乐队以管乐将旋律转变为感伤和忧郁,并难过到抽泣失声。这时(2'33")全乐队停下来由钢琴承接,钢琴的独奏柔和、苍白。钢琴被惶恐不祥的阴影笼罩着,努力挣脱着。其后,钢琴的独白时而温馨、缓和,时而激动不已,心情上下起伏,与不断切入的前两个主题自然而然的融汇在一起。注意欣赏管乐的二重奏,那是莫扎特的拿手好戏。虽然弦乐和鼓声总是传出焦虑、恐慌,但在 11'10"时钢琴终于占据主动,开始了一大段独白,集中清晰的表现出心情趋于平静,回忆美好时光,尤其是在花样年华中心灵上的纯真无邪,十分感人。不过,乐章结束前,内心仓惶、悲哀至再次失声痛哭。乐章在流泪和叹息中结束。

该乐章表现出的三种或更复杂的心情, 并非相互对抗,只是有矛盾冲突。莫扎特利用旋律和转调的大幅度变化以及这种情感上的对比冲突,营造了乐曲强大的戏剧性张力,听起来就非常过瘾。难怪当年当这部作品演奏结束后,奥皇起身并挥动御帽大呼"太棒了! 莫扎特",全场掌声雷动。还有海顿听了之后向莫扎特的父亲祝贺，说："我发誓我所说的句句是肺腑之言，令郎是我所知的作曲家中，最伟大的一位。"后来贝多芬也深爱此曲，他曾为此曲写了华彩乐段，并亲自演奏。他说，"唉，任谁再也写不出这样的音乐了。"

第一乐章充满了悲剧色彩，但莫扎特写悲怆情绪不是长吁短叹，在他的作品中找不到通篇的愁容满面和喷火激昂。他运用简单纯朴的旋律形式，在情感的对比冲突中，我们听到了生命的脉搏在跳动，我们看到了生命的光芒在闪烁。

德沃夏克《E 小调第九交响曲第二乐章》

(Dvorak，Symphony No.9 in E minor 2nd movement Op.95)

完成于 1893。当时德沃夏克应邀在美国出任纽约音乐学院院长。曲子完成后他接受建议，添加了副标题"自新世界"。后来这个名字倒是名扬四海，传遍世界了。这个曲子有相当高的知名度，以及各方详细的解说，在这里笔者不拟重复。笔者只想对其中的第二乐章的赏析做一点发挥。

一般都认为，第二乐章有浓烈的乡愁之情，这没有错。德沃夏克身在异地他乡，对祖国无限眷念，绝对是人之常情。但作为民族乐派的代表人物，他的音乐不会只是表现想家而已。创作"自新世界"时，他深受叙事诗"海华沙之歌"的影响，该诗歌为一部描述美洲印第安人领袖"海华沙"的英雄史诗。本来德沃夏克还计划创作这部歌剧，但未能完成。写作第二乐章时，德沃夏克从长诗的一章"森林中的葬礼"获得灵感和震撼，因为这一段诗篇是描写海华沙的妻子临终前与丈夫作痛苦诀别的心情。设想一下，能够引起德沃夏克共鸣的是什么呢？应该是捷克民族的遭遇！捷克当时处在奥匈帝国的疆界之中。德沃夏克 7 岁时(1848 年)还发生过捷克人民与奥地利军队的流血冲突。深爱自己民族的德沃夏克在美国一定是百感交集，他是用本乐章来承载波希米亚那太伤痛的历史。本乐章第一主题将人们带入遥远的波希米亚草原，说思乡也好，说怀旧也好。第二主题就像一页一页的翻开捷克的辛酸过去，越翻越沉重。第三主题为活泼明亮的捷克民间舞蹈的旋律，提醒人们这是“捷克人的精神”。本乐章为复合三段体，柔美的第一主题不断的切入进来。至本乐章结尾时，第一主题旋律明显缓慢，再一次表现了斯拉夫人的哀愁。

顺便聊一个感触。在布拉格开往布达佩斯的火车上，笔者与一布拉格男子闲聊。布拉格人讲，他的父亲要他们一定学好两种外语：英语和俄语，因为不论是东方打过来还是西方打过来，都可以应付。笔者才深觉，在夹缝中生存的小国是多么不易呀。

勃拉姆斯《D小调第一钢琴协奏曲》

(Brahms, Piano concerto No.1 in D minor Op.15)

这首曲子故事比较多。1854年当勃拉姆斯听到他的恩师舒曼投河自杀的消息后，大为震惊，很快写了一首双钢琴奏鸣曲。然后认为唯有交响曲才能表达他的复杂情绪，于是着手改写成交响曲。但当时勃拉姆斯还没有写大部头交响曲的经验，结果一拖再拖，直到舒曼1856年去世后，又过了两年，他才用原奏鸣曲作为第一乐章，再加上两个新乐章组成了这首《D小调第一钢琴协奏曲》。讲述这段历史无非是告诉读者两点：第一，勃拉姆斯非常认真严谨的对待他的作品；第二，勃拉姆斯的内在情感实在复杂、微妙，想要内敛含蓄的表达出来，太难了。

1859年1月该曲首演未获成功，这给勃拉姆斯极大的刺激。后来在他给好友约阿希姆的信中沮丧的说，“我不过是在实验自己的感觉”，这句话暗示了他写作时的矛盾心态。

该曲当时被批评为，“莫名其妙的一团混乱……不和谐音组成的一片沙漠”，该曲一直不被看好，至1950年代方才出现在音乐会节目单上。

该曲第一乐章长达20到25分钟，又是充满着紧张严峻的气氛，所以第一次听，十分可能产生“混乱和乱七八糟”的印象。幸运的是，现在我们可以反复多次听录音，这首曲子的感染力才会渐入佳境。有意思的是这首曲子的演奏曾掀起公众和音乐界的一场轩然大波。故事细节读者可阅读有关文章。简单的说，1962 年 4 月在纽约，加拿大钢琴家古尔德与著名指挥伯恩斯坦合作，将勃拉姆斯的《D 小调第一钢琴协奏曲》演奏的很慢，这完全是出于古尔德的“离经叛道”的诠释。其实当时观众反应热烈，事后音评界发难，致使古尔德退出舞台。

笔者找到了古尔德两个录音版本，一个是 1959 年版本，第一乐章他弹了 22 分 21 秒，与其他钢琴家差不多；而在 1962 年那场风波中的现场录音版本中，他用了 25 分 48 秒，约长了 3 分半。相信在那三年里古尔德对勃拉姆斯和他的音乐有了更多的思考和灵感。古尔德认为勃拉姆斯在乐谱上标记了“庄严地”就意味着应该缓慢沉着。

下面笔者简单谈谈从 1962 年版本的第一乐章中听到了什么，供读者参考。乐曲一开始就是紧张惊栗，悲痛欲绝，天好像正在往下塌。第二主题呈现后，气氛虽有所缓和，但绝不轻松，倒像是站在战争的废墟上，听着远处飘来的灵歌。以上两个主题在呈示部、发展部和再现部多次出现，并粗暴打断钢琴的倾诉。钢琴进入后，没平静多久就越来越激动。此后钢琴均表现出零乱、沉重的心情，再加上管乐的凄凉，使得气氛悲戚。不过在 10 分半钟时乐曲平缓又有小提琴参加，似乎在回忆什么，15 分半时还出现了 30 秒钟的略显轻松的舞曲。在近 20 分钟时有一段平静的喘息然后又被阴沉笼罩。另外在 6 分钟、13 分钟时以及 22 分 40 秒时似有送葬的步伐。

该曲是交响性的协奏曲，从情感这个角度看该曲是悲剧性的，而且第一乐章并不明显具有戏剧性冲突。笔者在这里不拟猜测揣摩勃拉姆斯写此曲的心理（比如他与克拉拉的关系）以及作哲理（命运与人）方面的延伸。仅就曲论曲，不论演奏的快些还是慢些，它表现的就是悲怆，但与众不同的是，在悲怆面前它不是退缩、抗争或超然，而是激动。

第二乐章仍未脱离悲怆的气氛,据分析,主题是采用了他的弥撒曲中的主题。在悲怆的背景下有冥思、有忧愁、有天国、有祷告、有怀念。如果考虑该曲总的动机是纪念舒曼,那么这个乐章表现出的虔诚并非宗教性的,而是用此方式表达对舒曼的感情,是为舒曼唱的挽歌。

第三乐章为回旋曲式,据分析是以贝多芬第三钢琴协奏曲为蓝本。有一种向前冲的气势,或者是炽烈的热情在大爆发前的积蓄酝酿。

其实与该曲情绪相近的是莫扎特的第 24 钢琴协奏曲。莫扎特的这首曲子在“命运漩涡”一章中介绍过,它极具戏剧性和交响性。勃拉姆斯对莫扎特和贝多芬崇敬之至,相信该曲对勃拉姆斯的创作肯定有影响,尤其是第一乐章,听听看还有些相象之处呢。不过由于勃拉姆斯处于浪漫主义时期,所以他的悲怆情绪比莫扎特的第 24 钢琴协奏曲惨烈多了,难怪 20 世纪音乐的代表人物之一勋伯格说,他是跟勃拉姆斯学的。

《D 小调第一钢琴协奏曲》是勃拉姆斯第一部重要作品,当时他 25 岁。尽管他后期作品内省、克制,并举起了古典主义的大旗,但这部作品仍然是充满了向外扩张的、热烈冲动的浪花。该曲挺适合遇到了为难事,内心动荡又矛盾的人听。

马勒《第五交响曲第四乐章》

(Mahler,Symphony No.5,4th movement)

创作于 1901 至 1902 年。马勒的作品因被认为概念如宇宙般宏大, 也正如他自己所说:“我的音乐永远都是大自然的声音。”所以在解读他的音乐上备受争议。尤其表现在对他的《第五交响曲第四乐章》的诠释。马勒的名字和他的《第五交响曲第四乐章》引起公众注意,甚至掀起过马勒热,那是得益于 1971 年的著名的电影《魂断威尼斯》。电影是根据 1912 年的同名小说改编,其主人公的原型就是马勒。在电影中《第五交响曲第四乐章》出现过 4 次,给观众以强大的心灵震撼。电影提高了人们对古典音乐的兴趣,但同时也被一些音乐家认为电影改变了人们对一部古典音乐的理解。

如何忠实的表现马勒《第五交响曲第四乐章》的作曲意图,的确是一个挑战。马勒本人建议用7分钟,鲁道夫·施瓦兹,西蒙·拉特等人指挥这个部分时用了8分至9分半钟,而伯恩斯坦等用了12分钟多。其中一个原因是马勒自己又说,要非常缓慢。西蒙·拉特等人认为第四乐章是马勒对妻子的爱情赞歌,或者为去国怀乡之情,在颓唐和艰难之中,爱是归宿。可是在伯恩斯坦、卡拉扬手里,似乎更多听到的是悲伤和恸哭,死亡是归宿。告别了喧嚣的尘世,安歇在宁静的乐土。1968年伯恩斯坦在波比·肯尼迪(总统肯尼迪的弟弟)的葬礼弥撒上指挥演奏了这个乐章。诠释马勒音乐会产生巨大差别,其中原因之一是马勒的音乐已是现代的了,马勒本人也有精神的双重性。在这里读者只有根据自己的感觉去决定了。有一些遭受过大灾大难的人喜欢听马勒的作品,听过之后精神如同受过一次洗礼和净化。这可能是共鸣于马勒的观念,一切归于大地。同时还有另外一批听众,在陷于无力挣脱的精神困境时爱听巴赫的作品,心灵得到慰藉和升华。因为巴赫一辈子都在祈祷上帝对人类的爱和庇护。

布里顿《简单交响曲第三乐章》

(Britten,3 Sentimental sarabande from simple symphony Op.4)

创作于1934年,属于20世纪的音乐了。全曲4个乐章,每个乐章两个主题。第三乐章标题为“伤感的萨拉班德舞曲”,表现了那样的忧心忡忡,甚至到了哀愁悲怆的地步。乐章中作曲家也加入了帕格尼尼主题变奏等,由于是在萨拉班德舞曲的框架下,反而使得曲子显得沉重。同样1934年,拉赫玛尼诺夫发表了帕格尼尼主题变奏狂想曲,其情调就大不相同了。

格林卡《D小调悲怆三重奏》

(Glinka,Trio pathetique in D minor)

作于1832年。谁听该曲都会感受到柔美的意大利式的温馨,甚至觉得是不是作曲家搞错了标题,这不是一支夜曲吗?听众没错,该曲4个短乐章,前两个乐章都表现了青春大潮在胸中的涌动,对未来充满了憧憬和理想。而只是到了第三乐章,随着音乐的节奏放缓,气氛阴沉下来,倾诉衷肠演变成发自渴望的呼喊,然后就是忧国忧民式的哀伤和内心苦闷的纠结。这种"悲怆"气氛的轻重的确取决于演奏者对乐曲的诠释。最后一个乐章很短,似乎信心又恢复了。全曲好像意犹未尽,不过格林卡以他一生对俄罗斯音乐的奉献为此曲划下了完美的句号。

格林卡年轻时就具有强烈的民族意识,从1830年至1834年他到西欧各国深造,就是要为俄罗斯创作歌剧,创作音乐。1832年他在意大利,那时他已结识了门德尔松、柏辽兹、多尼采蒂等许多重量级音乐家,他可以去听一流的歌唱家演唱,他的音乐吸引了女人。但是他的使命感告诉他,他不能做一个意大利人。他在国外的创作中找不到真正的灵感和乐趣,越来越大的不安的情绪折磨着他。他决心用俄罗斯的方式来写作,就像多尼采蒂和贝里尼为意大利音乐所做的贡献那样。他的不安、焦虑正是他悲怆的根源,这是热血沸腾的悲怆,这是壮志未酬的悲怆。这正是该曲在引人入胜的旋律背后,隐藏着的一颗赤子之心。1834年格林卡回国后,他以他丰富多彩的创作将俄罗斯民族音乐与西方音乐文化交融,从而把俄罗斯的音乐水平从落后提升到先进,他开创了俄罗斯古典歌剧,铺垫了俄罗斯交响音乐发展的基石,他被视为"俄罗斯古典音乐之父"。

没有悲怆,就不会成就格林卡身后的美誉。

肖斯塔克维奇《第8号C小调弦乐四重奏》

(Shostakovich,String Quartet no.8 in C minor Op.110)

创作于1960年。建议读者,有关本曲的什么资料都不看,先听上一二遍。体会一下听完后是什么心情。是不是心绪复杂、沉闷窒息,或者觉得特别的别扭不是滋味。因为不像葬礼曲子,只是难过。这首曲子有那么一种想喊,又喊不出来的憋屈。

先让我们简单介绍一下曲子的特点。该曲5个乐章,每个乐章4–5分钟。一般会连续演奏下来。该曲多处源引了自己的作品和别人的作品素材,而且贯穿全曲运用了音乐签名:D–S–C–H,这是肖斯塔克维奇的名字缩写。第一乐章中的主题引用了作曲家本人的第一和第五交响曲,另一主题来自柴可夫斯基的悲怆交响曲的第一乐章。第二乐章加入了一段犹太音乐,来自于他自己的第二钢琴三重奏,恐惧与惊吓共存。第三乐章中,引入了作曲家的第一大提琴协奏曲的主题,且圣桑的骷髅之舞的音型踩上了华尔兹的舞步,显得扭曲、诡异。第四乐章出现了瓦格纳歌剧中的葬礼音乐;苏联电影青年近卫军中英雄之死的配乐(肖本人作曲);俄国旧的葬礼音乐;革命歌曲受尽奴役的折磨(列宁十分喜欢这首歌,在其葬礼上被演唱);以及作曲家本人的歌剧麦克白夫人(悲剧)。音乐再一次指向死亡。最后一个乐章只闪了一下他自己的第一交响曲的影子,没有再引用已有的素材。全乐章用赋格形式加强哀歌气氛。

这首曲子是作曲家1960年,为了电影配乐(有关二战中德累斯顿大轰炸),走访了东德的德累斯顿城之后,只用3天即大功告成。乐谱上写着副标题:献给法西斯和战争的受害者。不过从上个世纪90年代开始,有了新的解读。他的儿子讲,该曲实际上是指全部专治统治的受害者。他的女儿讲,该曲是献给他自己的,副标题是苏联当局强加的。肖斯塔克维奇的朋友讲,该曲是肖斯塔克维奇自己写的墓志铭,那时他准备自杀。

没错,从该曲的苦难、绝望、萧瑟、凄凉,可以感觉到该曲的基调是诀别、挽歌。

你听到的是,一个被压扁的灵魂发出的最后的呻吟。

肖斯塔科维奇《小提琴协奏曲第一乐章》

(Shostakovich, Violin concerto 1st movement Op.77)

完成于1948年,由于政治气候因素,延迟到1955年首演,取得了巨大成功。曲子是作曲家赠送给苏联小提琴大师奥伊斯特拉赫的,并由他首演。全曲4个乐章,第一乐章为柔板,标题是"夜曲"。这个乐章的两个主题是互补的,共同表现了沉思型的悲伤。看来作曲家用"夜曲"作标题,就意味着一盏灯都没有,找不到出路。不论琴声延伸到哪里,都是漆黑一片。而且还不能高声呐喊,正如小提琴大师所说,"是感情的压抑"。

柴可夫斯基《交响叙事诗》

(Tchaikovsky,Symphonic ballad in A minor Op.78)

创作并首演于1891年11月。作曲家以普希金的诗为蓝本,而该诗译自波兰诗人密茨凯维兹的叙事诗。内容是讲一个波兰人为国从军,战争结束后回到家乡,却发现自己的妻子背叛了自己,投入了别人的怀抱。他在万分痛苦中准备杀死这两个人,但最后饮弹自戕。在这个曲子的创作过程中,柴可夫斯基遭遇了他一生中晴天霹雳般的精神打击:1890年他的赞助人梅克夫人来信,明确表示终止对他已进行了13年的经济资助。这时柴可夫斯基已无经济上的后顾之忧,而是友谊的猝然断裂,令他身心交瘁。他沉寂了好长一段时间,无法写作。可是在首演前,他迅速完成了创作。很明显,他的内心的无法遏制的情感在该曲中得到了宣泄:既有面对背叛的痛苦、悲怆和愤怒,还有对这个世界充满的疑惑。听听曲子就知道了,难怪有的人说,这是柴可夫斯基最"残忍"的音乐。柴可夫斯基后来可能也意识到情感冲过了头,所以事后他说,"根本就不该写这种破烂东西。"

其实,这个曲子倒是值得内心深受伤害又备受折磨的人一听。

妖魔鬼怪

交响诗是以神话、戏剧、绘画、雕塑、文学诗歌为题材的单乐章管弦乐作品，李斯特是交响诗的创始人。圣桑、理查德·施特劳斯等音乐家深受其影响。圣桑的《骷髅之舞》将阴阳怪气渲染的出神入化,让人们一窥交响诗的魅力。

鬼故事，惊怵片是好莱坞电影中重要的一部分。对这种令人毛骨悚然的电影，人们明知心脏会紧张得跳出来，可还是想看。其实，电影中令人魂飞魄散的不是画面，而是声音！那些死神、恶鬼、污鬼、捣蛋鬼、屈死鬼、孤魂野鬼、妖魔、地狱，其实都发生在那个神秘的有去无回的彼岸。它们到底怎么样，全凭艺术家包括作曲家的无边无际的想象，从而也使得艺术得以无远弗届的延伸。那种令人敬畏的、恐怖的美，还会让听众上瘾呢。

柏辽兹《幻想交响曲》
(Berlioz, Symphonie Fantastique)

在《为情所困》一章中我们讲述了柏辽兹的《幻想交响曲》的第一和第二乐章。而到了第四和第五乐章，则完全悲剧了。

第四乐章的标题是“赴刑场”。女主角变了心，绝望的男主角身心备受煎熬。从音乐一开始听众就感受到男主角阴暗的心理在发作。他由爱变恨，心头的怒火在胸腔中滚来滚去。最后不可遏制，任由烧红的岩浆喷发出来。他把女子杀了，自己也被押赴刑场。在本乐章结束前，竖笛悠悠地吹出了“固定乐思”(柏辽兹的创造，本作品中代表追求的女子)，象征着他仍爱着那个女子。可是“固定乐思”还未唱完，一声轰然，铡刀落下，人头滚落，一切归于泥土。这个乐章，柏辽兹只用一个晚上一挥而就。在实际生活中，柏辽兹像男主角一样几乎成了杀人犯。1831 年 4 月柏辽兹收到了他的未婚妻母亲的退婚信，说她已决定让女儿下嫁他人。接到此消息的柏辽兹宛如晴天霹雳，屈辱和愤怒交加的他马上制定了用三颗子弹报销那对男女和其母的详细计划，而后自杀。当他带着手枪即将越过意大利边境去巴黎时，他恢复了理智，放弃了计划，才终究没有酿成大祸。

第五乐章的标题是“女巫回旋曲”。女巫们闻到血腥味后，排着队扭着身子出来了，而领头收尸的是他的女友。作曲家在这里用被扭曲的狰狞的“固定乐思”(由竖笛奏出)，有意丑化女友的形象。女巫们尖叫着，在怪诞诡秘的气氛下，随着丧钟的敲击,跳起了令人毛骨悚然的骷髅舞。此外天主教的“末日经”也被引用在这个乐章里。最后音乐在群魔乱舞中结束。

拉威尔《夜之幽灵》

(Ravel,Gaspard de la nuit for piano)

法国作曲家拉威尔(Maurice Ravel)根据比利时诗人所描写诡谲奇幻世界的三个诗篇作了钢琴曲《夜之幽灵》,这三首曲子分别是:《水妖》(Ondine)、《绞刑架》(Le gibet) 和《幻影》(Scarbo),但演奏时是连在一起的。标题由作者给出,就是要告诉听众他在讲述什么故事。循着作者的意图,从《水妖》中听众真切的听到了水花翻滚的情景。从涟漪到波浪,从汹涌到平静。朦胧之中,就是有东西在作怪。还会是谁呢,水妖!黑暗中谁也看不清她的面目,她只有把水搅得那么美妙动人,那么神秘离奇,那么诗意盎然,她所衷情的人才会心甘情愿的跳下水去约会。可惜她没有成功,发泄了愤怒之后,她潜入水底。《绞刑架》则着重于恐怖气氛的渲染。断头台上不知悬挂了多少具晃晃荡荡的尸体,他们沉重的叹息着,钟声时高时低的敲个不停,不知又向谁去催命。这样的黑道儿,胆子再大的人也不敢走。这一段曲子的和声非常精彩,同时也使我们联想到肖邦的前奏曲“雨滴”,颇有异曲同工之妙。下一个故事似乎从打开一扇无比沉重的大门开始,吱吱扭扭令人心惊胆颤。从漆黑的门洞里面,嗡嗡的飞出了一群又一群的黑乌鸦,活泼跳跃,叽叽喳喳,相互嬉闹。而这时绞刑架下的尸身与湖中水妖都不甘寂寞,一场大合唱和群魔舞,令夜色惊骇又悬念。最后幽灵们累了,渐渐散去,留下的只是幻想。弹奏这首曲子需要很高的技巧和想象力。

柴可夫斯基《里米尼的弗兰切斯卡交响幻想曲》

(Tchaikovsky,Francesca Da Rimini,Op.32)

旦丁在《神曲》地狱篇第五节中记录了一个爱情悲剧故事。少女弗兰切斯卡被贵族里米尼家中年老的詹乔托看中,他知道自己相貌丑陋,所以委托兄弟保罗代为向她求婚。保罗年轻英俊，弗兰切斯卡一见钟情，嫁到里米尼后，才发现丈夫是詹乔托。但她始终无法舍弃对保罗的爱，依然与保罗幽会。当她和保罗热吻时，双双被詹乔托杀害。这个故事由于其主题的永恒，历史上一直被人推崇，也是艺术家在诗歌、戏剧、绘画或者雕塑上经久不衰的题材。1861年法国版画家居斯塔夫·多雷为《神曲》所作的版画插图《地狱旋风》达到了一个难以逾越的艺术高峰。图中弗兰切斯卡的胸膛上淌着滴滴血泪，拥抱在一起的情人在旋风中腾飞，天上阴云密布，无数幽灵时隐时现，地下是漆黑山谷。旦丁站立于图画的右下角，吃惊地望着这对痛苦的幽灵。还有雕刻家罗丹根据这个爱情故事于1886年创作了著名的雕像《吻》。

所有这些都引起柴可夫斯基的强烈共鸣。根据《神曲》和插图《地狱旋风》，1876年他创作了《里米尼的弗兰切斯卡交响幻想曲》这首作品中，柴可夫斯基仿效《神曲》中旦丁造访地狱并与保罗和弗兰切斯卡的灵魂的会见，寄自己的情感于音乐描绘之中。该曲为三段曲式，中间没有停顿，全曲大约演奏23分钟。

第一部分（大约8分钟）。一开始地狱主宰者引导旦丁走入阴冷的狱界幽乡，地狱门口高悬铭文："来这里的，把一切的希望抛在后面吧"！旦丁进入第二层已觉阴森可怖到了极点。狂风肆虐，尘沙遮天。痛苦的呻吟，绝望的哀号，沉重的叹息和尖厉的抱怨混成了地狱之声，而且永无静寂。地狱第二层是惩罚在人世间犯了情罪的人，死后在此墓穴中永世颠沛。忽然旦丁在数以万计的鬼魂中，发现了紧紧拥抱在一起的弗兰切斯卡和保罗的灵魂(长笛与单簧管来表现)。旦丁询问两人究竟因犯何罪受此惩罚，于是音乐进入第二部分，弗兰切斯卡含泪叙述了自己的遭遇。第二部分（约第8分钟）从木管乐和低音弦乐器奏出平静的长音开始，将人们从凄风苦雨的地狱带回到山花烂漫的人间。弗兰切斯卡用歌声娓娓道出她与保罗缠绵纯真的爱情，时而柔情脉脉，时而热情奔放。这些都由单簧管、长笛与双簧管表现的淋漓尽致。不过在弗兰切斯卡的歌唱中也浸透着无限的惆怅,正如她对旦丁所说:“没有比在凄惨的境遇中回忆幸福时光更加痛苦的了”。该曲主题旋律为柴可夫斯基最抒情、优美的曲调之一。在本段接近结尾处(约第19分半),正当情人热吻时,圆号越吹越响预示不祥之兆,管弦乐突然粗暴的爆出一个强音,尖刀插进了他们的胸膛,紧跟着低音表现了临终的阵阵呻吟。第三部分被称为“再入幽暗之境”。在美丽的灵魂泣诉之后,狂暴的旋风又起。他们拥抱的更紧,并撞击着地狱大门,要天地还他们自由和幸福。旦丁本来怀着一颗救赎的心去地狱,却发现地狱中竟有如此轰轰烈烈,生死不弃的爱。

以这个故事为题材所创作的音乐作品不止一件。其中有李斯特的《旦丁交响曲》(Dante Symphony,S109)和拉赫玛尼诺夫的歌剧《弗兰切斯卡·达·里米尼》(Francesca da Rimini Op.25)。

舒伯特《弦乐四重奏,死神与少女》

(Schubert,String quartet No.14,D810,in D minor,“Death and The Maiden”)

舒伯特1817年曾为德国诗人克罗多斯的诗《死神与少女》配上了乐曲,1825年左右他创作了《第14号弦乐四重奏》。这首弦乐四重奏被称为“死神与少女”是因为该曲第二乐章旋律与他的艺术歌曲《死神与少女》类似,且整个作品令人惊恐不安。该曲为舒伯特的代表作之一。

“死神与少女”的故事来源希腊神话。宙斯与大地女神的女儿被哈得思掳到冥界成为压寨夫人。大地女神悲痛异常,大地万物停止生长。太阳神不忍,把少女的下落告诉了大地女神。宙斯无法令大地万物重生,只得派神将女儿接回。但少女已吃了6颗石榴子,所以每年有6个月要返回冥界。当少女与大地女神相聚的6个月里大地才恢复生机。

该曲分4个乐章。全曲有如一部小型的音乐戏剧,从头至尾贯穿人心,以第一和第二乐章最令人动容。有时候眼睛湿润了，喉咙哽塞，却又紧张得无法落泪，所以笔者将想象留给读者，只是在下面给出一点提示。

第一乐章一开始似乎是死神踏着诡秘的脚步向少女逼近，少女唱着“我还年轻”作微弱的抗拒。在这里，小提琴和急促的节奏代表少女和她的惊慌恐惧，大提琴和低沉的音区代表死神。仿佛小提琴在你的心头切割着，大提琴狠狠地踩踏着。

第二乐章是少女与死神的对歌。旋律异常凄婉动人。虽然气氛低沉压抑，可是却又呈现出一种奇特的安详感和解脱的沉静。以下是《死神与少女》的歌词(Matthias Claudius 作)：

少女：
走开，啊！快离去！
远离我吧，你这个可憎的骷髅腐愚！
我还年轻，啊！快离去！
不要碰我，亲爱的死躯。
死神：
把手递给我吧，美丽温柔的少女！
我为交友而来，并非将你辱虐。
勇敢些，我并不可憎，
躺在我的手臂上吧，你将安稳入梦。

第三乐章很短。第四乐章回旋曲式，呈跑动节奏，是不是表现少女带着遗憾已跟死神奔向未知的世界了呢，去听听看吧！

《死神与少女》给与你心灵震撼的凄美。

圣桑《骷髅之舞》
(Saint-Saen，Danse Macabre Op.40)

1874 年法国作曲家圣桑根据一首描写已亡者舞会的诗写成交响诗《骷髅之舞》。那首诗本来写的就挺怪诞，诗中描写中世纪一个广泛流传的传说：在每年的万圣节午夜，死神现身并演奏小提琴,从坟墓中召唤沉睡的死者为它舞蹈。骷髅群舞通宵达旦,至破晓才回到它们的长眠之处。全曲是紧跟着诗的情节展开的,所以笔者将诗抄录在下面。

该曲的开头蛮有创意的。竖琴(或有弦乐、法国号参加)奏出十二声,代表夜幕低垂,旷野静谧,十二点钟声已敲过。死神悄然而至,用脚踢踏墓碑。墓石开启后,死神拿着提琴,奏出和弦序奏,召唤同伴。骷髅们尖叫着从墓穴里跑出来,狂欢舞会正式开始。注意一下铿锵清脆的木琴,是表达骨头发出互相撞击的声响。舞会高潮迭起,在接近乐曲中间部分,由独奏小提琴开始新一轮颇为罗曼蒂克的圆舞曲。接着就是如醉如痴、热闹非凡的集体舞。舞者早就忘了生前的身份。跳到忘情之处,雄鸡啼叫,骷髅慌忙返回墓穴内,独留小提琴在那孤独的叹息,时间过的太快了。

骷髅

咕咕,咕咕,咕咕,这是死亡的旋律;
用它的脚跟敲打着墓碑;
死神在深夜里弹奏着舞曲的调子;
咕咕,咕咕,咕咕,用上它的小提琴。
寒风呼叫,天已黑掉;
菩提树也发出萧萧声;
白色的骷髅骨经过那些阴沉的地方;
披着的裹尸布都在东奔西跳。
咕咕,咕咕,咕咕,每个人都在欢跃蹦跳;
舞步者的骨头发出互相撞击的声响;
一对淫荡的情侣正坐在青苔地上;
在品尝那久久失去的味道。
咕咕,咕咕,咕咕,死神继续他的表演;
刺耳的乐器声从未停断过;

面纱已掉落了！一个女舞者全身裸露!
男舞者色淫淫地将她紧抱着。
我们问到:这位女士,是侯爵夫人还是伯爵夫人?
那位对她大献殷勤的求爱者,其实只是一名粗人;
真恐怖！她竟将自己送到他的面前;
把粗人当成伯爵一样!
咕咕,咕咕,咕咕,好一首萨拉班德的舞曲!
手拖着手围起了死亡的圈;
咕咕,咕咕,咕咕,看看这群跳舞的骷髅
不论国王和流氓,也混在一起了!
唏！突然之间,大家都离开了这个舞圈;
他们前推后恐的走开,原来鸡啼了!
啊！在可怜的世界上度过了美好的一晚;
死亡永远,平等长存!

在这首曲子中，圣桑将古怪阴森的气氛描绘的淋漓尽致,将毛骨悚然的鬼魂塑造的栩栩如生,自成怵目惊心之美,甚得世人喜爱。

顺便说一下，圣桑的好友李斯特曾在1849年完成了一部钢琴作品《死之舞》(Liszt,Totentanz S126)。这部作品的灵感来自于中世纪末的一幅壁画,画名“死的胜利”,收藏在意大利的一个教堂中。画中一个背后长蝙蝠翅膀的老女人,正挥动大刀向正在议论纷纷的人们砍去,而人们浑然不知死神之降临。李斯特利用中世纪的一首教会歌曲“末日审判”,将其变奏5次,音乐表现的是死神与各式各样的人的精神互动,然而人最终免不了殊途同归。

穆索尔斯基《荒山之夜》
(Mussorgsky,Fanasia-Night on Bald Mountain)

俄国音乐家穆索尔斯基完成于1867年，它取材于俄罗斯民间神话，属于交响音画。这一类作品，作者不仅注有标题，还往往提供文学说明，使读者聆听时不至于摸不着头脑，作曲家在原稿上注有下面一段文字描述：来自地下深处非人类的轰鸣。黑暗幽灵的出现，以及随后黑暗之神的登场。对黑暗之神的赞颂和阴间的祭奠，狂欢作乐。在狂欢作乐最热闹时，远方传来乡村教堂的钟声，这声音驱散了黑暗幽灵，破晓了。

在聆听乐曲时你的脑海里会出现一幅幅图画：法力无边的黑暗之神，一声令下，万物幽灵，有的跑，有的飞，有的骑马，争先恐后前去朝拜。黑暗之神点燃了地狱之火，得意的向幽灵们表演它的魔法，幽灵们群魔乱舞，尽情发泄，狂欢进入了癫狂的阶段。忽然教堂的钟声传来，天将破晓，幽灵们急忙转身往回跑，丢下黑暗之神不管。无可奈何的黑暗之神也只得蜷缩回老巢。

塔蒂尼《魔鬼的颤音》

(Giuseppe Tartini, Devil's Trill Sonata in G minor)

意大利音乐家塔蒂尼创作于1713年。关于本曲的创作奇闻，有一段作曲家本人的自述。“1713年的一个晚上，我梦见我的灵魂与魔鬼订了一个契约。一切就像我期盼地那样进行：我的新仆人能清楚地感知并实行我每一个欲念。此外，我把我的小提琴递给了他，想看看他会不会演奏。于是我听到了一首让我震惊地无以言表的极优美动听的曲子，它是如此艺术，充满了惊人的智慧，即使是之前我最为大胆地幻想里也从来没能有过类似的灵感。我是如此的狂喜，万分地激动，无比地心醉，乃至于我听到窒息了——于是我醒了过来。醒来后我立即抓过我的小提琴试图留住记忆，至少留住一小部分我梦中那首曲子给我的印象。但完全徒劳无功！我的这首曲子是我写过的最好的曲子，但我仍然想把它命名为“魔鬼的颤音”，虽然它与那首把我彻底感动的曲子相差是如此的大，大到我情愿把我的乐器砸掉，从此跟音乐永别——如果我没有音乐也能活下来的话”。

这首曲子不长，大概 17 分钟，第二乐章，尤其是第三乐章有大量的高难度的颤音，即使当下亦需要超高的演奏技巧。全曲你越听越觉得有魔鬼在背后有说，有唱，有跳，有哭。去参加这场用灵魂换门票的魔鬼音乐会吧。

肖斯塔科维奇《小提琴协奏曲第二乐章》

(Shastakovich, Violin concerto 2nd movement Op.77)

完成于 1948年。第二乐章的标题为“魔鬼的舞蹈”。曲中魔鬼扭动之迅速、力量之猛烈，实非人之可及，不过曲中亦隐含对强魔的调侃和幽默。用音乐描写魔鬼的还有：格里格《皮尔金组曲， 山魔王的大厅》(Peer Gynt Suite No.1 Op.46 (Hall of the mountain king))。

利亚多夫《魔湖》

(Lyadov, Enchanted Lake Op.62)

完成于 1908 年，该曲属于印象主义流派。作曲家自己写的副标题是“一个童话般的场景”。印象派的音响恰好表现出一个阴森恐怖，虚幻缥缈的魔湖。既使放晴了，水下妖姬和幽灵们在干什么，都任由听众去想象和欣赏那个神秘、未知的世界。

抚平伤口

人的各种情感的归宿就是宁静。踏上人生之路时，千万别把“宁静”丢掉了。让“善解人意”的大提琴来化解心中的忧愁，抚平淌血的伤口，找回那难得的心平气和吧。

踏上人生之路时,千万不要把“宁静遗忘在什么地方”。可是突如其来,意想不到的状况,仍会使你乱了阵脚。生离死别时,你痛不欲生。婚恋生变时,你心如刀绞。遭受不公正待遇时,你怒发冲冠,压力巨大时,你寝食难安,前途无望时,你忧郁沮丧,往事不堪回首时,你难以释怀。不管怎样,你的心在淌血,情绪坏到了极点,谁劝都没用。这时,音乐,只有音乐才能帮到你。如果前面推荐的那些曲子起不了多大作用,那就听听下面的曲子,要听两个小时以上,连续的听,尽量让音乐进入你的耳朵,不要管曲子表达的是什么。因为一个沉重的心情邂逅一段沉重的音乐,“同病相怜”反而“谈的来,听得进去”。虽然你从音乐中获得的并非物质性的解决方案,但是你用音乐稳定住了自己的情绪,缝合撕裂的伤口,抚平伤痛,找回了心灵上的那一份难得的从容和平静。人生之路再次变得开阔和平坦。

这些曲子都是以大提琴独奏为主的音乐(不包括大提琴协奏曲)。大提琴最接近人声,既可深沉又可激昂,因而最“善解人意”。笔者将它们分为三组:第一组是20世纪的作品;第二组是浪漫时期的(19世纪)作品;第三组是经典和巴洛克时期(17、18世纪)的作品。有些作曲家创作过不止一首大提琴曲,在这里笔者只选出一首。有兴趣的读者可以从CD光盘或互联网上找到更多。曲子按写作的时间顺序由近及远,最后一个大曲子是巴赫的6首无伴奏大提琴组曲,应该算作“杀手锏”了。

第一组

Shostakovich	cello sonata in D minor Op.40	(1934)
Bantock	solo cello sonata in G minor	(1924)
Ireland	cello sonata in D minor	(1923)
Faure	cello sonata No.2 1n G minor Op.117	(1921)
Kodaly	solo cell sonata Op.8	(1915)
Debussy	cello sonata in D minor L135	(1915)
Reger	solo cello suite No.1,2,3 Op.131	(1912)

第一组中出现的作曲家,读者有些可能不熟悉,但他们的音乐值得一听。匈牙利作曲家高大宜(Kodaly)的无伴奏大提琴组曲分3个乐章,长达半个小时,被公认为是继巴赫《无伴奏大提琴组曲》以来最杰出、最具代表性的大提琴独奏作品。高大宜走访匈牙利的穷乡僻壤,对当地民谣和农民音乐进行采集,以它们为创作素材,写出了这首真正刻画匈牙利农村和农民生活的曲子。这么说是因为李斯特、勃拉姆斯等人所创作的有关匈牙利的音乐,实际上吉普赛音乐成分居多。而土居匈牙利人的风土民情与其迥然不同。

高大宜的奏鸣曲音域自由广阔,有管弦乐般地音响效果,又纯净简洁、曲风古朴。听众还可以辨认出其中之东方特色,有些地方是不是像中国的二胡呢。

第二组

Rachmaninoff	cello sonata in G minor Op.19	(1901)
Franck	cello Sonata in A major	(1886)
Grieg	cello sonata in A minor Op.36	(1883)
Saint-Saens	cello sonata in C minor No.1 Op.32	(1872)
Tchaikovsky	Andante Cantabile Op.11	(1871)
Brahms	cello sonata no.1 in E minor Op.38	(1862)
Borodin	cello sonata in B minor	(1860)
Lalo	cello sonata in A minor	(1856)
Chopin	cello sonata in G minor Op.65	(1846)
Mendelssohn	cello sonata No.1 in B-flat major Op.45	(1838)
Schubert	cello sonata in A minor D821	(1824)

在第二组中需要特别强调其中的一首,那就是弗朗克(Franck)的大提琴奏鸣曲。这首曲子是比利时作曲家弗朗克作为结婚礼物献给小提家尤金·伊萨伊(Eugène Ysaÿe)。伊萨伊欣喜万分,当日即刻练习演奏,且如获至宝作为重大演出会的保

留节目。既然是结婚礼物,有人体会该曲描写了恋爱四部曲,这也无可非议。不过根据弗朗克的作曲风格及该曲的艺术价值,作者觉得该曲还有另一番诠释。

本来曲子是为小提琴而写的，后来被它人移植到大提琴、笛子、管风琴上。尤其是该曲非常适合于大提琴演奏,法国巴黎歌剧院首席大提琴家尤莱斯作了改编后反应空前,也是得到弗朗克本人认同的唯一的改编。亦有传说作曲家最初就是为大提琴写的,不过为送朋友而改写为小提琴奏鸣曲。总之在大提琴那厚重和浓郁的音响包围中,听众不得不为该曲的深沉、内省和神秘的内涵所折服。

该曲为循环式,仿复调,四个乐章的主题素材都源自单一的原始动机。因而该曲接近巴赫的风格。弗朗克虽处于浪漫主义时期,但他的作品风格迥异于李斯特、肖邦的浪漫方式,也有别于法国的印象乐派。弗朗克笃信天主教,许多作品都带有深厚的宗教意识,该曲亦不例外。该曲尤其表现出一种不受物质世界干扰的灵性,一种超然的美。不论音乐是平静还是激动,都让人觉得是天使正在朗诵一首宗教般的长诗,但这首诗绝不是在说教,而是闪耀出一种深邃的精神、天地元气和圣灵。

在第二组中笔者将柴可夫斯基最受欢迎的曲子《如歌的行板》放入。该曲耳熟能详,不必放在其他章节中再作评述。该曲来自柴可夫斯基的第一号弦乐四重奏的第二乐章(Tchaikocsky, String quartet No.1 in D major Op.11 2nd mvt),现在经常拿出来用大提琴单独演奏。该曲曾令大文豪托尔斯泰感动得流着眼泪,说:“我已接触到苦难人民的灵魂的深处。”

在这里还想评论一下肖邦的《G 小调大提琴奏鸣曲》。人们知道肖邦钟情于钢琴,其实他对大提琴也兴趣浓厚。这首曲子完成于 1847 年夏,是肖邦生前出版的最后一个作品。该作品献给大提琴手弗朗肖姆。肖邦本人和弗朗肖姆在 1848 年 2 月合作演奏了这首曲子，这也是肖邦在巴黎的最后一次公开音乐会。当时肖邦的爱情与身体状况直线下滑，至1849年去世，这首大提琴奏鸣曲他的天鹅之歌。

该曲4个乐章，大提琴与钢琴有时分别有时共同表达两种情感：悲伤、郁闷、怀旧与自喜、自信、希望。第一乐章像是叙事和对话；第二乐章虽为谐谑曲，但越奏越像如歌的行板；第三乐章（慢板乐章），似乎是全神贯注的沉思，凝视着遥远的地平线，最后说声再见。回旋曲式的末乐章有泰兰特拉舞的印记。

该曲被认为超前于时代，展现了一个不同的肖邦，美的迷人。

第三组

Beethoven	cello sonata No.2 in G minor Op.5	(1796)
Vivaldi	cello sonata No.5	
Marcello	cello sonata No.2 in E minor,	
Marcello	cello sonata No.4 in G minor	
Handel	cello sonata in G minor No.1	
Johann S Bach	cello suite BWV1007-1012	(1720)

巴赫(Johann S Bach 1685-1750)是巴洛克时期杰出的音乐家，也是音乐史上的巨匠。巴赫一生都在教堂从事音乐活动，但他从未谋得高位。在有生之年，他的名气绝不似如今之响亮，也并非当年巴赫的所有雇主都赏识他的才能。例如莱比锡教会希望能聘到一位第一流的音乐家，只是最初选定的另有高就，才无可奈何的让巴赫担任歌咏班领唱一职。巴赫去世后，他的音乐也无人问津。直到过了100年后，1829年门德尔松在莱比锡图书馆中发现了巴赫的马太受难曲，并且在音乐会上指挥演奏，巴赫的音乐才震惊世界。此后由门德尔松以及连续几代音乐家对巴赫作品的发掘、整理和推广，巴赫的艺术成就终于发出了璀璨的异彩。

巴赫的音乐是纯音乐，听起来似乎如“阳春白雪，艰涩难懂”。其实不必去着意弄明白音乐在表达什么,作品的内涵与作曲家深厚的宗教情节紧密相关的。巴赫是一个虔诚的新教教徒,他的音乐表达了对上帝的崇敬、赞美,歌颂的是在上帝的光辉之下,世间万物的生机与和谐。他认为音乐是天堂的奇迹,人类通过音乐感知上帝的存在。另一方面,通过音乐他同时抒发了对人类痛苦不幸的怜悯、同情,以及对和平与幸福未来的祈求、渴望。这就是巴赫音乐的精神实质。

打一个比方,非教徒一走进教堂,不听布道也会有超凡脱俗,庄严肃穆的感觉。巴赫的音乐就是凭声音在人们心中建立起一座教堂,在潜移默化中令人心境开阔、宽容、慈悲和感恩。这也是巴赫的音乐为什么如此神奇的原因:不论你的心情如何,巴赫的音乐都适应你的情绪,给你以启迪。

莫扎特和肖邦都对巴赫充满了崇敬。肖邦的学生说,肖邦在举办音乐会之前,不是练习自己的作品,而是弹巴赫的曲子。

巴赫的六首无伴奏大提琴组曲作于 1720 年左右，该曲在音乐结构、艺术魅力和思想深度上皆称举世无双,但该曲也曾被埋没了近 150 年。1889 年，西班牙大提琴师卡萨尔斯(Pablo Casals)当时只有 13 岁,与他父亲在巴塞罗纳逛街时,偶然在一个乐谱店的落满灰尘的角落里,发现了已经发黄的巴赫的乐谱手稿。卡萨尔斯兴奋极了,从此他的一生与这个乐谱结下了不解之缘。他钻研,练习了 12 年才上台演出,60 岁时用了近三年的时间才灌制好唱片。的确,没有深厚的功底,是无法胜任该曲高难度的演奏的。

每一组大提琴曲都包括 6 个乐章，即前奏曲和 5 首舞曲：阿勒曼舞曲、库朗舞曲、萨拉班德舞曲、小步舞曲(或布雷舞曲，嘉禾舞曲)和吉格舞曲。这些舞曲分别来自于德国、法国、西班牙、英格兰。巴赫大提琴曲的无限美感和灵性层面都来自人间那些有喜有忧绚丽多彩的生活画卷。

1、震怒之日(10:16)
达味和希比拉作证;
尘寰将在烈火中熔化,
那日子才是天主震怒之日,
审判者未来驾临时,
一切都要详加盘问,严格清算,
我将如何战栗!
2、号角响彻四方(12:09)
号角响彻四方,
墓穴中的已死众生,
都将被逼走向主的台前。
受造的都要复苏。
答复主的审讯,
死亡和万象都要惊惶失措。
展开记录功过的簿册,
罪无巨细,无一或遗,
举世人类都将据此裁判。
当审判者坐定后,
一切隐秘都将暴露,
无一罪行可逃遣罚。
可怜的我,那时将说什么呢?
义人不能安心自保,
我还向谁去求庇护?
3、威严赫赫的君主(16:01)
威严赫赫的君主,
你救了你所预言的,
完全出于你白白的恩赐!
仁慈的源泉,请你救我。

4、慈悲的耶稣(18:22)

慈悲的耶稣,请你怀念,
你曾为我降来人间,
到了那天,勿殄灭我。
你为觅我,受尽辛劳;
又为救我,被钉死于十字架上。
但愿这些苦难,并不付诸东流。
报应的审判者是公正的,
愿在清算的期限前,
恩赐宽恕我的罪愆。
我如囚犯,声声长叹,
因我有罪,满面羞惭;
天主!恳求你,饶恕我吧!
你曾赦免了玛利亚–玛达雷娜,
你又怜恤了右盗,
求你也给我一线希望。
我的祷告固不足取;
但你是慈善的,请你包涵,
勿使我堕入永火。
请你使我厕身绵羊群内,
使我能脱离山羊,
请将我列于你右翼之中。

5、羞惭无地(18:22)

你使该受指责的人羞惭无地,
又将他们投入烈火,
请你招我,与应受祝福的人为伍。
我五体投地向你哀求,
我痛心懊悔,心如死灰。
求你照顾我的生死关头。

6、落泪之日(25:54)

这是可痛哭的日子，
死人要从尘埃中复活，
罪人要被判处。
然而天主啊！求你予以宽赦。
主！仁慈耶稣！
求你赐他们以安息。阿门。

四、奉献经(Offertorium,29:29)

1、主耶稣基督(29:29)

主耶稣基督,光荣之王！
求主从冥府的刑罚和深渊中
救出全部已故信友的灵魂；
求你救他们脱离狮口；
别让地狱吞噬了他们，
别让他们堕入幽冥。
愿主掌旗天使圣弥额尔把他们都领到圣善光明之域，
因为这是主从前许过亚巴郎及其后裔的。

2、牲品与祈祷(33:22)

主！请接纳我们为赞美主而向主献上的牺牲和祷告，
为使今天我们所纪念的灵魂，
从死亡而超升入生命的境界，
因为这是主从前许过亚巴郎及其后裔的。

五、圣哉经(Sanctus,38:00)

圣、圣、圣上主,万有的天主。
你的光荣充满天地，

欢呼之声,响彻云霄。

六、赞美经(Benedictus,39:50)

奉上主名来的当受赞美。
欢呼之声,响彻云霄。

七、羔羊经(Agnus Dei,45:30)

除免世罪的天主羔羊,
求你赐给他们永远的安息。

八、领主咏(Communio,49:13)

主!愿永远的光辉照耀他们,
使他们永远与主的圣人为伍,
因为主是慈悲的。
主!请赐给他们以永远的安息。

福雷《安魂曲》
(Faure,Requiem in D minor Op.48)

除了莫扎特之外,还有不少大音乐家都创作过安魂曲。其中以福雷的作品最为精巧独特。他的作品完成于1890年,全曲7个乐章,仅长35分钟。他的创作理念是,死亡是一种快乐的救赎,幸福向上的渴望,而不是痛苦的经验。所以在他的《安魂曲》中没有"震怒之日"的经文和最后的号角,没有阴沉失落,恐怖惊惶。最后一章是非传统的"在天堂",更增加了全曲气氛的柔和安详。全曲一开始还有些哀伤,但越听,抒情味越浓,因为全曲着笔在抚慰、赞美、解脱、安息的主题上。永恒的安息之后就是安详宁静。福雷的确用他的《安魂曲》塑造了特殊的美感。1924 年福雷的《安魂曲》被演奏在他自己的葬礼上。

从古至今，大约有二千多首安魂曲被创作出来。其中最有名的几首，根据创作年份，记录如下。

欧克海姆(Ockeghem，1461，文艺复兴时期)

维克多利亚(Victoria，1603，文艺复兴时期)

海顿(Haydn，1771，古典时期)

莫扎特(Mozart，1791，古典时期)

切鲁比尼(Cherubini，1816，古典时期)

柏辽兹(Berlioz，1837，浪漫时期)

勃拉姆斯(Brahms，1868，浪漫时期)

威尔第(Verdi，1874，浪漫时期)

德沃夏克(Dvorak，1890，浪漫时期)

福雷(Faure，1890，浪漫时期)

在 1962 年，英国作曲家布雷顿 (Britten)创作过一首著名的《战争安魂曲》，以纪念在人类战争中死难的人们。而且直到 2005 年 Karl Jenkins 还发表了安魂曲。

马勒《第九交响曲第四乐章》
(Mahler，Symphony No.9 4th MVT Adagio)

完成于 1910 年，1911 年马勒去世后才被首演。马勒一生都在追求生与死的真相，这与他的生活经历息息相关的。这首交响曲的中心思想更是集中在死亡上，尤其第四乐章 (柔板乐章)，被认为是“平静地向世界告别”。柔板所及之处，既有圣咏的气氛，又有悲凉的情绪，但没有表现出对死亡的恐惧。从音乐中人们还可感觉到一种蕴藏的力量，来自挫折和伤感的巨大积累，这段音乐特别适合“生不逢时”的人听。

肖斯塔克维奇《第 15 号弦乐四重奏》
(Shostakovich，String quartet No.15 Op.144)

完成和首演于 1974 年。全曲 6 个乐章，全都是降 E 小调柔板，是作曲家最后一个弦乐四重奏，也是最感人的一首。6个乐章作曲家都给出小标题：悼念，小夜曲，幕间曲，夜曲，葬礼进行曲和结尾。第一乐章最长，有圣歌的气氛。不过在排练第一乐章时，作曲家给出了一个奇怪指导，“让苍蝇在半空中摔死，让听众厌倦透顶而离开”。显然作曲家的悼念是令时间停止，世界永恒。然后对于接下来5个乐章，一个有意思的解释是，作曲家在回忆，从青年到老年，最后死亡。第四乐章最动听，第五乐章如同抬着阵亡战友离开战场。纵观全曲，面对将死之命运，作曲家仍选择了沉默，且在百感交集中透露了最后的话，该曲被认为是作曲家为自己写的安魂曲。

戈雷茨基《悲歌交响曲》

(Henryk Górecki，Symphonyno.3 Op.36)

波兰作曲家戈雷茨基创作于1976年，是他的第三交响曲，同时又被称为《悲歌交响曲》(Symphony of Sorrowful Songs)。全曲三个乐章，皆为缓板，属古典音乐风格。该曲有卖出100万张的惊人销量，这种爆炸性销售纪录对于20世纪现代交响曲来说，可谓绝无仅有。为什么这首音乐受到如此欢迎呢，当然听听就知道，但建议听众分三次听，一次听完恐需承受较大的心理压力。

全曲三个乐章实际上是三段独立的挽歌，既有器乐又有声乐，分别表达三位女性对失去亲人的哀悼。

第一乐章素材取自波兰15世纪的《圣十字悲歌》，玛利亚在骷髅山哀悼她的儿子基督受难。第二乐章女高音唱出来的是一首刻于二战时波兰萨科帕纳粹集中营墙上的祈祷文：“不，妈妈，不要哭泣，天堂中最纯洁的圣母，永远保佑我啊，圣母—玛丽亚！”祈祷文下面刻下的名字是：“海伦娜·万达·布雷祖西亚科芙娜，18岁，自1944年9月26日起被囚”。第三乐章取材自波兰南部西里西亚民歌，一位母亲在战争废墟中寻找失踪的儿子。

作曲家参观了位于波兰的二战纳粹集中营,看到了一位18岁姑娘刻在囚室墙上的字,他的心灵一阵阵地抽搐着,长久的被震撼着。因为这个女孩如此的与众不同,在被杀害之前,她唯一挂念的是母亲,因为她的母亲将承受真正的绝望。正是这些超然崇高的灵魂使作曲家的乐思执迷其中,所以作曲后他声明:“第三交响曲不是关于战争的,不是一个末世审判,它是一支普通的悲歌交响曲。”

在该交响曲颇为沉重的音响中,我们听到了无以名状的旷世之悲,同时我们还可以感觉到在苦难噩运中的不屈不挠精神。面对一个静寂无光的彼岸,听到那些灵魂在呼吸,在自白。他们悲痛,但没有哭泣,也没有声嘶力竭地要复仇,他们释出的是女性的悲悯和爱。

天国之路

布鲁克纳被誉为上帝的音乐家，他的音乐充满了超然脱俗的天国情怀，尤其最令人称道的慢板，在柔美与沉静中，处处流露出对上帝的虔诚与笃信。布鲁克纳的交响曲借助天国般的庄严肃穆，冥思般的平和安详，将人心导向神圣崇高的境界。

莫扎特《A 大调单簧管协奏曲》
(Mozart, Concerto for clarinet and orchestra K622)

莫扎特在歌剧《魔笛》首演之后开始创作该曲，与此同时莫扎特在写《安魂曲》，是他去世前的倒数第二部作品。在这章里笔者要介绍这部作品是因为它太不寻常了。“大漠孤烟直，长河落日圆”的柔美和凄凉贯穿全曲。从头至尾单簧管都完美的模仿了人声，讲述着艺术家不平静的心情。尤其是第二乐章，在“天苍苍野茫茫”之上飘荡着的是丝丝伤感和惆怅。在低沉平静的旋律之下，唱着难以言传的挽歌。正如前面所说，这时莫扎特很清楚自己将不久于人世，这首曲子就是他向他热爱的音乐和人间作恋恋不舍的告别。当莫扎特一脚已踏上天国之路时，他留给人间的作品仍然举世无双。

莫扎特《第 27 号钢琴协奏曲》
(Mozart, Piano concerto No.27 in B flat major K595)

这首曲子于 1787 年底开始创作，1791 年 1 月完成，同年 3 月演出。当时莫扎特弹奏钢琴并担任指挥，这是他最后一次的音乐会。这首《第 27 号钢琴协奏曲》是他的最后一首钢琴协奏曲。在此之前两年（1788 年）他完成最后一首交响曲（第 41 号交响曲）及《第 26 号钢琴协奏曲》。这首曲子普遍被认为是莫扎特的告别曲，因为是 1791 年，他已听到了死神的脚步。的确，告别之作就不必太有戏剧性或是过早的举行纪念仪式。莫扎特选择了歌唱性，尤其是第三乐章就采用了他自己的一首歌的旋律，这首歌名为《期待春天》(K596)，发表在“第 27 号钢琴协奏曲”之后。该曲的温暖，活泼也使人觉得莫扎特在回忆过去，回忆童年。

笔者觉得，莫扎特创作此曲可能更有一层意思。此曲起草于 1788 年左右，其实死神的威胁还没有那样迫在眉睫。或许在两年多的时间里他在幻想一个新世界，或许他是在向人们描绘天堂，天堂是不是很美，是不是童话世界，天堂会不会孤独，会不会有些冷。所有这些都可能在聆听此曲中获得感悟。另外在1791年初莫扎特还发表了他的《第1号铜管乐协奏曲》(Horn concerto No.1 K412)。该曲充满了欢快和诙谐,甚至和人们开起了玩笑。在气氛上来说,《第1号铜管乐协奏曲》应该是《第27号钢琴协奏曲》的姐妹篇。最后说一个巧合,据大物理学家爱因斯坦考证,1791年3月莫扎特演奏《第27号钢琴协奏曲》的地点,其名为“天堂大路之门”(Gate of Heaven Road)。

拉赫玛尼诺夫《死之岛》

(Rachmaninoff,Isle of the Dead Op.29)

作于1909年。是俄国作曲家拉赫玛尼诺夫看到了一幅毕克林(Arnold Bocklin)画的油画“死之岛”而写的交响诗,也是俄国浪漫主义后期(20世纪初)的一个典型杰作。

毕克林的画描绘了一个希腊传说。人死之后,由渡神夏隆护送亡灵,渡过冥河,前往一个隔世小岛安葬。毕克林已将他想象中的这一切都画在图中:孤岛、黑云、松柏、港湾、死海、棺柩、小舟、白布着身的夏隆。当时点燃作曲家创作灵感的是一幅黑白复制品,比彩色的更具视觉震撼力。此乐曲长约二十分钟。在这么长的时间里,作曲家肯定不是想仅仅表达一种感情。在这里作曲家想要揣摩和描绘的是,如果亡灵存在的话,那么在这最后一程中它会作何感想。总体来说,曲子在气氛上是阴郁沉重,但也穿插着抒情的片段,也有平静缓和的时刻。伴随着划船声,亡灵离生命之岸越来越远,离一个未知的世界越来越近。在抒情中它可能回忆着一生,或许有许许多多的满足和感恩。在激动中它流露着痛苦、悲伤和恐惧。在沉重中有它对生命的眷恋,或有未竟之事的遗憾。希望音乐波涛汹涌的感染力激发你想象到极至。音乐似乎也在启发你,有意义的渡过每一个生命日吧。另外,这幅画可能神秘的暗示着,这里既是死亡的归宿地,又是女人的象征,为孕育生命的源泉。听听曲子的末尾,是不是有这个意向呢。

理查德·施特劳斯《死与净化》

(Richard Strauss, Tod und Verklarung)

完成于 1889 年,是施特劳斯 7 首交响诗中的杰出之作。如果不看作曲家的说明,你听到的是阴暗的抒情,且诗意浓厚。实际上,作者给出了文字解说。全曲分为 4 个部分:经历病痛折磨,处于弥留之际的病人陷入对往事的回忆。死神打断了他的睡梦,崇高的目标还未实现,病人挣扎着不让死神将他带走。可怕的较量之后,他合上了双眼。他的灵魂离开躯体,奔赴永恒的太空,去实现在世间未尽的壮丽理想。当施特劳斯写这首曲子时,他才 25 岁,他应无濒死的经验。不过当他 85 岁临终前,他躺在灵床上对儿媳说,走向死亡真的就如我作的曲子那样。

布鲁克纳《第七交响曲第二乐章》

(Bruckner, Symphony No.7 in E major WAB107, 2nd movement)

完成于 1883 年,是布鲁克纳最负盛名的作品。第二乐章为柔板。被认为是为音乐家瓦格纳所创作的挽歌。布鲁克纳一生对瓦格纳敬仰备至。在写作《第七交响曲》时,他突然预感到瓦格纳的死亡,他说,"有一天我回到家中,心里非常愁闷。我想大师未必还能活很长时间,这时候我就产生了这个慢板乐章的构思"。果然,当他写至第二乐章高潮时,瓦格纳的死讯传来了。在《第七交响曲》中布鲁克纳运用了三个特点,颤音、中止和渐强,再加上优美的旋律,来表现色彩的变化和奇幻神秘的宗教气息,因为他是一个虔诚的天主教徒。第二乐章有两个平缓沉稳的主题群,刚一听似乎是嗅到了悲痛的气息。不过,很快你就觉得是感恩的赞颂。天主给予了生命,人生享受了母爱、亲情、乡情、友情、爱情、家庭、大自然美景和许多美好的回忆。所以在回归天国之路时,虽有眷恋遗憾但仍心满意足。布鲁克纳的音乐将这样一份情感表现的淋漓尽致。该乐章被认为是布鲁克纳的交响曲中最具美感和震撼力的篇章。他本人的葬礼进行曲就是用该乐章。二战中,柏林电台在播出德军在斯大林格勒被击溃(1943 年 1 月)和希特勒死亡(1945 年 5 月)的消息前,都先播放该柔板。

肖斯塔克维奇《C 小调第八交响曲第一乐章》
(Shostakovich,Symphony No.8 Op.65 1st MVT)

创作于 1943 年。当时正值二战,该曲被认为是悼念在列宁格勒保卫战中死去的不计其数的人民。全曲充满了沉痛悲哀的气氛,在美国为罗斯福总统逝世致哀时演奏了该曲的第一乐章。该乐章中,那被推向死亡的步履,那求生的哭喊,那愤怒的抗议,无不予人深层的痛苦和震撼。作曲家在揭示人类的"悲剧情境"(作曲家语),表达在"哀鸿遍野"的残杀中,人类生活的精神状态:悲哀、惶恐、不安和苦闷。该曲又被认为是一部隐含的安魂曲。

《葬礼进行曲》这种题材的曲子都会充满着浓厚的悲剧性色彩,模拟抬棺者的庄严、沉重的脚步,将阴沉、哀痛的气氛推到极点。这样的曲子当然是用在葬礼上,有时亦用在悲哀的场合。本书论及这种曲子是为了使听众更感性的了解哀伤、悲观的音乐表现手法。

肖邦《降B 小调钢琴奏鸣曲第三乐章》
(Chopin,piano sonata No.2 in B flat minor Op.35 3rd mvt)

创作于1837 年,曾在肖邦本人的葬礼上演奏。英国著名作曲家埃尔加(Elgar)在 1933 年改编此曲为交响曲,首演却是在次年纪念他的音乐会上。该曲亦被用于国殇葬礼上:如美国的肯尼迪总统、英国的撒切尔夫人以及勃列日涅夫等苏联领导人的葬礼。

该曲的创作深受贝多芬的第 12 号钢琴奏鸣曲的影响,尤其是第三乐章(葬礼进行曲)。肖邦这首奏鸣曲的其他三个乐章是在 1839 年写的,据分析,其第一乐章的开始和结尾处都相似于贝多芬的第 32 号钢琴奏鸣曲。引用前辈的音乐,意味着对前辈的尊敬和纪念,这可能是肖邦谱写此曲的动机。当然也可能出于肖邦特有的悲情。

有意思的是,后来肖邦的这首葬礼进行曲比贝多芬的名气大的多。

贝多芬《降 A 大调 12 号钢琴奏鸣曲》
(Beethoven,Piano sonata No.12 A flat major Op.26)

创作于 1801 年,4 个乐章。这首曲子像是贝多芬作品中的另类,第一乐章是主题变奏的慢乐章,第三乐章标题为“死去英雄的葬礼进行曲”。将葬礼进行曲引入奏鸣曲中,贝多芬可能是首创,也被认为是新的体裁。至于死去的英雄是谁,无人知晓。很可能贝多芬意识到英雄之死更能凸显悲壮的感染力,从他英雄主义的情结出发而谱写。贝多芬还为此乐章改编了管弦乐,1827 年在他自己的葬礼上被演奏。

贝多芬《第三交响曲(英雄交响曲)》
(Beethoven,Symphony No.3 in E flat major Op.55 2nd mvt)

1804 年完成。贝多芬原打算献给拿破仑,因拿破仑称帝,贝多芬更改为“为纪念一位英雄人物”。那么贝多芬创作的英雄形象是谁呢,根据第四乐章的主题来源于贝多芬之前所写的《普罗米修斯的造物》,有人猜测,英雄是普罗米修斯。而第一乐章的主题与莫扎特的歌剧序曲《巴斯蒂安与巴斯蒂安娜》相似,作者觉得贝多芬可能是在怀念莫扎特。

不管英雄是谁,该曲具有强烈的节奏感,大范围的动态变化,某些地方像军乐团演奏,它集戏剧、死亡、再生、冲突于一身,既庄重、哀痛又令人热血沸腾。乐曲中喷射出的巨大的感情张力,截然不同于此前那些“和颜悦色”、“温文尔雅”的音乐风格。所以维也纳人听完后大惑不解,海顿在首演之后评说:完完全全是新的,从今天起音乐不同了。

就第二乐章来说,虽小标题是“葬礼进行曲”,但情感之丰富,也绝非悲恸一词可以概括的了的。更有意思的是,若将此曲和贝多芬 1804 年开始构思的《命运交响曲》相比较,你可能会产生一个感觉:《命运交响曲》表现的是英雄气质,而《英雄交响曲》刻画的是命运的颠簸。

在二战中，纳粹德国在电台宣布投降消息后随即播放该曲。

马勒《第五交响曲第一乐章》

(Mahler,Symphony No.5 Op. 1st mvt)

首演于1904年,表现了生命与死亡的“自然”之声,些许歇斯底里的哀泣和狂悲,被评为同类音乐中“未有可与伦比者”。

莫扎特

(Mozart,masonic funeral music K497a/K477)

李斯特

(Liszt,Funeral march,in memory of Maximilian I,S.163)

门德尔松

(Mendelssohn,Song without words Op.62 No.3)

柴可夫斯基

(Tchaikovsky,String quartet No.3 in E flat minor Op.30 3rd mvt)

揭开谜底

久负盛名的旷世佳作一定内涵丰富且深邃，艺术上具有多变的戏剧性张力和迷人的魅力。细细品味这样的曲子，既是在探索作曲家的内心世界,也是在探索自己。

贝多芬的“复活”

贝多芬《G 大调第四钢琴协奏曲》

(Beethoven,Piano concerto No.4 in G major Op.58)

谱写于1806年。那几年正值贝多芬的创作高峰期,从1804年至1808年他完成了《英雄交响曲》《热情奏鸣曲》,歌剧《费德里奥》,弦乐四重奏《拉莫穆夫斯基》《第四交响曲》《D大调小提琴协奏曲》《命运交响曲》和《田园交响曲》等多部著名的乐章。这个阶段贝多芬意气风发,慷慨激昂。而他的爱情生活也不错,虽没有如愿结婚,也不乏恋人陪伴。令人们疑惑的是,为何《G大调第四钢琴协奏曲》与其他上述音乐风格迥然不同,既不是火山爆发,也不是柔情似水。该曲激情的表现富于变化,且具有悲剧气息乃至深刻的伤感,反映出作曲家不可琢磨的内心世界。这个独特的作品给后世留下了一个谜。

笔者对该乐曲深为叹服,一些体会写在下面与读者分享。

第一乐章是以钢琴开始的,这一点就颠覆了传统,然而最重要的是,钢琴与随即出场的弦乐,那头几个乐句似乎是从莫扎特《安魂曲》的《圣哉经》中飘出,颇像《安魂曲》的即兴之作。这是该曲伤感的根源。灵魂在走向坟墓,但这是一个坚强不屈且高贵纯洁的灵魂,蔑视死亡的灵魂。第二主旋律有点进行曲的味道,精彩的表现了这种悲剧型的英雄气概。钢琴不论是合奏还是独奏,都是激动不安的,其中还夹有反抗死亡的呐喊。副旋律优美抒情,被笔者称为“生命之歌”,它与第二主旋律相辅相成,交相辉映。尽管“安魂曲”唱不绝声,有时还带着哭腔,但对抗一直在进行中,魂难安息,死神也没有办法,至结尾还没平静下来。

第二乐章很短,只有5分钟,不过对揭开全曲的面纱至为关键。我们一开始听到的是赤裸裸的威胁和恐吓。钢琴却轻声细语作答,不紧不慢。几个回合下来,优美的钢琴柔中有刚,以柔克刚,那凶悍的吼叫力穷势微了。

评论这段乐曲,李斯特讲的好:这是奥菲欧吹着芦笛训服一群猛兽的音乐啊!李斯特这么讲是因为有一个希腊神话故事。奥菲欧的妻子被蛇咬死,奥菲欧痛不欲生。他冒着生命危险进入地府,要将妻子带回人间。奥菲欧用自己优美的音乐与守卫冥河及囚禁妻子的那些魔鬼对话,终于连冥王都受到感动而答应了奥菲欧的请求。很多人将这段神话与本乐章相联。同时还有另外一个说法。贝多芬的灵感来自一幅油画,画中题材为狄比斯女皇的遭遇。狄比斯女皇(尼俄柏)因为言语冒犯了神灵,受到惩罚,14个子女全都丧生,而她过度悲伤变成石柱。果真如此的话,依贝多芬的性格,他一定是怀着巨大的同情心来写本曲的。

所以本乐章强烈的戏剧性就在于钢琴与乐队的对话,以及钢琴独白自己的诉求。在本乐章结束前,双方逐渐平静下来,暗示鬼神已默然应允了。

第三乐章几乎与第二乐章无缝连结,拨云见日,全场欢腾,真如同小型的《欢乐颂》。钢琴载歌载舞,气氛喜极而泣,还有比获得重生更激动人心的吗?乐章结束前似乎与众神有黯然的告别,然后一步跨过冥河幽界。

这个作品的不寻常,不单纯就是因为它精彩的故事和丰富的内涵。不是吗?第一乐章不死魂魄,第二乐章鬼神放行,第三乐章欢庆再生。

所以笔者认为作曲家的中心意图就是"复活"。从无限热爱生命的角度来表现作曲家不屈不挠的精神世界。正在遭受尊严危机的人听到此曲无不热泪盈眶,因为只有纯洁高贵的灵魂才会从磨难中"复活"。

读者、笔者是不是捡到了开启贝多芬《第四钢琴协奏曲》之谜的钥匙呢?

莫扎特的“悲喜交集”

莫扎特《第 23 号钢琴协奏曲》

(Mozart,piano concerto 23 in A major,K488)

聆听莫扎特后期的音乐,笔者总是怀着一种敬畏的心理。他的音乐有时不仅是激起心中的涟漪,而是像旋风一样,掀动心中的轩然大波。你的魂魄被他牢牢抓在手里,上天入地,大起大落。比如《第 23 号钢琴协奏曲》就是这样。一般认为莫扎特的作品都是充满了阳光和雨露,欢乐和童真。其实不然,莫扎特的第 23 号钢琴协奏曲就告诉了你另外一个莫扎特, 这首曲子于 1786 年 3 月 2 日完成,莫扎特对他这首曲子非常满意,曾亲自指挥演出。

这首曲子曾被前苏联领导人斯大林偏爱,他从无线电收听到苏联女钢琴师尤金娜的演奏后,连夜亲自打电话去电台索取唱片。实际上当时并没有录制唱片,这一来吓得电台负责人半死,立即召集尤金娜和乐队连夜赶制唱片。两个乐队指挥接到悠关生死的电话后都立刻瘫痪在地,无法前去电台。第三个指挥还算神志清醒,紧张忙乎了一夜,总算于第二天清晨将唱片送达克里姆林宫。斯大林死后,在他的唱机中发现的唱片就是莫扎特的第 23 号钢琴协奏曲,显然这是他死前最后听的曲子。

这首曲子有一个特殊之处:不同的人听,其感受可能截然相反。一个初出茅庐的青年会觉得浪漫和遐想。一个饱经沧桑的人就听到了悲哀和伤痛。有些内涵深刻的作品就是需要丰富的阅历才可窥测洞深。尤其是莫扎特,他太知道如何用音乐对心灵产生不可抗拒的诱惑了。

在莫扎特的协奏曲中,这一首最具歌唱性。全曲分三个乐章。分别倾诉了三段截然不同的感情。乐队用单簧管单代替双簧管,并且不用小号和鼓,使得全曲诗意盎然。乐队虽分三组:钢琴、弦乐和管乐,但至少像四个歌唱家,分别唱出自己的咏叹调,俨然是一出波澜壮阔的大歌剧。

第一乐章有两个呈示部,这是莫扎特的一个创新。第一呈示部有两个弦乐展开的优雅的主题群。第二呈示部有两个钢琴展开的柔和的主题群。此外在弦乐第一主题群内部有强烈的对比性乐思,即存在一个过渡段主题,从而加强了主题之间的对比和全曲的戏剧性和感染力。

音乐从略显忐忑不安的弦乐和低沉悠长的管乐开始。忽然弦乐激动起来(过渡段主题),一波高过一波,像是呐喊,带着心底的颤抖和抽泣,又如同一个受伤的灵魂在作"天问"。激动的情感如火山爆发,将压抑心底已久的郁闷一下子宣泄出来,弦乐的过渡段旋律在本乐章中重复了5次,钢琴都紧随其后以不同的歌唱来回应,好像在努力的劝慰弦乐,面对长歌当哭有些强颜欢笑,且越来越心平气和。在本来可能出现的冲突中,由于莫扎特对管弦乐曲都做了华丽的装饰,使得悲和喜竟混合在一起,变成了"含笑的眼泪"。最后一段钢琴曲,似乎要将弦乐带进一个新世界。管乐在弦乐与钢琴的冲突之间平静的推波助澜,游移调和。使得整个乐章既表现出流畅优雅,又不失自然纯真。第一乐章在平和的气氛中结束。

在第二乐章里,弦乐不再激动。只是与管乐一起轻声的哭泣。乐曲从钢琴轻轻的叹息和焦虑不安开始,忧愁,沉闷。像是在一遍一遍的问:光明在哪里?管乐的回答似乎是:无可奈何。钢琴继续它的长吁短叹和哭诉,管乐和弦乐随声附和着,都是心事重重,一筹莫展。钢琴又找到了独白的机会,心被重铅挤压着,诉说的只能是孤独、悲怆。钢琴越弹越缓慢,举步维艰,无路可走。管乐和弦乐也在哀痛和压抑中徘徊。全乐队陷入深不见底的忧郁,和毫无希望的渴望之中。乐章结束前,钢琴在心中滴泪,管乐悠长叹息。这一乐章特别受到电影导演和配乐的青睐,曾现身几部有影响的电影中。

从第三乐章一开始,整个乐队都活泼起来。阴霾一下子被扫除掉,又像在黑夜中,圣诞彩灯突然照亮了天际。钢琴是最快活的,奏出了飘飘欲仙的舞曲,管乐与弦乐在轻轻的打着拍子。这神来之笔仿佛让我们看到了洋洋得意的莫扎特连蹦带跳的从远处走过来。这一切似乎都发生在天堂里,天堂中有悲伤,也有快乐,绝非凡人所悟。不过,在天堂的舞会上,莫扎特是不是又戴上了假面具了呢?

全曲所描写的感情是莫扎特自己的,还是他从别人心中观察到的,无从考证了。但它是诉之于心灵,用戏剧性和诗意皆浓厚的协奏曲表现出来,而且悲喜交集。只是有的人听到"悲"多一点儿,有的人听到"喜"多一点儿。不管怎么样,这是一首无与伦比的旷世佳作!

莫扎特的"长夜无眠"

莫扎特《G 小调第 40 号交响曲》

(Mozart symphony No.40,G minor,K550)

完成于 1788 年 7 月 25 日。而在此前后短短的 6 周内,他还创作了第 39 号交响曲(E flat major K543)和第 41 号交响曲(K551,C major)。第 39 号交响曲美妙、开朗、朝气蓬勃,被人们尊称为"天鹅之歌"。第 41 号交响曲以壮丽堂皇,大气磅礴著称,所以出版时以万神之主"朱庇特"来称呼它。而对于莫扎特的第 40 号交响曲,读者就会看到不同的评论和介绍。有人说它热情洋溢,青春律动;有人说它伤感哀愁,悲怆战栗;还有人比喻此作品为莫扎特的"命运交响曲"。

本交响曲分 4 个乐章。第一乐章没有引子,直接进入第一主题,这就是人们所熟悉的乐句。像是舞蹈又像是歌唱,不过中提琴的颤抖声和半音下行,使剧情是在叹息和忧郁的气氛中展开。第二主题进入后(0:49),似乎在抒情,但绝没有缓和气氛,反而加深了悲怆感。至(1:54) 呈示部结束,然后反复呈示部至发展部开始(3:50)。这时乐章进行到了一半,调性发生了转移,不安和紧张加剧。乐队时而激动时而低沉,高潮时长笛,双簧管和小提琴声音尖锐,有的乐团拉出了哭腔,大管呜咽哽塞。至此对第一主题应有重新的认识,第一主题虽是跳跃式的,但给人一种急促的感觉。头几句会被听成是青春活泼,那是只注意上句悸动没留心下句叹息的结果。而且随着第一主题的变形,越听越觉沉重压抑,阴郁的乌云笼罩,悲凉的潮水一波又一波的冲刷心头。朝气蓬勃是说不上了。(5:02)开始再现部,至结束(8:0)。全乐章仿佛描绘了一个梦境,勾魂摄魄的乐曲从另一个世界传来,呼唤你去看个究竟。

第二乐章,月上东山,不知是地狱放风,还是坐月光滑梯从天庭溜号,精灵们一下子聚集起来,唱着哀怨的歌,或者步伐沉重或者轻盈飘浮的跳起舞来。第三乐章和第四乐章都是呈现精灵们迷人的舞姿。不过,再怎么充满活力,都没有摆脱阴沉与伤感的气氛。直至月宫西斜,众精灵尽兴散去。在这里多谈几句第四乐章,因为第四乐章是典型的奏鸣曲式。在这个乐章的呈示部有两个旋律。主部旋律沉重、强悍,相比之下副部旋律轻松、优美。这仿佛是精灵们的大主角出台了,小精灵们伴舞。在发展部,大主角的舞蹈令人紧张,好像东一榔头西一棒子,又像在宣泄什么,而小精灵们只得站在一边看。最后大主角恢复常态,小精灵们又来伴舞,可这一次小精灵们倒变得忧郁起来了。

夜游的构思100年后再现于柴可夫斯基的芭蕾舞剧《核桃钳子》中:一个孩童漫游糖果王国,观赏群仙的欢迎舞会。莫扎特当时乐思泉涌,他一定是连夜写作第40号交响曲,长夜无眠,冥冥之中误入精灵的舞会,才在夜色深处有如此惊人的奇遇。

此曲创作精巧,平衡和谐,是音乐史上少数几件完美无瑕的杰作之一。本曲作为纯音乐来欣赏,给人以异乎寻常的美感。难怪该曲与贝多芬的《命运》是世界各国演奏最多的交响曲目。

也正如笔者在"探索莫扎特"一章中所讲的,没有人知道莫扎特的创作灵感是从哪里来的,你无法从他当时的生活状况或突发事件中去分析他的创作动机。他是要表现音乐的美,不是用音乐表现自己。不过,他的情绪和幻想,还是会从音乐的字里行间流露出来。笔者比较倾向这样的见解,莫扎特此时已经预感到死亡临近,如他自己在 1787 年所说,“我虽年轻,可是我每天上床都会想到也许我活不到明天;认识我的人谁也不能说我流露出过抑郁、忧伤的心情。我有这种福气,真要感谢上帝,我真心祝福别人也有这种福气”。在莫扎特看来, 死神并不是恶魔,和精灵们在一起歌舞也是人生快事,这就是他在曲子中透露出的哲理。

再总结一下他的最后这三个交响曲吧, 第 39 号交响曲是写人间春色,第 40 号交响曲是写夜半精灵,第 41 号交响曲是写阳光普照,分别表达了三种意境,三种情感。在“诱惑之美”一章中笔者建议读者比较一下“天鹅湖”中描写白天鹅与黑天鹅的音乐。同样在这里读者可以比较一下莫扎特这三首交响曲的第一乐章。首先第 39 号交响曲全曲都是载歌载舞的节奏和旋律,尤其在第一乐章中我们仿佛听到了生命的脚步声, 人类立足了,人类雀跃欢腾了。而在第 41 号交响曲的第一乐章中,则可以给我们两种感觉。一是向外的冲击力,一股强大的、炽热的能量向宇宙的各个角落发射出去。另一个是在冬日下那种温馨的,暖洋洋的感觉,所以笔者觉得用“太阳神”来概括第 41 号交响曲会更贴切些。莫扎特的最后这三个交响曲把天地人都包揽进去了,或者说是人、阴和阳。而且集中体现了莫扎特对人生,对人间的大爱。

勃拉姆斯的“野心”

勃拉姆斯《C 小调第一交响曲》

(Brahms,Symphony No.1 in C minor Op.68)

勃拉姆斯从 1854 年(21 岁)构思此曲,至 1876 年(43 岁)

最终完成并首演,前后一共用了 21 年时间,可谓精雕细琢、千锤百炼,这样一个作品实在应该听一听。不过,勃拉姆斯的大作品一般被认为晦涩难懂,挪威作曲家格里格评论说,勃拉姆斯是处在“被雾霭和云翳遮掩着的境界里”。当然这与他的内向和内省的性格密切相关的。而且当时音乐界的情况是,瓦格纳、李斯特派的新音乐铺天盖地而来,以勃拉姆斯为首的少数几个人坚持古典主义的道路,势单力孤。公众的期望,再加之他律己甚严,对作品一丝不苟,所以好事多磨了那么多年。这是一个纯音乐作品,人们总是把这个作品与贝多芬的交响曲作比较,甚至被人夸张的称之为“贝多芬第十交响曲”。

对于写这样一个作品,勃拉姆斯曾说过,“你不知道这个家伙(指贝多芬)怎么阻碍了我前进”,“当我创作时,背后总是传来巨人沉重的脚步声,那是个什么滋味”。这正是勃拉姆斯的心里话,一语道出了他写这首交响曲时的复杂的心历路程,也是打开这首曲子大门的一把钥匙。一个曲子写了这么长时间应该不是一时的灵感,而是自己长期的内心的体验。一个年轻人有了超越伟人前辈的“野心”,但觉得心有余力不足,又出于自我中心而不允许失败,面对这样一个命运的挑战,那他内心一定是风起云涌,各种感情的河流都在奔腾着、交汇着,波澜壮阔。所以这是一首是来自心灵深处的交响曲。下面以富特文格勒(Furtwangler)的指挥演出为例,对第一乐章所表达的情绪作简单说明。

0’	全曲以鼓声开始,就是巨人在身后的沉重的脚步声,造成了一种心理上的巨大压力,彷徨、无奈
44”	孤单、不安、如履薄冰
1’21”	痛苦挣扎、迷茫
1’45”	渴望、幻想,时而振奋
3’23”	雄心壮志、有些固执、使命感
4’54”	平静中的不平静、积蓄力量

5’53”　号角在心中吹响，勇气倍增，情绪高涨

6’56”　诚惶诚恐，感到泄气、无力

7’35”　意志坚定起来，充满活力和挑战精神

8’35’　低声哭泣，慌乱、沮丧

9’35”　咆哮呐喊，不甘示弱、豪情满怀

10’52”　信心满满，舒了一口气

11’57”　又被号角呼唤

12’10　雄心勃勃、激昂、大步向前

13’09”　沉思、从容

13’40　紧张、犹豫自问

14’49”　第一乐章结束

可以听到，第一乐章以波动的音型，大幅度变化的力度及浓郁的音响色彩，表现出情绪跌宕起伏，心潮汹涌澎湃，悲情与豪情错综交织，这正是欣赏的要点。

第二乐章开头似乎是承接第一乐章末尾的气氛，唱起了低沉的孤独的歌。第二主题由单簧管燃起了希望的火花，但不久便显得满腹心事，不知向谁诉说。一会儿淡定一会儿烦恼。总体上该乐章是平静的，既有站在理想山峰上的情怀，又有高处不胜寒的不安。

第三乐章温暖、清新多了，气氛活跃，生机勃勃。表现了内心的柔情和满足。

第四乐章有如对第一乐章的心情作整理和总结，而且深化到庄严、神圣，既乐观又悲壮，决心更加坚定，最后以暴风雨般的快感结束。

虽然在曲子中多处可见贝多芬第五交响曲中著名的三短一长的音型，在第四乐章中又可分辨出近似第九交响曲欢乐颂的旋律，但该曲并没有像贝多芬那样“狂放张扬”，反而是内省和恭谦的多。也不像浪漫时期衷情于超自然和传奇。勃拉姆斯表现的是一个普通人的真实的内心世界，尤其是当一个人立志

魔术。他笑了,他看着白昼已经过去,黑夜正在降临。

听听看贝多芬是如何把我们带进他的世界。

第一乐章(约 7'),小提琴,大提琴,你一声我一声,高一声低一声的哀诉,空气安静、凝固。一幅深冬落日的肃杀画面。对此乐章的评论已在"凄美伤感"一章中论及。类似这种黯然、压抑的乐章,在贝多芬的作品中典型的是《第 3 交响曲》葬礼进行曲、《第 5 交响曲》第三乐章、《第 9 交响曲》第一乐章、《第 23 号钢琴奏鸣曲"热情"》第一、二乐章、《第 11 号 F 小调弦乐四重奏》Op.95,不过还是在这个乐章中,悲剧气氛表现的最为强烈和深刻。

第二乐章(约 3'),心情好起来,直到兴高采烈,有点像农民喜庆丰收。

第三乐章(约 44"),很短的宣叙调,承上启下的作用。

第四乐章(约 14'),最长的乐章,有 6 个精彩的变奏。从抒情开始,4 把提琴如同一部轻歌剧中的 4 个演员, 边唱边跳,又敲又打。时而谈吐幽默,气氛活跃;时而平和,充满沉思。不过表演到一半时,气氛变了,走向孤独寂寞,甚至透露出如履薄冰的恐惧。

第五乐章(约 6'),近于疯癫、狂躁的舞,神经质的兴奋。感觉进入了超现实状态。

第六乐章(约 2'),又以宣叙调作过渡,像内省的祈祷,又像挽歌,凄美的令人心碎。

第七乐章(约 7'),以一种神经错乱般地舞蹈开始,既像魔幻之舞,又像骷髅之舞,在竭尽全力、挑战身体极限的跳。不过跳到最后,竟然让人意识到,啊,外星人之舞!

这个曲子的确在情感的深度和广度上超出常人的想象力,甚至有一些思绪怪诞。如果用一个简单的理由来解释,那就是贝多芬大脑的潜意识细胞正在跃跃欲试。他不再挑战眼前的世界,而是要撞开另一扇臆想的大门。

这首曲子使笔者联想到贝多芬的一首著名的交响曲：

《A 大调第七交响曲》

(Beethoven,Symphony No.7 in A major Op.92)

创作于 1812 年。全曲因其欢快、剧烈的舞蹈节奏而被称为“舞蹈的交响曲”。

第一乐章,一开始就好像将人引入一个未知的境地,然后展开了被柏辽兹称之为“农人的轮舞”。但随着巨大能量的蕴藏和逐步迸发,舞蹈实际上已超越了人的极限。对此韦伯的异议是,“贝多芬是该进疯人院了。”

第二乐章,不少人认为是葬礼进行曲气氛,但表现出的优美迷人,在首演时即大受欢迎,被要求安可重复。笔者感觉那是在时暗时明的环境中一种怪异的,别具魅力的集体舞。

第三乐章,一次又一次龙卷风般地旋转横扫大地。

第四乐章,音乐转为疯狂的地动山摇,就像宇宙流向四面八方喷射。许多人想象为酒神的狂怒。瓦格纳称之为“舞曲的极品”。柴可夫斯基说,这是“一整套奇想的图画,充溢着不羁的欢乐、生命所带来的福祉和愉悦的感受”。不过相反的评论认为“就像一群牦牛在跳来跳去”。

写作此曲时贝多芬已几乎全部耳聋了。但是作为音乐家的他,他的世界未必是寂静的,他内心可能听到了更多的东西。他的潜意识不知什么时候就会被调动起来。所以正常人对这样的纯音乐作品分析起来就会有大的差异,谁说的都有道理。笔者觉得贝多芬的《第七个交响曲》与上面的《第 14 号弦乐四重奏》相似,不论他从何种心理出发:自我救赎、自我慰藉、孤芳自赏或者愤愤不平等等,在幻觉中他昏昏沉沉的走进了精灵、舞仙、醉神的禁地,与诸神共舞,一发不可收拾。听众会问,把伟大的作曲家的伟大作品归因如此,是不是太过简单了,其实很可能就是如此。

李斯特“与灵魂对话”

李斯特《B小调钢琴奏鸣曲》

(Liszt, Piano sonata in B minor S178)

于1853年完成,那时李斯特42岁。该曲题献给舒曼,以回报舒曼1836题献给李斯特的《C大调幻想曲》。李斯特擅长写标题音乐,但这首没有标题,作曲家本人事后也未作任何暗示和说明。再加之本曲结构新颖,演奏难度高,成了技巧水平的试金石。挑战性使该曲极受钢琴家的欢迎和青睐,几乎所有名气大的钢琴家都留下过录音。但对该曲的诠释则是仁者见仁,智者见智,颇具争议。有人说是李斯特的音乐自传,有人说是史诗《失乐园》的描写,李斯特的弟子坚持认为是浮士德的音乐化。这样各位大师在演奏上就有区别。关于此曲的评价也是南辕北辙。舒曼本人因病重无法发表意见,舒曼·克拉拉认为“内容空洞、噪音、不和谐、一无是处。”瓦格纳则称其“深刻而高贵。”在这里笔者从听众感受的角度,作一简要的讨论。

李斯特的钢琴演奏技巧在12岁时已誉满欧洲, 作为艺术家,他的名声在青年时就如日中天。李斯特不仅钢琴技艺超群,而且深知如何调动在场听众的情绪,令演奏会气氛沸腾。李斯特的个人魅力无人可及。正是他的个人魅力、荣誉和声望,再加之他的长寿(几乎生活在整个浪漫时期),李斯特成为了浪漫时期的重量级大师。但李斯特有些什么缺憾呢,作曲!李斯特不是一个天才型的作曲家。在巴黎时,肖邦就认为李斯特作曲是不务正业。可是李斯特心高气傲,有强烈的企图心和抱负,他和好友柏辽兹一样在寻求创新。他38岁时开始与俄国卡洛琳公主同居。公主劝他淡出演奏生涯,转向音乐创作事业。已经享受到生活和荣誉的李斯特听从了这个劝告, 在家钻研文学和历史。这首《B小调钢琴奏鸣曲》就是他潜心作曲后完成的第一个大作品。尽管他有一些优秀的作品构思较早,但完成和发表都在这之后,例如《前奏曲》(1854)、《浮士德交响曲》(1857)、《旦丁交响曲》(1856)、《匈牙利狂想曲》(1886) 以及大部分交响诗。

这首奏鸣曲不同于传统的奏鸣曲，它只有一个连续的乐章。不过仍可分为三个部分。开头似乎是进入了庄严的灵魂世界,4 个动机元素接踵而来(也可以认为更多)。中间部分像是发展部,缓慢、沉思中伴随着高声吟诵。第三部分恢复了活泼的气氛,对各个主题动机变形和编织,最后走向安详的结尾。听《B 小调钢琴奏鸣曲》会感到诸多的对比冲突:庄重与浮华、雄辩与无序、激烈与平静、狂暴与柔美。显示出李斯特内心的矛盾和烦恼。这不应该是内心的魔鬼在作怪,而是当时音乐界日益对立的两大阵营给李斯特带来的压力,如何开创一条新路,令音乐无拘无束，是李斯特的烦恼。这正如他的另一好友圣桑所说，“他想说什么就说什么，他唯一烦恼的是如何才能把它尽量说好。”笔者认为,该曲是作曲家与自己灵魂的对话和独白,作曲家在寻求智慧和力量,及心理平衡。如果这个作品确实在披露或暗示作曲家的内心世界,那该作品的艺术性应是李斯特作品中最高的。

怀旧与冥思

拉威尔的相当纯真的作品当属《去世公主的孔雀舞》。全曲宁静优雅又充满了感性的怀旧，给人以余音绕梁、三日不绝之感。拉威尔的响彻全球的《波莱罗舞曲》更是一曲难忘。

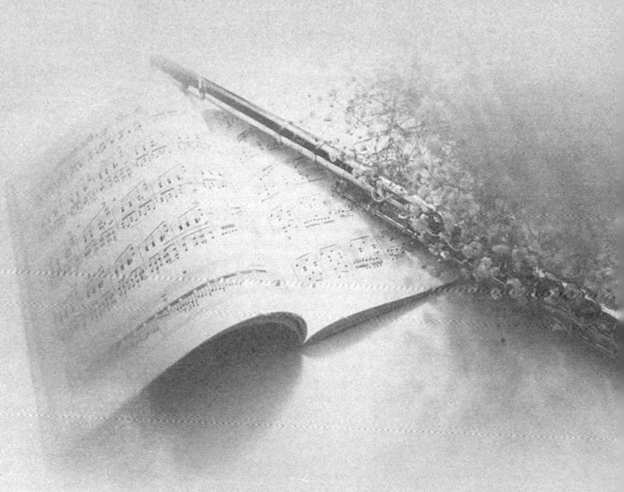

门德尔松《第三号交响曲》

(Mendelssohn,Symphony No.3 in A minor Op.56,“Scottish”)

完成于1842年。门德尔松于1829年访问英国时去了苏格兰高地,仅此一次就给他留下了难忘的印象。虽然从1829年开始构思,不过至完成已过了13年了。门德尔松一共发表了5首交响曲,这首是最后谱写完的,发表顺序为第三号。发表时门德尔松未加任何副标题,被称为“苏格兰交响曲”是因为1829年在他的家信中他提到,他要写一首苏格兰交响曲。于是引发了一个十分有趣的问题:门德尔松真是在写苏格兰吗?在这里有两种意见。一些乐评人认为音乐中含有苏格兰歌曲、礼仪、甚至风笛的风格,描写了苏格兰的风景、民族风情乃至苏格兰武士的战斗。另一派乐评人认为该曲没有苏格兰民间曲调,也没有苏格兰的传说和景色画面。它就是一首纯音乐作品,如同莫扎特的布拉格交响曲或海顿的伦敦交响曲,都不是描写本地。笔者倾向于后一种看法。门德尔松参观了一个修道院废墟——苏格兰女王曾经居住过的地方,一个见证过血腥屠杀的地方。人亡楼空,令门德尔松不胜唏嘘。苏格兰的历史,眼前的废墟勾起了门德尔松浓浓的怀旧情结,他的灵魂被想象的历史画面所缠绕,他的创作灵感在苏格兰土地上被激发。

《第三号交响曲》全曲都是在表达一种变化着的心情,即挥之不去的历史在心中激荡出的波澜,倒流的时光与今生今时撞击溅射的浪花。第一和第三乐章都显忧伤、凄凉、惋惜、怀念和冥思。人似乎漂浮在历史的大海上任凭风浪摆布。第三乐章是门德尔松管弦乐作品中最棒最具浪漫风格的乐章。而第二和第四乐章活泼、激动、热情乃至狂热。感性上,心中对历史的爱恨情仇是可以用音乐完美的表现出来的,门德尔松的《第三号交响曲》做到了。该曲子应是门德尔松的作品中最深刻,最打动人心的一首。

德尔德拉《D大调纪念曲》
(Frantisek Drdla,Souvenir in D major for violin and piano)

捷克作曲家德尔德拉的这首小提琴曲已成为世界著名的小提琴曲之一。据说是他在维也纳乘车路过舒伯特之墓时,一下子感慨万分,乐思泉涌,当即将谱曲写在车票上,成就了一首深切怀古的绕梁之音。

布鲁赫《苏格兰幻想曲》
(Bruch,Scottish Fantasy Op.46)

1880年首演,是布鲁赫著名的作品之一。布鲁赫大量收集瑞典、俄罗斯、犹太人、苏格兰的民歌作为创作素材,在这方面成绩斐然。《苏格兰幻想曲》的4个乐章全都采用苏格兰古老的民歌旋律。序曲即展开了凄美和阵阵哀伤的气氛,然后4个乐章描述了爱情、舞蹈、庆典和战歌,将古代苏格兰民族的生活形象一一想象出来,是一首典型的怀旧幻想曲。

格里格《霍尔堡组曲第四号》
(Grieg,Holberg suite Op. 40 No.4 Air)

创作于1884年,为了纪念丹麦剧作家霍尔堡诞辰200周年而作,原为钢琴组曲,共5个曲子。第二年作曲家将其改编成弦乐作品。该组曲虽不如作曲家的皮尔金组曲有名气,但艺术水平很高。其中的第四个曲子为咏叹调(Air)。该曲子可分为4个部分,除了第三部分让人宽慰之外,其余3个部分却好像是掉进了孤独的深渊,爬都爬不出来,这种感觉以听弦乐曲最为强烈。本曲为又一典型的怀旧型幻想曲。

肖邦《纪念帕格尼尼》
(Chopin,Variations in A major "Souvenir de Paganini")

小提琴家帕格尼尼曾于1829年5月带着他的《威尼斯狂欢节》来到华沙。那出神入化的演奏给肖邦留下了非常深刻的印象。当时肖邦还是音乐学院的学生,音乐会之后他谱写了的这首《A大调"纪念帕格尼尼"主题变奏曲》,又名《回忆帕格尼尼》。

不过该曲是在他去世后多年才发表出来。现在不时出现在音乐会节目单上。

勃拉姆斯《第三交响曲第三乐章》

(Brahms, Symphony No.3 in F major 3rd mvt)

创作于1883年。该乐章温暖、些许忧伤、充满着怀旧的情境。全曲曾被人誉为“英雄”交响曲,不过克拉拉称之为“森林的牧歌”。笔者觉得后者更贴切。

勃拉姆斯《B小调单簧管五重奏》

(Brahms, Quintet for clarinet and strings in B minor Op.115)

完成于1891年。当时勃拉姆斯58岁,本已打算封笔退休,他说,“我已经工作的足够多了,现在该是年轻人接替的时候了”。可就在这个当口,他认识了一个出色的单簧管演奏家,于是又激起了他的创作热情。从1891年至1894年他一口气写了4部单簧管作品,其中以《单簧管五重奏》最为杰出,被认为是自莫扎特之后精彩的传世之作。

作曲家充分利用单簧管的音色特点将晚年那种温暖的怀旧、惆怅和伤感淋漓尽致的表现出来,尤其是在本曲的第一和第二乐章中,呈现给听众一幅幅的图景:一面是硕果累累的秋日,红叶遍野,一面是秋风萧瑟,落日斜阳。这种又红又黄的混合的自然景象,造成了人内心的又明又暗的触景生情。勃拉姆斯虽然没说他在描绘深秋,但听众可以听出:乐曲在外弥漫着沉甸甸的、悲伤的气氛,在内是温暖柔和的浪漫以及轻松和愉悦。当克拉拉第一次听到这个曲子后,她写道,“这真的是一个令人惊叹的作品,悲伤的单簧管抓住人心,震撼人心,多么有意思,它还充满着深远的意义”。当时72岁的克拉拉真不愧是勃拉姆斯的红颜知己呀。

第二乐章“柔板”就挺有意思,不仅委婉动人,其实还经历了两个季节:前半段的意境为暖暖的夏夜之梦,或是懒洋洋的夜曲;后半段过渡为一场秋雨一场凉的悲秋,希望转向失望、爱丽，气氛悠然自得，又颇似与它人握手言欢，一切都冷静下来了，留下的是猜不透的决心和微笑的神韵。尤其是第三乐章，是贝多芬拿手的柔板。一开始唱起了庄严的圣歌，用情之深令人感动。中间部分缓缓的进入了一种心情沉重、冥思苦想的状态，像是对一生的回顾。接着，文雅的、感恩的赞歌再现，到结尾时竟发觉浸沉在轻柔的摇篮曲中。

布鲁赫《G 小调小提琴协奏曲》

(Bruch Violin concerto No.1 in G minor Op.26)

完成并首演于 1886 年，但据悉作曲家 9 年前即开始构思，1884 年动手谱写。写作期间与小提琴一代宗师约阿希姆多有沟通，完成后将此曲献给约阿希姆。布鲁赫本人对此曲的预言是“随着时间的流逝，布拉姆斯会得到更多人的欣赏，而我的大部分作品都将被慢慢遗忘。50 年之后，他将成为历史上最杰出的作曲大师之一，而我只有一部《G 小调小提琴协奏曲》还能被人记起。”布鲁赫作此预言是他坚信，他的这部作品是发自内心且一定能打动人心。乐曲形式上较自由，不论是第一乐章平静的向云端伸展、忧郁的在原地打转，还是第二乐章回归歌谣遍野的世外桃源，都表现出曲子的与众不同之处：它充满了激情的、甜美的冥想。第三乐章华美且强劲有力，似乎是冥想之后眼前豁然开朗，喜悦之情难以抑制：久盼的精神家园终于找到了。

罗斯拉维兹《冥想曲》

(Roslavets, Meditation for cello and piano)

作于 1921 年。他的《冥想曲》充满了戏剧性、神秘感、和压抑着的激情，表现出冥想的美。罗斯拉维兹被称为“俄罗斯的勋伯格”。

柴可夫斯基《冥想曲，回忆留恋的地方》

(Tchaikovsky, Souvenir d'un Lier Op.42 No.1(Meditation) in D minor)

创作于 1878 年春天。当时柴可夫斯基正在瑞士写他的“小提琴协奏曲”，本打算用“冥想曲”作为协奏曲的慢乐章，但他觉得还是太轻微而放弃了。没多久他去了乌克兰的一个乡村疗养渡假，是他的赞助人梅克尔夫人提供的地方。在那里柴可夫斯基完成了全部这首曲子，并以“回忆留恋的地方”为标题发表，以示对梅克尔夫人的感谢和对美好景色的记忆。该曲有 3 个乐章，第一乐章即是《冥想曲》。其他两个乐章分别为《旋律》和《诙谐曲》。实际上，后来《冥想曲》已成为独立演奏的篇章。闭上眼睛，让《冥想曲》把你带入你似曾相识的那个碧波荡漾，山明水秀的地方吧。该曲最初是用钢琴和小提琴写的。1896 年格拉祖诺夫将其改编成小提琴和管弦乐曲，而 1891 年格拉祖诺夫自己也有类似的作品。

格拉祖诺夫《冥想曲》

(Glazunov, Meditation for violin and piano in D major Op.32 or for violin and orchestra)

俄国作曲家格拉祖诺夫受柴可夫斯基和格林卡的影响很深。他已经属于 20 世纪了，但在音乐创作上仍相当保守。他的音乐优美安宁，且具有从远处，从迷雾中透视沉思的特征。

柴可夫斯基《D 小调弦乐六重奏“佛罗伦萨的回忆”》

(Tchakovsky, Stringsextet in D minor Souvenir de Florence)

创作于 1890 年。柴可夫斯基曾两次造访意大利佛罗伦萨，第一次是演出芭蕾舞剧《睡美人》，第二次是写作歌剧《黑桃皇后》。佛罗伦萨给他留下了非常美好的印象，为此他创作此曲留念。全曲 4 个乐章。他用层出不穷的绝美旋律将这座古城包围，任由音符流淌进每一条街道，每一个角落。第二乐章真像俄罗斯歌手站在桥头引吭高歌。乐章中引用了作曲家著名的“如歌的行板”，一首以乌克兰民歌为基础的凄美乐段。而最后的两个乐章最清楚不过的是用俄罗斯民间的旋律和节奏来表达作曲家对该城的兴致勃勃和怀念情结。全曲都是俄罗斯风格，这是柴可夫斯基与众不同之处。

山,行云流水,平湖秋月,轻舟逐浪。

科雷列《小提琴奏鸣曲》

(Corelli,Violin sonata Op.5 No.12 La folia)

意大利作曲家兼小提琴家(1653-1713)。他被认可为"世界第一个伟大的小提琴家","现代小提琴技术奠基人"和"大协奏曲之父"。他的12首编号为Op.5的《小提琴奏鸣曲》是他的代表作,其中第十二首《La Folia》最著名。另外他的编号为Op.6的《大协奏曲》(Concerti Grosso Op.6)也非常值得品味和欣赏。其中第八首为"圣诞协奏曲"(Concerti Grosso Op.6 No.8)。大协奏曲是由两组乐器轮流演奏,形成对比和呼应:一组为两把小提琴和一把大提琴,另一组为弦乐大乐队。

阿尔比诺尼《双簧管协奏曲》

(Albinoni,Oboe concerto Op.9 No.2)

意大利作曲家(1671-1751)。他主要从事歌剧创作,又非常喜爱双簧管,是意大利第一位创作双簧管协奏曲的作曲家。他发表了有名的24首《双簧管协奏曲》,编号分别为Op.2和Op.9。其中上述的Op.9中的第二首经常被演奏。全曲仿佛在威尼斯水城飘荡的船上观看岸上载歌载舞。欣赏典型的巴洛克纯净的声音。

忏悔、感恩、祈祷

《圣母颂》《天主教弥撒曲》和各种《圣歌》对任何人都有净化精神、洗涤心灵和启发智慧的作用。据统计,《圣歌》的销售在西方并不比流行歌曲差。

阿尔比诺尼《G 小调柔板》

(Tomaso Govanni Albinoni, Adagio in G minor)

Albinoni (1671–1751)是巴洛克时期著名的意大利歌剧作曲家。他至少在 1723 与 1740 年间写过 50 部歌剧。他自己声明总共是 81 部。不过传诵至今的还是他的器乐曲,尤其是他的双簧管协奏曲。可惜,他的许多作品毁于二战。这首《Adagio in G minor》也是残缺不全,被 Giazotto 整理。这首曲子被大量的电影、电视和音乐节目借用。聆听该曲,笔者的体会是描写在上苍的感召下,虔诚的忏悔和迟来的醒悟,终获心灵上的平静。该曲旋律极其优美,直抵人心。

布鲁赫《希伯来晚祷》

(Max Bruch, Op.47 KoI Nidrei)

这是德国作曲家布鲁赫于 1881 年, 根据犹太人晚祷时所唱的歌曲 KoI Nidrei 改编成的大提琴与管弦乐的作品。该曲沿用了《希伯来晚祷》的标题。不过,该曲有两段,第一部分是表现晚祷,第二部分是来自一段希伯来抒情的乐曲。据悉,犹太人有自省的传统,尤其是到了犹太教新年,行为有瑕疵和偏差的人,必须好好反省和忏悔,这样当赎罪日结束时,经过上苍的审判,自己的名字才能够登录在天堂的生命册上。

人性有暗弱的一面,人会被生活所欺骗、人会被魔鬼所诱惑、人也有身不由己、无能为力的时候。跟着音乐省思和忏悔自己的人债、情债、财债,调整自己的生活,感念上苍的恩慈吧。

在第一部分庄严的旋律之后,第二部分就如释重负般地轻松不少,似乎生命又恢复了真正的意义,废墟上又可以重建辉煌的大厦,不安的心终为平和所替代。

大提琴手杜普蕾对该曲亦有入木三分的演奏。

莫扎特《忏悔者的庄严晚祷》

(Mozart, Vesperae solemnes de confessore K339)

创作于 1780 年,在他与萨尔斯堡的大主教决裂之前,尽管生活有那么多不愉快，但乐曲中对天主的虔诚和赞美丝毫不减。晚祷是天主教徒晚间的祷告，其重要性仅次于日间的弥撒。莫扎特的《忏悔者的庄严晚祷》由6个圣歌组成，与众不同的是他大胆的采用了歌剧的元素和创作技巧，尤其是第五之歌"Laudate Dominum"中那优美的旋律，圣洁的咏叹调，已将灵魂与天国融合在一起，在赞颂天主的同时，心灵得到洗涤。莫扎特的这首曲子是晚祷曲中最优秀的一部。

莫扎特《圣体颂》

(Mozart, Ave Verum Corpus K618)

创作于1791年，莫扎特去世的那一年。莫扎特作词作曲，叙述耶稣的牺牲精神，用最虔诚的心赞美耶稣的奉献和慈爱。全曲明亮柔和，纯净安详，值得多听几遍。

贝多芬《第15号弦乐四重奏第三乐章》

(Beethoven, String Quartet No.15 in A minor Op.132)

创作于1824-1825年，当时在贝多芬完成第一和第二乐章后生了一场大病。病愈后继续写作第三乐章，并在此乐章上注明，"感谢上帝治愈我疾病的感恩赞歌，以利地亚调式作成"。当然，全曲共5个乐章都值得欣赏。

威廉姆斯《塔里斯主题幻想曲》

(Vaughan Williams, Fantasia on a Theme by Thomas Tallis)

英国作曲家威廉姆斯对于英国文艺复兴时代的音乐即着迷又有研究。在1906年他将圣歌集中塔里斯（Tallis 1505-1585）的曲调以及另外一首圣歌（升天）改编成管弦乐，该曲深受大众欢迎。2010年英国公众投票，该曲获英国古典音乐广播曲目的第三名。它还被用于许多电视、电影中的配乐，例如2004年的电影《特洛伊》。该曲并非沉思型，而是充满着一种神圣的激情，似乎是在呼唤和平。难怪有人称此曲为"反战曲"。

布鲁克纳《第七交响曲第一乐章》
(Bruckner,Symphony No.7 in E major WAB 107,1st movement)

作于1883年,1885年加以改编。他自己说,在梦中他听到中提琴的演奏,醒来后他把它们记录下来,这就是第一乐章的初稿。由于他本人强烈的宗教情怀,第一乐章在圣咏般地神秘安详的背景下,饱含厚重、庄严、感恩和生机勃勃,直抵人的灵魂。

布鲁克纳《第八交响曲第三乐章》
(Bruckner,8th symphony 3rd mvt)

主要有两个版本,分别完成于1887年和1890年。全曲长达八十多分钟,4个乐章。鉴于作曲家的宗教情结,对于该曲许多人都发表了注解,像圣经启示录、英雄史诗、悲剧等等。不过都未得到布鲁克纳的认可。该曲第三乐章为慢板乐章,是布鲁克纳的拿手好戏。该乐章应代表了全曲的精神实质。那么第三乐章在说什么呢?笔者的感受就是两个字:渴望。尤其是前半段,作曲家反反复复要表达的就是他渴望走到神的脚下,渴望神的恩典、神的庇护、神的抚慰。这是他心底的呼声,别无它求。后半段表现出因虔诚和笃信而精神充实、满足,内心激动、温暖、还有敬畏和自省。结束前陷入了美丽的憧憬之中。布鲁克纳不是在作宗教或哲学的宣传,布鲁克纳完全是纯朴真实的在表述自己内心的情感,使得音乐唯美动人。

据著名指挥家卡拉扬说,在他指挥这个曲子之前,曾被特许进入停放布鲁克纳灵柩的地方,单独与棺木相处良久。各大指挥家对此乐曲的感悟不尽相同,因而呈现给听众的“布鲁克纳”亦各有千秋。

理查德·斯特劳斯《变形》
(Richard Strauss,Metamorphosen for 23 solo Strings)

作于1944年8月至1945年3月。作曲家本人并未对此曲多加说明,只是写了一个副标题“纪念”。据说作曲家的动机是,二战中慕尼黑,法兰克福等文化重镇相继被毁,面对战争给德国文化带来的浩劫,作曲家曾一度精神失常。后来谱写此曲表示哀悼。曲中第二主题与贝多芬英雄交响曲中第二乐章的葬礼进行曲十分相似,对此人们也众说纷纭。总之标题“变形”似乎寓意着丰富且深刻的内容。笔者在这里介绍这首曲子,是因为中华文化也经历过一场,而且是更为巨大的变形。应该省思与哀悼吗?听听这首曲子吧。

舒伯特《圣母颂》

(Schubert,Ave Maria D.839 Op.52)

创作于1825年,是舒伯特根据诗人斯科特的叙事长诗《湖上夫人》而配曲,发表时共7首歌,《圣母颂》是第6首。舒伯特赋予这首歌原名“格桑花”,原诗讲述一个女子在战乱中为父亲向圣母虔诚的祈祷,并不是宗教上的对圣母的赞颂。不过,该曲写的太棒了,极其丰富的情感远远超过了原诗的意境。它高雅圣洁,精美绝伦,似乎只有奉献给圣母玛丽亚才是最合适的。所以后人异口同声称此曲为《圣母颂》,没有人再提起原来的标题和诗意。

宗教上的“圣母颂”本是天主教教徒赞美圣母玛丽亚的一种祈祷文。数百年前发展为无伴奏圣咏般地歌唱,成为圣歌的一种。后来众多有名和无名的音乐家都在作曲“圣母颂”上一显身手。同时天主教对歌词的要求也越加自由,只要对圣母赞颂,天主教就认可。在众多的《圣母颂》(Ave Maria)中,舒伯特的这首本意非宗教的歌曲和其后改编的器乐曲却被列为榜首,其次是法国作曲家古诺(Gounod)的作品。古诺借用了巴赫的《C大调平均律前奏曲》作为伴奏,再加上他的如泣如诉的声乐旋律,使全曲古朴超然,感人肺腑。当然,这首《圣母颂》的作者由古诺与巴赫共享。在下面笔者列出在不同历史阶段的一些作曲家的《圣母颂》(Ave Maria),供读者选择聆听。

12世纪,即中世纪:

宾根(Von Bingen)

15-16 世纪，文艺复兴时期：

德普瑞(Josquin Desprez)，无伴奏圣咏合唱曲

16 世纪，文艺复兴后期，巴洛克早期：

卡西尼(Giulio Caccini)

伯德(William Byrd)

蒙特威尔迪(Monteverdi)

巴洛克时期：

威瓦尔第(Vivaldi)

巴赫(Bach，Mother's love)

古典时期：

莫扎特(Mozart，K554)

凯鲁比尼(Cherubini)

尼泽蒂(Donizetti)

浪漫时期：

李斯特(Liszt，S20，S38，S182)

门德尔松(Mendelsoohn，Op.23 No.2)

勃拉姆斯(Brahms，Op.12 Andante)

德沃夏克(Dvorak)

布鲁克纳(Bruckner)

弗兰克(Franck)

圣桑(Sain-Saens)

拉赫玛尼诺夫(Rachmaninoff)

普西尼(Puccini)

福雷(Faure，Op.93；Op.67)

布鲁赫(Max Bruch，Ave Maria for cello and orchestra Op.61)

天主教弥撒曲《Mass music》

是天主教弥撒仪式中所用的声乐套曲，通常分为“普通弥撒曲”和“特别弥撒曲”。弥撒曲的歌词使用拉丁经文。普通弥撒曲一般包括 5 个部分：1、“慈悲经”(Kyrie)；2、“荣耀经”

(Gloria);3、“信经”(Credo);4、“圣哉经”(Sanctus);5、“羔羊经”(Agnus dei)。特别弥撒曲是为教会的特殊仪式准备的,例如“安魂弥撒曲”。创作弥撒曲的音乐家可以是教徒, 也可以是非教徒。弥撒是天主教隆重的祈祷方式,表达对耶稣的感恩和祭献。弥撒曲给人以神圣、庄严、超凡脱俗和精神升华的感觉。不是教徒,但周日去天主教堂观看弥撒仪式,听听圣歌,对清理自己的思绪,宽广自己的胸怀肯定有帮助。

下面列出一些名作曲家创作的普通弥撒曲,他们每人实际上都写过好多首,在这里只选出有代表性和经常演奏的。同时,随着浪漫风格的发展,这些传统的天主教音乐体裁也演变成为音乐会而不是为教堂谱写的乐曲。

马肖《圣母弥撒曲》
(Machaut, Messe de Nostre Dame, 1350)

帕莱斯特里纳《教皇弥撒曲》
(Palestrina, Pope Marcellus mass, 1567)

巴赫《B 小调弥撒曲》
(B minor, BWV232, 1749 年完成, 用了 25 年)

莫扎特《16号加冕弥撒曲》和《18 号弥撒曲》
(C major K317)(C minor K427)

贝多芬《C 大调弥撒曲》和《D 大调庄严弥撒曲》
(Op.86)(Op.123)

舒伯特《G 大调弥撒曲》和《降 E 大调弥撒曲》
(No.2 D167)(No.6 D950)

古诺《庄严弥撒曲》
(Gounod, Messe solennelle de Saint-Cecile, 1855)

罗西尼《庄严弥撒曲》
(Rossini, Petite messes solennelle, 1863)

布鲁克纳《F 小调弥撒曲》
(Bruckner, No.3 in F minor WAB28, 1871)

贝多芬《庄严弥撒》

(Beethoven, Missa Solemnis in D major Op.123)

创作于1819年至1823年间,1824年才首演,是贝多芬后期伟大的作品之一,尽管它不如其他一些作品有名气。这部八十多分钟的弥撒曲由5个乐章组成。它是一首发自作曲家心灵的弥撒曲,又可视为一部宏伟庄严的声乐交响曲。它有对天主排山倒海般的赞美和敬畏,对人类痛苦的紧张,又带有神秘主义的色彩。听这首曲子时最好有中文字幕,例如卡拉扬指挥演出的录像就有。这首曲子是否能如作曲家自己所愿:“发自心灵,但愿它能达到心灵”,就由听众去体验吧。

另外,还应特别提到巴赫的《B小调弥撒曲》。全曲绝大部分篇章都在求主垂怜,赞美上帝和祈祷人间平安。全曲虽长达两个小时,但悠扬的歌声此起彼伏,让人感觉是在参加一场盛大的歌剧晚会。

除了弥撒曲之外,教堂礼仪中还唱圣歌。其中古老和相当知名的是格里高利圣咏(Gregorian chant),据传由罗马教皇格里高利于10世纪创作或修订。此外目前还可以听到早至5世纪的圣歌,以及许多版本的圣歌。据统计,圣歌的销售在西方并不比流行歌曲差。听圣歌不一定非教徒不可,圣歌对任何人都有安神和启智的作用,像莫扎特等人的作品甚至可以产生通灵的效果和境界。

关于圣歌还有一个精彩的故事。莫扎特14岁时曾访问意大利罗马的西斯廷教堂,那里除了壮观的建筑之外,人们更惊叹于内部的壁画,那是著名画家米开朗基罗的杰作。他花了四年多的时间,每天仰着头画,完成了那一组组宏伟壮丽的壁画与天顶画之后,人整个都变形了。当莫扎特正在赞叹罗马艺术的伟大时,他听到了悦耳的圣歌,那是阿雷格里的《垂怜曲》(Allegri, Miserere),作于1638年。比莫扎特早了一百三十多年。不过罗马教皇规定,此曲绝不可外传,否则当事人会被逐出教会。曲子太好听了,可是没有谱子,于是莫扎特全神贯注的听唱诗班的演唱,将每一个音符记在脑子里。回旅馆后将曲谱誊写下来,隔一天他又去下一次,发现只有两处出错,其余都对。当莫扎特把乐谱交给乐队长看时,乐队长吓得魂不附体,以为自己失职了。该曲为清唱风格的极致,难怪莫扎特一下子就迷上它了。现在人们都可以在CD光盘或互联网上听到它。

再听巴赫

巴赫《托卡塔与赋格》
(Bach,Toccata and Fugue in D minor organ BWV565)

巴赫《D小调双小提琴协奏曲》
(Bach,Concerto in D minor for two violins BWV1043)

巴赫《A小调小提琴协奏曲》
(Bach,Violin Concerto in A minor BWV1041)

巴赫《赋格的艺术》
(Bach,Art of Fugue BWV1080)

在这里笔者推荐上述几首著名的巴赫的曲子。巴赫的音乐演奏难度大不说,听起来亦可能一脸茫然。其中一个原因是巴洛克时代离开我们久远了一些,同时对作曲家巴赫也需要多一点了解。让我们带着想象回归400年前的生活,来到巴赫住了27年的莱比锡。那时市民们的重要生活内容之一就是音乐,且音乐生活的最主要中心就是教堂,以及街道、广场、市场这些公共场所,而不是宫廷、客厅。市民们需要听到庄严肃穆的音乐使他们向往今生及来世平安。

巴赫是虔诚至深的教徒,他认为所有音乐,不论是教堂的还是世俗的,目的就是为了赞颂上帝和纯洁的灵魂,除此之外没有别的。面对那些市民的需求,巴赫在许多作品中运用世俗音乐成分,比如舞曲来增加音乐的享受性和戏剧性。而且,不同于那些机械的、陈腐的宗教音乐写作，巴赫在创作时赋予了作品强烈的个人风格。

巴赫的音乐可以用许多形容词来形容：绚丽多彩、圣洁、质朴、庄严、和谐和充满活力等等。但是凝聚为他对上帝的奉献，只用两个字就足够了：敬畏。

第一是“敬”。他热爱、赞颂上帝，他认为上帝之所以荣耀、崇高是因为上帝以他的智慧和力量创造了那么一个丰富多彩、生机盎然、变化又和谐、细致而深刻的世界。巴赫的这种理念都细腻的映射在他的音乐中（不论是技巧、乐思、灵感还是表达方式）。另外，从音乐中的喜悦气氛，还可以感受到他对上帝的无限的感恩。

第二是“畏”。巴赫并不畏惧死亡，因为他有永生的信仰。所以听到巴赫的音乐中低沉的部分，并不代表他的家人有什么不幸。巴赫畏惧什么呢？还是上帝。因为上帝是万能的，上帝具有摧毁一切的力量。上帝威严，不可触犯。巴赫恐惧被上帝抛弃，恐惧无法进入天国。对上帝的神秘感和恐惧感也一一写在他的音乐中。

1952年诺贝尔奖获得者、巴赫研究专家施威策尔曾说，“巴赫用一个主题，呼唤出整个世界”。笔者认为，正是由于巴赫的敬畏之心，听他的音乐使人感受到上帝离我们不远，上帝就隐身于他的音乐之中。

从体验巴赫的宗教信仰情感出发，慢慢的，读者就会对下面时常听到的巴赫选段有更深的感受了。

巴赫《小提琴独奏，赋格曲》

(solo violin, Fuga)来自于(Sonata No.3 in C major BWV1005)

巴赫《G弦上的咏叹调》

(Air on the G string)来自于(Orchestral suite No.3 in D major BWV1068)

巴赫以他特有的，深沉而又洋溢的热情将音乐烧的滚烫。

匠还是师?

从演奏家走向音乐家乃至艺术家时，演奏者的心必须静,必须纯,必须空,不可急躁。同时还要积累起丰厚的文化底蕴和人生经验。

某音乐学院每年都有好几个青年学生在国际和国内的比赛中获奖。一个老教授受到各方面的赞扬和奖励。可是他并没有喜笑颜开,反而忧心忡忡,精神压力越来越大。为什么呢?他语重心长的说,我们现在培养的其实都是选手,不是大师。就好像盖房子,要一层一层的盖起来。可现在把砖头一下子都堆在前脸,从远处看似乎是一座大楼拔地而起,实际上,后边什么都没有。

这使我想起了蒋勋老师在他的《美的觉醒》一书中讲的一个颇有启示性的故事。摘录在下面。

从前一个人拜一位著名乐器师学习音乐。老师教的精心,学生学的用功,各门乐器都掌握的非常好。三年期满,学生自觉已经技术纯熟,可以出师独闯天地,到处去开演奏会了。老师反而觉得不急,对学生说:“你再多待一点时间吧,再多学一学”。学生觉得这个老师似乎在阻碍他成名,更是不耐烦了。

老师看出了学生的心情,有一天就跟他说:“好吧,我想你既然急着要出师,我就如你所愿,可是你出师之前,应该去拜见一下我的老师”。学生听了很惊讶:“我跟老师在一起三年了,从来不知道你还有老师”。老师笑了笑:“我当然也有我的老师,我们去拜访他之后,你就可以出师,自己开演奏会了”。

第二天,师徒开始爬山。山高林深,汗流浃背。学生心想老师的老师怎么住在这么高的山上,真不容易找到。而在爬山的过程中,老师有时候会停下来,聆听瀑布的声音,聆听瀑布撞击石头的声音,聆听瀑布变成潭水环绕的声音,聆听激流的声音,老师也听山里草虫的叫声,风吹草动的声音,各种各样的声音都在山谷之中。可是老师发现徒弟因为心中梗着一个很急迫的目的,只想赶快出师拿到文凭开演奏会,所以他听不到这些声音。老师一直提醒学生:“你听听那瀑布的声音,你听听那草虫的叫声……”可是学生都听不进去,他的心太急了。

在山路上走了好几天,老师觉得这个学生的心还是静不下来，他只好说：“好！你坐在这颗树底下，我现在去向我的老师报告，说你来了，让他准备一下，你再去拜见他。”

这个学生坐在一棵松树底下，左等右等，没有任何人来，心里更加焦急，整座山其实不断有声音出现，可是他什么都听不见。黄昏过去，夜晚降临，满天星斗，他继续等下去。天破晓，微微的黎明之光从山顶透出，朝阳出现，然后山里面各种最细致的声音开始变化，慢慢的他听到了，他从来没有想到山里会有这么丰富的声音。他开始很安静的听着听着……他盘膝让自己安静下来，像打坐一样的冥想……他闭上眼睛，倾听所有山里的声音，忽然觉得好大的喜悦，甚至他觉得他能听到一朵花每一个花瓣慢慢张开的声音，好像别人从来听不到的声音他都听到了！他感觉到一种水流花开的那种快乐，这个时候，他自己笑出来了。

这时他的老师出现了，对他说：“你终于看到我的老师了！对于一个音乐家，对于一个创作者，对于一个艺术家，我们真正的老师其实就是大自然。这种学习不是技术的学习，而是心灵的学习，只要你能够在大自然里，听到无所不在的声音。”

在维也纳郊外有一条贝多芬小路，是贝多芬曾经散步的小路。散步之余，他在这里常常一坐就是几个小时，欣赏大自然，感受大自然，与大自然交流对话。他的《第六交响曲》就是在这里获取灵感，完成构思的。贝多芬曾对他的学生辛德勒说，“我在这里创作了《小溪边》。黄鹂、鹌鹑、夜莺、杜鹃都鸣叫着，我把它写进乐曲里了”。著名的《第五交响曲》(命运交响曲)开头那4个音符，家喻户晓。据贝多芬本人说，是在森林中散步，偶然听到啄木鸟发出的声音而抓取的灵感。舒伯特在此萌生《美丽的磨坊少女》的创作动机。华尔兹之王小斯特劳斯直接取材于这片碧绿的世外桃园和当地民俗舞曲旋律，写下了迷人的《维也纳森林》的故事。正如他自己所说，“我的一切力量都来自这块土地，我耳中所听到的旋律充塞在维也纳的天空。而我只不过用心倾听,然后动手把它写下来而已”。法国作曲家德彪西也是随时在听,捕捉大千世界中最微妙的声音,所以到了晚年,他的音乐愈抽象,愈线条,境界也愈深远。近代作曲家梅西安同时也是一个鸟类学者，在法国他可以不假思索的辨别出50种鸟类的叫声。从少年时他就到大自然中去为鸟叫记谱,正因为他对大自然的热爱和心灵的倾听,在他的作品中充满了丰富和奇异的色彩,正如他自己所说,“在树林里、在山中漫步,在海边、在葡萄园、在麦田间行走,你从来不会有错误的品位。你从来不会发现一道错误的光线或错误的色彩，以及在鸟儿的歌唱中,一个错误的节奏、旋律和对位。”

对于立志演奏艺术的人来说,的确有两个门槛要迈。一是基本功和技巧的严格训练。这可能需要许多年才会成熟。但这还只是技术的层次,乐匠的层次。第二个门槛就是艺术之门。这是一个从技术到艺术,从乐匠到演奏大师的质的飞跃。也有人将此过程分为三个层级:演奏家、音乐家、艺术家。总之,正如上面故事所揭示的,要超越匠,摆脱技术层面的束缚,演奏者的心就必须静,必须空。走向纯净,没有杂质。自己的心灵达到了大美的层次,情感的深度状态,演奏中就能够出神入化的控制乐器,达到用乐器与听众的心灵对话的效果,而在听众心中就会是“余音绕梁,三日不绝”。

参考资料

蒋勋:《美的觉醒》,远流出版社,2006年。

钢琴美声大师肖邦

从少年起肖邦每年都会利用假期四处旅游。他不顾乘公共马车的艰辛和疲劳，聆听和记取当地农民的乡音和旋律。同时也在心里留下了对故土无法磨灭的眷念。萦绕在他脑中的波兰民歌是他灵感的源泉,是他心中永远的宝藏。

1.敲琴还是弹琴?

弗列德里克·肖邦(1810–1849)是波兰音乐家,是将浪漫初期的音乐发展到成熟阶段的重要推动者之一。他是一位真正的抒情大师。他一生创作了大量的钢琴曲,被誉为钢琴诗人。而且近年来的研究表明,他的许多钢琴曲特别适合于女声歌唱,如同一首首怦然心动的情歌。

肖邦18岁音乐学院毕业后,第一次访问维也纳。在那里他第一次在大剧院里为公众演奏(不收取费用),并引起欢呼和轰动。在人们好评如潮之后,也出现了一些批评。一家报纸写道:“他的指触稳健细腻,但听不出名家大师的辉煌气势。”这引起了敲琴还是弹琴的争论。肖邦坚持自己的观点,他预料到会受到这类的批评,因为维也纳的音乐爱好者听惯了钢琴家的捶击技术。他说:“说这些我不怕,人不可能尽善尽美,但我宁愿让人这样批评我,也绝不愿意让人说我是个敲琴家。”在他离开维也纳之后,《大众音乐报》给他下了最后的结论:“来自华沙的钢琴家肖邦先生是一位一流的名师,他的指触极其纤柔细腻,手指灵活到难以形容的程度。在对乐句细腻的处理上表现出他有深邃的情感。他的演奏和作品都闪耀着天才的火花。”

在日后他的音乐生涯中,虽然时而也有这样的负面评价:他的演奏缺乏必需的洪亮音响。但肖邦向人们证明了钢琴能够表现出一种轻柔纤细,清澈流畅的风格。而这种演奏风格已经同他的名字不可分割地联系在一起了。正如《雅典娜神殿报》评论的:钢琴发出的声音忽而轻柔徐缓,忽而华丽绚烂,忽而忧郁伤感,忽而激烈威严,变幻着的不同风格在我们耳中依次显现。在这种炉火纯青的演奏中,质朴自然、诗情画意、文雅端庄和幽默诙谐浑然一体,产生了奇异的效果,使听众心醉神迷,喜出望外。

肖邦弹钢琴的方法是有他自己独到的见解的。在别人不断尝试使五个手指敲打出同等力度的同时，他胸有成竹，独辟蹊径，刻意利用五个手指发力不等的天生条件。他认为既然每个手指形成各异，那么最好不要去破坏每个指头触键时特有的音色，反而应该去加以发展。这样也避免弹任何作品都用一个音调，而是用一种悦耳的音调来表现出丰富的层次。一个同行称赞肖邦在轻奏和极轻奏之间有一百多个细致的层次，弄得当时在场的李斯特笑的有些难看。肖邦的实践获得了成功，法国《音乐报》对此有相当高的评价："在肖邦的手指下，钢琴变得那么驯服，那么新颖，完全听从于一位温柔多情的天才的炽热情感的调遣。"

这让我们想到一个问题，肖邦是如何学会弹钢琴呢？他的天才如何表现在钢琴弹奏上呢？

要回答这个问题，还是让我们轻轻来到婴儿肖邦的床前吧。哄婴儿睡觉，妈妈的拿手好戏就是摇篮曲。可婴儿肖邦不一样，当妈妈哼起旋律带着一点点忧郁的玛佐维亚民歌时，婴儿肖邦会突然的啜泣起来。当他父亲用笛子吹出乡村歌曲时，小肖邦表现出不可抑制的愤怒，他会故意打碎他的玩具来发泄。他对于音乐之声的这种不寻常的反感、厌恶，一直持续到三四岁。后来他的父母似是而非的发现，小肖邦未必对音乐充满敌意，他的异常反应是因为他的听觉太灵敏了，有时似乎被感动的在流泪。这是与别的孩子不一样的，而且与通常观念相左，一般认为，孩子早期表现出对音乐的强烈兴趣，将来才可能成才。

肖邦的转变也具有魔术性。一旦他的小小的手指头碰触到家里的钢琴时，由它产生了自己创造的声音，他先前的精神紧张一下子变成了一种喜爱和热情。家里以为这是孩子的反复无常，又局限于家里的经济能力，只请了一个类似算命先生的人来教他，但实际上小肖邦并没有学到什么。六七岁的时候，小肖邦获得音乐知识的强烈愿望，促使父母寻找真正的音乐教师。一个机会他们请到了乐师茨威尼(Zwyny)。茨威尼是一个贵族家庭乐队的成员,当时已年过六旬。他不仅教初步的音乐知识,还指导小肖邦美学的概念，使小肖邦无比的钦佩莫扎特和巴赫。不过茨威尼主要拉小提琴,他偶尔使用钢琴是为了配合乐队的数字低音。茨威尼基本上并无太多弹奏钢琴的技术和方法去教小肖邦。这个“灾难”反而造就了一个“先驱者和冒险家”。小肖邦必须自己去破解音乐之谜。这刺激他顽强的去寻找最适于表现他的乐曲和节奏的弹奏钢琴的技术。在没有正规的教授的情况下,他一直坚持自己去发现指法的妙用,对于那个年龄的孩子来说,这真难以置信。

就这样 5 年过去了,少年肖邦用了大量的课余时间去探索钢琴艺术的奥秘,好像是鬼使神差,他自己要这样做,他的父亲也支持他。在这期间,他还学习作曲。

12 岁时他的演技达到登台演出的水平,借助天赋他已经逾越了钢琴的禁区。这种无师自通的成功给他日后带来什么影响呢？那就是大胆的挑战传统。这也是肖邦的音乐与众不同的原因之一。当然这和茨威尼的教育方法不无关系。茨威尼致力于发展孩子的音乐智力,体会音乐的表现,而不是强制他们做上千次的重复练习以取得机械化技巧。

后来在肖邦离开华沙之后,肖邦的父亲给茨威尼写过一封信,信中说到,肖邦的确有弹琴的天赋,而且不用像大多数艺术家那样花许多时间在指法练习和技术研究上。他保留了他的弹奏个人风格,并且可以尽力去做他的即兴创作。

就是命运的安排,肖邦遇到钢琴,就立即成了他的感情无间的密友,他向它倾诉心事,听它的回答,钢琴不再是一个看着乐师技术进步的冷冷的旁观者。

12 岁时茨威尼实在没有什么可以教肖邦的了。于是家里请埃尔斯纳来做肖邦的家庭指导教师。埃尔斯纳是当时华沙最优秀的音乐家之一,又是国家歌剧院的音乐指导,后来当上了华沙音乐学院的院长。不过,埃尔斯纳和茨威尼一样,只是娴熟小提琴,对钢琴只是略知一二。其实当时在华沙并没有一流水平的钢琴教师，肖邦原想获得完善的钢琴专业课程的愿望落空了,好像命中注定,肖邦不能得到钢琴技术的专业指导,他必须在寻求钢琴技巧的路上孤零零的走下去。

肖邦向埃尔斯纳学习对位和作曲技法,16岁肖邦进入华沙音乐学院学习后仍师从埃尔斯纳,直至毕业。埃尔斯纳的教育思想是相当开放的。他鼓励肖邦不论当作曲家还是演奏者,都不要模仿他人。应该自己去发现音乐,这种新语言的秘密,从他内心找到对波兰灵魂和情感的诠释。埃尔斯纳有一条引起巨大争议的座右铭：容许学生对陈规陋习持有一定程度的蔑视,旨在防止扑灭幼小天才的创造火花。有些音乐学院同事听了肖邦的一些练习后竟气得发抖，而埃尔斯纳的回答是:“别去干扰他。如果他选择了一条不寻常的道路,那是因为他有不寻常的才能。……将来总有一天他的演奏会显露出前所未有的创举。”

少年肖邦做了不少让大人料想不到的恶作剧,进入青年时代,他开始把他的想象力集中在他的艺术上,再加上他的天赋、决心和努力,上帝终于把打开音乐王国的另一扇大门的钥匙交给了他。

肖邦出道之前,只师从了这两个老师,但他们深刻的影响了肖邦的艺术品味,他的教学和他的作品。在这里笔者简述他的教学特点,因为肖邦后半生在巴黎,很少开音乐会,他的生活来源主要靠教授学生钢琴。让我们从他对学生的教导一窥他对音乐的思想和理念。

粗略统计,他大约教过150个学生,其中不少是富家女子,他收费很高。对于有天赋的收费低些,有时分文不取。他的教学哲学是,产生声音第一,弹奏技术第二。因为肖邦认为,音乐像语言一样,是通过声音表达一个人思想的艺术。所以他给学生选的教材大都是音乐性强的,让学生做音乐练习。与此不同,李斯特等音乐家要学生全力以赴在指法训练上,被肖邦称之为钢琴“特技”。肖邦并不鼓励学生做长时间练习。有一个学生告诉肖邦,他一天练习 6 个小时,肖邦有些震怒,限制他每天练习不得超过 3 小时。另一个学生回忆,肖邦总是劝告学生不要长时间练琴,中间可以去读好看的书,浏览艺术精品或者精神抖擞的走路。肖邦不赞同用粗暴的训练来解决技术问题。一个学生曾写道,“和肖邦完全相反,李斯特要求手指必须做各种高强度训练,连续重复,一直到手指麻木,不能动为止。而肖邦绝对不要手指遭遇这种钢琴体操式的对待。”他又说,“肖邦发明了一种完全新的方法,帮助他将技术训练的难度降至最近。”学生这些评论可能也解释了为什么肖邦喜爱 Pleyel 钢琴, 因为它比李斯特钟爱的 Erards 钢琴轻巧和响应快。肖邦关于指法训练的独到的理论和实践,他的学生有许多回忆,在此不涉及专业知识。

肖邦教学生可能没有如传统那样系统完整。他主张最好的教学法就是让有才华的学生充分发挥自己的个性,肖邦也学到了老师的宽容。他 32 岁时曾有一个最受器重的学生叫卡尔·菲尔特什,一个匈牙利 13 岁男孩。李斯特听了他弹琴后曾说:“到这个孩子开始旅行演出的时候,我就得告退了。”肖邦对待他就像对待一个同龄天才一样尊敬和钦佩。肖邦允许这孩子按照自己的路子演奏。有一次肖邦对这孩子说:“我们俩对这部作品的理解不同,但是你应该走自己的路。你觉得应该怎样弹就怎样弹,你的解释也是对的。”这和当年肖邦的老师埃尔斯纳说的一模一样。肖邦笃信的箴言是:人的天资和感受(他最看重这两点)靠人教是得不到的,能学到的只是演奏技巧。因此他的教学法主要是踏板的运用和指法的练习。

肖邦曾努力撰写《钢琴演奏法》,但进展缓慢,至去世前尚未完成。他的部分演奏技巧和艺术秘密从此失传了。

肖邦是自学成才的,他不仅不是敲琴,是弹琴,令张点说是在“抚摸”琴,而且从琴键上“抚摸”出女人的歌声。这就引出下面一个更有意思的话题了。

2.钢琴歌唱大师

肖邦一生创作的大量的钢琴作品中有两个特点。一是含有波兰曲调;二是具有歌唱性,尤其是歌剧女高音的意大利美声歌唱隐现其中。肖邦被誉为钢琴诗人,其实还应称他为钢琴歌唱大师。

肖邦创作的波兰民族特色的玛祖卡舞曲和波罗乃兹舞曲(又称波兰舞曲)就共有68首,折射出他的赤子之心,对祖国难舍难分之情。音乐就是他向全世界宣布波兰永存的最强声。肖邦20岁时离开华沙,至39岁去世,再也没有回过波兰。他何以能够有如此多,如此感人的创作呢?原来,萦绕在他脑中的波兰民歌是他灵感的源泉,是他永存心中的宝藏。

从14岁起(还是中学生),他每年都会利用假期去乡村。第一次去的时候,正是收获季节。他看着农民在地里劳动,他听着他们唱古老的马佐维亚民歌,这和他在摇篮里听的一样。他自言自语地琢磨着是谁创造了这样完美的旋律与和声。这些民间音乐常常使肖邦听得入迷。在田野上,农舍里,舞会中他都能听到回荡的歌声,风笛的伴奏。家乡的曲调飘入他的耳鼓,就像种子落在沃土之上。有一天,他听见一个姑娘在唱一首玛祖卡,他虽然记下了这首传统舞曲的曲调,但听不懂当地方言的歌词。于是他在矮篱笆墙边踱来踱去,竖起耳朵使劲听,可还是听不懂。最后他索性面对面直接请姑娘讲解歌曲。这首歌描绘了一只脚步轻盈但心情沉重的狼,它连在山后跳舞时也在哀悼一只母狼的死。(参考玛祖卡舞曲,Mazurka Op.7,No.2)

后来,一到学年结束,他就把未完成的乐谱塞进手提箱,到四处旅游。他忍受了乘公共马车和四轮马车旅行的艰辛和疲劳,聆听和记取当地农民的乡音和旋律。他写信告诉家人,他的时间都用来聆听乡间万物的声响,这里"空气清新,阳光灿烂,百鸟争鸣,池塘边青蛙在甜甜的歌唱。最令人愉快的还是窗外那只乌鸦,它在娓娓地向我讲述它的一切经历。”

一回到城里,他最想做的事情就是把那些铭记在心的乡村音响创作成旋律。在乡下渡过的日子使他接触到了民间音乐优美难忘的曲调,也在心里留下了无法磨灭的对故土的眷念。

正因为如此,在一个沙龙聚会上,肖邦说波兰曲调只有波兰人弹才能得到充分的表现。众人不服,李斯特当即坐下来弹了一首多姆布罗夫斯基创作的《波兰绝不会灭亡》。希勒也弹了一遍,最后弹的是肖邦。结果,不仅是在场的客人,就连两位竞赛者都痛快地承认,还是肖邦诠释得最深刻。

再看当时的欧洲,是歌剧的时代,尤其19世纪初期是意大利美声风格歌剧的高峰期,即使莫扎特创作过德国歌剧,梅耶贝尔(Meyerbeer)写过几出法国歌剧,仍难敌意大利歌剧的滚滚洪流。人的歌声点燃了许多作曲家的灵感,尤其是意大利美声,常令作曲家魂牵梦萦。莫扎特用乐器唱歌,巴赫用钢琴模拟声乐,给青少年的肖邦留下了深刻的印象和极大的启发。他作品中的歌唱性就来自于他对意大利歌剧的痴迷。肖邦9岁时,意大利著名的女高音卡塔拉妮(Catalani)来华沙,这可能是他第一次听一流水平的女高音。在沙龙里肖邦还为卡塔拉妮演奏钢琴,获得了卡塔拉妮赠送的金表。15岁时他听了第一出歌剧:罗西尼(Rossini)的歌剧《塞尔维亚的理发师》,他还根据剧中的一段主题创作了他早期的波罗乃兹(失传了),从此他成了罗西尼迷。第二年他观看了罗西尼的歌剧《鹊贼》,回来后又写了一首波罗乃兹(B.13) 。同年肖邦还看了韦伯的《自由射手》。17岁时华沙歌剧院上演了莫扎特的歌剧《唐璜》,听过之后肖邦激动的写了一首主题变奏曲《把手伸给我,美人》,以求用钢琴达到歌剧的效果。18岁时他有一个机会去柏林,在柏林他每天都去听歌剧,他写信给父母说,他听得再多也觉得不够。总之不论外出访问维也纳、德累斯顿等地还是在华沙,肖邦一有空就去听歌剧。20岁时德国女高音桑塔克(Sonntag)在华沙国家剧院共演8场,肖邦场场不漏。音乐家胡梅尔和帕卡尼尼曾先后访问华沙,肖邦也都没有错过,而且与胡梅尔结识。在巴黎期间他结交了仰慕已久的柏利尼(Bellini),成了他的好朋友。他醉心于柏利尼的歌剧。肖邦在社交场合一向沉默寡言,但他24岁时看了柏利尼的歌剧《诺尔玛》之后,当场大哭。后来他在信中写道,"我只佩服那些打动我的心弦使我落泪的作品。只有通过我的泪水过滤的作品才能永远铭刻在我心上, 不经过这一关的音乐就不行。我从小时候就有这种感觉,一直到现在也没变。"肖邦弥留之际的最后要求是给他唱歌, 戴尔芬娜给他唱了柏利尼歌剧《梦游女》(La Sonnambula)的选段《Ah! non credea mirarti》。

用钢琴模拟人声并不容易,钢琴属打击乐器,声音是已经"准备好了的",而且敲击之后声音就逐渐减弱,这不像人声,以及弦乐和管乐。但肖邦深谙钢琴特性,又仔细的研究了罗西尼和柏利尼的咏叹调,像滑音等许多技术问题都被肖邦克服。他不仅能用钢琴"写"歌剧,还能用钢琴"唱"女高音。听听就知道了,肖邦的玛祖卡和练习曲像一首首的咏叹调,肖邦的夜曲像一幕幕微型歌剧。当时肖邦本人弹奏的令人如此的陶醉,也正因为他坚信,从声乐中获得的灵感越多,钢琴演奏时就越加"如歌"。

当他的学生遇到弹奏问题时例如滑音,他建议学生去上歌唱课程,肖邦常对学生说,"如果你想弹琴,你必须会唱歌。"他鼓励学生,想象一下,你在音乐厅中,正在听世界上最美的演奏。可演奏者是你自己, 你应有十足的信心和勇气, 让你像Rubini一样歌唱, 忘记别人在聆听, 而是像歌手一样在聆听自己。

还有一个学生回忆道,肖邦曾花一个小时帮助他克服在夜曲Op.48 No.1中从G降到C时的困难。学生弹G时不是太长就是太短。肖邦要学生去听女高音Pasta是如何唱这样的音符的。在G时肖邦令踏板稍稍延迟一点,到达C时必须将“偷去的”时间补回来。肖邦如此来控制音符间隔,再加上左手伴奏的巧妙配合,将曲子造成一种无缝连接的“如歌”的幻觉。

肖邦何以对意大利美声唱法造诣颇深呢?据传记作家研究,肖邦很可能在华沙音乐学院时在歌剧创作上下过功夫,因为他也想在歌剧领域有所发展,他的姐姐Ludwika一直鼓励他涉足歌剧,其中一个原因就是写歌剧才能赚钱。他到巴黎后,他的恩师埃尔斯纳还写信激励他创作轰动乐坛的伟大歌剧,在信中埃尔斯纳再次说,“只要我还生活在这个人世间,我就会渴望等到你谱写的歌剧诞生。”但巴黎的现实使这个理想破灭了,不过与此同时,肖邦把歌剧神奇的转换为钢琴表现,琴声中有咏叹调,有对白,又有管弦乐伴奏。众所周知,肖邦对巴赫和莫扎特崇拜之至,那么肖邦从莫扎特那里获得什么灵感呢?作者认为,莫扎特音乐慢乐章中的幻想和诗意给了肖邦艺术发展方向的启迪。而且最重要的就是钢琴的美声歌唱!从莫扎特的第11号钢琴协奏曲(K413)开始,其后的多首第二乐章(andante)都飘忽着精美无比的美声歌唱。聪明的肖邦应当敏锐地感觉到钢琴的歌剧表现力和惊人的魅力。

另外最新的对肖邦的探索提出,肖邦不仅教授钢琴,还教授美声唱法。对美声唱法的改良亦有贡献。在肖邦的学生和朋友中,有好多个著名的女高音,她们可能受惠于肖邦的指导,肖邦也从她们的歌声中获取创作的灵感和激情。下面我们简述具有代表性,对肖邦影响甚深的几个女歌手,至于她们和肖邦的私人感情,不是本文的议题。

康斯坦丝(Konstancja Gladkowska)华沙音乐学院歌剧班的学生,肖邦学生时代的单相思。一年后不知怎么终于和康斯坦丝搭上话了,然后就成了音乐学院排练室殷勤的常客,同她们一起练唱,并写了一首又一首的歌曲。在演出前排练,肖邦卖力的为她们伴奏,当然不用说,只要康斯坦丝上场演出,肖邦是不会不去的。据资料,康斯坦丝首次登台并担任主角的歌剧为帕埃尔(Paer)的《阿格涅斯》。

至1831年肖邦到巴黎前,他的作品可被划归为早期。其中重要的是两首钢琴协奏曲,著名的《波兰主题幻想曲》《歌剧唐璜变奏曲》《克拉科维亚回旋曲》以及11首波罗乃兹,17首玛祖卡,9首华尔兹,2首前奏曲,1首奏鸣曲,4首练习曲和2首夜曲等等。曲子中的歌唱性已显露出他的多愁善感的一面,例如

Waltz in B minor,Op.69 No.2

Waltz in D major,Op.70 No.3

Piano concerto No.2 in F minor 2nd MVT(第二乐章),Op.21

戴尔芬娜(Delphine Potocka)(1807-1877),波兰人。18岁时嫁给波托茨基伯爵,所以头衔是伯爵夫人,后与丈夫分居。1830年肖邦(20岁)从华沙去维也纳的途中,经过德累斯顿,结识了与父母同住的戴尔芬娜。后来两人不约而同的去了巴黎。在她和她母亲的沙龙里再次见面。戴尔芬娜与肖邦的友谊贯穿肖邦的一生。戴尔芬娜长得美如天仙,又有天使般的歌喉,她的歌声令肖邦心醉神迷。在巴黎戴尔芬娜的名声并不好,被指为荡妇。但从她的歌声中,肖邦感觉到隐藏在她背后的感情创伤,这也引起了肖邦内心极大的共鸣。在她的沙龙里,肖邦像回到家和自己的姐妹在一起一样,感到快乐和温暖,他给戴尔芬娜和她的妹妹勾画音乐图像,请许多知名的歌唱家前来表演,有Rubini、Lablache、Tamburini、Malibran、Grisi和Persiani。尤其令肖邦乐此不疲的是,他以诗一般的即兴曲为戴尔芬娜伴奏。肖邦已经掌握了即兴演奏的秘诀,他和戴尔芬娜合作的即兴歌曲成了沙龙最受欢迎的节目,亦不愧为音乐、艺术和诗的精品。遗憾的是,这些即兴作品没有留下多少,沙龙过后就大多忘记了。

肖邦赠送给戴尔芬娜两首曲子,一是F小调钢琴协奏曲(Op.21),另一首是降D大调华尔兹(Op.64 No.1)。F小调钢琴协奏曲是肖邦自己最喜爱的曲子,尤其是其中的柔板。它的创

作灵感曾来自于他在华沙时对女高音学生康斯坦丝的单恋。作品虽完成于1830年,但首次正式出版于1836年。柔板乐章表现的晨曦薄雾中的伤感和柔声细语背后的隐痛,及第三乐章及降D大调华尔兹(1847年出版)所表现的轻快、活泼、欢闹、华丽,这些都恰恰是肖邦心中戴尔芬娜的音乐肖像。

在肖邦与戴尔芬娜交往的日子里,音乐是他们的重要话题。戴尔芬娜的音乐修养极高,是肖邦的知音。有一次戴尔芬娜外出消夏,肖邦给她的信的开头语就是,“昨晚我梦见在听你唱歌。”肖邦在给她的信中还说过,“请你不要嫌弃我的这些信。等你回来,我会用钢琴来表达对你的爱,对你的渴望和其他一切我不能用言语表达的东西。”1833年,肖邦正在创作练习曲(etude)。他在给戴尔芬娜的信中说,“我连续几夜同我可爱的歌女在一起,难道我的练习曲不像女人吗?你不会嫉妒她们吧?唔,不,不,这些练习曲更像我的女儿,而我最喜欢的是A小调和C小调那两首……”

在一次戴尔芬娜出游时,肖邦在给她的信中说了一句浪漫而时髦的话,“我希望能听着你的美妙歌声死去”,没想到15年后这句话应验了。在肖邦临终前两天,得到消息的戴尔芬娜匆匆由尼斯赶回巴黎。当肖邦看到宛如天使降临的戴尔芬娜站在床前时,用尚存的一点点力气,轻声说,“上帝拖延召唤我,他向我保证看到你。”肖邦请戴尔芬娜给他唱歌,戴尔芬娜泪流满面,哽咽的唱了肖邦最喜欢的柏利尼歌剧《梦游女》中的选段和圣歌Canticle of Mary。肖邦似乎痛苦减轻了一些,听完后喃喃自语,“真美,太美了,再来一次。”

从戴尔芬娜的信中也可以看出,她完全理解肖邦内心的孤独和忧伤,她用歌声慰藉了肖邦的后半生,也深深影响了肖邦的音乐。

从1832年到1836年(戴尔芬娜回到她丈夫那里),肖邦大约完成了4首圆舞曲,11首夜曲,全部的练习曲,24首玛祖卡,3

首波罗乃兹及多首前奏曲的初稿。这个阶段肖邦的乐曲唱的非常的浪漫多情,动人心弦,例如:

Nocturne in B major, Op.9 No.3

Nocturne in D-flat major, Op.27 No.2

Etude in E major, Op.10 No.3

Fantaisie-impromptu in C sharp minor, Op.66

尼森(Henriette Nissen)(1819-1879),瑞典歌剧歌手。1839年师从肖邦和Manuel Garcia, Jr。1842年在巴黎一举成名。德国报纸这样称赞她,"如果林德是瑞典夜莺,那么尼森就是瑞典云雀。"而她的出类拔萃的钢琴技术也同时为人津津乐道。

波琳娜·维亚多 (Pauline Viardot)(1821-1910)。她大约在1836年开始接受肖邦的非正式的钢琴指导。那时她想成为钢琴家。不过肖邦在离开华沙前就对她的家族相当了解,经人推荐在巴黎拜见了她的担任国王音乐总监的教父帕埃尔(Paer,创作过五十多部歌剧,李斯特的老师)。帕埃尔将他引荐给巴黎的艺术团体,并大力支持肖邦的第一个音乐会。肖邦也对维亚多的姐姐,歌唱家Maria Malibran,深表敬佩。维亚多的父亲Garcia (1775-1832) 是著名的美声男高音和声乐教育家。Garcia在1824年出版过一本关于声乐的教科书,其中论及钢琴伴奏。后来又写过有关钢琴和歌剧的论文。相信这些资料肖邦都是看过的。1832年维亚多的父亲去世,留下许多水平高、经济富有的学生,在寻找新教师。当然这个教师得会使用Garcia的教材。1833年初肖邦似乎在一夜之间招了好多学生, 将肖邦带进了王子、公主、大臣、大使的世界,还有不少音乐学院的高才生登门求学。当时肖邦已经有些垂头丧气,准备去美国发展。这些学生一下子涌过来,收费多高都不皱眉头,巴黎上流社会的沙龙一下子都打开了大门,连肖邦本人都认为是"奇迹",这自然与肖邦不可小觑的实力与清新的风格分不开,但绝不应忽略一个重要社会公关:帕埃尔的帮助和促成。

再回到维亚多,15岁时作为钢琴师登台表演。但这时她的姐姐Malibran突然去世,维亚多的母亲要维亚多转变成歌唱生涯,虽然母亲在教她,但母亲没有什么教学经验。当时维亚多的钢琴老师李斯特去了日内瓦，她的哥哥和姐夫忙于其他事务，所以她请教了肖邦。肖邦对她的帮助和指导的历史,目前尚在研讨中。不过一年后,她在布鲁塞尔作为歌手开了她的第一个音乐会,会上她自弹自唱自己作的歌。17岁时赴德国巡回演出，18岁时首演歌剧成功。当时瑞典报纸和法国刊物将维亚多与她的姐姐Malibran作比较，赞扬维亚多大胆加入了复杂的音节，是“产生了新的声音”。“作为作曲家,她深谙旋律且具有无与伦比的才能。”一般认为,在不到两年的时间里,维亚多从钢琴师成功的转型为国际歌唱家和发展美声“新声音”的创造者及演唱者,肖邦的指导起了举足轻重的作用。

维亚多也是乔治·桑的好朋友,维亚多的婚姻还是乔治·桑促成的。在1840年维亚多去法国诺昂小住时,她与肖邦的艺术关系进一步加深。在肖邦的协助下,维亚多将12首肖邦的玛祖卡改编成咏叹调,并重新命名。这些都得到肖邦的认可,要知道自肖邦在巴黎站稳脚跟后，就坚决反对别人用他的曲子做文章。

BERCEUSE（催眠曲）,Op.33 No.3

LA DANSE（舞蹈）,Op.50 No.1

LA BEAUTE（美人）,Op.67 No.1

SEIZE ANS（16岁）,Op.50 No.2

AIME-MOI（爱我）,Op.3 No.2

PLAINTE D’AMOUR（爱的苦痛）,Op.6 No.1

COQUETTE（卖弄风情的女人）,Op.7 No.1

L’OISELET（小鸟）,Op.68 No.2

SEPARATION（离别）,Op.24 No.1

LA FETE（庆典）,Op.6 No.4

FAIBLE COEUR（脆弱的心），Op.7 No.3

LA JEUNE FILLE（少女），Op.24 No.2

维亚多经常和肖邦四手联弹，肖邦也从维亚多那里学到了西班牙音乐的第一手资料。他们之间的情感交流，被认为是基于相互的尊重和相似的气质。在肖邦和乔治·桑分手后，维亚多曾试图撮合他们，但没有成功。在肖邦的葬礼上，维亚多和另一女高音演唱了莫扎特的安魂曲。维亚多的歌唱生涯虽红遍欧洲，但她一生都难离钢琴，她曾创作过5首沙龙歌剧，许多的声乐和器乐曲。李斯特曾感叹道，“随着维亚多出世，世界才有了天才的女作曲家。”

在巴黎期间肖邦的创作进入成熟期，特别在1838年至1846年为全盛高峰阶段，他完成了4首叙事曲，5首波罗乃兹，23首玛祖卡，6首夜曲，2首奏鸣曲，4首华尔兹和全部的前奏曲。这时他的曲子更具戏剧性，他的如歌的旋律扩展到“高谈阔论”的大作，请听

Ballade No.4 in F major，Op.52

Barcarolle in F major，Op.60

Fantasy in F minor，Op.49

Polonaise-Fantaisie in A-flat major，Op.61

林德(Jenny Lind)(1820-1887) 瑞典女高音歌唱家。18岁时在斯德哥尔摩登台演唱，轰动一时。但在20岁时由于声带损伤或是需要更完美的艺术训练，1841年去巴黎深造。她在巴黎的行踪，谁是她的老师，至今仍烟雾弥漫。一般认为在法国，她师从 Manuel Garcia，Jr，但在短期内可能向肖邦学钢琴，因为为了休养嗓音，她曾有至少2个月不能唱歌。按她自己说，每天要练习钢琴3-4个小时。林德在巴黎的闺蜜是尼森(Nissen)，她是肖邦和 Garcia 的学生。所以林德向肖邦学钢琴是完全可能的。似乎林德不愿意透露这方面的消息，所以关于她与肖邦的关系，一直争论激烈，有人甚至怀疑林德与肖邦在巴黎有秘密见

面地点。不过有一点可以肯定,1844 年夏天, 林德在肖邦与乔治·桑同住的诺昂待了一个月, 以准备 12 月在柏林的歌剧首演。歌剧为柏利尼的《诺尔玛》,该剧是肖邦与林德都最喜欢的。该剧最感人的咏叹调为《Casta Diva》。在 1841 年肖邦为了他的学生,将该唱段改调为 E 大调,林德 1847 年在伦敦,1850 年在纽约均用此版本演唱。在纽约演出的节目单上曾注明:"1841 年改编"。1844 年 6 月,乔治·桑的儿子在诺昂曾画了一幅素描,图中肖邦在指导一个女生钢琴,肖邦指着女生的手说,"那是李斯特的弹法,如果为歌唱伴奏,绝对不能那样弹。"据认为,那个女生就是林德。

1848 年肖邦访问伦敦,林德正好在伦敦演出。林德单独邀请肖邦共进晚餐,且"从晚上 9 点至凌晨 1 点,我们没有离开过钢琴。"肖邦还说过,"当林德给他唱歌时,他感觉好多了。"当时访问英国,肖邦并不是很愉快,还得罪了报界的人。在刊物专栏里,对从社交界传出的关于林德与肖邦开始相好的流言蜚语作了巧妙的暗示。林德被称为"瑞典的夜莺",1850 年访问美国后成为国际超级名星。1855 年林德从美国返回英国,为英女皇献唱,其中有一首为改编肖邦的降 A 大调玛祖卡(Op.24 No.3)的歌曲。在乐谱上她写道,"我的沉重的心,忘记疼痛……永久忠诚你的爱,甜美的忠实的爱绝不会死去!"

从 1846 至 1849 年肖邦去世,这一阶段的作品属肖邦晚期,唱出的歌已显沧桑,请听:

Nocturne in G minor,Op.62 No.2

Mazurka in G minor,Op.67 No.2

Mazurka in F minor,Op.68 No.4

在我们谈论肖邦对歌剧的偏爱,将歌剧因素聪明的转换为钢琴新作时,有一些研究和观点也应该强调,那就是沙龙对肖邦的影响。众所周知,肖邦对于在沙龙里演奏感觉特别舒服,而不习惯在大庭广众前面演出。除了他自己讲过的恐惧等理由以外，他对学生说过一句耐人寻味的话，“音乐会绝不是真正的音乐，你必须抛弃在音乐会上听到最美的艺术的想法。”这就是说，只有在沙龙里肖邦获得了音乐的回馈和灵感。肖邦参加沙龙活动肯定比听歌剧频繁的多。当时的社会，女性的社交活动主要是在沙龙里，也是那些出名的和无名的女歌手，女音乐人聚会及表现自己的重要场所。据肖邦的学生们回忆，他们几乎很少听肖邦提到罗西尼、柏利尼那些大剧作家的名字，但反是经常将 Pasta、Rubini、Cinti、Malibran 这些歌手的名字挂在嘴边。肖邦尤其对这些歌手唱法上的装饰和色彩感到极大的兴趣，而这些装饰并未写在乐谱上。许多名歌手经常进出肖邦去的沙龙，这样肖邦可以近距离研究和比较这些声乐家的歌唱，如此来追寻声乐的奥妙而不是去读他们歌唱的总谱。肖邦的一个学生(Emilie Gretsch)曾写信给自己父亲说，“肖邦的弹奏完全是以 Rubini、Malibran 和 Grisi 等人的声乐风格为基础的，肖邦自己也这么说。”研究认为，在华沙时，青少年的肖邦其实就已从他听到的歌手那里大量吸收营养，例如他听了桑塔克的演唱后写道，“她运用了极为有效的，完全是自己的装饰声，与帕卡尼尼的方法不同。”显然肖邦那时已经敏锐的觉察到声乐对人的震撼和征服，并确立了自己的音乐创作方向。

通过对歌唱的研究，肖邦知道如何运用半音、异名同音、优雅音符小群、和谐与不和谐的平衡等技巧，将“浓装艳抹”的声乐细致的编织进钢琴作品，形成了肖邦自己独特的风格。所以有人认为，肖邦的风格来自于歌手，不能说没有道理。

肖邦的音乐告诉我们，肖邦是钢琴美声大师。

参考资料

Ruth Jordan, Nocturne: A Life of Chopin, 1978。(《肖邦》，冷杉、孙强译，天津人民出版社，1987)

Cortot, In search of Chopin, 2013.

探索莫扎特(1)

莫扎特对人性有深刻的和超然物外的观察，这是他成为绝顶艺术大师的奠基石，他的天赋借助于他的长达10年的旅行演出经验和早期的歌剧创作而横空展翅。

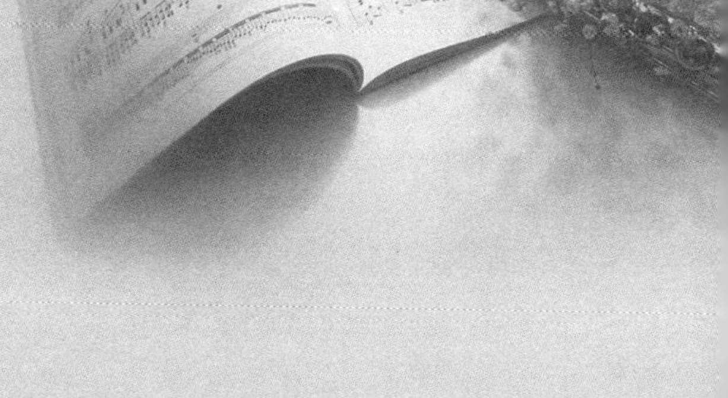

莫扎特无疑是一个音乐天才，他的音乐天赋无与伦比，与生俱来。但我们不能把一切都归功于上帝。上帝给了他丰富的社会阅历了吗？没有超人的勤奋，能够筑成大师中的大师吗？为什么他的不俗的音乐能够如此深入人心，每个人都可从他的音乐中找到自己的影子，激起共鸣？他是如何成为最具独立个性与最具鲜明气质的艺术家呢？他的源源不断的创作灵感和激情，以及独特的想象力是从哪里来呢？

为找到答案，笔者仔细的研究了莫扎特的一生，笔者认为：正是莫扎特在孩童和少年时期的旅行演出和早期歌剧创作逐步奠定了他日后在艺术上的不朽。下面就这两方面简述如下。

莫扎特于 1756 年 1 月 27 日，出生在奥地利的一个小山城“萨尔斯堡”。1791 年 12 月 5 日卒于维也纳。

当 3 岁的莫扎特显现出他的音乐天才时，他的父亲利奥波德决定把音乐教给这个孩子。当莫扎特刚刚 6 岁，利奥波德就决定带莫扎特姐弟走出小山城，到大地方做旅行演出。笔者认为，利奥波德此举是让孩子早日出名，全为莫扎特的美好前程着想。可怜天下父母心呀！第一次外出正值隆冬，踏着深冬的积雪，顶着凛冽的寒风，目的地为几百里之外的慕尼黑。在那里他们姐弟的神童演出令王宫贵族赞不绝口。3 个星期后他们回家乡休整。8 个月后他们踏上了去维也纳的征程。幸运的是，莫扎特姐弟在维也纳得到了皇帝和皇后的召见和喜爱，贵族也因此争先恐后的请莫扎特到家演出。不过紧张而频繁的演出，对于年仅 6 岁的孩子来说是一种摧残。小莫扎特病倒了，是当时致人于死地的腥红热，一病 4 周。4 周后，那些曾抱着莫扎特热烈亲吻的贵族们竟闭门谢客了。这在他幼小的心灵里划下了大大的问号，蒙上了一层被贵族遗弃的阴影。同时，随着对音乐的认真和热爱，他开始对皇族、贵族视艺术为玩物产生了鄙视。他也学会了根据对象决定演出曲目，甚至说不。5 个月后他们回到家乡，那时正好是莫扎特 7 岁生日。

7岁半的时候,莫扎特全家开始了第三次旅行演出的生活,目的地是千里之遥的法国巴黎。他们途经的大城市有法兰克福、波恩、科隆、布鲁塞尔等,以及无数的乡镇。路途之上,他们翻过车,住过肮脏透顶的旅店,喝过不卫生的水,历经了暴雨和泥泞,还有乘船的大风浪,可谓千辛万苦。不过沿途的演出,神童轰动了欧洲。半年后他们终于到达了巴黎。初到巴黎事与愿违,不论他们如何四处奔走,权贵的大门始终没有向莫扎特一家开放。就在绝望之际,一个从德国漂泊到巴黎,时任一公爵秘书的人伸出了援助之手,由他出面主办公开音乐会,安排在凡尔赛王宫演出。法国王宫权贵的大门终于被推开了一条缝。由于贵人相助,莫扎特一家可以进王宫演出了,这又是小莫扎特大开眼界,丰富阅历的好机会。在凡尔赛宫进进出出一年多的时间里,表面看似富丽堂皇,豪华壮观的王宫,通过钥匙孔小莫扎特窥视到阴山背后的丑事和污秽。

在巴黎获得成功之后,其父决定征服伦敦。得助于手头搞到的大量推荐信和在巴黎的名气,到伦敦一周后,莫扎特一家就接到了英国王宫的邀请信。当然这与新婚王后是德国人不无关系。在英国逗留期间,由于过分劳累,莫扎特父子三人曾大病一场。小莫扎特在高烧中昏迷8天。稍有清醒,小莫扎特就要用笔和五线谱,创作他的奏鸣曲,还要摸一摸钢琴来唤醒他的生命活力。在英国待了一年多之后,他们终于回家了,结束了3年多的流浪生活。在这次旅行中,小莫扎特汲取的音乐营养是丰盈的。他的音乐知识已经突飞猛进,他的父亲已经没有什么可以教他的了。在一个乡镇的教堂里他见识了被称为乐器之王的管风琴。以后不论他经过哪个城镇,只要听说有管风琴,他总想法去摸一摸,弹一曲。他还碰到当时欧洲首屈一指的曼海姆管弦乐队的演出,这是莫扎特生平第一次听到管弦乐,对莫扎特的影响是无法估量的。在伦敦他结识了著名的音乐家“伦敦巴赫”(巴赫最小的儿子),成了忘年交。“伦敦巴赫”因创作意大利歌剧而一举成名。“伦敦巴赫”使莫扎特认识了意大利歌剧的伟大。莫扎特在伦敦不仅欣赏了亨德尔的歌剧，而且正好当时意大利歌剧团在伦敦公演，莫扎特被那剧场的热烈气氛和演唱的优美所深深感动。更难得的是，剧团中著名的歌唱家还特意为莫扎特安排了几次歌唱法的课程，把歌剧规律和演唱技巧点滴不漏的讲给莫扎特听，使莫扎特受益匪浅。返乡途中经过海牙时，海牙的交响乐亦带给莫扎特巨大的震撼。

在萨尔斯堡修整了短短的9个月，父亲利奥波德又带领两个孩子向维也纳进发，那时莫扎特已经12岁了。路途中莫扎特发起了高烧，眼睛失明，最后奇迹般的康复了。每次重病，带给莫扎特的痛苦和启示，对他日后的创作不会没有影响。在维也纳时，奥皇约瑟夫二世让莫扎特为歌剧剧本《装痴作傻》写音乐总谱。由于在伦敦受到过高人指点，他很快就完成了。不过这可在维也纳音乐界掀起了轩然大波，乐团不情愿听凭一个孩子的指挥而抵制演出。连奥皇都没有办法。这时路见不平的一个大夫为了安慰莫扎特，个人出资支持莫扎特写一出小歌剧《巴斯蒂安与巴斯蒂安娜》，并在他的私人剧团里为歌剧的演出提供经费和场地。他们在维也纳逗留了15个月，格鲁克的歌剧令莫扎特受获良多。

当时的意大利几乎就是歌剧中心，只有被意大利承认，才是真正的音乐家。所以在全家回到家乡一年后又奔向意大利。从1769年12月(莫扎特13岁)至1773年3月这四年多的时间里，莫扎特曾造访意大利3次，足迹几乎遍及所有意大利的大小城镇。在意大利，莫扎特除了巡回演出外，教堂、建筑、壁画、歌剧等那么多，那么杰出的艺术瑰宝深深的吸引了他。他沉浸在艺术的海洋里，大口汲取着无尽的养料。他见到了伟大的音乐理论家和作曲家马尔蒂尼。马尔蒂尼认为莫扎特大有提高的空间，于是连续为莫扎特讲了好几天有关音乐方面的知识和体会，令莫扎特功力大增。同时莫扎特还学习了许多意大利优秀歌曲的作曲方法和音乐知识。在他们来到意大利的第二年，即被一伯爵邀请为米兰的宫廷庆典创作歌剧《彭特王米特里达特》。莫扎特创作时已投入感情，并进入深深的思考。由于剧情的悲剧气氛，有时莫扎特必须控制和调节自己的情绪。这是莫扎特真正掌握歌剧创作技巧后的第一部作品。演出获得了巨大的成功，几乎每一段歌唱之后，台下都有"大师万岁"的热烈欢呼。

在意大利逗留期间，莫扎特共创作了5部歌剧，最后一首是《露契奥·西拉》。在他们最后返回家乡时，莫扎特已经是17岁的青少年了。

回到家乡后不久，莫扎特只能在新主教的宫廷乐团那里谋得一卑微的职位。还必须不停的完成音乐作品。在为新主教服务的时候，加上他以前的经验，他知道，音乐家是卑贱的仆人，贵族只记得狗的名字，只有在娱乐消遣时才想起音乐家。在受尽践踏和歧视之后，父亲利奥波德决定再次出走，这次是要为儿子在某个宫廷里谋个长久稳定和有发展前途的工作。利奥波德的请假遭到新主教的断然拒绝。可这时莫扎特表现出他个性强烈的一面。他没问过任何人，径直走进新主教的房间，递交了自己的辞呈，连新主教都大吃一惊。新主教不得不同意莫扎特出去旅行。而其父顾虑到家庭收入，不得不留下来，而让其母陪同莫扎特去巴黎另谋生计。这一年莫扎特21岁，开始了他人生最惨痛的一次长途旅行。

在巴黎，为了找工作，他们拿着父亲开列的写有53个巴黎最显赫的人的名单，一家一家的敲门。但王公贵族早把十多年前的神童忘掉了，或许10年前的爱犬还能博得他们的热泪，而眼前的一个音乐家算得了什么。莫扎特又不屑于像哈巴狗一样摇尾乞怜，找工作如泥牛入海无消息，莫扎特陷入前所未有的困境。母亲由于沉重的心情，加上巴黎的严寒和酷暑，恶劣的居住和饮食，到达巴黎1个月后母亲就病倒了，又请不起像样的医生。3个月后,母亲在床上挣扎了三天,撒手人寰。莫扎特也经历了身心备受煎熬的三天,为了摆脱主教,独立谋生,结果连母亲的命都搭进去了,莫扎特当时刻骨铭心的悲愤,笔者深有同感。

另一个不幸是他的失恋。当初在去巴黎的途中,经过一个叫曼海姆的地方。童年时莫扎特曾与他们的乐队有一面之交。情窦初开的莫扎特与当地抄谱员的二女儿阿洛西亚坠入情网,尤其是阿洛西亚唱的咏叹调,让莫扎特流连陶醉。当他在当地谋职无望后,在父亲的反复催促下,才挥泪吻别,跌跌撞撞的离开了心爱的人。在此之前,由于抑郁和心境凄凉,他还大病一场。可见莫扎特用情之深。但是当他半年多后返回曼海姆时,唱红了的阿洛西亚已经移情别恋。那沁人肺腑的初恋幻灭了,留下的只是心如刀割的疼痛。

莫扎特在旅行演出中都会交到一些好朋友。和同行在一起说笑,总是他最开心的时光。这次巴黎之行,来回途经曼海姆,尤其受到乐队人员的关心和照顾,还有他堂妹专门陪送他回萨尔斯堡,使莫扎特感受到了人世间的爱与温暖,渡过了人生的重大难关。

徒劳而返的莫扎特只得重新成为新主教的雇员。新主教给莫扎特制定了苛刻的规定,而且每天清晨必须与仆人一起恭候在走廊里等待差遣。莫扎特忍耐着这一切羞辱,拼命的写音乐。他还不能离开宫廷乐队,离开就等于回到贫困、饥饿和死亡。在他24岁的时候,他接到一个慕尼黑皇亲国戚的邀请,写一部歌剧《伊多梅纽斯》。新主教发了善心,让他去了慕尼黑。转年初,新歌剧首演大获成功。但这些都无法改善莫扎特在新主教处的境遇。相反,新主教对待莫扎特愈加刻薄,把莫扎特当成贴身男仆使唤,随意训斥责骂。莫扎特三次递上辞呈,每次都遭到新主教轻蔑的拒绝。最后莫扎特忍无可忍,追求自由的原始激情在心中熊熊燃烧。他不是辞职,而是与新主教彻底决裂,义无反顾！当他父亲劝他向新主教道歉时，他斩钉截铁的回答，为了父亲，我可以奉献自己的幸福、健康和生命，唯独我的人格永远无法为任何人牺牲。你可以从我身上拿走任何你想要的东西，只有人格无法夺取。这一年莫扎特25岁。

就这样，莫扎特成为了音乐史上第一位自由作曲家。

总结一下。在莫扎特青少年时期，他用了长达10年在全欧洲旅行(这占了他一生三分之一的时间)，其中有过三次重要的行程：1763–1766 西欧；1769–1771 意大利；1777–1779 巴黎。那时的长途旅行相当艰辛：陷入泥浆的马车，埋伏的盗匪，糟糕的饮食，潮湿、肮脏的客栈，更不用说恶劣的天气。尽管如此，欧洲10个国家，二百多个城镇都留下了莫扎特的足迹。所以莫扎特有机会接触到从农民、市民到王公贵族各各阶层的形形色色的人。而恰恰他又是人性的深刻的观察者，这或许是他早熟的一个表现。根据他的妻子康斯坦察说，莫扎特似乎有分身本领，他可以从旁静观众生，公允且不带偏见。他热爱舞台的世界。在真实的世界里，从人性上他上总可以找到剧本中的角色。他的想象力就是来自他的非凡的经历。他神奇的将想象力与音乐创作上令人瞠目的冒险、创新相结合，对外表现的就是他的歌剧天才。

孩童时的旅游见闻对孩童一生的影响绝不应轻视。笔者至今仍记得自己4岁时下江南，在浦口火车坐轮渡过江的情景：长江上烟波浩渺，天地间辽阔苍茫。轮船载着火车，不由不惊奇人的智慧和力量。因而笔者从小就立志学习科学技术。也有许多证言，孩童时看过的书，听过的故事，会在成年后一页一页清晰的呈现在眼前。在重视开发儿童智力的今天，让孩子从小就拥抱大自然，窥视社会，让他们的天性和天分得到充分、自然、无强力干扰的发展，才是成就大师的前奏曲。

探索莫扎特(2)

莫扎特精通心理学，莫扎特的器乐曲是他的歌剧延伸,“人生入戏,戏入人生”是莫扎特的创作状态。

要想了解莫扎特,就要研究他的歌剧。下面再来看看在25岁离开萨尔斯堡前,莫扎特所创作的一些重要的歌剧。

莫扎特第一次参与集体创作的歌剧叫《第一诫的义务》(The Duty of The Commandment K35),是一幕宗教歌唱剧,歌词取自《圣经》。他被钦点写第一乐章,1767年3月12日公开演出非常成功,当时莫扎特只有十一岁。

同年,莫扎特为《阿波罗与希亚钦杜斯》戏剧写了间场音乐。剧情为希腊神话。讲的是风神与太阳神争夺风信子的妹妹梅丽亚的故事。

莫扎特12岁的时候(1768年),受奥皇委托写了三幕歌剧《装痴作傻》(La Finta Semplice,K51,又译"伪装的傻子")。全剧共有7个人物,Fracasso和他的妹妹Rosina,Fracasso的朋友Simone,两兄弟Cassandro和Polidoro以及他们的妹妹Giacinta和待女Ninetta。在一连串的玩耍和伪装欺骗之后,Fracasso与Giacinta,Cassandro与Rosina,Simone与Ninetta分别成为情侣。显然这时莫扎特已经可以处理多个人物参与的错综复杂的剧情。

《巴斯蒂安与巴斯蒂安娜》《牧羊人与牧羊女》(K50/46b),是莫扎特创作的第一部德语歌唱剧,全剧独幕7场,写于1768年,当时莫扎特年仅12岁。故事情节很简单,牧羊女巴斯蒂安娜以为牧羊人巴斯蒂安不再爱她了,便向村里的算命师科拉求助以使他回心转意。科拉要她假装对巴斯蒂安冷淡,并告知给巴斯蒂安,巴斯蒂安大为着急,也求科拉用法术帮忙使她回心转意。两人相见,大吵了一架,但很快就和好了。此时,科拉上场了,告知这都是托法术之福,全剧在皆大欢喜的合唱中结束。该剧表现了恋爱中的少年男女的复杂情感:纯真、渴望、忧愁、苦恼、悲伤、热烈和喜悦。

《彭特王米特里达特》(Mitridate,re di Ponto)是14岁少年莫扎特于1770年在意大利旅行途中作曲的歌剧,3幕8场。戏剧讲述一个黑海小国对抗罗马的故事。国王出征,传回阵亡的消息。于是两个儿子不仅在如何应付罗马上有分歧,而且还展开了对国王年轻青的未婚妻阿丝芭吉亚的爱情争夺战,几乎冲突起来。这时国王突然返回,原来是国王施的一计来考验儿子。发现了大儿子的背叛行为后,国王劝大儿子的未婚妻嫁给小儿子,这一下又扯出阿丝芭吉亚所爱的人是小儿子。在这种肝肠寸断且无法收拾的局面下,国王震怒,阿丝芭吉亚与小儿子决定双双殉情。刚好罗马又来进犯,国王前去迎敌。正准备吞饮毒酒的阿丝芭吉亚被人救下。小儿子立即赶赴沙场,并救下了身受重伤的国王。大儿子也幡然悔悟,向罗马进攻。国王愉快的宽恕了大儿子,并将王位与阿丝芭吉亚赐给小儿子后,溘然长逝。在本剧中小小年纪的莫扎特必须表现好非常棘手的矛盾以及感情冲突,因为它们是发生在国事与家庭,爱情与责任,父与子,兄与弟之间。

1772 年,莫扎特十六岁时在意大利创作了一部正歌剧《露契奥·西拉》(Lucio Silla,K135),3 幕 23 曲。故事讲述罗马独裁者露契奥·西拉欲娶朱尼亚为妻。但朱尼亚的原配丈夫是流放者切契利奥。西拉编造切契利奥死亡的消息,逼迫朱尼亚嫁给他。而朱尼亚与西拉联姻将给内战带来和平。切契利奥秘密潜回,与朱尼亚相见并策划杀死西拉,不料被西拉发现,将切契利奥囚禁,而朱尼亚愿与丈夫一起接受死亡,最后以西拉的宽容而结束。这是一个经典的阴谋与爱情的故事,不过令女主角左右为难的是她肩上的责任。当时莫扎特为动人的剧情所吸引,令全剧配有一连串的宣叙调、重唱、合唱,全剧长达两个半小时,但决不沉闷。

1775 年,回到家乡萨尔斯堡后的莫扎特创作了喜歌剧《假扮园丁的姑娘》(La finta giardiniera,K196),3 幕 28 曲。这是一出爱情喜剧故事。市长花园中的 7 个男女在一连串眼花缭乱的追逐、误会、争斗和耍小伎俩之后,各自找到了归属。从这部歌剧开始,莫扎特的创作进入了成熟期。

1779 年,从巴黎回到萨尔斯堡后,莫扎特创作了歌剧《扎伊德》(Zaide,K344/336b),2 幕 15 曲。此剧与 3 年后莫扎特的歌剧《后宫诱逃》在情节上相似,均以土耳其为背景。剧情围绕着一个皇帝和三个奴隶展开。皇帝的宠妃,奴隶扎伊德爱上了奴隶戈马兹,二人相约与另一奴隶阿拉津为了自由共同逃跑。皇帝知道后大怒,并将他们抓回。3 人被处死前,皇帝发现阿拉津曾在海上营救过自己乘坐的商船,3 人都被宽恕,获得自由。此剧涉及到被压迫的人为了自由而冒死逃亡的精神。

1780 年,莫扎特 24 岁,他的正歌剧《克里特王伊多梅纽》(Idomeneo,Re di Creta,K366),3 幕 32 曲,是他在家乡萨尔斯堡创作的最后一部歌剧。此剧以希腊神话为蓝本。在特洛伊战争中,国王伊多梅纽因遭海上风暴,全船沉没,曾对海神发誓,只要海神保佑能活下来,愿意把第一个看到的人献给海神。经漂流脱险后,第一个见到的竟是王子伊达曼特(Idamante)。而克里特岛上,阿甘梅农的公主艾莱特拉(Elettra)与作为俘虏的特洛伊公主伊丽亚(Ilia)都在爱恋王子。看到这些伊多梅纽非常苦恼。知道实情后,伊丽亚愿替伊达曼特为祭品,海神被感动,国王放弃王位并为两人的结合祝福。原剧本以悲剧终结,国王发了疯,在精神错乱下杀死了儿子。莫扎特按照意大利人的喜好,改编为喜剧收场。

该剧中的人物内心都处在巨大的矛盾漩涡之中,无力自拔。伊丽亚是战俘,在被押送去克里特岛途中遭遇风暴,父亲和兄弟淹死,自己被王子伊达曼特救起。她不由自主的爱上了敌国王子。她被这苦恼的爱情和亡国的悲痛折磨着。国王伊多梅纽,为了兑现对海神的承诺,必须杀死自己的儿子。内心痛苦不堪。当他企图蒙蔽海神时,可怕的暴风雨来临了,全岛无辜的人都会受到伤害。伊多梅纽极度的焦虑和恐惧。后来当伊多梅纽准备实践诺言时,他显示出神圣的平静。不知内情的王子伊达曼特，先是疑惑父亲的奇怪行为，当被命令离岛时，伊丽亚向他表白了爱情，伊达曼特充满了悲切和忧伤。公主艾莱特拉既爱着王子伊达曼特，又对伊达曼特与伊丽亚的恋情忌妒和沮丧。当剧情发展到高潮时，伊达曼特要求牺牲自己以换取全岛的和平，伊丽亚则恳求代伊达曼特去死。一场令人动容的生离死别使观众难以忘怀。全剧在神的宽容和爱中结束。

青少年时期的莫扎特付出了巨大的代价，创作出从神到人的五光十色的角色，将人类错综复杂，纠缠不清的情感，栩栩如生的呈现给观众，从而为日后的辉煌打下坚实的基础。他 25 岁脱离萨尔斯堡的大主教，去维也纳闯荡人生，至 35 岁去世，这 10 年期间他写的著名歌剧有：《后宫诱逃》《费加罗婚礼》《唐璜》《魔笛》《女人皆如此》等。其中《费加罗婚礼》《唐璜》《魔笛》被誉为不朽。

《费加罗婚礼》直接反映现实社会，用喜歌剧的形式讽刺和嘲笑了道貌岸然的贵族。理发匠男仆费加罗即将与伯爵家中的女仆苏珊娜结婚。好色的伯爵早就对苏珊娜垂涎三尺，居然想对她恢复早就当众宣布放弃的初夜权，因此千方百计阻止他们的婚事。苏珊娜既要躲避伯爵的追求，又不便公开冒犯他。费加罗在受到冷落的伯爵夫人罗西娜的帮助下，运用智慧和胆量，设下了巧妙的圈套来捉弄伯爵。在黑暗的花园里，正当伯爵喜不自禁以为与苏珊娜幽会时，突然四周灯火齐明，伯爵发现怀抱中的女子竟是自己的夫人，羞愧无比，只好当众下跪向罗西娜道歉。在剧中对费加罗婚礼施以阻挠的还有出于个人恩怨的女老管家和老医生。另外还有处处种情的仆人，搬弄是非的音乐教师，糊里糊涂的法官和园丁，以及园丁的女儿。众多的人物，在一天的时间里，让人眼花缭乱的轮流登场，男女之间的你来我往，层出不穷的阴错阳差，矛盾冲突一浪高过一浪，直至喜剧性结局。全剧不仅生动的塑造了费加罗，而且所有人物都具有其鲜明的个性，令人回味无穷。多段咏叹调在音乐创作和对人物的心理刻画上都精彩万分,是莫扎特的呕心沥血之作。该剧在艺术方面的成就是前无古人的。

《唐璜》描写的是一个花花公子诱骗女子无数且不知悔悟,最后被送入地狱。不过在莫扎特的魔幻般的音乐下,观众对唐璜似乎总有几分同情,更没有与唐璜对立。对于坠入地狱的结果又有些不是滋味。这最后一幕亦曾引起不少作家的讨论。可见莫扎特是如何出神入化的驾驭音乐去影响观众。

《魔笛》是莫扎特最后一部也是最伟大的一部歌剧。它虽是一部神话剧,但它对人物性格的刻画及人物的相互关系处理的非常出色。该剧描述了黑暗王国与光明王国的对抗,一位王子受夜后委托,带着一支魔笛和一位捕鸟人去光明神庙解救夜后的女儿。在经过种种考验和认清了夜女王的阴谋之后,终于获得了爱情。这部歌剧中的灵魂人物是夜后,莫扎特抓住这个角色,用最难的华彩乐段来刻画她的内心,既有阴暗怪异的仇恨心态,又有母亲对儿女的疼爱之情。数段咏叹调具有高难度的技巧和独特的艺术魅力。

在这里笔者不准备详细讲述这些歌剧的情节,那会分散读者的注意力。笔者要让读者注意到莫扎特用音乐刻画过哪些人物,从心灵方面来理解莫扎特的各种音乐。因为从他的歌剧中已经看到他对复杂人性、心态、心理的深刻领悟。

写歌剧有两件事是非常重要的。第一是剧本。第二是演员。

少年莫扎特拿到剧本后,凭借他的见多识广,同时笔者相信也有他父亲的帮助和指点,他理解剧中人物应该没有太大困难。在歌剧创作上,他的早期作品,与当时的同行一样,就是将音乐套在歌词上。这样的创作模式,使得一部名剧本会有许许多多套配曲。莫扎特逐渐意识到,歌词作者未必理解歌剧中舞台和声响的特点,而一台成功的歌剧全靠完美的剧情和服从音乐的台词和诗歌。因此适当的修改剧本是非常重要的。从1780年他创作《扎伊德》开始,他就与文学家合作,修饰剧本的剧情结构。在创作《克里特王伊多梅纽》时,他已经在修改故事内容,调节剧情发展的速度和张力上表现出相当高的水平。而后在维也纳,他与一些剧作家的合作大都是名义上的,文学部分他也深涉其中。实际上他的艺术创作在脑海里构建音符之前就已经开始。莫扎特后期的歌剧创作已集音乐家和剧作家于一身了。有些莫扎特传记断言,莫扎特除了音乐之外,不关心文学艺术,笔者认为是失真的。再举一个例子来说。从《后宫诱逃》到《费加罗婚礼》,几乎 4 年时间莫扎特没有大作品,原因之一就是莫扎特没有找到一部可以点燃他的想象力的剧本。他说,"我翻阅了一百多个剧本,但没有一部使我满意。"最后当他阅读《费加罗婚礼》时,他爱不释手,喜出望外。他知道皇帝可能禁止上演该剧,他仍决定(而不是与他合作的诗人)动手谱写,只是改成喜歌剧。

莫扎特每写一个歌剧,每创作一个人物,对他自己来说,都仿佛是一次人生的历炼,对世事的一次认识,对心灵的一次洗涤。在艺术上,由于他善于和勤于学习,每一部歌剧的创作过程也是他提高自我和走向完美的过程。

歌剧成败的另一个关键是演员。莫扎特从创作第一部作品开始就知道慎重的挑选演员。他对演员和乐师要求非常高,他认为比高超的发声技术更重要的是激情,演员内心要有一团火在燃烧,歌声从灵魂深处涌出。同时发声自然,不要夸张和娇柔造作。当他找到这样的人选时,他会狂喜不已。从萨尔斯堡本地的姑娘到欧洲知名的意大利歌唱家都曾与莫扎特有多年密切的合作,并建立了非常好的私人关系。在写歌剧的过程中,正是由于对演员的了解,莫扎特会根据歌唱者的特点来写音乐,简直就像裁缝那样,为演员量体裁衣,炽热的情感可以很流畅的从演员身上表现出来,这就保证了演出惊人的成功。

莫扎特并不满意他的青少年时期的歌剧作品。当然它们还赶不上莫扎特 20 岁之后的杰作,但实际上它们已相当相当的棒了。所有莫扎特早期的作品在模式和风格上已不是单纯的模仿他人。它们已被个性化,更具思想深度,更具音乐加戏剧的美感。而这一切都是他不仅吸收了他接触过的东西,不论艺术风格、表现手法还是主题,而且再加以研究、改造和超越的结果。他极富创造性,是后人探索这个天才时绝不应忽略的一点。

莫扎特以青春和健康为代价孜孜不倦的创作他喜爱的歌剧和音乐。用莫扎特的自己的话来说:"人们认为:我的艺术成就是轻而易举得来的,这是错误的。没有人像我那样在作曲上花费如此大量的时间和心血。没有一位著名大师的作品我没有再三地研究过"。"谁要是和我一样用功,谁就会和我一样成功"。

探索莫扎特(3)

莫扎特是极端性本善的人，全身心的奉献给音乐艺术。莫扎特音乐中如歌的旋律是非常独特的,最容易使大脑产生精神和情绪上的反应,有关“莫扎特效应”的实验仍在进行中。

研究莫扎特生平和音乐的著述已经不计其数，为了解释“莫扎特奇迹”,人们分两个方向作尝试。一是从他的作品去分析他的生活和精神，或是从生活中发生的事件来理解的创作。但最后发现,这些都行不通。莫扎特的音乐没有被他的生活现实所左右，莫扎特没有用音乐来说教或者用音乐来表现自己。他要表现的是音乐的美,那种优雅精致的美令人从心中感到自由。莫扎特的音乐独一无二。在本文前两个部分对莫扎特的旅行生涯和歌剧创作生涯做了剖析之后,笔者在下面的讨论中简要的提出对“莫扎特奇迹”的新见解,与读者分享。

除了歌剧之外,莫扎特在各种音乐体裁的创作上——协奏曲、交响曲、小夜曲、室内乐与奏鸣曲,都达到了出类拔萃,登峰造极的地步。笔者认为这种成功和他的歌剧创作生涯有着很深的渊源。人类最喜爱和最能抒发悲欢离合等诸多内心情感的艺术形式就是歌唱,而莫扎特的音乐恰恰最具歌唱性,同时具有强烈的戏剧效果。从一开始写歌剧,莫扎特就特别热衷于宣叙部分的自然表露,当他听说有人在情节剧中用乐器说话而不是人的歌唱时,他极其兴奋地说:“你们知道我在想什么吗？大多数歌剧的宣叙调就应该这样,歌词完全可以由音乐完美的来表达,人声唱歌只是偶尔需要”。可见莫扎特的基本理念是用音乐讲故事,在心中与听众对话。

那么在音乐中代替人声歌唱的是什么？是旋律！旋律是古典音乐的灵魂。而且莫扎特的旋律是非常独特的,研究表明,莫扎特的旋律最容易与人的大脑产生“化学反应”,并迅速反映在精神和情绪上。莫扎特音乐的美感是独具一格的。

音乐史家们说,莫扎特的作品反映的不是他的生活,而是他的灵魂。这话是对的,但还不全面。莫扎特的作品反映的是人类的灵魂,这才正确,完整。莫扎特的内心有如一个大千世界,你不知道哪一个场景或人触发了他的写作激情,你不知道他的音乐灵感来自哪一个歌剧内或歌剧外的人物。是哪一方神圣正在他心中歌唱。他就像演员,不是在演自己,而是在演角色。任何情、景、人都可以是音乐,他将这些音乐化之后,活灵活现的奉献给听众。他演的太精彩,太逼真了,连听众都难以分辨是谁在表演,是作曲家还是角色自己。正如笔者前面提到的,他的歌剧涉及天与地、神与人、王与民、善与恶、悲与乐、怒与喜、生与死。说莫扎特的灵魂如宇宙般广大和深邃,应不为过。

莫扎特一生中经历了许多的痛苦,但为什么从他的作品中很难追踪到呢?这有两方面的原因:一是音乐创作理念,二是人的禀性。

莫扎特的音乐讲究的是整体的秩序、均衡、和谐和比例。感情要适度、自我节制和客观。这也是古典时期音乐风格的特点。莫扎特认为,“热情不论激烈与否,都不可达到令人反感的那一点。音乐在表达最惊耸恐怖的情况时亦绝不应刺耳。音乐就是音乐,任何时候都必须悦耳动听”。所以莫扎特的音乐是精心修饰过的。他有意掩盖了或软化了尖锐和激烈的东西,令人们听上去觉得那么适度得体。

莫扎特的器乐曲,尤其是协奏曲和交响曲,深受歌剧创作的影响,既有喜剧又有悲剧。那么为什么人们总会忽略他的悲情呢?莫扎特深知音乐中的对立和冲突对人心的冲击,一面是舒展、轻快、甜美,一面是悲伤、忧郁、茫然。这样深具感染力的笑声和眼泪的混合将悲剧的东西表现出来。那他如何把握住这一点呢,他的音乐就像钟摆,以美和爱为平衡点,向左向右,不大不小的振荡着。既使如此,我们还应注意到,莫扎特的音乐在莫扎特的时代仍是前卫的,保守派拒绝接受。再有,那时演奏可以自由的添加装饰和即兴发挥,听众所听到的远比乐谱上的要多,也感性的多。

当然,莫扎特的音乐也有“出格”的情况,尤其是使笔者更为衷情的莫扎特晚期的交响曲、钢琴协奏曲等作品。就如同典雅美人摇身一变,成了冰心美人或是激情美人。太让人流连忘返了。

古典主义时期音乐不是表现个人,也不能将艺术作为向上帝报怨的工具。那么如何解释莫扎特写过阴郁甚至是悲哀的曲子,比如他母亲病逝后。笔者认为莫扎特写作时是“人生入戏”,“戏入人生”。他将某一个戏剧中的角色,尽管很像自己,加以装饰打扮,推给听众欣赏。有时莫扎特会连续写几个曲子,其中有喜悦欢腾的,也有悲剧色彩重的,这就是他“入戏”的结果,与现实事件未必有关联。这是莫扎特的独一无二。

从心理学角度看,莫扎特是一个性本善的人,而且走到了性本善的极端。在这里笔者谈及的善或恶,不是通俗意义上的好人或坏人,而是指人的性格特质,它几乎是天生的(例如贝多芬可能属于性本恶的典型)。性本善的人,正面和积极的对待世事,即使生活在欺骗与谎言的现实中,他们还是显得那么单纯可爱,甚至让人觉得幼稚。他们不追求物质,无论遭遇多么大的艰辛,他们总是乐观的,不觉得苦。一句话,他们阳光的令人不可思议。纵观莫扎特的一生,他不仅具有善的一切秉性,而且是一个极端性本善的人。当然,世界上性本善的人何止千千万万。但极端性本善的音乐家寥寥无几。

性本善的人,尤其是几经鬼门关的,对死亡并不那么畏惧。我们很难确切知道死神是什么时候开始与莫扎特相伴而行的。从莫扎特给父亲的多次书信中,他谈到了他对死亡的预感和观念。他在1787年4月4日给父亲的信中曾写道:“死亡是人类的忠实的、最好的朋友,这几年来我和这位朋友的关系变得亲密起来,他的形象不仅不再使我害怕,而且能使我感到安宁,获得安慰。感谢上帝使我认识到死亡能带来真正的幸福。”尽管莫扎特是在贫病交加当中走向生命的终点,但他始终坚持他庄严的理念:在死后的乐园里,永恒的光环照耀着安息的灵魂。这样的一组歌词就写在他的《安魂曲》中最后的乐章里。也正是死神的陪伴,他才能够在短促的人生里写出那么大量的优秀作品。一如他自己所说,我会在旋律中生活,也将会在旋律中死去。音乐成了我的生命。

莫扎特还说过两句话:“为进入天国而奋斗固然是崇高的,但是活在这凡世也美妙无比。那就让我们做人吧。”他还说,“我心中的欢乐不是我自己的,我把欢乐注进音乐,为的是让全世界感到欢乐。”把这两句话连起来看,莫扎特的潜意识是:活着就应享受天堂,不必等到死后。足见他对人生的积极和热爱,及对人生哲理的彻悟。

另外在探索莫扎特时有一点容易被忽视。尽管莫扎特参与了歌剧剧本的修改,他还不算是一个剧作家或诗人。但他对心理学造诣非浅。在歌剧《后宫诱逃》中已可以看出,莫扎特对复杂人性的理解,对心理学的领悟均达到新的成熟的深度,并找到了如何以音乐来表现的方式方法。莫扎特的心理学修养对他的音乐创作有举足轻重的影响。

莫扎特是把自己完全奉献给音乐的艺术家。莫扎特进行创作时,他是专注和忘我的。他忘记了他周围的世界,他只沉浸在他的音乐世界里,不会被外界干扰。所以他可以超然物外。不过他构思曲子和其他人不同。他是将乐谱完完整整的印在脑子里,然后一挥而就的誊写在五线谱纸上。至少有两次演出后,奥皇向莫扎特索要乐谱时,莫扎特交出的是白纸,因为演出前他没有时间写在纸上。在创作时他也可以去小玩一会儿,甚至与别人小聊, 过后他可以将构思好的音乐由记忆的仓库中倒出来。

莫扎特的创作灵感随时随处可及,这也是来自于他的丰富的人生体验。例如《费加罗的婚礼》取得巨大成功之后,兴奋的莫扎特进入了《唐璜》的创作状态。那时莫扎特在布拉格,几乎每晚都有聚会。他经常清晨三四点钟才回旅馆,且先要猛砸旅馆旁一个咖啡馆的门,要喝一杯热咖啡。店老板睡眼惺忪,又无可奈何。在旅馆中莫扎特想起刚才站在老板窗前等待咖啡的情景,触景生情,于是在他的脑海里有了《唐璜》中唐璜站在恋人朱丽亚窗前唱情歌的镜头，著名的小夜曲“到窗户前面来吧,啊,我的爱人,来吧,来安慰我痛苦的心灵。”就这么一下子诞生了。

莫扎特把自己的生命与音乐融化在一起，彼此无法分开。即使他的生命结束了,附着了他的灵魂的音乐与世长存。

参考资料：

Neal Zaslaw:The compleat Mozart,1990.

David Hurwitz:Getting the most out of Mozart,2005.

女人的音乐

作曲是男人的专利吗？女人作曲家和她们的心声在哪里？

20世纪前知名的女作曲家寥寥无几，但这并不表明女人的作曲天赋比男子差。实际上女性音乐家相当多，有作曲才能的也不在少数。她们没有被社会认可主要归因于社会的歧视和偏见。那时女性发表她们的音乐作品被认为是不适当的行为，女性这么做一定要鼓足极大的勇气，因为一定会招来乐评家劈头盖脸的痛骂。17世纪的意大利芭芭拉(Barbara Strozzi)大胆的发表自己的音乐后，被社会指责为妓女。既便到了20世纪前半叶，这种情况也改善不多。著名的西班牙歌曲 Besame Mucho 的作者是女性，1941年完成。但她不得不用一个男性的匿名录制她的作品。这首曲子至今仍感动着成千上万的人。

另一个原因就是女性对家庭、丈夫和孩子的责任和负担。许多有音乐才华的女子婚后相夫教子，因没有时间而放弃了音乐创作。

十八十九初世纪的情况与当前有许多不同。那时面向公众的音乐会还处于起始阶段，专门的音乐厅几乎没有，公众的音乐会是在会议大厅或当地剧院举行。能够容纳的听众也不多，几百人至一千多人。绝不像现在，通过电视、广播的实况转播，一场音乐会可以吸引上百万人。令我们想象不到的是，那时也没有单独的钢琴演奏会。既使是国际名牌钢琴家也必须与当地的乐师共享同一舞台。这就是说，一场音乐会是由各个乐师演奏不同的乐器以及歌唱而组成。当然钢琴家的演出效果就会大打折扣。后来由于钢琴家克拉拉和李斯特的努力，钢琴独奏会的演出模式才被建立起来。

所以那时私人音乐会和音乐沙龙是音乐家表现自己的重要场所。不过获邀出席档次高的沙龙，亦要有重量级人物的推荐信。然后通过一层又一层，一场又一场成功的音乐会，把自己的声誉建立起来。下面再简单介绍一下沙龙。

沙龙的形式由法国巴黎的 Marquise 在17世纪初开创。在她的沙龙房间里聚集了男人和女人，他们高谈阔论，分享对艺术、音乐、诗歌和政治的己见。这对那些有才华有知识,又被拘束在家里的女人是太需要了。这些女人渴求知识和艺术。沙龙是她们通向外部世界的唯一管道。成功的沙龙会吸引社会名流和艺术精英到家里来。从 18 世纪后半叶到 19 世纪末,沙龙遍及欧洲的所有主要的大城市。在沙龙里,新的概念、哲理、文学和音乐均可自由发表而无需恐惧被迫害。每个沙龙的聚焦点不同,取决于经营沙龙的女人的偏爱。比如有玩纸牌的沙龙,舞蹈沙龙,或交谈沙龙等。下面介绍的范尼·门德尔松就继承家庭的传统,建立了一个星期日早晨音乐会。不少著名的科学家、哲学家、演员和作家都是常客。从 1815 至 1848 年间,在柏林还有好多这样的音乐沙龙。进入 20 世纪后妇女要求走出家庭,追求解放的呼声和行动越来越大,沙龙形式渐渐走入历史。

再一个特点是,19 世纪的音乐家几乎又都是作曲家。这种潮流持续到 20 世纪。当今职业演奏家很少作曲了。同时在音乐环境上大不相同的是,那时音乐家与其他领域的艺术家,例如诗人、画家、作家均有紧密的互动,从而音乐与其他艺术的联系比当今要强烈的多。如今的音乐家太专注演奏会了。

那时钢琴家巡回演奏时面对的一个困难是钢琴的不同类型。19 世纪初在欧洲以两种类型钢琴为主:维也纳型和英国型。轻巧的维也纳型遍布东欧和中欧。声音浑厚反应迟钝的英国型则为西欧青睐。要同时演奏好这两种钢琴,对钢琴家是一个挑战。

下面介绍几个典型的女作曲家,她们分别生活在中世纪(希尔德佳·宾根),巴洛克时期(佛朗西斯卡·卡西尼,芭芭拉·斯特柔兹),经典时期(玛丽安娜·玛蒂涅丝,玛丽亚玛·帕拉迪斯)和浪漫时期(玛丽亚·席曼诺夫斯卡,范尼·门德尔松,克拉拉·舒曼)。和通常的小传记写法不同,笔者在这里强调的是她们在作曲道路上的艰辛,她们的聪明才干,天赋过人,以及她们的作品特点。

她们的故事至今仍值得我们借鉴和欣赏。

希尔德佳·宾根

(Hildegard von Bingen 1098–1179)

出生于1098年,是德国的作曲家、作家、哲学家、基督教神秘主义者、修道院院长、通灵者和博学多才的女子。她处的时代是中世纪,宗教当道,保守且发展缓慢的时代。她是修女,在1150年成了修道院院长,而且在1165年创立了第二个修道院并任院长。在那时女人的地位是低于男人的。她何以如此一枝独秀呢?她是非常聪明的。在少年时她就宣称她有特异视力,能看到凡人看不到的事物。同时神不知鬼不觉,她的确学到了写作、音乐、乃至医疗和科学方面的知识。不过她声称上帝通过5种感觉来告诉她所有的事情,不是人教授的。这样披上了神秘面纱的宾根,政治地位慢慢就压过了男人。

在1140年(42岁)宾根已为修道院写了很多的诗和音乐。1151年创作了有名的道德剧Ordo Virtutum,该剧长达1个半小时。1175年和1180年她写了两个版本的仪式圣歌,一个版本含有57首圣歌,另一个版本含有75首。宾根一共创作了八十余部作品,许多作品写法创新,有些歌曲音域宽广,高到两个8度甚至三个8度。有意思的是,在现存的她的77部圣歌中,大部分是赞颂女人的,例如圣母玛丽亚,St.Ursula和她的女追随者,各种群体的女人。而16首写明献给地方上的或个别的男圣徒,仅有28首是献给上帝和基督精神。她的诗也是如此,经常以妇女为中心,以及妇女在救世中扮演的积极角色。以此要让女人知道在物质世界中女人的力量,和运用这种力量。从妇女为中心这样一个层面研究宾根的音乐,最近一些学者认为她的音乐点燃了全身的情欲,是肉体、精神和声音三合一的强烈表白。宾根可能是有记载以来第一位女性作曲家。

下面列出的几首宾根创作的圣曲集,至今还在演奏并可以从CD盘或互联网上欣赏到。

Ordo Virtutum (1′31″)

Spiritus Sanctus (8″)

11000 Virgins, chants for St. Ursula (1′12″)

Heaven and earth (42″)

Voice of the living light (1′16″)

佛朗西斯卡·卡西尼

(Francesca Caccini 1587–1645)

1587 年出生于意大利的佛罗伦萨,处于巴洛克初期,是意大利的作曲家、歌唱家、乐师、诗人和音乐教师。佛朗西斯卡也被公认为是介于希尔德佳·宾根和 19 世纪之间最知名和最有影响力的一个女作曲家。她的父亲 Guilio Caccini 为多产的作曲家和歌唱家,其母也是歌手。佛朗西斯卡聪慧过人,从小就受到父亲的影响和指导,学会了弹奏古钢琴、琵琶、吉他和竖琴,而且是当地著名的女高音歌唱家。父亲还教她作曲。此外她还喜欢文学,作得一手好诗,许多歌曲是她自己作词的。卡西尼家族的音乐声誉早在 1600 年就飘到法国。1605 年法国国王亨利四世请佛朗西斯卡去担任宫廷歌手,可是佛罗伦萨的大贵族说什么也不放她走。1607 年她为狂欢节作曲,这使得她为佛罗伦萨的宫廷所雇佣。在宫廷乐队里,她当教师,室内歌手,排练指导,以及室内和舞台音乐的作曲家。由于出色的表现,她是乐队中收入最高的。

佛朗西斯卡写作速度快,作品多,除了歌曲之外还有喜剧的舞台剧音乐。在 1618 年(31 岁)之前她已创作了许多作品,可惜的是,它们都丢失了。她在 1618 年发表的作品是保存下来的她的最早作品。那时她还写了一本歌曲集,招收学生并持续她的歌唱生涯。1625 年她写了 75 分钟的歌剧《La Liberrazione di Ruggiero dall'isola d'Alcina》,由于这部作品的问世,佛朗西斯卡被公认是第一个女性歌剧作曲家。这个歌剧极受欢迎,曾为当时访问意大利的波兰王子演出。波兰王子高兴的邀请该剧到华沙上演。于 1628 年该剧组成行，也是第一出意大利歌剧在波兰首演。由于相夫教子，她离开了宫廷乐队几年。然后又回到乐队服务，直到 1641 年 5 月，她从宫廷乐队辞职，从此不再抛头露面。

她的音乐和谐、亲切，就像和你谈心一样。下面介绍的几首动听的歌曲，可以从 CD 盘或互联网上听到。

La Liberrazione di Ruggiero dall'isola d'Alcina（歌剧，有许多精彩选段）

Lasciatemi Qui solo

Nube gentil

O Che Nuovo Stupor

Non so se quell sorriso

Maria，Dolce Maria

Fresche Aurette

Io mi Distruggoet Ardo 这首歌催人泪下。歌词倾诉了一个被强暴的女人在自杀前的巨大痛苦。故事发生在公元前 500 年罗马王政时代到罗马共和国的转折点。罗马王政时代最后一位国王塔克文倒行逆施，塔克文的儿子听说有美丽、纯洁和善良的贵族妇女叫鲁克列提亚，就手持宝剑强暴了她，鲁克列提亚在被凌辱后在自己的丈夫面前自杀，这一事件立刻引发罗马人的大起义，驱逐了塔克文家族，结束了君主王朝，建立了罗马共和国。

芭芭拉·斯特柔兹
(Barbara Strozzi 1619–1664)

1619 年出生在意大利威尼斯，处于巴洛克音乐初期。她的养父是诗人和剧作家，养父从小就发现了她在声乐和作曲方面的潜能。在她 10 岁时请了当时很有名的作曲家到家里来教她作曲，并训练歌唱，一共学习了七年。16 岁时在家庭音乐会上她精彩的演唱了她创作的歌曲，赢得了成功，后来还有作曲家为她献曲。19岁时养父开办自己的音乐专科学校。不过这种学校更准确的说是私人俱乐部。加入的成员都是威尼斯的男性知识分子、社会名流，有诗人、剧作家、作家、哲学家、历史学家等。学校不收女性。但芭芭拉算是女主人，而且由于她的美丽被认为是吉祥的象征。在学校中她演唱她的作品，她的音乐才能得以发挥。学校还出版年刊，有时刊登会议讨论。有一年谈论到这样一个题目：什么是赢得爱情的最好武器，眼泪亦或歌曲？芭芭拉参加了讨论并发表看法。她的结论是，歌曲强于眼泪。她给出理由，"如果我邀请一个男子来看我哭泣，而不是听我唱歌，那个男子一定不会来"。在年刊中另外一个热议就是女权主义。

25岁时她出版了她的第一部作品，是情歌集。她的这个举动非常大胆，因为她知道这必将招致社会上雷电霹雳般的中伤诽谤。后来果然不出所料。

她33岁时养父去世，连养父葬礼的费用都凑不够。此后她必须努力工作以养家糊口。她又连续发表了4部歌曲集，每年一集。她希望借此找到提供她稳定收入的资助人或是宫廷作曲家的位置，但从未成功。不过，她的名气在窜升，并且飞出了威尼斯城，获得了意大利的喝彩。足不出户就赢得远方的掌声，这在西方音乐史上也是独特的。在她的第五本书的前言中她写道，"尽管女权微弱，但我的作曲能力从未微弱"。

在她身处的那个时代，许多涉及音乐的社会工作都不招收妇女。女人要从事音乐，要么是修道院中的修女，要么就出生在皇宫乐队。修女，相对来说，比外部世界更有音乐上的自由。芭芭拉既没有受雇于皇宫乐队，又没有转身为修女。她是真正的女性音乐自由职业者。

她的歌曲大部分是非宗教的，大约四分之三的写给抒情女高音。而且技巧高超。她的早期歌曲的歌词由其养父所作，后来有父亲朋友相助，但许多曲子是由她本人写歌词。她的歌绝大部分是讲述不幸福的爱情，但并不那么缓慢和忧伤，反而是热烈活泼,精神饱满,尽管发生了错误的爱。伴奏的音乐从慢到快,从弱到强,丰富的起伏对比将歌唱的效果推到极至。她将她的非凡的想象力融于她的创作中,她的一些讲述故事的大合唱很长,其中最长的是讲述法国的历史故事,十分动人。

那时意大利时兴歌剧,但她的作品从未涉及歌剧。她是巴洛克时代室内声乐的重要作曲专家,也是17世纪中叶最高产的非宗教声乐的意大利作曲家。

1664年在出版了她的第八集和最后一集作品后,销声匿迹了。

芭芭拉的歌曲被现代人演唱的很多,在下面列举几首,读者可从CD光盘和互联网上听到更多。

Che si puo fare

Lagrime mie

L'Eraclito Amoroso

Priego ad Amore

Udite Amanti

Sino alla morte

Amor dormiglione

Begli occhi

L'Amante Segreto

Miei pensieri

La Vendette

Hor che Apollo

玛丽安娜·玛蒂涅丝

(Marianna Martines 1744–1812)

1744年出生于维也纳。她生活在海顿、莫扎特的时代。她的音乐风格也是古典的。从小她的音乐天分就很高,并在一个著名宫廷诗人的监护下接受包括音乐在内的文化教育。凑巧的是,当时很不走运的海顿就住在她们那栋楼的顶层阁楼,饥寒交迫。为了挣取生活费用，海顿当上了玛蒂涅丝的家庭音乐教师，教授她弹琴和作曲。当时玛蒂涅丝10岁，同时开始向名师Porpora学习歌唱，海顿又作为助理，为师生二人伴奏。师生玛蒂涅丝与海顿成了终身的好朋友，在玛蒂涅丝的曲子中，多多少少有海顿的影子。三年之后，玛蒂涅丝又向另外两个名音乐家学习，她的作曲潜能展现无余。而且在普通教育方面，她的知识水平也比当时的妇女的高出许多，除了母语意大利语和德语之外，她还讲法语和英语。

顺便说一下。海顿当时还结识了住在一楼的寡妇公主埃斯特哈齐。日后海顿成了埃斯特哈齐王宫家族的宫廷乐长，才有了长达三十多年的稳定工作。

玛蒂涅丝的钢琴演奏和歌唱水平都是相当高的。不过当时在维也纳，受到良好教育的贵族和中产阶级的女孩，弹钢琴或唱歌是一种时尚。在这样的环境下，18世纪末的维也纳，大多数钢琴家是妇女和姑娘，而且其中不乏优秀的令莫扎特都交口称赞。50岁时玛蒂涅丝在家中开办音乐学校教授声乐，许多业余的和专业的歌手，以及合唱队都到她的学校受训。在家中玛蒂涅丝还每周举办音乐晚会，吸引了许多名人前来。除了海顿之外，莫扎特也是常客。兴致来时，他与玛蒂涅丝同奏他的四手联弹奏鸣曲。虽然玛蒂涅丝是活跃的，有成就的演奏家和作曲家，但她从未得到过公职，这当然与妇女遭受的歧视有关。玛蒂涅丝终身未婚。于1812年12月去世。

作为作曲家，她写了200个各种体裁的作品，包括交响曲、协奏曲、奏鸣曲、大神剧、弥撒曲、宗教和非宗教歌曲。她的第一号弥撒(Mass No.1 in D major)被学者认为是莫扎特在1768年创作弥撒(Mass，K139)时的模型。当时莫扎特12岁。玛蒂涅丝26岁时所创作的交响曲(Symphony in C)是迄今所知由女人所写的唯一的古典交响曲。

玛蒂涅丝的音乐坦率、活泼和雅致。一些典型的器乐曲列在下面,有些可以从CD光盘或互联网上听到。

大键琴E大调协奏曲 (Harpsichord concerto in E major for)

大键琴E大调奏鸣曲 (Harpsichord sonata in E major)

大键琴A大调奏鸣曲 (Harpsichord sonata in A major)

大键琴G大调奏鸣曲 (Harpsichord sonata in G major)

C大调交响曲 (Symphony in C major)

A大调钢琴协奏曲 (Piano concerto in A major)

C大调钢琴协奏曲 (Piano concerto in C major)

玛丽亚·帕拉迪斯
(Maria Theresia von Paradis 1759–1824)

1759年出生于维也纳,是莫扎特同时代的人。她父亲是皇家的秘书。帕拉迪斯2岁时视力开始减退,5岁时几近失明。在17岁时请了著名的大夫来治疗她的眼睛,但未成功,此后她终身完全失明。

她父亲很早就发现了她的音乐才能,曾请好几个名音乐家为她授课,有音乐理论和作曲、钢琴、歌唱和作曲等。她的音乐老师之一是萨里尔里(风传中忌妒莫扎特的那个意大利宫廷乐师)。16岁时她就成功的在维也纳音乐厅和沙龙里演奏了萨里尔里、莫扎特、海顿的钢琴作品。受到莫扎特在内的许多当代行家的好评。据传,莫扎特的第18号钢琴协奏曲(K453)就是为她而写的。

帕拉迪斯有着出色的记忆力和与众不同的精确的听力。她可以在心里记住六十多个协奏曲, 大量的独奏曲和宗教作品。她下笔作曲后不需修改,这有点像莫扎特。

虽是盲人,但她并不坐困维也纳。24岁至26岁时,由母亲陪伴访问欧洲。她先到萨尔斯堡访问莫扎特,又到德国的几个城市、瑞士,然后去巴黎和伦敦做旅行演出。陪同人员里还有一个剧作家,他为帕拉迪斯发明了一个作曲板。帕拉迪斯的演奏在巴黎获得了极好的评价和赞扬,但在伦敦反应欠佳。26岁时她帮助朋友开办了第一所盲人学校。在这段时间里她也在作曲,但后来学者认为其中的一些曲子并不是她作的。比如著名的钢琴四重奏:Sicilienne in E flat major,但这并不防碍人们欣赏这首优雅美丽的曲子。它像天使的颤音(对比“魔鬼的颤音”,见第27章)彷徨徘徊在快乐与忧伤之间。

当她30岁左右时,她开始花大量的时间在作曲上。她创作了5个歌剧和3个cantata,以及许多其他作品。可是在她的一个歌剧失败之后,她开始把精力转向教学。偶尔作曲,例如G大调钢琴幻想曲(1807年)和C大调钢琴幻想曲(1811年)。再说一下,她作曲时需用为她特制的作曲板,比正常人要艰难的多。快50岁时她在维也纳创建了自己的音乐学校,从事向年轻的女孩子传授歌唱、钢琴和音乐理论。学校中举办星期日音乐会,为优秀的学生提供展示才华的平台。她的教学工作一直持续到她1824年去世。她一生共创作四十余部作品,但几乎所有的作品都失传了,包括两个钢琴协奏曲和12个钢琴奏鸣曲。

玛丽亚·帕拉迪斯一生接受了严峻的挑战:女人、音乐家和盲人。她成功了。尽管当今鲜为人知,但在当时,她赢得了欧洲的由衷的喝彩和高度的尊敬。

读者可从CD光盘或互联网上听到以各种乐器独奏或合奏的曲子Sicilienne。

玛丽亚·席曼诺夫斯卡

(Maria Agata Szymanowska 1789–1831)

1789年出生于华沙,波兰女钢琴家和作曲家,也是19世纪最早的职业钢琴艺术家之一。对于她早期的音乐学习知之甚少。肯定的说,席曼诺夫斯卡没有进入音乐学校学习过。那时公立的音乐教育在华沙还仅仅是开始,1809年才有了第一所专门的音乐学校。而且对女人不开放。在这种情况下,席曼诺夫斯卡请的是家庭教师,在家中接受钢琴指导和学习作曲。一般认为,她的私人音乐教师中有埃尔斯纳(Jozef Elsner)和列塞尔

(Franciszek Lessel),他们后来都是肖邦的老师。席曼诺夫斯卡的父母发现了她对音乐的特殊兴趣,不断的邀请在华沙演出的著名的音乐人到家里来,其中不乏歌手、演奏家、作曲家。那时又没有经济人。她可以很方便的与大量的名艺术家接触交流,这也是她接受艺术熏陶的重要源泉,为她日后的职业生涯奠定坚实的基础。最重要的是,从她个人来说,她有激情和抱负成为一个钢琴家。为此她也作出了牺牲。她在1810年结婚,但婚后她的丈夫无法忍受她频繁的外出演奏与她离了婚。她与三个子女完全靠她的演出、作曲和教课维持生活。当她外出时,当然要忍受与三个子女分离的痛苦。

1810年(那年肖邦出生)她在华沙和巴黎举行首次演奏会,并开始了与意大利大音乐家凯鲁比尼(Luigi Cherubini)的友谊。从1810年至1820年之间,她在华沙和波兰境内演出,大部分为私人性质,并从事作曲。和当今的青年钢琴家所走的道路相同,越来越多的成功的音乐会使她很快成名。1818年至1827年间她的艺术造诣达到了顶峰。1818年她出访伦敦。受到圈内行家的好评。1820年在柏林演出,她与有影响力的音乐活动人塞尔特(Carl Zelter)相识并获得他的大力支持。1822年在俄国巡回演奏,俄国女皇授予她最高的荣誉,在那儿她又结识了音乐家胡梅尔(Johann Hummel)和费尔德(John Field)。

1823年夏天,她开始了为期三年的西欧行。她去了奥地利、德国、法国、意大利、比利时、英国和荷兰等诸国。在旅行演出中,在奥地利她邂逅德国诗人歌德(Wofgang Goethe)。据说歌德对她的爱慕都到了抓狂的地步。在柏林她造访了门德尔松的家庭,及钢琴家卡尔克布纳(Friedrich Kalkbrenner,肖邦后来的老师)。在巴黎和伦敦,她取得了巨大的成功,得到了同行一致最高的赞美。在意大利她结识了著名的波兰舞钢琴作曲家欧金斯基(Michal Oginski)。她的演奏有的面向公众,也的专为私人、皇家和贵族。顺便说一下,1823年,她在波兹南城演奏自己的钢琴作品时,是靠记忆,不看乐谱。这在当今似乎没什么了不起,可在当时引起了轰动。很有可能,席曼诺夫斯卡是第一个背乐谱演奏的琴师。

1827 年初她回到华沙,并举办过两次音乐会。从肖邦的信件看,当时在华沙音乐学院学习的肖邦聆听过其中的一次。1827 年夏天,她受聘为俄国女皇的宫廷钢琴师,去了莫斯科而后定居圣彼得堡。从此没有再旅行。不过在圣彼得堡,除了演奏和教授钢琴以外,有意思的是,她将她的住所变成了那个城市最火的文化沙龙,许许多多有名望的学者、艺术家、社会名流在那里聚会。从作曲家罗西尼(Gioacchini Rossini)、费尔德(John Field)、胡梅尔(Johann Hummel)到诗人普希金(Pushkin),作家柯萨克(Julian Korsak)和画家欧罗夫斯基(Aleksander Orlowski)都是常客。其中还有肖邦的密友,浪漫诗人密茨凯维兹,后来他娶席曼诺夫斯卡的女儿为妻。她的沙龙一直持续到她在 1831 年突然去世为止。

席曼诺夫斯卡大约创作了一百多首曲子,其中大部分属于钢琴小品(练习曲、前奏曲、舞曲、幻想曲、玛祖卡等等)。以及二十多个歌曲和三个室内乐曲。她的音乐以长歌风格为特点,模仿意大利歌剧歌唱家的抒情加装饰。显然这种风格已是情感主义的了,被划归为早期浪漫主义。更重要的是,席曼诺夫斯卡首次将波兰民间音乐、波兰舞曲和玛祖卡,带入音乐会的大雅之堂。她的钢琴作品,不论哪个体裁,全都有所创新和发展。她的弹奏技巧无与伦比,被称为“音调皇后”,因为她令钢琴说话和唱歌。

这样,一个很有意思话题随之而来,席曼诺夫斯卡对同胞肖邦会有多大的影响。这个问题的探索成了这几年波兰音乐研究的热门。似乎微妙之处在于,肖邦几乎很少公开提及席曼诺夫斯卡。可实际上呢,两人又有“千丝万缕”的联结。肖邦小时候很可能与席曼诺夫斯卡进出同一沙龙,并互相聆听过对方的演奏。例如,1827 年 1 月 15 日席曼诺夫斯卡在华沙举办音乐会,资料表明肖邦去了。肖邦学习的音乐学院的老师埃尔斯纳是席曼诺夫斯卡父母的近友。埃尔斯纳又是席曼诺夫斯卡的音乐老师。在席曼诺夫斯卡去世后,埃尔斯纳和肖邦的姐姐在给肖邦的信中仍在讨论席曼诺夫斯卡。这就是说,在肖邦的小圈子里,席曼诺夫斯卡是他们的一个经常的话题。席曼诺夫斯卡的一些钢琴作品早在1819年(肖邦9岁)就发表了,例如《20首练习曲和前奏曲》发表于1820年而24首玛祖卡发表于1825年。在肖邦的收藏中应该有他的波兰同胞所作的同时代的波兰音乐,尽管肖邦从未公开讨论过它们。再如,席曼诺夫斯卡在1816年发表的歌曲曾在肖邦父亲开的学生招待所和肖邦家中定期演出。所以青少年时代的肖邦不会对已经赫赫有名的席曼诺夫斯卡不闻不问。后来诗人密茨凯维兹成了肖邦的密友,而密茨凯维兹是席曼诺夫斯卡的女婿。同住巴黎的肖邦也应见过席曼诺夫斯卡的女儿Celina。

令研究者感到困惑的是,席曼诺夫斯卡写过的所有的音乐体裁很快就成了肖邦的最爱,像是玛祖卡、波兰舞和华尔兹,练习曲、前奏曲、夜曲等。在音乐语言上,风格上,两人也是平行的,有许多相似之处。

在下面介绍一些席曼诺夫斯卡的典型作品,若肖邦的某个作品中部分与她的作品相似(根据学者们的研究比较),也会用箭头注明,供有兴趣的读者研究。

E大调随想曲
(Caprice sur La Romance de Joconde for piano in E major,1819)

窃窃私语夜曲
(Nocturne "La Murmure" in A flat major,1825)

钢琴幻想曲
(Fantaisie for piano in F major,1819)

娱乐曲
(Divertissement in B flat major,1819)

C 大调波兰舞曲
(Polonaise in C major,1819)

降 B大调夜曲
(Nocturne in B flat major)
→与肖邦的夜曲(Chopin,Nocturne Op.32 No.2)相似

F 小调波兰舞曲
(Polonaise in F minor,1819)
→与肖邦的 61 号波兰舞曲(Polonaise–Fantasy Op.61,1846)相似。

F 大调圆舞曲
(Grande valse No.3 in F major,1819)
→与肖邦的圆舞曲(Waltz in A flat major Op.69 No.1)相似。

练习曲(Etude in E major No.18)
→与肖邦的降 A 大调练习曲(Etude in A flat major Op.25 No.1)相似。

席曼诺夫斯卡在 1820 年发表过一组 20 首练习曲和前奏曲。这 20 首曲子中有好几首均可在肖邦的练习曲和前奏曲中找到影子,例如席曼诺夫斯卡的第 3,8,12,14,15,18 号。在这里不再一一介绍。类似的情况也发生在席曼诺夫斯卡的玛祖卡舞曲里。

席曼诺夫斯卡是不是肖邦心中的缪斯，只有肖邦自己知道。席曼诺夫斯卡是抒情浪漫主义音乐的先驱,既便是在舒曼和克拉拉的作品中也有她的风格的印记。不过由于后来的肖邦、李斯特、门德尔松和柏辽兹光芒太过,使得她黯然失色。

席曼诺夫斯卡绝不是具有一般音乐才华的女子。

范尼·门德尔松
(Fanny Mendelssohn 1805–1847)

1805 年出生于德国汉堡。她是大名鼎鼎的音乐家菲列克斯·门德尔松的姐姐,比菲列克斯大 4 岁。从小她就显示出非凡的音乐天赋,给人的印象甚至胜过弟弟。范尼和弟弟接受相同的音乐教育,分享音乐的乐趣,从孩童时就开始写音乐。

不过，范尼的发展受到世俗的阻碍，就是她的父亲对她倾心音乐也仅是容忍，而不是支持。在她父亲 1820 年给她的信中说，“音乐或许是菲列克斯的职业，但对你来说，只可以是装饰。”虽然她的弟弟菲列克斯个人支持范尼作曲和演奏，但对范尼以她的名字出版她的作品很不以为然，并持反对态度。菲列克斯曾以他自己的名字发表了包括范尼在内所写的歌曲，当 1842 年菲列克斯·门德尔松去英国，并受到维多利亚女皇的接见。女皇当场表示对他的歌曲“意大利”非常欣赏。这一下弄得菲列克斯十分窘迫，只得承认那是范尼所作。

大约 15 岁之后，范尼的音乐创作进入成熟期。她的作品主要涉及钢琴和歌曲。例如她写了 11 首奏鸣曲，不是丢失了就是被私人收藏了，都没有公开发表。那时他们兄妹互相切磋，菲列克斯的重要作品都会征询范尼的意见，甚至有范尼的直接参与。范尼曾自豪的说，我总是他唯一的音乐指导。

自 1822 年起范尼母亲就在家里举办星期日音乐会，范尼在这个家庭音乐会中经常演奏自己的作品和弟弟菲列克斯的作品，菲列克斯还请了一个小型的管弦乐队和合唱团演出自己的曲目。这个家庭音乐会成了欧洲颇有名气的沙龙。范尼本来在指挥上就跃跃欲试。有一次演奏她的作品，乐队指挥怎么也弄不妥当，范尼拿过指挥棒，顺利的完成了演奏。可以说，范尼是 19 世纪指挥过一个完整的管弦乐队的唯一的女人。

1829 年范尼成婚，她的丈夫 Hensel 倒是大力支持范尼的音乐活动。毕竟有家庭，孩子所累，范尼相夫教子了很长一段时间。没有音乐的涤荡，没有知音的弟弟菲列克斯在身旁(他正在巴黎等地发展)，范尼的心越来越空荡，情绪越来越低落。这时范尼的母亲和范尼的丈夫都鼓励她继续音乐创作。但范尼觉得只有菲列克斯能帮她建立信心，可是支持的言语没有到来。她的弟弟不理解，成为母亲的女人为什么还需要音乐。弟弟的态度令往后几年范尼的心境极为凄凉。她大病一场，霍乱几乎要了她的命。

尽管如此,范尼仍不死心。她知道,要激发她的灵感必须有她自己的音乐环境。这时门德尔松全家已搬迁到柏林。柏林有两个管弦乐队,但是音乐活动组织得相当混乱,音乐生活反而缺乏。范尼决定恢复家庭星期日沙龙音乐会,以前是由母亲主持的,现在由范尼组织。这样范尼虽无法走出去,但可以将音乐世界带进家里来。同时家里有可容纳百人之上的大厅,可开一个颇具规模的音乐会。乐师由有造诣的业余音乐爱好者和专业人员组成,分为管弦乐队、合唱团和独奏演员,音乐会是高标准的。在这个沙龙音乐会上,范尼可以担任指挥,独奏钢琴并演出自己的作品。这个活动使范尼精神大振,真的又恢复了作曲的激情。不过,范尼总觉得自己的作品不如弟弟的。那时菲列克斯·门德尔松的名气在欧洲已如日中天。而范尼的音乐世界还无法与职业生涯相比。既没有旅行演出,又没有与顶尖的音乐家交流。这片心中的乌云不时的笼罩在她的心头。周期性的沮丧令范尼下笔艰难。这里边也有范尼的道理。一个作品的优劣需要专业权威人士去判定,甚至引起赞赏与批评两派的争论都是好事。就怕没有反应,弄得作曲家不知如何是好,就会失去信心和动力。看到女儿的心事,范尼的母亲写信给在外的菲列克斯,希望他鼓励范尼发表作品。但菲列克斯在回信中强调,范尼应首先照顾好家庭。菲列克斯不理解,范尼并不喜欢华丽的服装,五光十色的聚会。范尼需要的是音乐。

这时,范尼的丈夫在继续为她的沙龙打气的同时,他理解范尼的渴望。他也认为范尼必须以她自己的名字发表作品。尽管这是一个好主意,但范尼认为 Hensel 还不是音乐家,至关重要的还是要征求功成名就的菲列克斯的意见。在 1836 年她给弟弟的信中说,“考虑到我的出版一事, 我持相当中性的立场。一边是 Hensel 的愿望,一边是你的反对。当然,若是别的事,我会无条件按丈夫说的办。但对于这种特殊情况,你的同意是非常重要的"。看,范尼说她持相当中性的立场,是真心话吗?遗憾的是,菲列克斯的回复仍然是否定的。

也由于弟弟菲列克斯的反对,范尼不向公众作表演。她的唯一的一次公开钢琴演奏是1838年2月,在柏林音乐厅。曲目是门德尔松的第一号钢琴协奏曲。那是一次慈善募款活动。这一点上,范尼与克拉拉·舒曼等人不同。范尼的家境富足,无忧无虑。她不可能为钱游遍欧洲去演出。而克拉拉在生活的压力下,必须拼命的开音乐会。范尼是大家闺秀,温顺柔和,不似克拉拉那么强势。一个英国乐评说的太准确了,"如果范尼是穷人的女儿,她早就扬名天下了"。

1838至1840年,她曾随丈夫去意大利长住一年,有感于意大利迷人的景色和风情,写下动听的12首钢琴曲,该曲命名"一年"(Year)。她的心情也有所好转。回到柏林后,她经营的星期日沙龙音乐会继续获得巨大的成功。

1846年范尼的运气来了。在沙龙音乐会上,范尼与一个爱好音乐的绅士Keudell相识。Keudell不仅出席音乐会,还逐渐成为家中的常客。那时有两个出版社表示愿发表范尼的作品。Keudell敦促范尼将作品公诸于世。这一敦促对范尼来说是相当重要。因为以前是丈夫和母亲支持,那是家人。现在来自一个外人的鼓励,对范尼来说是太振奋了。这次范尼是写信通知弟弟,她决定出版她的歌曲集和钢琴作品集。在给弟弟的信中她表示,不需要菲列克斯负任何责任,但仍希望赢得弟弟的祝愿。菲列克斯一个月后才回信,表示为她的决定祈祷。在范尼的日记中,她曾写到,她知道弟弟从心里并不喜欢,但最后还是讲了鼓励的话。

1846至1847年,范尼出版了歌曲集(Op.1,Op.2,Op.3),钢琴作品集(Op.4,Op.5)。作品的发表大大激发她的创作的雄心,第二年(1847年),她42岁时,她整理了好几个优秀的作品,例如:C大调序曲、钢琴四重奏、弦乐四重奏、大提琴奏鸣曲、管风琴独奏等等。并且完成了D小调钢琴三重奏(Op.11)。这个曲子在沙龙音乐会上赢得了热烈的掌声。最终,范尼开始以作曲家闻名了。不幸的是,当年5月她突患脑溢血病逝。D小调钢琴三重奏是在她去世后由家人发表的,真令人深感遗憾。菲列克斯·门德尔松获悉噩耗后,当场晕倒。后来他写信给范尼的丈夫,表示后悔没有鼓励范尼多发表作品。范尼去世后不到6个月,菲列克斯·门德尔松亦同样脑溢血病逝。

范尼一生共作曲四百六十多首,但发表出来的,编了号(Op)的仅有11首及未编号的16首。大部分没有发表的,不是静静的躺在图书馆里,就是为私人收藏。正是由于上述她遇到的那些限制,她又无力冲破那张网,天赋之材就像白昼的金星未能闪耀出耀眼的光辉,令人惋惜。

Piano trio in D minor Op.11 (1847)

Piano andante in G major Op.2 No.1 (1846)

Fantasie in G minor for cello and piano (1829)

Piano sonata in G minor

Piano sonata in C minor

String quartet in E flat major (1834)

Piano quartet in A flat major (1822)

Notturno in G minor

Piano "Year" (12 pieces)

克拉拉·舒曼

(Clara Schumann 1819–1896)

1819年出生于德国莱比锡,是浪漫时期杰出的钢琴家和作曲家。克拉拉从小才华横溢,并接受父亲的严格的专业的音乐训练,不仅是弹钢琴还有理论学习。9岁时就在莱比锡举办了首场音乐会,10岁时在帕格尼尼面前演奏自己写的波兰舞曲,从11岁开始在欧洲巡回演出,并赢得巨大的声誉。那时旅行演出十分辛苦,她12岁去巴黎,来回就要七个月,她没有叫苦。肖邦写了莫扎特咏叹调变奏曲之后，舒曼在他主办的音乐杂志上呼吁，“脱帽致敬吧，先生们，在你们面前是一个天才”。克拉拉当时12岁，她精彩的演奏了肖邦的这首曲子。从此肖邦的名气在欧洲蹿升。克拉拉16岁时，肖邦访问莱比锡，经门德尔松介绍认识，克拉拉弹了几首她自己的作品，一首舒曼的曲子和两首肖邦的练习曲，令肖邦感动的泪流满面。后来肖邦评价克拉拉是德国唯一的可以演奏他的作品的女人。而舒曼认为克拉拉是比肖邦更棒的演奏家，“克拉拉几乎赋予曲子更多的内涵”。18岁她访问维也纳，曾一票难求，轰动全城。

克拉拉在20岁之前已有不少优秀的作品发表，但她在20岁时曾在日记中写下了这样的话，“我曾相信我有创作的才能，但是我放弃了这个念头。女人绝不要梦想作曲，还从未有一个女人能这么做。我到底会成为一个女作曲家吗？”这段话集中体现了克拉拉内心的矛盾和苦恼。从克拉拉的日记中也可以看到，有时她信心满满，有时又自愧不如，认为女人的音乐缺少力量和创新。首先这与当时社会对女作曲家的偏见有直接的关系。例如她所出生的莱比锡市，其音乐学院根本不收学作曲的女生，直到1870年才改变。1879年至1892年她在法兰克福音乐学院找到了一份全职教书工作，这可是一个特例。因为该学院有不雇佣女子的政策。而雇佣克拉拉是把她算作男人。可见克拉拉既要对抗社会的偏见，又要克服内心的自卑。作为一个女作曲家，她的道路比男人艰辛的多。

不过，自克拉拉决定嫁给舒曼后，克拉拉更陷入了种种困境。舒曼曾师从克拉拉的父亲维克，那时克拉拉才9岁。有一段时间舒曼就住在克拉拉的家里。到她16岁时，她与舒曼之间由友谊发展成了爱情。这令维克勃然大怒。维克带着女儿离开莱比锡，并禁止他们之间再有任何来往，甚至警告他们，若再敢见面，就要用手枪干掉舒曼。为什么维克如此强烈的反对这桩婚姻呢？这里面有两方面的原因。首先维克要把克拉拉培养成世纪伟大的音乐家、演奏家。而婚姻家庭极可能葬送她的前程。维克看到，好几个与克拉拉同龄的女竞争者在婚后都销声匿迹了。维克曾问克拉拉，你真的甘愿为舒曼放弃你的才华天赋吗？再看舒曼，因练琴不得法，手指伤到不能恢复，伟大钢琴家的梦想破灭，只得改习创作。在当时靠卖曲子挣钱是根本没有生活保障的。而且维克对舒曼也有个人看法。按当时德国的法律，没有父亲的同意是不能结婚的，或者由法庭发给允许证书才可以。舒曼转而向法庭申诉，维克反诉，告舒曼不负责任，酗酒，舒曼的音乐含糊不清，不可演奏等等，言行也颇过激。克拉拉虽站在舒曼一边，但又绝不愿与父亲闹僵，当时克拉拉内心的痛苦是可想而知的。后来虽然克拉拉和舒曼胜诉了，并在1840年结婚了。但父亲也从此断绝了与他们的关系。这对克拉拉来说是一个沉重的精神打击。她失去了来自父亲方面的从经济到事业的重要支持。

婚后他们夫妻渡过了一段美好的时光，舒曼处于创作的高峰期。但两年后问题浮出水面，尤其面对经济压力，克拉拉必须外出工作。其实舒曼要克拉拉做一个传统的家庭主妇，要克拉拉忘记自己的艺术家身份，只为家庭和丈夫而活。同时舒曼也是矛盾的，家庭需要钱，他也需要克拉拉去推销他的作品。当时肖邦、门德尔松等人都是开音乐会弹奏自己的作品，以赢得出版商的青睐。可舒曼就没有这方面的优势，只得全靠克拉拉了。不过面对一个需要名气的作曲家丈夫，克拉拉心中并非没有烦恼。克拉拉在婚前已经誉满欧洲，而舒曼尚名不见经传。这已使舒曼不舒服。克拉拉演出时须有意避免自己的名气大过舒曼，刺激舒曼的神经质。比如他们在1842年去北方巡回演出，德国的Oldenburg的皇家只邀请克拉拉做客，把舒曼忘了。气得舒曼连夜回家，扔下克拉拉孤身一人走访丹麦。他们夫妇同去俄国圣彼得堡演出时，俄国人称舒曼为“克拉拉的丈夫”，弄得本来疲惫不堪的舒曼极为泄气。结果克拉拉也是一身的负罪感。明明克拉拉外出的动机,再不像婚前那样单纯,已经有了挣钱养家的因素,但还不能向舒曼言明,以避免伤了舒曼那脆弱的自尊。克拉拉的心太累了。

婚后,舒曼也鼓励克拉拉创作,但他们夫妇居住狭窄,只要舒曼在创作,克拉拉就被关在门外,必须安静,更不能弹琴。克拉拉练琴的时间无法得到保证,作曲就更困难了。直到1853年他们搬迁到杜塞多尔夫市,并住进了大一些的房子,这种情况以及子女的居住才得以改善。

舒曼染有梅毒,他的精神疾病也早有苗头。从1832年到1840年舒曼就已经为病痛折磨。内心的焦躁不安已呈周期性。1833年秋他曾试图跳出窗户自杀。然后他疯狂的搬家,想找到一个安宁的地方住。终于在1836年他在一幢红色的房子里租了一间小屋,可以瞭望到远处的树林。他在那里住了4年。但是内心的平静仍无法找到。他深恐有一天他会发疯。这时与他的朋友交谈时,他往往走极端,不是激动就是不语。而且有时外界噪音、高声谈话、抽烟都会立即令他心情沮丧。1844年舒曼的记忆力下降,夏季又犯了一次严重的精神异常。随后几年里又赶上社会动荡,武装叛乱。1850年他获得了杜塞多尔夫市音乐总监的位置,这工作要求他指挥乐队。但他的精神分裂症越来越严重,1853年不得不辞职。这时舒曼常生幻听,时而说死去的音乐家在向他口述新的作品,时而又听到有人说舒曼的作品不是舒曼写的。这些令舒曼虚弱且彻夜不眠。在舒曼发病时,他会不停的挑克拉拉的毛病,指责她奏的音乐,令克拉拉伤心痛哭。1854年2月一天舒曼独自走上莱茵河桥,跳进了冰冷的激流。舒曼虽被人救起,但他的精神完全崩溃了,至1856年去世,一直住在精神病院。

克拉拉与舒曼共育8个孩子,家务琐事繁杂。其中4个孩子先于她死去。他的第一个儿子Emil只成活了16个月。女儿Julie20岁时死于肺结核,留下两个婴儿。她的儿子Felix 也由于肺结核去世,享年25岁。儿子Ludwig由于神经疾病住进医院。另一个儿子Ferdinand参加过战争，由于过度使用吗啡而于43岁身亡，留下6下子女交由克拉拉扶养。克拉拉与她的女儿Eugenie关系时常紧张。后来Eugenie搬到伦敦与女恋人住在一起。只有长女Marie能够给克拉拉一些安慰和帮助。克拉拉不仅要负担舒曼的医疗费、子女的生活费、医药费、住院费,还要扶养孙子孙女。在舒曼去世后,她又陷入一种两难之中：照顾子女和演出。有时她一年要花10个月在外旅行。除了通信外,几乎没有时间与子女沟通。

但克拉拉没有被生活压倒，克拉拉有她非常坚强的一面。她在父亲的教育培养下,音乐就是她的生命。尽管与父亲闹翻,她仍爱她的父亲,她念念不忘的是要用自己的音乐成就、世纪音乐家的名声来回报父亲。当年父亲不同意她与舒曼结婚提议时,就不再打理她的旅行演出事宜了。但过去多次的旅行使克拉拉已经成熟,不论巨细完全可由自己来安排。例如1839年1月去法国,从卖票到搬运,调琴都得过问。当时克拉拉19岁。而且当时没有女人单独从事这种旅行商业活动。即便是婚后,大多数长途旅行演出也都没有舒曼陪伴。在德国,女人怀孕后,传统上是足不出户。但克拉拉不管那一套,有时在生孩子前一周,克拉拉还在演奏。忙起来孩子生病了她也顾不上。克拉拉一生中曾做过38次长途音乐会旅行，足迹遍及欧洲。音乐会超过1300场。克拉拉说过,“我一停止演奏,心情就会变得非常不好。对我来说,钢琴演奏等于是我的生命”。

虽然生活压力沉重，克拉拉并不接受朋友的经济援助,除了持续演奏生涯外,她还招收私人学生,后期在法兰克福音乐学院里任教,并编辑整理出版舒曼的作品。

由于在婚姻诉讼上闹得满城风雨,婚后克拉拉小心翼翼的维护自己的新家庭,不愿意让人看笑话,说闲话。或许就是在这样的心理状态下,克拉拉在36岁守寡后,终未再婚。像克拉拉这样个性强的女人肯定会被别人议论。当舒曼有了杜塞多尔夫市音乐总监的工作后，克拉拉尽力协助他，因而招致批评：克拉拉管舒曼的事太多。的确，舒曼既无指挥才能，又缺乏与乐师们的沟通技术。克拉拉只得作为排练伴奏游走于乐师、歌手之间。乐师们都奇怪，这样一个大艺术家为何选中这么低档的职位。其实克拉拉是要保护舒曼，不想舒曼砸掉自己的饭碗。随着勃拉姆斯对克拉拉的帮助，世俗的目光投向他们。在为舒曼守灵送葬之后，勃拉姆斯选择了离开。克拉拉形容，这好像又是一次葬礼。为了舒缓解脱她内心的苦闷，克拉拉除了努力工作之外，一有时间她就与朋友通讯，有时候一天花上好几个小时写信。在舒曼去世后，克拉拉仅为贝多芬和莫扎特的钢琴协奏曲写了华彩乐章，再没有正式作品发表出来。

克拉拉所处的时代正是肖邦、舒曼和门德尔松等大音乐家开创浪漫主义的时代。克拉拉深受他们的影响，其作品也充满了浪漫主义的气息。克拉拉的歌曲创作基本上是在婚后，一直到 1853 年发表最后 6 首歌曲集(Op.23)，一共写了 25 首歌曲。此外，她的更精彩的作品是在以钢琴为主的协奏曲、奏鸣曲、室内乐、小品。

下面对克拉拉的几首典型的曲子做一简介。

克拉拉《A 小调钢琴协奏曲》

(Clara，Piano concerto in A minor Op.7)

作于 1833–1835 年，克拉拉 13 岁。1835 年 11 月由门德尔松指挥，克拉拉弹钢琴，首演了这部作品。全曲由三个连贯的乐章组成，第三乐章协奏部分得到舒曼的帮助，但全曲更偏向肖邦风格。第一乐章的结构对后来格里格的 A 小调钢琴协奏曲有所启示。第二乐章为慢乐章，命名“浪漫”，主要为钢琴与大提琴的合唱与对话。这种思路为后来舒曼的钢琴协奏曲(1845)，勃拉姆斯的第二钢琴协奏曲(1882)和柴可夫斯基的第二钢琴协奏曲(1880)中的慢乐章所效法。第三乐章含有波兰舞曲的味道。

欣赏全曲如同打开一幅未知的画卷，听众心情随之起伏飞翔。

克拉拉《G 小调钢琴奏鸣曲》
(Clara，Piano sonata in G minor)

完成于 1842 年。"绝对雅致和比她以前的作品都完美的多"舒曼曾这样评价这部作品。该奏鸣曲充满着独特的吸引力和感染力，这些都是钢琴家求之不得的。

克拉拉《G 小调钢琴三重奏》
(Clara，Piano Trio in G minor Op.17)

作于 1846 年夏秋之季，是克拉拉著名的四乐章大作品。全曲精致、优美，颇似门德尔松的格调。第一乐章，人们跟随着歌唱般的旋律进入了一个浪漫的世界。第二乐章和第三乐章极具抒情性，尤其第三乐章还夹杂着由渴望滋生的点点伤感，似乎将唤醒在坟墓中沉睡的舒曼和勃拉姆斯。第四乐章像是在轻声细语的讲故事。全曲令人感动就在于作曲家是跟着自己的感觉走，抒情自然而真实。克拉拉说她这首曲子是女人气和多愁善感，其实不然。音评家们认为 Op.17 是不可多得的艺术品。

其实该作品创作期间正是舒曼夫妇极其困难的时期。深受躁郁症困扰的舒曼正在治疗中，克拉拉几个月之前生下了第四个孩子，而这时又为流产而遭受身心上的折磨。克拉拉在如此大的精神压力下，却达到了她的创作高峰，可见音乐，只有音乐是她宣泄掉压抑的情绪和获得安慰的唯一方法。如果朝这个方向聆听，该曲却有一种悲怆渗透在声音之中。

克拉拉《舒曼主题变奏曲，作品 20》
(Variation on Theme of Robert Schumann Op.20)

创作于 1853 年，是克拉拉感人的曲目之一。在舒曼生日时克拉拉呈现给他。不过，这是舒曼在家过的最后一个生日。有意思的是，克拉拉将她少年时的一个作品(Romance Op.3)的主题加入该曲中，好像克拉拉回忆起少年时喜悦的时光。所以在克拉拉的献词中写道，"献给可爱的丈夫，这个小小的尝试又一次

瑞士苏黎士 Tonhalle 1895

英国伦敦 Royal Albert Hall 1871

意大利维琴察市奥林匹克歌剧院
Teatro Olimpico, Vicenza, Italy 1585

英国伦敦 St. John', Smith Sprare 1728

俄国莫斯科 Bolshoi Theatre 1776

俄国莫斯科 Tchaikovsky Concert Hall 1901

丹麦哥本哈根 Royal Danish Theatre 1874

奥地利维也纳 Theater an der Wien 1801

德国柏林 Berliner Philhamonie 1963

德国法兰克福 Alte oper 1880

德国莱比锡 Gewandhaus 1898

俄国圣彼得堡 Mariinsky Theatre 1860

美国波士顿 Symphony Hall 1900

美国纽约 Lincoln Center for Performing Arts 1962

阿根廷布宜诺斯艾利斯 Teatro Colon 1908

巴西圣保罗 Theatro Municipal 1911

智利圣地亚哥 Teatro Municipal de Santiago de Chile 1885

哥伦比亚伯哥塔 Teatro de cristobal Colon 1885

巴西伯列姆 Teatro da Paz 1878

奥地利爱森施塔特 Schloss Esterhazy 1672

法国图卢兹 Theatre du Capitole 1818

瑞士日内瓦 Victoria Hall 1894

罗马尼亚布加勒斯特 Roman
ian Atheneum 1888

荷兰阿姆斯特丹 Concertgebouw 1888

新西兰奥克兰 Auckland Town Hall 1911

奥地利萨尔斯堡 Landestheater 1893

阿塞拜疆巴库
Azerbaijan State Philharmonic Hall 1912

奥地利维也纳 Volksoper 1898

罗马尼亚锡比乌 Sibiu Philgamornic House 1787

匈牙利布达佩斯 Franz Liszt Academemy of Music Great Hall 1907

亚美尼亚埃尔温 Yerevan Opera House 1933

比列时列日 Salle Philharmonique de Liege 1887

爱沙尼亚塔林 Estonia Theatre 1913

瑞典斯德哥尔摩 Stockholm Concert Hall 1926

英国利兹市 Leeds Town Hall 1858

英国牛津市 Sheldonia Theatre 1668

乌克兰基辅 Kiev Opera 1898

美国纽约 Carnegie Hall 1891

英国伦敦皇家歌剧院 Royal Opera House 1732

匈牙利布达佩斯国家歌剧院 Hungarian State Opera House 1884

意大利巴勒莫市马西莫剧院 Palermo Teatro Massimo 1897

德国柏林国家歌剧院 Berlin State Opera 1742

法国巴黎歌剧院 Paris Opera-Palias Garnier 1875

意大利那不勒斯圣卡尔洛剧院 Teatro di San Calo Naples 1737

巴西马瑙斯市亚马逊剧院 Teatro Amazonas Manans 1884

美国芝加哥市民歌剧院 Chicago Civic Opera House 1929

瑞典斯德哥尔摩皇后岛宫剧院 Drottningholm Palace Theatre 1703

捷克布拉格屋剧院 Estates Theatre 1783

意大利威尼斯凤凰剧院 Teatro la Fenice 1792

德国拜罗伊特市侯爵歌剧院 Margravial Opera House 1748

法国梅斯大都会歌剧院 Theatro de Metz Metropole 1732

西班牙巴塞罗纳 Palau de la Musica Catalana 1908

法国凡尔赛宫歌剧院 Opera Royal de Vesailles 1769

摩纳哥蒙特卡罗歌剧院 Opera de Monte Carlo 1875

古典音乐广播电台

下面收集了美洲和欧洲的主要的古典音乐调频广播电台的信息。以美国为例，大多数这样的电台是非盈利的，由当地大学主办，依靠听众和社会捐助，全天全年不间断播放古典音乐，没有广告插播。而且这些电台又在互联网上同步播音，远在千里之外的音乐爱好者都可以实时欣赏到。

由于播放古典音乐的电台和网站数目庞大，本章没有将发射功率小的电台，附有古典音乐节目的广播和电视台，及专门广播古典音乐的互联网站收纳进来。应该注意到，古典音乐广播实际上是彰显国家艺术的“地标”之一。仅在这里列出的美国“专业”电台的数目就有140个之多，这种文化软实力确非发展中国家可比。

通过互联网上传和广播古典音乐，为固守和扩大古典音乐的阵地提供了绝佳的手段和机会。

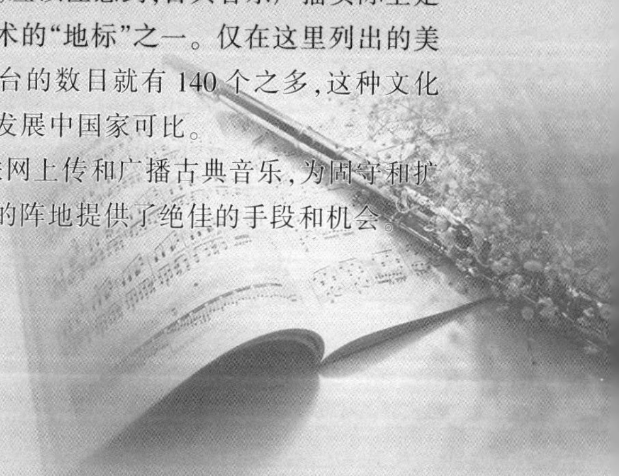

北美洲

电台	地区	FM
WABE	Atlanta,GA	90.1
WBACH	Thomaston,ME	106.9
WBHM	Birmingham,AL	90.3
WBJC	Baltimore,MD	91.5
WBNI	Fort Wayne,IN	94.1
WCBU	Peoria,IL	89.9
WCLV	Cleveland,OH	104.9
WDAV	Davidson,NC	89.9
WETA	Washington,DC	90.9
WFCC	Cape Cod,MA	107.5
WFMT	Chicago,IL	98.7
WICR	Indianapolis,IN	88.7
WKAR	Lansing,MI	90.5
WKCP	Miami,FL	89.7
WKSU	Kent,OH	89.7
WLRH	Huntsville,AL	89.3
WPSU	StateCollege,PA	91.5
WQXR	New York,NY	105.9
WSKG	Binghamton,NY	89.3
WSMC	Chattanooga,TN	90.5
WTSU	Montgomery,AL	89.9
WUOL	Louisville,KY	90.5
WVTF	Roanoke,VA	89.1
WXXI	Rochester,NY	91.5
WAUS	West MI,MI	90.7
WBLV	Twin Lake,MI	88.9
WBQK	WestPoint,VA	107.9
WCNH	Bow,NH	91.5

电台	地区	FM
WCPE	Raleigh,NC	89.7
WCRB	Boston,MA	99.5
WCRI	BlockIsland,RI	95.9
WDPR	Dayton,OH	88.1
WEPR	Greenville,SC	90.1
WERN	Madison,WI	88.7
WFCL	Nashville,TN	91.1
WFOS	Chesapeake,VA	88.7
WFSU	Tallahassee,FL	88.9
WGGL	Houghton,MI	91.1
WGRS	Monroe,CT	88.1
WGTD	Kenosha,CT	91.1
WGTE	Toledo,OH	91.3
WHIL	Mobile,AL	91.3
WHND	SisterBay,WI	89.7
WHRM	Wausau,WI	90.9
WHSA	Brule,WI	89.9
WICR	Indianapolis,IN	88.7
WIPR	PuertoRico	91.3
WIRR	Virginia,MN	90.9
WLSU	La Crosse,WI	88.9
WLTR	Columbia,SC	91.3
WMFE	Orlando,FL	90.7
WMHT	Schenectady,NY	89.1

电台	地区	FM	电台	地区	FM
WMLS	GrandMarais,MN	88.7	WWED	Spotsylvania,VA	89.5
WMNR	Monroe,CT	88.1	K297BI	St.Louis,MI	107.3
WMOT	Murfreesboro,TN	89.5	KADB-LP	Ada,OK	96.7
WMUK	Kalamazoo,MI	102.1	KAGU	Spokane,WA	88.7
WNCH	Norwich,VT	88.1	KBAQ	Phoenix,AZ	89.5
WNED	Buffalo,NY	94.5	KBYU	Provo,UT	89.1
WNIB	Chicago,IL	97.1	KCME	CO Spring,CO	88.7
WNMU	Marquette,MI	90.1	KCNV	Las Vegas,NV	89.7
WNPS	FortMyers,FL	88.7	KDB	Santa Barbara,CA	93.7
WOI	Ames,IA	90.1	KFUO	St.Louis,MO	99.1
WOSA	GroveCity,OH	101.1	KHKE	Cedar Falls,IA	89.5
WOXR	Schuyler,NY	90.9	KMFA	Austin,TX	89.5
WPBI	West Palm Beach,FL	90.7	KOSU	OK City,OK	91.7
WONE	GreenBay,WI	89.3	KSUI	Cedar Rapids,IA	91.7
WQED	Pittsburgh,PA	89.3	KUAT	Tucson,AZ	89.7
WRCJ	Detroit,MI	90.9	KUSC	Los Angeles,CA	91.5
WRHV	Poughkeepsie,NY	88.7	KVNO	Omaha,NB	90.7
WRR	Dallas,TX	101.1	KVPR	Fresno,CA	89.3
WRWA	Dothan,AL	88.7	KXMS	Joplin,MI	88.7
WSCD	Duluth,MN	92.9	KXPR	Sacramento,CA	88.9
WSMR	Sarasota,FL	89.1	KING	Seattle,WA	88.9
WSSU	Superior,WI	88.5	KQAC	Portland,OR	89.5
WSSW	Platteville,WI	89.1	KANO	Hilo,HI	91.1
WTJB	Columbus,GA	91.7	KBHE	Rapid City,SD	89.3
WUEC	EauClaire,WI	89.7	KBPR	Brainerd,MN	90.7
WVTI	Brighton,VT	106.9	KBSU	Boisefalls,ID	90.3
WVXM	Middlebury,VT	90.1	KBSW	TwinFalls,ID	91.7
WVXR	Randolph,VT	102.1	KBYI	Rexburg,ID	94.3

电台	地区	FM	电台	地区	FM
KCCM	Moorhead,MN	91.1	KSJR	St.Cloud,MN	90.1
KCMF	FergusFalls,MN	89.7	WGUC	Cincinnati,OH	90.9
KCRB	Bemidji,MN	88.5	KSOR	Ashland,OR	90.1
KFAE	Richland,WA	89.1	KUAC	Fairbans,AL	89.9
KHFM	SantaFe,NM	95.5	KWAX	Eugene,OR	91.1
KHPR	Honolulu,HI	88.1	KUHF	Houston,TX	88.7
KICG	Boone,IA	91.7	KXWT	Odessa,TX	91.3
KICL	DesMoines,IA	96.3	KSRS	Roseburg,OR	91.5
KICP	DesMoines,IA	105.9	KRSD	SiouxFalls,SD	88.1
KICW	Ottumwa,IA	91.1	KNHT	Eureka,CA	107.3
KKUA	Wailuku,HI	90.7	KNWP	PortAngeles,WA	90.1
KLEF	Anchorage,AK	98.1	KNWR	Ellensburg,WA	90.7
KNAU	Flagstaff,AZ	88.7	KOSC	SFrancisco,CA	90.3
KPRU	Delta,CO	103.3	KYFM	Tusla,OK	100.1
KQMN	GrandForks,MN	91.5	WRTI	Philadelphia,PA	90.1
KRFA	Moscow,ID	91.7	WPRB	Princeton,NJ	103.3
KRSU	Willmar,MN	88.5	KVOD	Denver,CO	88.1
KRSW	Marshall,MN	89.3	CKCL	Winnipeg	107.1
KSJE	FourCorners,NM	90.9	CFMX	Cobourg	103.1
KSJN	St.Paul,MN	99.5	CHLX	Quebec	97.1

南美洲

电台	地区	国家
Filarmonia 102.7	Lima, Peru	秘鲁
H.J.C.K./H.J.U.T. 89.9/106.9	Bogota, Colombia	哥伦比亚
Radio Opus 94.5 en directo	Mexico City, Mexico	墨西哥
Radio Beethoven 96.5	Santiago, Chile	智利

Radio Cultura FM 103.3	Sao Paulo, Brazil	巴西
Sodre	Montevideo, Uruguay	乌拉圭
Amadeus Cultura Musical 103.7	Buenos Aires, Argentina	阿根廷

欧洲

电台	地区	国家
Radio Stephansdom 107.3	Vienna Austria	奥地利
VRT Klara Continuo/RTBF Musiq 3	Brussels Belgium	比利时
Classic FM	Sofia Bulgaria	保加利亚
Bayrak Klasik	Lefkosa Cyprus	塞浦路斯
Danmarks Radio P2/Radio Klassisk	Copenhagen Denmark	丹麦
Classic/YLE Ylen Klassinen	Helsinki Finland	芬兰
Rondo Classic Klasu Pro	Helsinki Finland	芬兰
Rondo Classic Klasu/Viva Classica	Helsinki Finland	芬兰
Accent 4	Strasbourg France	法国
Radio Classique	Paris France	法国
M2 CLASSIC	Internet only France	法国
BR-Klassik	Munich Germany	德国
HR2	Frankfurt Germany	德国
Klassik Radio/NDR Kultur	Hamburg Germany	德国
MDR FIGARO Livestream	Halle Germany	德国
MDR FIGARO Classic in Concert	Halle Germany	德国
MDR KLASSIK Livestream	Halle Germany	德国
RBB Kulturradio	Berlin Germany	德国
SR2 KulturRadio	Saarbrücken Germany	德国
WDR 3	Cologne Germany	德国
SWR2	Stuttgart Germany	德国
MR3-Bartók Rádió	Budapest Hungary	匈牙利

提琴制作的艺术

帕卡尼尼出神入化的小提琴演奏技巧曾令全世界目瞪口呆。有传言,他的小提琴里藏着魔鬼。他用的小提琴是1742年的瓜奈里琴,小提琴会不会闹鬼呀,请看下面的报导,或许读者就有自己的答案。

提琴的历史可追根溯源到5千年前的南亚,公元3世纪进入阿拉伯世界,7世纪时演变成为阿拉伯人为歌舞助兴的一种圆形的弓弦乐器。又经过北非埃及传入西班牙,在欧洲被发扬光大。至公元1500年后,意大利(主要是小城克莱蒙纳和布里西亚)成为现代小提琴的发源地,在制作中已发展出了一套严格的工艺流程来保证提琴外形的精致和音质的优美。从16世纪到18世纪意大利著名的制琴师有:阿玛蒂家族(Amati),斯特拉迪瓦里家族(Stradivarius),瓜奈里家族(Guarneri)。意大利的小提琴制造业随着那个时代音乐艺术的空前繁荣而迅速发展。所以公认意大利是小提琴的故乡。至于意大利名琴为什么有绝佳的音响效果,至今仍是未解之迷,研究还在进行中。斯特拉迪瓦里是小提琴的终结者,从此无人超越。所有选材、工艺、油漆配方的秘密都被他带进了坟墓,后世也无从知晓。

琴弓的发展远落后于提琴,琴弓亦发源于东方,但至斯特拉迪瓦里时代仍简陋且未定型。到了18世纪晚期,琴弓才由法国人图特(Tourte)作了突破性的改良和发展,定型至今,法国成为世界琴弓中心。

如今欧洲仍是高品质小提琴的生产地。中国的小提琴制造在国际上享有声誉,是改革开放以后的事情了。1980年广州乐器厂的陈锦农先生获得美国第四届国际提琴制作比赛音质金奖。1983年北京提琴厂的戴洪祥先生获得德国斯波尔国际提琴制作比赛音质金奖。从1978年起师从戴洪祥的郑荃先生,于1983年被国家派往意大利克莱蒙纳国际提琴制作学校学习,并在国外多次获奖。郑荃1988年回国后在中央音乐学院创建提琴制作研究中心,并于1989年对外招生。中国年轻一代的提琴制作者非常幸运的一开始就与国际接轨。郑荃的学生赵世全曾在2004年,2006年,2010年都获得过国际提琴制作比赛的大奖。尤其是2004年在捷克纳欠特城举行的第二届凡契夫蒙特卡国际提琴制作比赛中,他一举摘得了“琴头王”的桂冠,同时还获得了最佳工艺优异奖和小提琴制作银奖。中国小提琴制作的另一朵奇葩是广州的朱明江。从1986年至今,在美国国际提琴制作比赛中他共获得16个奖项,其中1994年和2006年先后获得金奖,是目前唯一两次摘取该比赛桂冠的中国人。1997年4月登上美国《时代周刊》。他的理想是:让全世界重视中国制造。

赵世全和朱明江都认为,除了精湛的制作技艺之外,把制琴当成艺术品来创作是成功的关键。

整个提琴是一件艺术品,和制作艺术品一样,需要三个条件:结构、和谐、情感。做提琴当然先要知道它的物理原理,从而对它的结构了如指掌。接下来就是和谐。琴头、琴角、F孔,每一处都设计得平衡和谐,相得益彰,工艺做得平整光滑,天衣无缝,这把提琴就可以获奖了。能走到这个阶段,工艺技术上已是炉火纯青,难能可贵了。不过这时的提琴制作者还只称为工匠,还不是大师。将提琴制造成上等极品,需要提琴制作者有深厚的艺术修养,将自己的情感融入提琴制造之中。这对提琴制作者来说是最难的一步。如果只想到卖钱,比赛,肯定达不到艺术的最高境界。一把小提琴,最少要用200小时。这不像吟诗作赋,心血来潮,一挥而就。动手之前,先要用一周去深思熟虑它的设计,有了创作的激情和至深的爱,然后全身心的投入。不过从开工到最后完工的两个月左右的时间里,对于参赛的作品会长达一年,天气在变化,心情在变化。当你将各种情感融合交织在一起,注入到琴中,一件大艺术品才会产生。这样的提琴制作过程才形同创造了一个生命。这样制出的琴到了演奏家的手中,就如同大师大卫·奥伊斯特拉赫所说:“在演奏过程中,它(一把1702年的斯特拉迪瓦里小提琴)所产生的美感与灵感源源不断。”马友友称赞他的1712年的斯特拉迪瓦里大提琴是“我演奏过最好的乐器,我真的相信这把琴是有灵魂的,而且也具有想象力。”

当年莫扎特就发现,工匠们呕心沥血制作的琴,其性能惊人的好。这样的工匠制琴是出于喜爱音乐而并非为多赚钱,莫扎特与工匠聊天时,工匠说,“我本可以早早收工,要不是自己对音乐有兴趣,且对弹琴略知一二,我早就不耐烦干这一行了。”

就本文开头提到的三种意大利名琴来说,其制作工艺也并不一样,根源恰恰是艺术观念的差异。阿玛蒂追求的是极致、和谐,要创造美的典范。他的小提琴音质好,用来演奏室内乐,宛如明亮的女高音。斯特拉迪瓦里就想摆脱这种美的典范,比如阿玛蒂做圆的,他就改成椭圆。他的小提琴在大厅演奏协奏曲时具有足够的音响传送力。瓜奈里想冲破这种束缚,摆脱的尺度大小由情感来决定,不多考虑美的标准,甚至可表现出他的个性张扬。所以从外表看,瓜奈里的琴显得粗糙,其实仔细的研究发现他的琴也是做的一丝不苟,只是展现出独创性和个人风格,在情感上有另一种追求。由于18世纪初斯特拉迪瓦里琴名声震天,令瓜奈里琴未受广泛青睐。

后来由于帕卡尼尼(Paganini)喜欢瓜奈里的琴,其中一把为1742年制造,被称为“大炮”(Cannon),才令这种琴与斯特拉迪瓦里琴并驾齐驱。海菲兹、维尼亚夫斯基、克莱斯勒、维奥当、易萨伊、史坦、及黎奇等都是“瓜奈里族”,而约阿希姆、萨拉萨蒂、梅纽因、埃尔曼等偏爱斯特拉迪瓦里琴。

街头音乐艺术

音乐家可能都在思考这样一个问题，如何令古典音乐跟上时代与进入生活,如何吸引年轻人。在这里一个教条或许需要摈弃,即古典音乐高雅、严肃;或许指挥家、演奏家可以当场向听众发表议论；或许以讲座音乐会等诸多形式让听众参与音乐;或许音乐厅并不是最好的演奏场所;或许音乐教育需要改变。

问你一个有意思的问题：提琴声从一个街角或是地铁站口响起时，你会不会驻足几分钟聆听，你是不是认为只有音乐厅里的音乐才是艺术？

下面简述一个真实的故事，启发人思索。2007年1月份的一天，华盛顿特区(Washington D.C)天气寒冷，早上8点多钟在一个地铁站口，来了一个中年人。他开始拉小提琴，前面地上放着一顶帽子，暗示着要收取小费。这是朗方广场(L'Enfant Plaza)车站，位于特区的核心地段，4条地铁线的交汇处，是去美国各大政府机关和华盛顿博物馆区的必经车站，客流量相当大。

琴声响起后三分钟，一个中年男子发现有人在演奏小提琴，他放慢脚步，停留了几秒钟，然后又加快脚步往前走。半分钟之后，小提琴家得到了他的第一张钞票：一个女人扔下一美元，但是她没有停下来。又过了六分钟，一个过路人靠在对面墙上听他演奏，但看了看表就走掉了。很显然，他快要迟到了。对音乐家最感兴趣的是一个三岁的小孩。她的妈妈又拉又扯的，但那小孩就是要停下来看音乐家。最后她妈妈用力拖，她才不得不继续走。但还是一步三回头。这种情况同样发生在此后的几个孩子身上，父母连拉带拽把好奇的孩子们拖走。小提琴手连续拉了45分钟的小提琴，他拉了六首巴赫的曲子、舒伯特、庞赛和马斯奈的作品。从小提琴手身边匆匆而过的人达1070人之多，他们甚至都没正面看他一眼。27个人施舍了小费，只有7个人真正停下来听他演奏，其中一个亚裔女子认出他是谁，交谈了几句并给了20元小费。当他演奏完毕，没有一个人理他，没有一个人给他鼓掌。45分钟里他一共才收入32美元。

他是谁？他就是赫赫有名的，世界级的小提琴家约夏·贝尔(Joshua Bell)。原来他乔装打扮成街头艺人，是在配合《华盛顿邮报》作一项社会调查。2007年《华盛顿邮报》的专栏记者基因·温加滕找到他，精心策划了这个实验，目的就是要了解：

一、在平凡的地方、不方便的时刻，我们能够感知到美吗？

二、如果能够感知到的话，我们会停下来欣赏吗？

三、我们会在意想不到的情况下认可天才吗？

在实验前，《华盛顿邮报》的编辑们还着实紧张了一把，推测围观者众多可能引发的各种麻烦。同时他们还征询了美国国家交响乐团指挥史拉特金的预期。史拉特金说："即使没被认出来，而被当成一般街头艺人，但是因为他真的够好，所以我不认为人们不会注意到他。"史拉特金推测，在 1000 人里，至少有 30—40 人能够辨别音乐的好坏；75—100 人将停下脚步，花点时间聆听。最后，约夏·贝尔应该至少有 150 美元的收入。

然而事与愿违，令贝尔颇为沮丧。在贝尔演奏的曲目中有一首是巴赫的《恰空舞曲》，内涵深刻且演奏难度大，而舒伯特的《圣母颂》、庞赛的《小星星》和马斯奈的《沉思曲》耳熟能详，抒情浪漫。在朗方广场车站上下班出入的人大多是中产阶层的公务员，可能顶着响亮的头衔：政策分析师、项目管理员、预算审查官员、专家、顾问等等，文化水准应该不低。他们都不肯花一秒钟来听他的演奏，是美国人太忙了吗？是他们没有美学品位吗？

贝尔是 2000 年格莱美音乐奖的得主，又在许多音乐奖项中夺冠。就在他进行这个实验的两天前，还在波士顿举办音乐会，票价平均 100 美元。在互联网上他有许许多多的女粉丝。而他所用的小提琴是 1713 年制造的斯特拉迪瓦里琴，当今价值 4 百万美元。那么当世界上最好的音乐家，用世上最棒的乐器来演奏世上最优秀的音乐时，如果我们连停留一会儿倾听都做不到的话，那么，在匆匆而过的人生中，我们又错过了身边多少美好的事物呢？

如此戏剧性的结果令温加滕在《华盛顿邮报》上的报导获得了普立策奖。不过，在此之后这事儿还被编入孩子的书中，在教堂的布道中被提及，在网络上几乎每周都有人调侃，什么"不如送免费CD”，什么“销售人员忽视潜在客户”、“基督徒无视耶稣”等等，令贝尔本人颇为不爽。

在评论这样一个实验结果时贝尔说，“拉琴的时候，人们头也不回的走过去了，真让人扫兴。”贝尔认为，音乐需要听众，因为音乐是乐师与听众，演奏和响应之间的双向交流。但有了这次经历，他又说，“现在当我步行时，我总会留意一些事情。我不想成为那些‘视而不见、听而不闻’人群中的一员。有时候我偶尔会被街头艺人认出来，他们对我说，谢谢你那次的实验，因为在那之后，人们更注意我们在这儿做什么。”

7年之后，2014年9月30日，贝尔终于有了“再来一次”的机会。这次地点选在华盛顿特区的联合车站(Union Station)。不过这个消息事先已被公开，在中午演出前就在联合车站的大厅里聚集了一千五百多人，明星也是要人捧的哟。那天国会山庄里的职员利用午餐时间都跑了出来，许多人老远专程坐车来一睹明星的风采，很多家长把孩子领出学校来听大师的音乐。例如Serena带着三个孩子从马里兰州赶来，她说，她带孩子作此艺术和音乐之旅，就是要听到美妙的音乐，并让孩子看到每个人都来了。还有一个贝尔的忠实粉丝，Moore，开车50分钟从弗吉尼亚的Ashburn赶来参加盛会。

贝尔这次带领他在国家青年艺术基金会指导的9位学生一同演出，演出进行了约半个小时，俨然是一次小型的音乐会。他们演奏了巴赫的《A小调小提琴协奏曲》和门德尔松的《降E大调弦乐8重奏(第一乐章)》。巴赫的曲子是他第一次公开演奏，门德尔松的曲子也将在HBO上亮相。贝尔说他并不满意美国学校对孩子们的音乐教育。他“再来一次”的目的是要唤起每一个学校对音乐教育的重视。贝尔认为，“音乐应该是每一个人生活的一部分。”演出后他接受采访时还说，“中国有很多优秀的年轻人会演奏乐器，他们是我们的榜样。”

演出前，贝尔还有些担心来的人少，但这一次又出乎意料，当最后一个音符落下后，从数不清的男女老少中响起的掌声、喝彩声、“bravo”的高呼声，令贝尔相当激动，他告诉记者，“这次来的人比我预料的多的多，真的很让我感动，我不会忘记这次经历，对我来说真的很特别。”他为他的地铁站艺术的圆满结束而万分高兴。

实验虽然告一段落，但前面提出的问题仍留待我们思考。同一个音乐家，同样的艺术可以炙手可热又可能一文不名。为什么？艺术一定要包装奢华才上档次吗？其实回顾17世纪及更早的欧洲，比如德国的莱比锡，那是巴赫和门德尔松的第二故乡。那时市民们的重要生活内容之一就是音乐，且音乐生活的最主要中心就是教堂，还有街道、广场、市场这些公共场所，以及市政厅，而不是宫廷、客厅，那时还没有音乐厅。市民们需要听到庄严肃穆和欢快振奋的音乐，使他们憧憬今生平安及向往来世顺遂。几百年后的今天，社会已高度的商业化，艺术的真谛还剩下多少呢。

注：本文根据《华盛顿邮报》，PBS及录像等资料编写。

维也纳新年音乐会

维也纳新年音乐会应该是全世界一年一度的最激动、最期盼、最瞩目的音乐盛会了。每年1月1日这一天上午11点15分,从维也纳金色大厅里响起的明亮、欢乐之声,立刻通过电台和电视台飘向地球上各个角落,召呼九十多个国家,六千多万人:迎接新的一年吧。音乐是全世界通用的语言,只有那优美的旋律才能由衷的唤起人们的喜悦、希望和勇气。

在除夕之夜举办音乐会,送旧迎新,可以追朔到1847年12月31日夜间。在维也纳郊外一个露天舞台上,老施特劳斯正在指挥他自己的乐队,台下人们不仅是听,还随着节奏翩翩起舞。音乐会变成了盛大的舞会, 整个场地就是舞场。时间跨越了1847年到1848年,多么的激动人心呀!当时莱比锡一家报纸描述道:“指挥是一个卷发,肤色黝黑的人。他的嘴唇微向上翘,给人一种富有天才的印象。他举起小提琴,随着琴头的摇动,明快流畅的音乐便从一个规模虽小但素质很高的乐队中飘荡出来。”当时乐队演奏了海顿的一首作品,作为对新年的庆祝,以及施科泽的一首歌曲后 (这首歌曲后来几乎成为维也纳民谣:“跳吧,唱吧,无论我们是富裕还是贫穷……”),接着就是活泼的圆舞曲、波尔卡、连德勒……狂欢一直持续到天明。

当时在维也纳还有另一支规模更为庞大的乐队, 成立于1842年,称为维也纳爱乐管弦乐团。它以演奏正统的古典音乐为主,当时圆舞曲尚未进入大雅之堂。但两支乐队关系不错。维也纳爱乐管弦乐团得益于许多著名音乐家、指挥家的支持,慢慢的发展成为世界顶尖级的乐团,以纯正的德奥风格以及细腻美妙的音色闻名于世。顺便提一下,1973年,维也纳爱乐乐团访问中国,是“文化大革命”后第一个到访的西方乐团。当时的演出是不公开的。事后作者通过私人途径听到了录音,从毛泽东到施特劳斯,真可谓苦中作乐。自1987年,中国中央电视台开始转播维也纳新年音乐会。

维也纳爱乐管弦乐团的总部设在维也纳音乐厅内,因其内部金碧辉煌,又被称为维也纳金色大厅。它建于1870年,属于意大利文艺复兴式建筑。屋顶上竖立着许多女神雕像,古雅别致。

历史上,1939年除夕,维也纳爱乐乐团在金色大厅举办了第一届维也纳新年音乐会。但不光彩的是,当时奥地利已并入纳粹德国,乐团中的犹太人被清洗,鲜血开始染红欧洲。尤其是当时乐团中纳粹倾向的内幕后来被人淡化。不过,那一次是维也纳爱乐乐团第一次专场演奏施特劳斯家族的音乐作品。从1941年开始,音乐会改在元旦上午举行。到1946年维也纳爱乐管弦乐团的新年演出才被正式命名为“新年音乐会”,但除夕之夜在金色大厅仍有一场辞旧迎新的晚会。该乐团的指挥是客座指挥,邀请全世界最棒的指挥来担当,像彪罗、李希特、马勒、勃拉姆斯、理查·施特劳斯、富特万格勒、克劳斯、波斯科夫斯基、马泽尔、卡拉扬、伯恩斯坦、梅塔、阿巴多、穆蒂等等。从1987年开始,“新年音乐会”的指挥每年轮换,指挥人选一般由交响乐队的成员投票决定,这成了一项传统。2015年“新年音乐会”的指挥将是梅塔。

维也纳新年音乐会的节目以施特劳斯父子四人的圆舞曲、波尔卡、加洛普、进行曲等作品为主,加入少量的其他作曲家的作品。比如2015年的节目单里有苏佩的《维也纳的早中晚序曲》和伦拜的《香槟加洛普》。在新年音乐会的圆舞曲中最常见的是:《美酒、女人和歌曲》《春之声》《艺术家的生涯》《加速》《奥地利村燕》《天体乐声》《蓝色的多瑙河》及轻歌剧《蝙蝠》序曲。最常见的波尔卡是:《安娜》《电闪雷鸣》《无穷动》《闲聊》。

自1945年和1946年起,《蓝色的多瑙河》圆舞曲及《拉德茨基》进行曲成为音乐会的最后两首曲子。1989年当《蓝色的多瑙河》刚刚响起时,听众即报以热烈的掌声。这时,指挥家克莱伯中断指挥转过身来,向现场听众(同时也是向全球收看直播的听众)说:“维也纳爱乐乐团和我敬祝大家:新年快乐!”从此致词成了新年音乐会的传统。1996 年,马泽尔用了几十种语言来表达新年祝辞,倒数第二句是他略显生硬的汉语“新年好!”。2002 年,小泽征尔请乐队众多乐手以不同语言向观众致意,自己则只用中文向全世界说:“新年好”三个字。另外一个传统是:在演奏《拉德茨基》进行曲时,指挥转过身来示意观众随着音乐的强弱和节奏来鼓掌,将全场热烈的气氛带至高潮。电视转播中,维也纳歌剧院芭蕾舞团还为新年音乐会配上了古典的维也纳舞蹈,舞蹈在夏泉宫、维也纳歌剧院、金色大厅等地拍摄,这一传统也一直保留至今。自 1980 年,金色大厅中的鲜花都是意大利 Sanremo 城所赠。

维也纳爱乐管弦乐团的新年音乐会实际上演三场,另外两场分别在 12 月 30 日的上午及 31 日的傍晚。另外在除夕,维也纳的其他各个乐团会在多处剧场举办送旧迎新的音乐会。大众欢迎的轻歌剧《蝙蝠》将在两个著名的歌剧院上演:Vienna State Opera 和 Volsoper。维也纳室内管弦乐队于 30 和 31 日在音乐厅的勃拉姆斯厅中表演。而维也纳交响乐队则在维也纳的 Konzerthaus 演奏贝多芬第九交响曲。

如果不能亲临现场,那就坐在电视机旁欣赏飞天的舞蹈和辉煌的音乐吧。在排山倒海的声浪冲刷之后必然是平平安安的一年,这也是作者衷心的祝愿。

电影中的古典音乐

在电影这门综合艺术中,配乐举足轻重。而从电影发展史上看,电影与古典音乐血肉相连,至今大量的古典乐曲仍被用在电影中。这就要求导演与配乐师对古典音乐有相当程度的造诣,才能从浩如烟海的古典曲子中挑选出与剧情和气氛完美契合的配乐。

由于篇幅所限,下面仅列出几个著名古典音乐作曲家被引用到电影上的作品和数目(列在曲目后面),供读者聆听参考。

巴赫

Ave Maria	
Brandenburg Concerto No.1 in F major, BWV 1046:	3
Brandenburg Concerto No.2 in F major, BWV 1047	2
Brandenburg Concerto No.3 in G major, BWV 1048	7
Brandenburg Concerto No.4 in G major, BWV 1049:	3
Brandenburg Concerto No.5 in D major, BWV 1050:	1
Brandenburg Concerto No.6 in B-flat major, BWV 1051	2
Cantata, BWV 56: Komm, o Tod, du Schlafes Bruder	1
Cantata, BWV 147: Jesus bleibt meine Freude	11
Cello Suite No.1 in G major, BWV 1007	10
Cello Suite No.2 in D minor, BWV 1008	1
Cello Suite No.3 in C major, BWV 1009	1
Cello Suite No.4 in E-flat major, BWV 1010	3
Cello Suite No.5 in C minor, BWV 1011	1
Cello Suite No.6 in D major, BWV 1012	2
Concerto for 2 Violins in D minor, BWV 1043	8
Concerto for 4 Harpsichords in A minor, BWV 1065	1
Concerto in the Italian Style, BWV 971	1
Concerto in the Italian Style, BWV 971	1
English Suite No.2 in A minor, BWV 807	5

English Suite No.5 in E minor, BWV 810 1
Flute Sonata in C major, BWV 1033 1
Flute Sonata in E-flat major, BWV 1031 1
French Suite No.1 in D minor, BWV 812 1
Fugue in C major, BWV 952 1
Fugue in C major, BWV 953 1
Goldberg Variations, BWV 988 3
Goldberg Variations, BWV 988:Aria 15
Harpsichord Concerto in F minor, BWV 1056 11
Invention No.8 in F major, BWV 779 1
Invention No.13 in A minor, BWV 784 1
Invention No.14 in B-flat major, BWV 785 1
Lobet den Herrn, alle Heiden, BWV 230 1
Mass in B minor, BWV 232: Gloria in excelsis Deo 2
Overture (Suite) No.1 in C major,BWV 1066 1
Overture (Suite) No.2 in B minor, BWV 1067 3
Overture (Suite) No.3 in D major, BWV 1068 13
Partita No.1 in B-flat major, BWV 825 2
Partita No.2 in D minor, BWV 1004 1
Partita No.4 in D major, BWV 828 1
Passacaglia and Fugue in C minor, BWV 582 1
Prelude and Fughetta in G major, BWV 902 1
Prelude in D minor, BWV 926 1
St. Matthew Passion, BWV 244 11
The Art of Fugue: Counterpoints 1
The Well-Tempered Clavier Book I No.1 BWV 846 7
The Well-Tempered Clavier Book I No.12 BWV 857 1
The Well-Tempered Clavier Book I No.14 BWV 859 1
The Well-Tempered Clavier Book I No.15 BWV 860 1

The Well-Tempered Clavier Book II No.12 BWV 857	1
Toccata and Fugue in D minor, BWV 565	14
Toccata, Adagio and Fugue in C major, BWV 564	1
Viola da Gamba Sonata in G major, BWV 1027	1
Violin Concerto in A minor, BWV 1041	3
Violin Concerto in E major, BWV 1042	1
Violin Partita No.1 in B minor, BWV 1002	1
Violin Partita No.2 in D minor, BWV 1004	2
Violin Partita No.3 in E major, BWV 1006	2
Violin Sonata No.1 in G minor, BWV 1001	4
Violin Sonata No.2 in A minor, BWV 1003	1
Vor deinen Thron tret ich, BWV 668	1
Wachet auf, ruft uns die Stimme, BWV 140	1
Was mir behagt, ist nur die muntre Jagd, BWV 208	2
The Maiden´s Prayer, Op.4	1

贝多芬

32 Variations in C minor	1
Bagatelle in A minor, Wo Op.59, “Fur Elise”	12
Bagatelle No.2 in G minor, Op.126	1
Cello Sonata No.1 in F major, Op.5, No.1	1
Cello Sonata No.2 in G minor, Op.5, No.2	2
Christus am Olberge, Op.85	1
Egmont Egmont, Op.84:Overture	1
Fantasia in C minor, Op.80	1
Fidelio:Mir ist so wunderbar	1
Fidelio:O welche Lust	1
Minuet in G major, Wo Op.10, No.6	3
Missa Solemnis, Op.123:Kyrie eleison	1

Piano Concerto No.3 in C minor, Op.37	2
Piano Concerto No.4 in G major, Op.58	1
Piano Concerto No.5 in E-flat major, Op.73	8
Piano Quintet in E-flat major, Op.16	1
Piano Sonata No.1 in F minor	1
Piano Sonata No.3 in C major, Op.2, No.3	1
Piano Sonata No.8 in C minor, Op.13	10
Piano Sonata No.13 in E-flat major, Op.27, No.1	1
Piano Sonata No.14 in C-sharp minor, Op.27, No.2	12
Piano Sonata No.15 in D Major, Op.28	1
Piano Sonata No.16 in G major, Op.31, No.1	1
Piano Sonata No.17 in D minor, Op.31, No.2	1
Piano Sonata No.23 in F minor, Op.57	3
Piano Sonata No.23 in F minor, Op.57	2
Piano Sonata No.25 in G Major, Op.79	2
Piano Sonata No.30 in E major, Op.109	2
Piano Trio in B-flat major, Op.97	1
Piano Trio in B-flat major, Op.97	2
Piano Trio in D major, Op.70, No.1	2
String Quartet No.2 in G major, Op.18, No.2	1
String Quartet No.5 in A major, Op.18, No.5	1
String Quartet No.6 in B-flat major, Op.18, No.6	1
String Quartet No.7 in F major, Op.59, No.1	1
String Quartet No.13 in B-flat major, Op.130	2
String Quartet No.14 in C-sharp minor, Op.131	1
String Trio in G major, Op.9, No.1	1
Symphony No.3 in E-flat major, Op.55	4
Symphony No.5 in C minor, Op.67	23
Symphony No.6 in F major, Op.68	9

Symphony No.7 in A major, Op.92	6
Symphony No.8 in F major, Op.93	1
Symphony No.9 in D minor, Op.125	21
Violin Concerto in D major, Op.61	3
Violin Sonata No.9 in A major, Op.47	3

肖邦

3 Nouvelles Etudes：I.Etude No.25 in F minor	1
Grande Polonaise Brillante, Op.22	2
Ballade No.1 in G Minor, Op.23	3
Barcarolle, Op.60	1
Etude No.6 in E-flat minor, Op.10, No.6	1
Etude No.9 in F minor, Op.10, No.9	1
Etude No.12 in C minor,Op.10, No.12	2
Etude No.21 in G-flat major, Op.25, No.9	1
Etude No.23 in A minor, Op.25, No.11	1
Fantasy-Impromptu in C sharp minor, Op.66	2
Impromptu No.3 in G-flat major, Op.51	1
Les Sylphides	1
Mazurka No.13 in A minor, Op.17, No.4	2
Mazurka No.17 in B-flat minor, Op.24, No.4	1
Mazurka No.23 in D major, Op.33, No.2	1
Mazurka No.36 in A minor, Op.59, No.1	1
Mazurka No.47 in A minor, Op.68, No.2	1
Nocturne No.2 in E-flat major, Op.9, No.2	11
Nocturne No.6 in G minor, Op.15, No.3	1
Nocturne No.7 in C-sharp minor, Op.27, No.1	1
Nocturne No.8 in D-flat major, Op.27, No.2	3
Nocturne No.9 in B major, Op.32, No.1	2

Nocturne No.15 in F minor, Op.55, No.1	1
Nocturne No.19 in E minor, Op.72, No.1	1
Nocturne No.21 in C minor	1
Piano Concerto No.1 in E minor, Op.11	2
Piano Concerto No.2 in F Minor, Op.21	1
Piano Sonata No.2 in B-flat minor, Op.35	8
Polonaise No.6 in A-flat major, Op.53	3
Prelude No.1 in C major, Op.28, No.1	1
Prelude No.2 in A minor, Op.28, No.2	1
Prelude No.4 in E minor, Op.28, No.4	1
Prelude No.15 in D-flat major, Op.28, No.15	7
Prelude No.16 in B-flat minor, Op.28, No.16	1
Scherzo No.2 in B-flat minor, Op.31	1
Waltz No.1 in E-flat major, Op.18	1
Waltz No.3 in A minor, Op.34, No.2	1
Waltz No.6 in D-flat major, Op.64, No.1	1
Waltz No.7 in C-sharp minor, Op.64, No.2	5
Waltz No.9 in A-flat major, Op.69, No.1	4
Waltz No.10 in B minor, Op.69, No.2	2
Waltz No.11 in G-flat major, Op.70, No.1	1
Waltz No.14 in E minor, Op. posth	1

莫扎特

6 German Dances, K509	1
12 Variations on Ah,vous dirai-je, maman, K265	1
Adagio and Fugue in C minor, K546	1
Ave verum corpus in D major, K618	3
Ch'io mi scordi di te K505	1
Clarinet Concerto in A major, K622：I.Allegro	7

Concerto for 2 Pianos in E-flat major, K365	1
Concerto for Flute and Harp in C major, K299	6
Cosi fan tutte, K588	5
Die Entfuhrung aus dem Serail K384	1
Die Zauberflote (The Magic Flute), K620	13
Divertimento in B-flat major, K137	1
Divertimento in D major, K136	3
Divertimento in E-flat major, K563	1
Divertimento in F major, K138	1
Divertimento in F major, K522	2
Divertimento No.10 in F major, K247	1
Divertimento No.15 in B-flat major, K287	1
Don Giovanni, K527	11
Exsultate, jubilate, K165	2
Flute Concerto No.1 in G major, K313	2
Flute Quartet No.4 in A major, K298	1
Horn Concerto No.1 in D major, K412	2
Horn Concerto No.2 in E-flat major, K417	2
Horn Concerto No.4 in E-flat major, K495	2
Le Nozze di Figaro (The Marriage of Figaro), K492	19
Litaniae de venerabili altaris sacramento, K125	2
Mass No.16 in C major, K317, "Coronation Mass"	1
Mass No.18 in C minor, K427, "Great"	2
Maurerische Trauermusik, K477	1
Missa solemnis in C minor, K139	1
Piano Concerto No.14 in E-flat major, K449	1
Piano Concerto No.19 in F major, K459	1
Piano Concerto No.20 in D minor, K466	2
Piano Concerto No.21 in C major, K467	13

Piano Concerto No.22 in E-flat major, K482	1
Piano Concerto No.23 in A major, K488	2
Piano Concerto No.24 in C minor, K491	1
Piano Concerto No.25 in C major, K503	3
Piano Quartet in E-flat major, K493	1
Piano Sonata No.8 in A minor, K310	1
Piano Sonata No.11 in A major, K331	8
Piano Sonata No.12 in F major, K332	2
Piano Sonata No.15 in F major, K533	2
Piano Sonata No.16 in C major, K545	3
Piano Sonata No.17 in B-flat major, K570	1
Piano Trio No.2 in E-flat major, K498	1
Requiem in D minor, K626	13
Rondo in C major, K373	1
Serenade No.10 in B-flat major, K361	3
Serenade No.13 in G major, K525	34
Serenade No.6, K239	1
Sinfonia Concertante in E-flat major, K297b	1
Sinfonia Concertante in E-flat major, K364	3
String Quartet No.4 in C major, K157	1
String Quartet No.14 in G major, K387	1
String Quartet No.17 in B-flat major, K458	3
String Quartet No.19 in C major, K465	2
String Quartet No.21 in D major, K575	1
String Quintet No.4 in G minor, K516	1
String Quintet No.6 in E-flat major, K614	1
Symphony No.11 in D major, K84	1
Symphony No.25 in G minor, K183	4
Symphony No.29 in A major, K201	2

Symphony No.34 in C major, K338	1
Symphony No.40 in G minor, K550	4
Vesperae solennes de confessore in C major, K339	1
Violin Concerto No.1 in B–flat major, K207	1
Violin Concerto No.3 in G major, K216	2
Violin Concerto No.5 in A major, K219	1
Violin Sonata No.17 in C major, K296	1

舒伯特

4 Impromptus, Op.142, D935	3
4 Impromptus, Op.90, D899	10
6 Grandes Marches, Op.40, D819	1
6 Moments Musicaux, Op.94, D780：II. Andantino	1
Auf dem Wasser zu singen, D774	1
Der Hirt auf dem Felsen, D965	3
Der Musensohn, Op.92, No.1, D764	1
Die schone Mullerin, Op.25, D795:No.	1
Ellens Gesang III（Ave Maria!）, Op.52, No.6, D839	12
Erlkonig, D328	1
Fantasie in F minor, D940	1
Frauenliebe und–leben, Op.42	1
Gesang, Op.106, No.4, D891	1
Heidenroslein, Op.3, No.3, D257	1
Laendler D790, No.4	1
Moments Musicaux, Op.94, D780	1
Nacht und Traume, D827	1
Piano Quintet in A major, Op.114, D667	8
Piano Sonata No.21 in B–flat major, D960	2
Piano Trio in E–flat major, D929	2

Schwanengesang, D957:No.13	1
Sonata in B-flat major, Op.30, D617	1
Standchen (Horch, horch! die Lerch), D889	1
String Quartet No.13 in A minor, D804	2
String Quartet No.14 in D minor, D810	3
String Quartet No.15 in G major, D887, Op.161	1
String Quintet in C major, Op.163, D956	1
String Trio in B-flat major, D471	1
tring Trio in B-flat major, D581	1
Symphony No.2 in B-flat major, D125	2
Symphony No.8 in B minor, D759	3
Winterreise, Op.89, D911	1

索引

电影《罗米欧与朱丽叶》主题曲 023
电影《教父》插曲《爱的主题》 023
电影《时光倒流》主题曲 024
电影《薰衣草女人》主题曲 024
电影《安娜·卡列尼娜 2012》《安娜最后的火车》 025
电影《奥涅金 1999》主题曲 025
电影《魂断蓝桥》主题曲 026
电影《蒂凡尼的早餐》主题曲 025
电影《爱情故事》主题曲 026
电影《日瓦格医生》主题曲《拉娜之歌》 027
托尼采蒂《一滴美丽的眼泪》 031
德里布《花之二重唱器乐曲》 031
德沃夏克《月亮颂器乐曲》 031
德沃夏克《幽默小品集》 046
德沃夏克《第八交响曲第三乐章》 084
德沃夏克《B 小调大提琴协奏曲第二乐章》 121
德沃夏克《寂静的森林》 148
德沃夏克《F 小调浪漫曲》 189
德沃夏克《E 小调第九交响曲第二乐章》 221
普契尼《我亲爱的爸爸器乐曲》 032
普契尼《晴朗的一天器乐曲》 033
普契尼《为艺术为爱情器乐曲》 034
普契尼《今夜星光灿烂器乐曲》 034
威尔第《歌剧茶花女序曲》 032
威尔第《歌剧命运之力序曲》 215
威尔第《告别大地》 035
卡塔拉尼《我将远走高飞》 034
蓬基耶利《自杀》 036
托尼采蒂《香烛已燃尽》 036
贝利尼《圣洁女神器乐曲》 033
瓦格纳《爱之死管弦乐曲》 033
普赛尔《当我长眠地下器乐曲》 034
罗西尼《歌剧威廉退尔序曲》 039
奥芬巴赫《地狱中的奥菲欧序曲》 039
奥芬巴赫《大提琴曲》 165
比柴《卡门序曲》 039
比柴《卡门组曲》 040
比柴《阿莱城姑娘第二组曲法朗多尔舞曲》 040
比柴《卡门第一组曲塞吉迪拉舞》 198
比柴《卡门第二组曲哈巴涅拉舞》 198
帕格尼尼《威尼斯狂欢节》 040
帕格尼尼《D 大调第一小提琴协奏曲第一乐章》 157
贝多芬《降 E 大调第五号钢琴协奏曲第三乐章》 041
贝多芬《23 号钢琴奏鸣曲第三乐章》 041
贝多芬《降 E 大调第五钢琴协奏曲第二乐章》 065
贝多芬《升 F 大调奏鸣曲》 110
贝多芬《F 大调浪漫曲》 122
贝多芬《降 B 大调第四交响曲第二乐章》 122
贝多芬《D 大调小提琴协奏曲》 123
贝多芬《第 5 号小提琴奏鸣曲柔板乐章》 148
贝多芬《第九交响曲第三乐章》 148
贝多芬《G 大调第四钢琴协奏曲》 262
贝多芬《第 16 号弦乐四重奏第三乐章》 282
贝多芬《第 15 号弦乐四重奏第三乐

章》 290
贝多芬《第 14 钢琴奏鸣曲第一乐章》 185
贝多芬《升 C 小调第 14 弦乐四重奏》 186
贝多芬《第九号小提琴奏鸣曲》 202
贝多芬《第 5 号交响曲命运》 206
贝多芬《第 8 号 C 小调钢琴奏鸣曲(悲怆)》 217
贝多芬《第三交响曲(英雄)》 259
贝多芬《第 13 号弦乐四重奏》 271
贝多芬《第 14 号弦乐四重奏》 272
贝多芬《A 大调第七交响曲》 274
贝多芬《庄严弥撒》 295
肖邦《第 12 号练习曲》 041
肖邦《把手伸给我,美人》 094
肖邦《A 大调波兰民歌幻想曲》 094
肖邦《第 69 号圆舞曲》 104
肖邦《A 大调第 7 号前奏曲》 132
肖邦《E 小调第一钢琴协奏曲第二乐章》 137
肖邦《波兰舞幻想曲》 160
肖邦《F 小调第二钢琴协奏曲》 160
肖邦《G 小调钢琴三重奏》 162
肖邦《E 大调练习曲》 173
肖邦《E 小调前奏曲第 4 号》 174
肖邦《第 1 号叙事曲》 175
肖邦《第 20 号升 C 小调夜曲》 176
肖邦《前奏曲 15 号》 178
肖邦《夜曲作品 37 号第 1 首》 179
肖邦《C 小调夜曲》 180
肖邦《E 小调夜曲》 192
肖邦《纪念帕格尼尼》 279
海顿《降 E 大调小号协奏曲》 087
海顿《D 大调第二号圆号协奏曲》 090
海顿《D 大调吉他协奏曲》 152
法施《D 大调小号协奏曲》 088
罗塞蒂《D 小调圆号协奏曲》 090
罗塞蒂《降 E 大调圆号协奏曲》 091
莫扎特《第 25 号交响曲第一乐章》 041
莫扎特《C 小调第 24 号钢琴协奏曲,第二乐章》 065
莫扎特《A 大调单簧管与弦乐五重奏》 079
莫扎特《降 E 大调钢琴与管乐五重奏》 079
莫扎特《D 大调第 1 号圆号协奏曲》 089
莫扎特《D 大调第 2 号圆号协奏曲》 089
莫扎特《D 大调第 3 号圆号协奏曲》 089
莫扎特《D 大调第 4 号圆号协奏曲》 090
莫扎特《降 B 大调第 10 号夜曲》 090
莫扎特《A 大调第五小提琴协奏曲》 093
莫扎特《第九钢琴协奏曲》 093
莫扎特《第 15 号 D 小调弦乐四重奏》 105
莫扎特《G 小调弦乐五重奏》 106
莫扎特《C 大调第 21 号钢琴协奏曲,第二乐章》 130
莫扎特《C 小调幻想曲》 130
莫扎特《D 小调幻想曲》 130
莫扎特《第 20 号钢琴协奏曲,第二乐章》 137
莫扎特《E 大调柔板》 143
莫扎特《B 小调柔板》 143
莫扎特《C 小调柔板与回旋曲》 143

莫扎特《降B大调小提琴奏鸣曲》 121
莫扎特《G大调第三小提琴协奏曲第二乐章》 143
莫扎特《G大调第1号长笛协奏曲第二乐章》 144
莫扎特《E小调小提琴奏鸣曲》 183
莫扎特《降E大调交响协奏曲》 183
莫扎特《A小调第3号钢琴回旋曲》 184
莫扎特《C大调长笛与竖琴协奏曲》 191
莫扎特《第24号钢琴协奏曲,第一乐章》 209
莫扎特《钢琴奏鸣曲第14号》 218
莫扎特《D小调第20号钢琴协奏曲》 220
莫扎特《安魂曲》 246
莫扎特《A大调单簧管协奏曲》 255
莫扎特《第27号钢琴协奏曲》 255
莫扎特《第23号钢琴协奏曲》 264
莫扎特《G小调第40号交响曲》 266
莫扎特《忏悔者的庄严晚祷》 289
莫扎特《圣体颂》 290
利奥波尔德·莫扎特《D大调小号协奏曲》 088
门德尔松《仲夏夜之梦序曲》 064
门德尔松《E小调小提琴协奏曲》 065
门德尔松《第四交响曲第四乐章》 083
门德尔松《降E大调弦乐八重奏》 095
门德尔松《D小调弦乐协奏曲》 095
门德尔松《C小调钢琴四重奏柔板乐章》 145
门德尔松《降B大调弦乐五重奏第三乐章》 146
门德尔松《D大调第8号弦乐交响曲柔板乐章》 145
门德尔松《F小调第六号弦乐四重奏》 125
门德尔松《第三号交响曲》 278
萨蒂《裸体歌舞》 066
萨蒂《我要你》 112
德彪西《月光曲》 066
德彪西《G大调钢琴三重奏》 097
德彪西《勾魂曲》 199
法雅《西班牙花园之夜》 066
法雅《火祭之舞》 200
巴赫《哥德堡变奏曲》 067
巴赫《勃兰登堡协奏曲》 084
再听巴赫 296
马勒《A小调钢琴四重奏》 096
马勒《第七交响曲第二、三、四乐章》 068
马勒《D大调第九交响曲第一乐章》 126
马勒《第三交响曲第六乐章》 149
马勒《第四交响曲第三乐章》 150
马勒《第五交响曲第四乐章》 224
马勒《第九交响曲第四乐章》 251
罗德里戈《阿兰惠斯协奏曲 柔板》 150
维拉-罗伯斯《吉他协奏曲 小行板》 151
朱利亚尼《A大调吉他协奏曲小行板》 152
格里格《皮尔金组曲清晨》 079
格里格《A小调钢琴协奏曲第三乐章》 085
格里格《皮尔金组曲索尔维格之歌》 154
格里格《A小调钢琴协奏曲第二乐章》 149
格里格《皮尔金组曲奥塞之死》 166
格里格《皮尔金组曲安妮塔之舞》 198
格里格《皮尔金组曲阿拉伯舞》 198

格里格《忧郁圆舞曲》 193
格里格《霍尔堡组曲第四号》 279
博凯里尼《G 大调大提琴协奏曲》 080
博凯里尼《降 B 大调大提琴协奏曲》080
拉罗《西班牙交响曲》 080
李斯特《西班牙狂想曲》 081
李斯特《浮士德交响曲第二乐章》 107
李斯特《爱之梦》 113
李斯特《第一钢琴协奏曲》 131
李斯特《前奏曲》 214
李斯特《B 小调钢琴奏鸣曲》 275
夏布里耶《西班牙狂想曲》 081
科萨科夫《西班牙随想曲》 081
科萨科夫《天方夜谭组曲第三乐章》085
拉威尔《西班牙狂想曲》 081
拉威尔《G 大调钢琴协奏曲柔板乐章》 149
拉威尔《高雅而感伤的圆舞曲》 193
拉威尔《波莱罗》 201
拉威尔《夜之幽灵》 231
拉威尔《去世公主的孔雀舞》 281
福雷《A 大调小提琴奏鸣曲》 082
福雷《安魂曲》 250
福雷《13 号夜曲》 281
福雷《孔雀舞》 281
柴可夫斯基《D大调小提琴协奏曲》 082
柴可夫斯基《意大利随想曲》 082
柴可夫斯基《天鹅湖第二幕》 101
柴可夫斯基《降 B 小调第一钢琴协奏曲第二乐章》 131
柴可夫斯基《A 小调钢琴三重奏》 164
柴可夫斯基《第 3 号弦乐四重奏》 164
柴可夫斯基《B 小调忧郁小夜曲》 190
柴可夫斯基《感伤圆舞曲》 193
柴可夫斯基《天鹅湖黑天鹅舞》 198
柴可夫斯基《罗密欧与朱丽叶幻想序曲》 209
柴可夫斯基《F 小调第四交响曲第一乐章》 211
柴可夫斯基《E 小调第五交响曲第一乐章》 212
柴可夫斯基《B 小调第 6 号交响曲(悲怆)》 218
柴可夫斯基《交响叙事诗》 228
柴可夫斯基《里米尼的弗兰切斯卡交响幻想曲》 231
柴可夫斯基《D 小调弦乐六重奏佛罗伦萨的回忆》 284
柴可夫斯基《冥想曲回忆留恋的地方》 283
勃拉姆斯《D 大调小提琴协奏曲第一乐章》 083
勃拉姆斯《G 大调弦乐六重奏》 103
勃拉姆斯《A 大调第 2 号小提琴奏鸣曲》 116
勃拉姆斯《D 大调小提琴协奏曲第三乐章》 118
勃拉姆斯《四首庄严之歌》 124
勃拉姆斯《A 小调单簧管三重奏,第二乐章》 146
勃拉姆斯《F 大调第二大提琴奏鸣曲》 147
勃拉姆斯《降 E 大调圆号三重奏第三乐章》 147
勃拉姆斯《降 B 大调第 2 号钢琴协奏曲第三乐章》 147

勃拉姆斯《降B大调第1号弦乐六重奏第二乐章》 157
勃拉姆斯《G大调第一小提琴奏鸣曲第一第三乐章》 158
勃拉姆斯《C小调钢琴四重奏》 123
勃拉姆斯《第四交响曲第一乐章》 191
勃拉姆斯《D小调第一钢琴协奏曲》 222
勃拉姆斯《C小调第一交响曲》 268
勃拉姆斯《第三交响曲第三乐章》 280
勃拉姆斯《B小调单簧管五重奏》 280
维尼亚夫斯基《D小调第二小提琴协奏曲》 083
维尼亚夫斯基《传奇曲》 112
圣桑《B小调第三小提琴协奏曲》 084
圣桑《小提琴竖琴幻想曲》 132
圣桑《引子与回旋随想曲》 188
圣桑《哈瓦那》 200
圣桑《骷髅之舞》 234
圣桑《C小调第三交响曲柔板》 286
鲍罗丁《在中亚细亚的草原上》 085
鲍罗丁《波罗维茨舞曲》 085
鲍罗丁《D大调第2号弦乐四重奏第三乐章》 116
哈恰图良《马刀舞曲》 086
哈恰图良《假面舞会圆舞曲》 195
伊波里托夫-伊凡诺夫《高加索素描》 086
舒伯特《降B大调第五交响曲》 095
舒伯特《A大调小提琴奏鸣曲》 096
舒伯特《舒伯特小夜曲》 102
舒伯特《F小调幻想曲》 102
舒伯特《C大调幻想曲》 131
舒伯特《A小调弦乐四重奏第二乐章》 145
舒伯特《C小调奏鸣曲柔板乐章》 145
舒伯特《流浪者幻想曲柔板乐章》 144
舒伯特《阿佩乔尼奏鸣曲柔板》 144
舒伯特《E小调“凋零的花”变奏曲》 156
舒伯特《降E大调第二钢琴三重奏第二乐章》 186
舒伯特《C大调弦乐五重奏》 187
舒伯特《降B大调钢琴奏鸣曲》 188
舒伯特《第8号交响曲》 208
舒伯特《弦乐四重奏死神与少女》 233
舒伯特《圣母颂》 292
威廉姆斯《绿袖子》 100
威廉姆斯《塔里斯主题幻想曲》 290
巴托克《第1号A小调弦乐四重奏》 105
巴托克《第1号小提琴协奏曲》 113
埃尔加《爱的礼赞》 111
埃尔加《E小调大提琴协奏曲》 166
埃尔加《B小调小提琴协奏曲》 126
舒曼《第一交响曲春天》 111
舒曼《降E大调钢琴五重奏》 132
舒曼《C大调幻想曲》 135
舒曼《A小调钢琴协奏曲》 135
舒曼《柔板和快板》 146
柏辽兹《罗密欧与朱丽叶戏剧交响曲,爱情场景》 114
柏辽兹《幻想交响曲第一、二乐章》 155
柏辽兹《幻想交响曲第三、四乐章》 230
莱哈尔《风流寡妇圆舞曲》 114
格林卡《歌剧鲁斯兰与柳德米拉序曲》 118
格林卡《夜曲分离》 192
格林卡《D小调悲怆三重奏》 225

格林卡《夏夜马德里》 282
卡尔·施塔密兹《第 1 号大提琴协奏曲第二乐章》 137
《第 2 号大提琴协奏曲第二乐章》 137
布鲁克纳《第四交响曲第二乐章》 139
布鲁克纳《第七交响曲第二乐章》 257
布鲁克纳《第七交响曲第一乐章》 291
布鲁克纳《第八交响曲第三乐章》 291
拉赫玛尼诺夫《幻想小品集第二首前奏曲》 097
拉赫玛尼诺夫《第二交响曲第三乐章》 148
拉赫玛尼诺夫《交响舞诗》 140
拉赫玛尼诺夫《C 小调第二钢琴协奏曲柔板乐章》 148
拉赫玛尼诺夫《D 小调浪漫曲》 190
拉赫玛尼诺夫《C 小调第二钢琴协奏曲第一乐章》 211
拉赫玛尼诺夫《死之岛》 256
布里顿《泪水》 154
布里顿《简单交响曲第三乐章》 225
贝尔格《抒情组曲》 158
贝尔格《小提琴协奏曲:纪念一个天使》 167
勒克《练习交响曲哈姆雷特与奥菲利亚》 159
勒克《弦乐柔板》 167
勒克《C 小调钢琴三重奏》 189
西贝柳斯《图奥涅拉的天鹅》 165
西贝柳斯《悲伤圆舞曲》 166
西贝柳斯《D 小调小提琴协奏曲》 191
肖斯塔克维奇《E 小钢第二号钢琴三重奏》 168
肖斯塔克维奇《第 2 号圆舞曲》 195
肖斯塔克维奇《D 小调第五交响曲第一乐章》 213
肖斯塔克维奇《第 8 号 C 小调弦乐四重奏》 226
肖斯塔克维奇《小提琴协奏曲第一乐章》 227
肖斯塔克维奇《小提琴协奏曲第二乐章》 238
肖斯塔克维奇《第 15 号弦乐四重奏》 251
肖斯塔克维奇《C 小调第八交响曲第一乐章》 258
肖斯塔克维奇《浪漫曲,选自牛虻组曲第八号》 285
理查德·斯特劳斯《七重纱舞》 199
理查德·施特劳斯《降 E 大调第 1 号圆号协奏曲》 091
理查德·施特劳斯《降 E 大调第 2 号圆号协奏曲》 091
理查德·施特劳斯《死与净化》 257
理查德·斯特劳斯《变形》 291
布鲁赫《苏格兰幻想曲》 279
布鲁赫《F 大调浪漫曲》 282
布鲁赫《G 小调小提琴协奏曲》 283
布鲁赫《希伯来晚祷》 289
阿尔比诺尼《双簧管协奏曲》 287
阿尔比诺尼《G 小调柔板》 289
格鲁克《地狱狗之舞》 042
帕赫贝尔《卡农》 065
阿尔伯尼兹《西班牙狂想曲》 082
胡安·阿里亚加《D 大调交响曲》 096
巴拉诺芙斯卡《少女的祈祷》 098

克莱斯勒《爱之忧伤》 100
托赛里《往日的爱情》 100
约瑟夫·施特劳斯《燃烧的爱》 119
维拉兹克兹《深情的吻》 127
道兰德《七颗泪水》 154
塞谬尔·巴伯《柔板的弦乐》 167
雷斯庇基《罗马的松树》 167
希尔德佳·宾根 343
佛朗西斯卡·卡西尼 344
芭芭拉·斯特柔兹 345
玛丽安娜·玛蒂涅丝 347
丽亚·帕拉迪斯 349
玛丽亚·席曼诺夫斯卡 350
范尼·门德尔松 354
克拉拉·舒曼 358
萨拉萨蒂《流浪者之歌》 188
瓦尔德退费尔《海妖圆舞曲》 199
席曼诺夫斯基《夜曲与塔兰泰拉》 201
史可里亚宾《第4号交响曲》 204
穆索尔斯基《荒山之夜》 236
塔蒂尼《魔鬼的颤音》 237
利亚多夫《魔湖》 238
德尔德拉《D大调纪念曲》 279
罗斯拉维兹《冥想曲》 283
格拉祖诺夫《冥想曲》 284
马斯涅《沉思曲》 285
波隆贝斯库《叙事曲》 285
泰勒曼《D大调小号协奏曲》 088
泰勒曼《降E大调圆号协奏曲》 091
泰勒曼《G大调中提琴协奏曲》 286
威瓦尔迪《F大调圆号协奏曲》 091
威瓦尔迪《D大调吉他协奏曲》 152
胡梅尔《降E大调小号协奏曲》 088
科雷列《小提琴奏鸣曲》 287
戈雷茨基《悲歌交响曲》 252
卡尔·马苔斯《第2号圆号协奏曲》 091
多首《嬉游曲》 042
多首《诙谑曲》 044
多首《圆舞曲》 048
肖邦的钢琴圆舞曲 055
多首《塔兰泰拉舞曲》 056
多首《玛祖卡舞曲》 056
多首《波兰舞曲》 057
多首《匈牙利舞曲》 058
多首《斯拉夫舞曲》 059
多首《哈巴涅拉》 059
多首《小步舞曲》 060
多首《恰空舞曲》 060
多首《小夜曲 Serenade》 069
多首《夜曲 Nocturne》 071
多首《弦乐四重奏》 074
多首《浪漫曲》 137
多首《即兴曲》 140
多首《悼念曲》 169
多首《圣母悼歌》 171
多首《大提琴奏鸣曲》 240
多首《安魂曲》 250
多首《葬礼进行曲》 258
多首《圣母颂》 292
多首《弥撒曲》 293

感 谢

作者谨向——

在本书写作过程中给予我全力支持的夫人和家人、瑞士 Valerie Ziltener - King 女士、美国赵世全先生深表感恩。

向为本书撰写序言的华南理工大学艺术学院荣誉院长何平教授、著名指挥家、音乐教育家李西林教授；为本书提出宝贵意见的中央音乐学院副院长周海宏教授，以及天津百花文艺出版社和责任编辑王燕女士致以诚挚的谢意。